Debad

BUCK & MOI

MATEO ASKARIPOUR

BUCK & MOI

Traduit de l'anglais (États-Unis)
par Stéphane Roques

BUCHET • CHASTEL

Titre original : Black Buck
Éditeur original : Houghton Mifflin Harcourt

ISBN : 978-2-283-03569-6

À tous ceux qui se sont fait traiter un jour
comme des moins que rien,
je sais ce que c'est.

S'inventer des excuses est l'occupation la moins rentable qui soit.
John Mason

NOTE DE L'AUTEUR

Rien de tel qu'un Noir en mission. Non, je reformule. Rien de tel qu'un *vendeur* noir en mission. Il est à la fois Superman, Batman et toute autre créature surnaturelle, paranormale ou divine faite de sang, de chair et de matière cérébrale. Il ne peut pas mourir. Vous ne me croyez pas ? MLK. Eh oui, Martin Luther King Jr était un vendeur noir. De la même façon qu'un vendeur de voitures d'occasion refourgue un tas de ferraille hors de prix à un nigaud qui tombe en rade à la seconde où il quitte le parking, le frère King, Martin Luther de son prénom, était un vendeur, au sens le plus noble.

Non seulement il a vendu aux Noirs la vision d'une Amérique unifiée, mais il a aussi converti à sa cause la Cour suprême – composée à l'époque de neuf hommes blancs –, soit les décideurs les plus coriaces à convaincre pour un Noir.

MLK, Malcolm X, James Baldwin, Jean-Michel Basquiat et Frederick Douglass étaient tous des vendeurs. Même Nina Simone, Rosa Parks, Harriet Tubman et toute autre Noire ayant connu un succès fulgurant étaient des vendeuses. Oprah Winfrey, alias « J'ai caché les clés d'une BMW sous votre siège », est une vendeuse. Vous m'avez compris. Tous ces gens ont vendu quelque chose de plus précieux que l'or : une vision. Une vision de ce à quoi le monde pourrait ressembler si des millions de personnes changeaient d'avis – la chose la plus difficile à faire changer.

Et moi dans tout ça ? Quand est-ce que je vais la boucler pour entrer dans le vif du sujet ? Ne vous en faites pas, j'y viens. Je suis un Noir en mission. Non, je suis un *vendeur* noir en mission. Et le vif du sujet dans ce livre – que j'écris depuis mon appartement-terrasse avec vue sur Central Park –, c'est de permettre aux Noirs et aux Noires en mission de vendre leur vision jusqu'à atteindre des sommets. Si haut qu'il me faudra tendre le cou, comme ces benêts blancs dans les films, quand ils se demandent si le super-héros est un oiseau ou un avion, et tentent de l'entrapercevoir juste avant qu'il ne disparaisse de leur champ de vision. *Whoosh ! Pan ! Pouf !* Le grand tour de prestidigitation du succès.

Mon but est de vous apprendre à vendre quelque chose. Et si je suis ne serait-ce que la moitié du vendeur que chaque journal, blog et arnaqueur de New York dit que je suis, alors c'est votre jour de chance. Avec mon histoire, je vais vous donner les outils qui vous permettront de créer l'existence dont vous rêvez. De franchir chaque obstacle qui semble insurmontable. De fixer les règles du jeu. Quel jeu ? me direz-vous. J'y viens. Mais avant, je vous demanderai trois choses :

1. Baissez la garde et soyez ouvert à ce que je m'apprête à vous dire. Je sais qu'on ne se connaît pas encore. Vous vous demandez sans doute pour quelle raison vous me feriez confiance. La bonne nouvelle, c'est que vous avez déjà acheté ce livre, vous avez donc assez confiance en moi pour vous délester de 26 dollars. Je ne vous décevrai pas.

2. Comprenez que je souhaite à tout le monde de réussir dans la vie, mais de la même façon que Starbucks ne peut servir un Mocha Frappuccino à quelqu'un qui n'a pas 14 dollars en poche, il m'est impossible de contenter tout le monde. Alors je commence par les Noirs. Si vous n'êtes pas noir, mais que vous tenez ce livre entre les mains, je veux que vous vous imaginiez sous les traits d'un Noir à titre honorifique. Allez-y, essayez. Je ne vous demande pas de vous grimer le visage avec du cirage ou d'arborer une coupe afro, simplement d'imaginer que vous êtes noir. Si vous voulez, vous pouvez même vous choisir un prénom noir branché, comme Jamal, Imani ou Asia.

3. Dites : « À chaque jour son marché » et tapez des mains. Je sais que c'est bizarre, mais faites-le. Et tout en le faisant, pensez à votre objectif numéro un. Acquérir une voiture neuve, obtenir une promotion, gagner l'affection de quelqu'un, ou acheter une paire de chaussures hors de prix. Quoi qu'il en soit, pensez-y, dites : « À chaque jour son marché » et tapez des mains aussi fort que vous le pouvez. Comme vous allez le découvrir, il est vraiment possible de conclure un marché chaque jour. Un jour sans conclure un marché, c'est comme un dromadaire sans bosse ; ça n'existe pas.

Ça y est, vous avez le cœur qui bat et l'œil qui brille. Je le sais parce que ce n'est pas la première fois que je tiens ce discours. Je me le suis moi-même tenu. Je l'ai tenu à des milliers de personnes qui voulaient changer de vie. Et je l'ai tenu à des gens qui ignoraient vouloir en changer mais en avaient besoin. Avant, j'étais l'un d'eux. J'étais comme vous. Ambitieux mais effrayé. Intelligent mais impuissant. Curieux mais peureux. J'étais tout ça, et plus encore.

Mais la liberté, la véritable liberté, celle qui nous permet de faire ce qu'on veut sans avoir peur, exige des sacrifices. Comme disait Wally Cat, mon bon génie doublé d'un philosophe de rue : « On peut changer les aiguilles d'une montre, mais on ne peut pas changer le temps. » Je peux vous donner les outils pour changer, mais vous seul pouvez faire en sorte d'initier ce changement.

Et si je réussis à vous apprendre à vendre et à fixer les règles du jeu, je vous demanderai d'acheter un autre exemplaire de mon livre et de l'offrir à celui de vos amis qui en aurait le plus besoin. Qui est coincé comme je l'étais et cherche à s'en sortir. À qui les règles du jeu échappent mais qui a du potentiel, tout comme vous. Cela vous semble-t-il équitable ? Si oui, et que vous remplissez les trois conditions énumérées ci-dessus, alors marché conclu. Et si le marché est conclu, il est temps que vous fassiez une dernière chose.

Tournez la page.

Bonnes ventes,
Buck

PROSPECTION

Au cœur de chaque difficulté, il y a une chance à saisir.

Albert Einstein

1

Le jour qui a changé ma vie était un jour comme un autre, sauf qu'il a changé ma vie. Il faut croire que ça lui donne autant d'importance qu'un anniversaire, un mariage ou une faillite, voilà pourquoi je fête chaque année le 20 mai comme si c'était mon anniversaire. Et pourquoi pas, après tout ?

Comme n'importe quel autre jour, mon réveil a sonné à 6 h 15, interrompant un rêve quelconque qui m'a fait bander. Mais au lieu de m'astiquer, j'ai embrassé la photo de ma petite amie, Soraya ; redressé ma pile de livres qui penchait ; salué mes affiches de *Scarface*, du *Parrain* et de Denzel en Malcolm X, et me suis planté devant mon miroir pour examiner celui qui me regardait dans les yeux.

Je l'ignorais à l'époque, mais j'étais – et je suis encore – un Noir séduisant. Avec mon mètre quatre-vingt-huit, je suis plus grand que la moyenne, et ma peau, au teint semblable à l'intense couleur caramel d'un Werther's Original – merci Papa –, est si douce qu'on croirait du beurre. Mes dents sont d'origine et puissantes, autrement dit blanches et bien alignées, et mes cheveux sont naturellement ondulés, même si je les porte généralement courts avec un léger dégradé. Bon sang ! Il en jetait, le p'tit jeune, et ne le savait même pas. J'ai pris une grande inspiration, sauté sous la douche et commencé mon train-train matinal.

La maison sentait ce qu'elle sent toujours à 7 heures du mat' – le café. Ça me donnait envie de gerber. Après des années à baigner dans cette odeur, je pouvais deviner l'origine d'un grain sans même y goûter – ce qui m'était de toute façon impossible vu que je déteste le café. Oui. Je déteste le café. C'est du crack noir. Rien de plus. Celui qui boit du café y devient dépendant, en a besoin, et tremble, et se gratte, et s'agite et twerke dès qu'il cesse de couler dans ses veines empoisonnées.

Un *coffee shop* c'est la version soft d'un repaire de fumeurs de crack. Au lieu de se vautrer sur les coussins moisis d'un canapé taché de sang, de sueur et de sperme, des gens qui s'appellent Chad, Kitty et Trip s'enfoncent dans de confortables fauteuils à dossier de cuir pour se délecter de l'onctueuse mousse d'un double espresso macchiato cocorico caramel mocha choca à sept dollars. Mais je m'égare.

Le narcotique de prédilection, ce matin, était un mélange indonésien de Sumatra, si mon nez ne me trompait pas. En présence de café venu d'une contrée lointaine, le toxico américain lambda tombe raide dingue de l'explosion d'arômes riches en caramel et chocolat, ou la déteste.

« Du café ? m'a demandé Maman, un petit sourire en coin tout en remplissant sa tasse préférée, celle avec l'inscription : "Les chrétiens aiment le café."

– Très drôle, ai-je répondu en l'embrassant avant de prendre une banane.

– Darren, a-t-elle commencé sans quitter la banane des yeux. Tu oublies quelque chose. »

J'ai regardé la banane, puis j'ai regardé Maman, puis la photo d'elle, Papa et moi au mur du salon. « Pardon. » J'ai arpenté le plancher de la cuisine jusqu'au salon, je me suis penché, et j'ai embrassé le visage d'Espagnol souriant, bronzé et rasé de près de Papa, sous son verre protecteur. « Bonjour, Papa », ai-je dit avant de retourner à la cuisine.

Maman a regardé sa montre et s'est assise à côté de moi, sans me quitter des yeux. Elle avait cinquante ans, mais n'en paraissait pas plus de quarante. Elle portait toujours ses cheveux à hauteur d'épaule et détachés. Et quand elle se maquillait, ce qui n'arrivait pratiquement jamais, on pouvait lui en donner trente-cinq. Dans sa jeunesse, elle avait été reine du bal de promo et avait eu l'ambition d'être élue Miss America avant que ses parents ne l'en dissuadent. Mais ce n'était pas pour son physique – qui m'avait régulièrement poussé à faire le coup de poing – qu'elle était magique. C'était pour sa capacité à vous faire croire d'un seul regard que vous pouviez aspirer à plus, et presque vous en convaincre.

« Quoi ? ai-je demandé.

– Comment ça, *quoi* ? » Elle se tenait prête, les yeux pleins de malice. J'ai rendu mon corps hermétique, paré au choc.

« Quand est-ce que tu vas lâcher ce boulot et t'inscrire à la fac, Darren ? »

J'en étais sûr. Ça faisait quatre ans qu'elle me posait la même question, sous différentes formes. Comme la fois où elle m'a dit que LinkedIn était pratique pour trouver des stages. Ou quand je suis tombé sur une tenue neuve, chemise blanche, ceinture de cuir marron, chaussures et pantalon habillé soigneusement pliés sur mon lit avec un mot qui disait : « Pour les visites de campus ! » *Si seulement elle savait pourquoi je reste à la maison, elle ne me poserait pas cette question et ne ferait pas ça,* ai-je pensé. *Mais plutôt mourir que le lui dire.*

« Chais pas. J'attends juste la bonne occasion, Maman. Tu le sais. Et puis, pourquoi tu veux me chasser de la maison, hein ? T'as un nouvel homme dont tu veux pas me parler ? »

Elle a tchipé. « Sois pas bête. Tu sais bien qu'il n'y a de place que pour un seul homme dans ma vie. Mais je te jure que si tu continues d'attendre la bonne occasion, comme tu dis toujours, et que tu ne te sers pas de ce bon vieux cerveau, tu vas avoir des ennuis. Tiens-le-toi pour dit. »

Elle s'est pliée en deux, toussant comme si elle avait avalé quelque chose de travers.

Je lui ai frotté le dos comme elle faisait quand j'étais petit. Elle a pris mon autre main et a souri.

« Ça va, Dar. T'inquiète pas pour moi.

– Si, je m'inquiète. Ça fait un mois que tu tousses comme ça, Maman. C'est sans doute à cause de tous ces produits chimiques que tu tripotes à l'usine.

– Bon, faisons un marché, m'a-t-elle dit en s'essuyant la bouche. J'arrêterai de manipuler tous ces produits chimiques quand tu seras assez riche pour m'entretenir. Qu'est-ce que tu en dis ? »

Elle cherchait toujours à faire un marché. J'aurais dû le savoir, à l'époque, que Maman était la meilleure vendeuse que je connaissais.

Elle faisait des marchés avec moi depuis que j'étais petit. Un marché pour que j'aille au lit à une certaine heure. Un marché pour qu'on parte en voyage sur une île si jamais on gagnait au loto. Un marché. Un marché. À chaque jour son marché, à la maison. Tout était matière à négociation.

« Marché conclu », ai-je dit en l'embrassant sur le front avant de filer.

Il faut que vous sachiez qu'on n'était pas pauvres, et que tout le monde n'est pas pauvre au « quartier », comme disent certains Blancs. Grâce aux parents de Maman, qui sont morts quand elle avait vingt ans, on possédait un immeuble de pierre brune de trois étages à Bed-Stuy. Et malgré la hausse de la taxe foncière, on gagnait assez à nous deux pour éviter de fréquenter la Coop de Myrtle Avenue. On n'était pas des bourgeois, mais la vie n'est pas si dure quand on est proprio et qu'on perçoit des loyers.

Comme chaque jour, j'ai dévalé l'escalier du 84 Vernon Avenue, traversé la rue en courant, et pris à droite dans Marcy, vers la ligne G du métro.

« Bonjour, Darren ! m'a crié M. Aziz, propriétaire yéménite de l'épicerie du coin de la rue, en rossant un paillasson moucheté comme si c'était un petit vaurien.

– *Sabah al-kheir !* » ai-je crié en retour, tâchant toujours de faire de mon mieux pour communiquer avec les gens du coin, anciens comme nouveaux.

La diplomatie est une science complexe dans les quartiers défavorisés. Les usines, les restaurants et tous les immeubles qui présentaient quelques fissures étaient démolis pour faire place à des tours et à l'afflux des nouveaux résidents à peau claire de Bed-Stuy, voilà pourquoi mon passage au coin de la ligne G était toujours une bouffée d'air frais. À toute heure du jour, les habitués étaient là, comme les gargouilles d'une église gothique.

« Quoi de neuf, Superman ? m'a demandé Jason en me checkant – nos mains se touchent, nos paumes tapent l'une contre l'autre et nos doigts claquent.

– Pas grand-chose, Batman. Je vais au taf, et toi ? »

Il s'est marré, plaquant les mains sur son blouson. Même si nous étions au mois de mai, il faisait déjà chaud, et j'imagine qu'il suait comme un porc là-dessous. Avec son jean baggy, ses Timberland immaculées, son bob par-dessus un durag, le mec ressemblait à un membre fondateur du Wu-Tang Clan. On avait vingt-deux ans tous les deux, la même carrure de sportif, mais les gens croyaient toujours qu'il était plus vieux que moi. Sans doute à cause de sa moustache et de son bouc impeccablement taillés.

« J'y suis déjà, au taf », a-t-il répliqué.

Un vrai mariole, le gars, mais c'était mon meilleur pote. Depuis plus de dix-sept ans, le jour où un abruti m'avait harcelé pour que je lui donne mon sac à dos Tortues Ninja et que Jason l'avait tapé sur le crâne. Quand je lui avais demandé pourquoi il m'avait défendu, il avait simplement haussé les épaules, et dit : « C'est pas parce qu'un mec veut quelque chose qu'il peut te le prendre. » Depuis ce jour, on était Raphaël et Donatello, Batman et Superman, Kenan et Kel. Si j'avais su qu'être pote avec lui me foutrait dans une telle merde, je l'aurais peut-être bien mis K-O sur-le-champ.

« Quoi ? m'a-t-il demandé voyant que je ne le quittais pas des yeux. T'es pas le premier qui essaie de se barrer d'ici.

– J'essaie pas de me barrer, vieux. J'attends la bonne occasion, c'est tout. Et quand elle se présentera, je compte pas changer et me faire la malle. Tu me verras toujours manger un morceau là-bas, ai-je dit en montrant du doigt le Crown Fried Chicken à côté de l'épicerie de M. Aziz. Et tu me verras toujours là-bas, ai-je poursuivi en montrant Kurtz, le coiffeur à côté du Crown Fried Chicken. Mais certainement pas là-bas », ai-je conclu avec un signe de tête vers le nouveau bar hipster et l'immeuble résidentiel qui venait d'être construit.

Jason s'est marré. « Oui, c'est ce que disent tous ceux qui vont vivre chez les Blancs.

– Je suis bien où je suis, Batman, et avec les gens que je fréquente. Comme toi, espèce de naze. Mais là, faut que je file. Qu'est-ce que tu lis en ce moment ?

– Williams.

– Tennessee ?

– Déconne pas, mec. John A. Et toi ?

– Huxley.

– Faut que t'arrêtes de lire tous ces vieux Blancs, mec.

– Oui, frérot. À plus.

– C'est ça. »

Wally Cat était assis sur une caisse renversée, sur le trottoir d'en face et lisait le journal. Je fonçais vers le métro quand je l'ai entendu dire : « Salut Darren ! »

Quelque chose me disait de l'ignorer et de descendre dans la bouche de métro humide qui puait la pisse, mais je ne me suis pas écouté.

J'ai traversé la rue. « Quoi de neuf, Wally Cat ?

– Comment va ta maman ? » Il s'est humecté les lèvres comme un gros pervers.

Si j'avais eu les couilles, à l'époque, j'aurais dit à Wally Cat que s'il n'arrêtait pas de parler de Maman, j'allais l'envoyer dans un cercueil plus vite qu'un régime strict à base de Double Big Mac et Grande Frite, mais je me suis abstenu. D'abord parce qu'il m'intimidait, mais surtout parce que je l'aimais bien.

Vous voyez, Wally Cat était la parfaite illustration de ce qu'on appelle un ancien. Pas le genre à jacasser sur tout ce qu'il aurait pu, voulu, ou dû faire « de son temps ». Non, à soixante balais, avec sa chemise hawaïenne, son afro poivre et sel coupée court, son feutre immaculé, et sa bedaine naissante, Wally Cat était multimillionnaire. D'après Maman, ce type avait passé sa vie dans un haras à étudier les chevaux – leur poids, leur caractère, leur façon de bouger et de s'alimenter – puis à aller au champ de courses où il pariait presque toujours sur le vainqueur.

Un jour qu'il examinait le programme des courses de la journée dans le journal, il a remarqué l'apparition d'un tas de nouvelles sociétés en Bourse. Et c'était fini. Il a cessé de parier sur des chevaux pour parier sur des sociétés. Il se rendait au siège de chaque société pour papoter avec le gardien, qui avait toujours un scoop sur le PDG ou le vice-président, et qui lui disait si le travail était bâclé ou soigné, si le personnel était ponctuel ou se pointait en retard, et plus encore. Il a fait fructifier quelques centaines de milliers de dollars en quelques millions en moins de dix ans. Tout seul. Et là il s'est mis à investir dans l'immobilier. Pourtant, ce qu'il aime par-dessus tout, c'est rester assis au coin de la rue, lire le journal et regarder les gens passer. D'ailleurs, il continuait d'utiliser des bons de réduction.

« Elle va bien », ai-je dit en m'asseyant sur la caisse à côté de lui. Les parents qui avaient des enfants trop petits pour aller à l'école et trop pleins d'énergie pour rester à la maison sont arrivés sur l'aire de jeu derrière nous, le parc Marcy, et les ont lâchés dans la nature. Leurs cris ont empli l'air chaud.

« Bon, bon. Tu sais, dans le temps, ta maman était la plus belle femme de Bed-Stuy. Si belle qu'elle fricotait pas avec des types dans mon genre. Il lui fallait la catégorie supérieure, tu vois ce que je veux dire ? Comme ton papa. C'était un de ces gars *suavamente* espagnols autour de qui tournaient toutes les filles, un chic type. » Il a retiré son feutre pour éponger la sueur de son front à l'aide d'un mouchoir.

« Oui, je sais. » Comme je ne voulais pas entendre Wally Cat continuer de raconter ses souvenirs de Maman, j'ai changé de sujet : « Eh, Wally Cat. Pourquoi on vous appelle Wally Cat, déjà ? »

Il a tchipé et regardé par-dessus ses épaules. « Petit, me pose pas de questions qui ne te concernent pas, toi. Tu ferais mieux de me poser des questions qui t'apporteront des réponses utiles dans ta vie personnelle. Et pas seulement des questions auxquelles on répond par oui ou par non. Je parle de questions ouvertes sur lesquelles tu pourras te creuser la cervelle. Par exemple, pourquoi quelqu'un qui a été major de sa promo à Bronx Science gâche sa vie à bosser dans un foutu… »

Lecteur : On peut prêter à Wally Cat de nombreux qualificatifs, mais pas celui de stupide. Ce qu'il m'a dit ce jour-là était une leçon de vente dissimulée. La qualité d'une réponse est déterminée par la qualité de la question. Vous pouvez citer mes paroles et me verser des droits d'auteur.

Il n'avait pas encore fini sa phrase que j'avais déjà traversé la rue. En général, j'aimais bien palabrer avec Wally Cat, mais ce jour-là, le jour où ma vie a basculé, je voulais simplement aller au boulot, rentrer chez moi, me la couler douce avec Soraya et me coucher.

Après avoir pris ma correspondance sur la ligne L à Metropolitan Avenue, j'ai senti qu'on me tapait sur l'épaule. Croyant que c'était fortuit, j'ai monté le son de ma musique et fermé les yeux. Les basses de « Polo & Shell Tops » de Meek Mill m'ont envahi les oreilles comme les troupes américaines ont envahi l'Irak.

Une autre tape, cette fois plus forte. Quand ce genre de choses arrivait, je n'y prêtais pas attention. Là, une main manucurée m'a pris par le poignet, l'a tiré en arrière, et je me suis retrouvé face à une mince Coréenne aux cheveux bruns bouclés, vêtue d'une veste en jean qui tombait parfaitement.

« Darren Vender, le fantôme de Bronx Science », m'a-t-elle dit, entrouvrant ses lèvres brillantes pour révéler un sourire Colgate.

J'ai retiré mes écouteurs. « Salut Adrianna, quoi de neuf ?

– Pas grand-chose, je vais à Manhattan. Et toi ?

– Oui, pareil. Comment ça va ?

– Bah, tu sais, je valide mon diplôme à NYU la semaine prochaine. En fait, je vais passer un entretien d'embauche, là.

– Formidable, ai-je répondu en me débarrassant de mon accent de Bed-Stuy. Un entretien pour quoi ?

– Ça me gêne un peu de le dire, mais pour un poste subalterne en marketing, dans une start-up. »

Merde. Si ça la gêne d'occuper un poste subalterne en marketing avant même de valider son diplôme à NYU, alors je suis foutu.

« Je suis sûr que tu vas faire un malheur », ai-je dit.

Dieu merci, elle n'était pas dotée d'une vision à rayons X. Sinon, elle aurait vu le tablier noir dans mon sac à dos. Et Dieu merci une fois de plus, la rame de métro est arrivée à Union Square, mettant un terme à la conversation.

« Merci, à la prochaine », a-t-elle conclu en partant. Une seconde après, je me suis aperçu qu'on prenait tous les deux la 6 et me suis dirigé vers l'autre bout de la rame.

C'est marrant, dans le temps, ça m'aurait été bien égal de croiser Adrianna ; les fantômes du passé réapparaissent toujours à New York. Maintenant que j'y repense, la revoir a peut-être eu un lien avec le truc incroyable qui m'est arrivé juste après.

2

Le 3 Park Avenue est un monde à lui tout seul. Moitié immeuble de bureaux, moitié lycée, ce géant de quarante-deux étages sortait du lot comme une verrue de brique en forme de pouce. Douze ascenseurs. Trente sociétés. Un Starbucks. Un Darren Vender besognant sans relâche dans ce Starbucks depuis bientôt quatre ans. Oui, après presque quatre ans, j'en étais toujours au même point. Au moins, je ne préparais pas les mêmes boissons et ne portais pas le même minable tablier vert. Les boissons étaient plus ridicules chaque année. Les arômes habituels comme le gingembre, le potiron et la menthe poivrée ne suffisaient plus aux clients ; désormais, il leur fallait des Frappuccino Sauterelle. Sauterelle, putain.

Quant à l'uniforme, bah, la plupart des gens l'ignorent, mais Starbucks s'inspire pour ses tabliers des ceintures de kimono. Un tablier vert pour les débutants, un tablier noir pour les maîtres baristas et un tablier violet pour les dieux. Je portais un tablier noir. Après avoir travaillé là-bas pendant quatre ans, on peut dire que j'étais le boss, même si, très franchement, ça ne voulait pas dire grand-chose.

« Salut Darren ! » m'a dit Nicole en nouant dans son dos les lanières de son tablier vert. Nicole était une grosse Blanche au beau visage. Elle devait avoir trente-cinq ans et restait toujours de bonne humeur, qu'importait la goujaterie de la clientèle.

À mon arrivée, la salle était pleine à craquer. Carlos, Brian et Nicole remplissaient des tasses, rendaient la monnaie et servaient des pâtisseries comme s'ils bossaient dans un restaurant trois étoiles. C'était une drôle de bande – Carlos avait fait de la prison pour un crime dont il n'avait pas le droit de parler, Brian avait la peau anthracite, le visage couvert d'acné et des bouffées de syndrome de la Tourette, et Nicole, qui était pleine de bonnes intentions, voyait tout en rose –, mais j'en avais fait des soldats. Ils n'étaient jamais en retard, étaient toujours très pros et calés sur toutes les boissons dernier cri que la boîte nous refilait. Et surtout, c'étaient tous des gens bien. Je n'ai pas de frère et sœur et ils étaient ce qui s'en approchait le plus. Et même si j'étais le plus jeune, ils voyaient en moi un grand frère.

Comme la queue des junkies du matin s'étirait jusque sur le trottoir, je suis vite passé à l'action. Ce n'est pas pour me vanter, mais j'étais ce qu'on appelle un prodige du Starbucks. Personne en dehors de Carlos, Brian et Nicole ne le savait, mais peu importe. J'étais capable de me souvenir d'une commande passée trois mois plus tôt, de concocter des boissons pour satisfaire aux goûts particuliers des clients, et tout en faisant cela, de gérer deux caisses en même temps, d'aller et venir comme Billy Blanks ou Richard Simmons.

Nous avons raccourci de moitié la file d'attente en moins de dix minutes, sans même que je verse une goutte de sueur. Et là, je l'ai vu. Ça faisait deux mois qu'il venait, depuis que sa société avait emménagé dans l'immeuble. Tôt le matin, il arrivait seul, toujours pendu au téléphone. À 10 heures, il revenait flanqué d'un groupe d'hommes qui avaient tous des têtes de dobermans. L'après-midi, il repassait avec des petits jeunes béats dès qu'il riait et à qui il offrait sa tournée. Puis une dernière fois en fin d'après-midi, et je ne savais jamais à quoi m'attendre.

Son humeur changeait non en fonction de l'heure de la journée, mais de la personne qui l'accompagnait. Quand il était seul, il était pensif ; avec ses dobermans, il était concentré ; avec ses jeunes disciples, il brillait plus fort que le soleil. Il ne commandait jamais de nourriture, et malgré sa carrure de sportif, sa coupe impeccable et son teint olive resplendissant, j'étais sûr que son seul carburant était le café.

Je ne peux pas vous expliquer ce qui a suivi ; j'imagine que je voulais simplement rendre service. Il s'est approché du comptoir, écouteurs enfoncés dans les oreilles, visage contracté par la frustration. Et au lieu de lui donner son habituel Vanilla Sweet Cream

Cold Brew, j'ai attendu. Il a hoché la tête, puis a fini par dire : « Je sais, je sais. Tout ira bien, fais-moi confiance. Je m'occupe du conseil d'administration. »

J'ai servi les clients à la caisse voisine jusqu'à ce qu'il lève la tête, et dise : « Bonjour. Un Vanilla Sweet Cream Cold Brew. Comme toujours. Vous vous rappelez, hein ? »

Entretemps, les derniers clients du matin avaient récupéré leur boisson et il ne restait plus que nous deux au comptoir.

« Je ne crois pas que c'est ce qu'il vous faut, aujourd'hui », ai-je déclaré.

J'ignore pourquoi mon cœur s'est mis à battre la chamade contre ma cage thoracique. Quand j'y repense, je me dis que mon corps avait dû comprendre que je vivais un moment décisif et que ces manifestations surnaturelles du destin sont rares.

Lecteur : Ce que vous êtes sur le point de lire est ce qui arrive quand l'intuition prend le pas sur la logique, ce qui est la marque de tout vendeur digne de ce nom. Les gens achètent sur un coup de cœur puis font des raisonnements pour justifier leur achat. Voyez plutôt.

« Oui, un instant », a-t-il dit dans son micro, sans me quitter des yeux. Son regard étincelait de colère. « Et pour quelle raison est-ce que je ne prendrais pas ça, aujourd'hui ? m'a-t-il demandé, bombant le torse comme un lion prêt à fondre sur sa proie.

– Parce que je vous entends toujours parler de votre efficacité au téléphone. Or le Vanilla Sweet Cream Cold Brew n'est pas indiqué dans ce cas-là. Vous feriez mieux de prendre… »

Il a éclaté de rire, pas comme lorsqu'on trouve quelque chose drôle, plutôt comme quand on est tellement furieux qu'on est sur le point d'exploser. Il a pris une grande inspiration, avant de souffler lentement. « Écoutez, c'est sûrement très bien tout ce que vous vendez, mais donnez-moi simplement ce que je prends d'habitude. Je n'ai pas de temps à perdre. »

Sers-lui sa boisson habituelle. Arrête de déconner. Mais je ne me suis pas écouté. Ce que j'ai dit ensuite devait être le résultat d'une intervention divine parce que j'ignore comment ça m'est venu.

« C'est ce que m'ont aussi répondu les cinq derniers clients, jusqu'à ce que je leur propose une alternative qui a résolu un problème qu'ils ignoraient avoir. »

Il a serré la mâchoire et s'est penché vers moi comme s'il allait me bouffer l'oreille façon Mike Tyson.

« Parce que, ai-je poursuivi, trop compromis pour m'arrêter à ce stade, croyez-le ou non, quand vous venez ici pour commander quelque chose, ce n'est pas une boisson que vous commandez, c'est une solution. Une solution à la fatigue, l'irritabilité, à tout ce que le manque de café entraîne chez vous. Alors si vous permettez, je suis sûr qu'un Nitro Cold Brew est la boisson qu'il vous faut vraiment. Il contient dix grammes de sucre en moins que votre boisson habituelle, quarante calories en moins, et cent quarante milligrammes de caféine en plus. Enfin, ce ne sont que des chiffres. Si vous prenez le Nitro Cold Brew et que vous ne l'aimez pas, vous pouvez revenir, et je vous servirai votre boisson habituelle gratuitement. Qu'est-ce que vous en dites ? »

Silence. Dix secondes de silence complet. Si vous pensez que dix secondes de silence, ce n'est pas si long que ça, comptez dans votre tête en imaginant un adulte qui vous regarde droit dans les yeux, comme s'il allait blanchir un Noir. *Un. Deux. Trois. Quatre. Cinq. Six. Sept. Huit. Neuf. Dix.* J'ai failli lui dire de laisser tomber, que c'était de ma faute, mais mon petit doigt m'a dit de m'abstenir. J'ai soutenu son regard jusqu'à ce qu'il dise : « Vous avez essayé de me faire le coup de la tenaille, là ? » Il a desserré les mâchoires et son regard s'est adouci sous l'effet de la curiosité.

C'est là que je me suis aperçu que Carlos, Nicole et Brian nous observaient depuis le début. J'ai senti leur cœur s'arrêter le temps d'un battement quand le type a pris la parole, et me suis souvenu de la couleur du tablier que je portais, et que j'étais le boss. « Il faut croire, ai-je répondu en faisant un signe de tête à Brian pour qu'il lui prépare la boisson.

– Comment vous vous appelez ?

– Darren. Darren Vender.

– Rhett Daniels », m'a-t-il dit, tendant la main par-dessus le comptoir. J'ai vite essuyé la sueur sur la mienne pour la lui serrer.

« Enchanté, Rhett. Je vous vois ici chaque jour. Plusieurs fois par jour, en fait. »

Il a ri. Sincèrement, cette fois. « Oui, je carbure au café. Qu'est-ce que vous faites en dehors du travail ?

– Je lis, je regarde des films, je sors avec ma copine. Tout ce qu'on peut faire quand on habite en ville.

– Et combien vous gagnez ? »

Merde, combien je gagne ? Ce type ne perd pas de temps. J'ai haussé les épaules.

« Votre boisson est prête », ai-je éludé, hochant la tête vers le bout du comptoir.

Rhett s'en est approché lentement, sans jamais me quitter des yeux, l'a prise, en a bu une gorgée. « C'est délicieux. Merci pour le conseil, Darren.

– Y a pas de quoi. » J'étais mal à l'aise. Son humeur semblait avoir changé.

« Écoutez, il faut que je file au travail. Voici ma carte. Si vous passiez au bureau quand vous aurez terminé ? »

Passer au bureau ? Je n'avais aucune idée de ce que ce type racontait. « Pour quoi faire ?

– Saisir une occasion.

– Quel genre d'occasion ? »

Il franchissait déjà la double porte qui menait dans le hall. « Passez, vous verrez bien. »

« Alors, tu es allé le voir ? » m'a demandé Soraya, dont le corps aux courbes généreuses était recouvert d'une pellicule de sueur. Elle a enroulé en chignon ses longs cheveux noirs bouclés.

J'avais encore le cœur battant de lui avoir fait l'amour. J'ai avalé une grande gorgée d'eau fraîche et me suis laissé retomber sur l'oreiller. « Non. »

Elle s'est redressée sur un coude et a haussé un épais sourcil.

« Pourquoi ?

– Parce que c'était trop bizarre et rapide, ai-je répondu, distrait par ses belles aréoles brunes. D'ailleurs, j'étais pas sérieux. Je sais pas ce qui m'a pris, je voulais voir si j'étais capable de faire changer d'avis un Blanc qui a du pouvoir.

– Et tu as réussi », m'a-t-elle dit, traçant le contour de mon menton de son doigt effilé. J'en ai eu des frissons.

« Oui, mais j'étais pas sérieux. Je ne sais pas ce qu'il me veut, ce type. Et puis je suis trop occupé par tout le reste.

– Tout le reste ? Comme quoi, Dar ? Tu dis toujours : “J'attends la bonne occasion.” La voilà, non ?

– Non. Du moins, pas celle que j'imaginais.

– Et tu t'imaginais quoi, Cassandre ? »

Je me suis assis sur le lit. « Arrête avec ta Cassandre. » Fallait le lui reconnaître, comme Maman, elle savait par quel bout me prendre. On se connaissait depuis l'âge de sept ans. Elle arrivait du Yémen et Jason l'avait vue jouer toute seule à Marcy. Il s'était précipité chez moi pour me dire qu'il avait croisé une extraterrestre, l'avait poussée devant ma porte. Quand je lui avais adressé un : « Salut », elle avait répondu : « *As-salaam aleykoum.* » « Tu vois », m'avait-il dit en hochant la tête, content de lui.

On l'avait fait entrer pour la montrer à Maman, qui nous avait tapé tous les deux sur le crâne et nous avait raillés : « C'est pas une extraterrestre, espèces d'idiots. Elle est nouvelle, voilà tout. Vous avez intérêt à la traiter comme une reine. » Je passe sur le romantisme à deux balles, mais on est devenus amis, et puis, au collège, un peu plus que ça, et on est ensemble depuis ce temps-là, malgré quelques brèves ruptures. C'était ma Wonder Woman.

Elle a ri. « Tu sais ce que mon père m'a dit de toi ?

– Non, qu'est-ce que M. Aziz a dit de moi ?

– Il m'a dit que tu étais un garçon intelligent, promis à un brillant avenir. Et que rien qu'en te regardant, à ta façon d'écouter les gens et d'être toujours curieux, tu n'étais pas comme les autres garçons du coin. Que tu étais différent.

– Comment ça, différent ?

– Je ne sais pas. Différent, c'est tout. Alors ne me fais pas marcher. C'est vraiment pas la bonne occasion ou y a quelque chose d'autre ? »

J'ai détourné les yeux. Elle avait le genre de regard qui lit en vous à livre ouvert. « C'est-à-dire, quelque chose d'autre ?

– Genre, tu as peur de ce que ça pourrait donner, donc tu louvoies en disant que ce n'est pas la bonne occasion parce que tu veux rester ici pour t'occuper de Mme V. alors que c'est la dernière personne au monde à avoir besoin qu'on s'occupe d'elle. D'ailleurs, elle sait très bien que tu te retiens de partir à cause d'elle, Dar. Tout ce qu'elle veut, c'est que tu fasses quelque chose de ta vie. »

Merde. L'avantage d'être avec quelqu'un depuis plus de la moitié de sa vie, c'est qu'elle nous connaît mieux qu'on ne se connaît soi-même. L'inconvénient, c'est qu'elle nous connaît mieux qu'on ne se connaît soi-même.

« J'en fais déjà quelque chose. Qu'est-ce qui pourrait me faire peur ? »

On a frappé à la porte. « Dar, j'ai rapporté des pizzas pour tout le monde.

– Merci, Maman. Qui ça, tout le monde ? »

Elle a tchipé de l'autre côté de la porte. « Si tu crois que je ne sais pas que Soraya est là. Bonjour, ma chérie. »

Soraya a remué sous les draps, s'enveloppant le corps comme si Maman était dotée d'une vision à rayons X. « Bonjour, madame.

– M. Rawlings monte nous rejoindre, alors rhabillez-vous et sortez de là. »

L'avantage d'habiter un immeuble en pierre brune de trois étages, c'est qu'on ne manquait pas de place. M. Rawlings habitait au rez-de-jardin, la chambre de Maman était au premier, on avait un grand salon et une grande cuisine au second, et j'avais tout le troisième pour moi. J'avais dit à Maman que je pouvais habiter au premier avec elle, histoire de louer le troisième étage, mais elle m'avait répondu que j'étais un homme désormais, et qu'un homme avait besoin de son propre espace.

Même si nous avions tous accès au jardin derrière la maison, il était rare qu'on y aille, Maman et moi. Tout d'abord, M. Rawlings l'adorait, ce jardin. Il s'en occupait jour et nuit, même en hiver. Il déployait des bâches antigivre, des draps et des lampes chauffantes.

J'hallucinais de voir des radis, des brocolis, des navets, du chou, des épinards et d'autres légumes pousser alors qu'il y avait de la neige.

Et puis ce type était aussi vieux que la terre elle-même. Il avait près de quatre-vingts ans à l'époque et habitait au 84 Vernon depuis des dizaines d'années quand Maman en avait hérité. Je ne l'avais jamais entendu parler de sa famille, j'en avais conclu qu'il n'en avait pas. Après la mort des parents de Maman à quelques mois d'intervalle quand elle avait vingt ans, il l'avait traitée comme une fille, et quand j'étais né, il m'avait considéré comme son petit-fils. Tout ça faisait de M. Rawlings quelqu'un d'unique – un ancien de Bed-Stuy qui méritait le respect.

Soraya et moi sommes entrés dans la cuisine. « Bonjour, monsieur Rawlings », lui a-t-elle dit en déposant un baiser moite sur son crâne chauve et parsemé de taches de vieillesse. Il portait sa tenue habituelle : le kit Vieux Ringard™ avec chaussures de cuir noir à semelles souples, pantalon gris, chemise à carreaux rentrée dedans, et veste bleu marine. Parfois il troquait la veste contre des bretelles. Oui, des bretelles. Il posait sa canne en palissandre sur le bras du fauteuil.

« Bonsoir, Jasmine », lui a-t-il répondu avec un clin d'œil. Jasmine, évidemment, c'était la princesse d'*Aladdin*.

Elle lui a pincé la joue. « Commencez pas, l'ancêtre. » Comme je l'ai dit, c'était un ancien de Bed-Stuy qui imposait le respect, mais quand on titille quelqu'un, il faut s'attendre à recevoir la monnaie de sa pièce.

« Asseyez-vous pour le bénédicité », a dit Maman au bout de la table. Elle portait encore la tenue qu'elle mettait pour aller au travail – un chemisier blanc bouffant rentré dans son jean – et qui sentait la javel. Je savais que le fait de respirer ce truc toute la journée n'était pas bon pour elle, mais elle refusait de démissionner. Elle disait qu'elle était douée pour ça et avait besoin de se sentir douée pour quelque chose.

On s'est tenus tous les quatre par la main et Maman a prié : « Seigneur, merci pour Ton amour sans réserve et la chance que Tu nous offres de nous asseoir tous ensemble, de faire un bon repas, sans se soucier de savoir si nous aurons de quoi subvenir à notre prochain repas, et… »

Elle a lâché nos mains, tout son corps secoué d'une toux qui semblait venir du plus profond d'elle. Comme si un monstre avait enroulé ses tentacules visqueux autour de ses entrailles.

« Maman, ai-je dit en lui frottant le dos. Crache. Ça fait rien, crache. Tu te sentiras mieux.

– Merci, mon chéri, ça va. Finissons. »

On s'est repris par la main. « Pardon, Seigneur, pour ma toux. » On a tous ricané. « Merci pour cette chance de voir un autre jour. Seigneur, je prie pour que Tu aides Darren à trouver sa voie et que Tu fasses de lui un instrument pour aider autrui comme nous savons tous qu'il y est destiné. Je prie pour que Soraya développe l'empire d'épiceries de son père jusqu'aux confins de Ta terre verdoyante, et que le jardin de M. Rawlings continue de produire ses délicieux légumes et les fleurs que nous admirons et dont nous profitons. Amen.

– Amen.

– Vous savez, madame V., a commencé Soraya en déposant une part de pizza dans mon assiette, vous avez parlé de chance dans votre prière. Ce qui est drôle, c'est qu'il y en a une qui vient de se présenter à Dar et qu'il a décidé de la laisser passer. »

Ils m'ont regardé tous les trois comme si je venais d'être accusé d'un crime. J'ai continué de manger.

« Alors, mon garçon, raconte, m'a dit M. Rawlings en me décochant un de ces regards acérés dont seuls les vieux Noirs ont le secret.

– Oui, Dar, raconte, a ajouté Maman en me serrant la main de sa poigne de fer.

– Arrête, Soraya. Pourquoi tu parles de ça ? C'est rien, Maman. Un type au boulot, aujourd'hui, un de ces Blancs qui bossent dans les nouvelles technologies, tu vois ? Il m'a demandé de passer le voir à son bureau pour discuter.

– Comment ça, discuter ? a demandé M. Rawlings. Quel genre de discussion il veut avoir, il veut discuter avec toi sans raison, comme ça ?

– Pas sans raison », lui a expliqué Soraya, qui en a profité pour raconter toute l'histoire. Les deux caisses, à quoi ressemblait Rhett, comment je l'avais convaincu de commander une autre boisson, le coup de la tenaille.

« Quelle tenaille ? a demandé M. Rawlings. Ça sonne comme une de ces pratiques sexuelles à la mode dont les jeunes raffolent de nos jours.

– Percy ! s'est offusquée Maman en donnant une tape sur le poignet de M. Rawlings. Et alors, Dar ? Tu n'es pas passé le voir après le travail ?

– Non », ai-je dit, prêt à encaisser tout ce qu'elle allait me sortir. Elle s'est contentée d'écarter la main et de baisser les yeux vers les miettes blanches dans son assiette. Et puis elle s'est mise à renifler.

« Arrête, Maman. » Je me suis senti comme une merde. M. Rawlings a marmonné quelque chose en prenant une autre part de pizza. Et Soraya m'a regardé comme si elle avait semé la zizanie, à juste titre.

« "Au cœur de chaque difficulté, il y a une chance à saisir", a déclaré Maman, les yeux baissés sur son assiette. Tu sais qui a dit ça ? »

J'ai respiré un grand coup, secoué la tête.

« C'est ce que ton père disait toujours. Chaque fois qu'on traversait un moment difficile ou qu'il y avait un imprévu, il se tournait vers moi et disait, "Au cœur de chaque difficulté, il y a une chance à saisir, *amor*." Chaque fois, je l'ai cru. Et chaque fois, il a eu raison. C'est ce que j'ai pensé quand il est mort et c'est ce que je pense encore aujourd'hui.

– Regarde par ici, mon garçon », est intervenu M. Rawlings, les yeux braqués sur moi.

J'ai brièvement levé les yeux, avant de détourner le regard.

« Regarde-moi, je te dis, a-t-il répété d'un ton de voix plus grave que la fois où j'avais écrasé ses petits pois par mégarde. Pour un jeune Noir, même un métis à moitié espagnol comme toi, une chance pareille ne se présente pas deux fois.

« De mon temps, quand un Blanc vous donnait une chance, il y avait un prix à payer. On pouvait devenir son chauffeur, mais il fallait être tout le temps disponible, qu'on ait prévu d'aller quelque part avec sa famille ou pas. On avait le droit de vote, mais on nous cassait les jambes si on ne votait pas pour un certain candidat. En tout cas, une chance restait une chance et si on la saisissait et qu'on jouait le jeu, on pouvait réussir. »

Je ne veux pas jouer le jeu. Ça m'allait de faire ce que je voulais. Bosser chez Starbucks, c'était pas si mal. Ça me permettait de me la couler douce avec Soraya. Et surtout, j'étais là pour Maman quand elle avait besoin de moi. Il a fallu qu'elle se tourne vers moi et que je voie des larmes lui couler sur les joues, pour me décider à aller voir Rhett.

« Promets-moi au moins d'essayer. Peu importe ce qui t'attend, m'a dit Maman. Cet homme a dû voir quelque chose en toi, Dar. Quelque chose que tout le monde voit en toi, à Bed-Stuy. Tu te dois à toi-même d'aller voir ce qu'il veut. Promets-moi. »

J'ai croisé les doigts dans mon dos et l'ai regardée dans les yeux.

« D'accord, Maman. Promis. »

3

J'ai menti. J'ai menti parce que je ne voulais pas que Maman aille s'imaginer que je refusais de viser plus haut. J'ai menti à cause du regard réprobateur que M. Rawlings – un filet de fromage solidement suspendu à la lèvre – m'a lancé. J'ai menti surtout parce que j'avais la trouille. Vous savez, c'est facile de dire à tout le monde qu'on « attend juste la bonne occasion », mais c'est une autre histoire quand elle se présente pour de bon. Qui dit occasion dit changement. Qui dit occasion dit action. Mais surtout, qui dit occasion dit échec potentiel. Et c'est la possibilité d'échouer, plus que l'échec lui-même, qui empêche tant de personnes d'entreprendre quoi que ce soit. À l'époque, je n'étais pas différent des autres.

Quand je suis allé bosser le lendemain matin, toute la salle m'a applaudi. Bon, d'accord, ils n'étaient que trois, mais toute la salle ne m'en a pas moins applaudi.

« Mon vieux, tu l'as vraiment cueilli, le gringo, m'a dit Carlos en tapant son poing sur le mien avec tant de conviction et en s'approchant si près que j'ai failli tourner de l'œil à cause de l'épais brouillard de vodka, d'herbe et d'eau de Cologne bon marché qui l'entourait.

– Bah, c'était rien, ai-je répondu en allant derrière le comptoir où j'ai vu l'air ébahi de Nicole.

– Viens par là, Darren, m'a-t-elle dit en m'enveloppant de ses deux gros bras molletonneux. Qu'est-ce que tu nous as fait ? On aurait dit que tu te transformais en quelqu'un d'autre. Comme Hulk !

– Un Hulk noir, *hermano*, a ajouté Carlos. J'ai su que tu mijotais quelque chose quand je t'ai vu tenir les deux caisses en même temps. Y avait cet air dans ton regard, comme si t'étais la même personne, mais différente. Comme un super-héros qui voit la ville brûler et qui doit intervenir pour la sauver. Sauf que ce Starbucks n'a rien à voir avec cette ville, encore que… quand on y pense, il faut qu'on…

– Oui, je vois ce que tu veux dire, Carlos », ai-je répondu, sans trop savoir s'il fallait lui reprocher d'être stone, bourré ou je ne sais quoi. Chaque soldat méritait un peu de répit, alors j'ai posé mon sac, enfilé mon tablier, et ouvert le café.

Quand le silence s'est fait dans la salle – ce silence abrupt avant que le premier client n'entre en faisant *pataclop* comme un cheval avec ses chaussures de cuir hors de prix – on m'a tapé sur l'épaule.

« Eh, Darren, a commencé Brian, jetant des coups d'œil dans toutes les directions sauf la mienne.

– Oui ?

– Tu crois que tu pourrais, euh, tu crois que tu pourrais… – *MERDE !* – Pardon. Tu crois que tu pourrais… – il a porté la main à la bouche d'un geste vif pour étouffer un *PÉNIS !* toujours audible – … pardon, pardon. »

Bon, toutes les personnes atteintes du syndrome de la Tourette ne jurent pas involontairement comme un marin syphilitique. On appelle ça la coprolalie, et seul un Tourette sur dix en souffre. Brian Grimes – vingt-six ans, né en Virginie, élevé dans le Connecticut, joueur invétéré de Donjons & Dragons et coiffeur au talent spectaculaire – était l'un d'eux. Et même si je ne m'étais jamais assis à une table pour combattre des créatures mythologiques avec lui, on parlait souvent de comics et de notre haine commune et ô combien ironique du café. Il m'avait aussi parfois sauvé la mise avec mes contours.

J'ai posé les mains sur ses épaules et lui ai dit : « Ferme les yeux et respire un grand coup. »

Il est vrai que, même s'il était plus âgé que moi, Brian – peut-être parce que j'étais noir comme lui, mais avec un soupçon de pouvoir en plus – m'admirait. En tant que boss, je faisais donc de mon mieux pour le mettre à l'aise, le détendre et lui dire qu'il faisait du bon boulot.

« Merci, Darren. Je voulais te demander si tu pouvais m'enseigner ce que tu as fait hier.

– Qu'est-ce que j'ai fait, Brian ?

– Comment tu, euh, comment tu…

– Respire, mon vieux. Tu sais que je suis là pour t'aider.

– Comment tu as fait pour prendre le contrôle de son esprit ? Lui faire acheter le Nitro Cold Brew au lieu de sa boisson habituelle ? »

J'ai ri. « J'ai pas pris le contrôle de son esprit, Brian. Je ne sais pas ce que c'était, mais pas ça.

– Si ! Quand il est entré, il voulait une boisson bien précise et il est ressorti avec une autre. Sans compter qu'il l'a aimée, cette autre boisson. Comme si tu l'avais ensorcelé. Je dis pas que je veux devenir sorcier ou quoi, ni que je veux décider de ce que les gens boivent, mais juste être capable de… – il s'est arrêté le temps de se gratter le visage – d'être persuasif, tu vois ? Je me dis que si je peux apprendre à faire ça, je pourrais peut-être me trouver une copine. »

Je ne voulais pas lui apprendre la mauvaise nouvelle, mais aucun pouvoir de persuasion ne ferait l'affaire tant que sa tronche ressemblerait à une pizza brûlée.

« Écoute, Brian. Je ne sais pas comment prendre le contrôle d'un esprit, ni comment être vraiment persuasif. Ça s'est fait comme ça, voilà tout. Je regrette de ne pas pouvoir t'en dire plus, en revanche je peux faire en sorte que tu deviennes le meilleur barista possible pour séduire les femmes grâce à ton savoir-faire.

– Bon, d'accord. Mais je veux juste dire une dernière chose.

– Vas-y. » Les premiers *pataclop* de la journée sont entrés. Nicole et Carlos s'en occupaient mais auraient bientôt besoin de renfort.

« La plupart des super-héros ne savent pas qu'ils le sont jusqu'au moment où ils se font prendre sur le vif, exactement comme toi. Soit ils sont submergés par une force qui leur donne un aperçu de leurs pouvoirs cachés, soit ils sont confrontés à leurs limites et n'ont pas d'autre choix que de succomber à ce qui les rend uniques.

– Merci, Brian. Je tâcherai de ne pas l'oublier. Bon maintenant, au boulot. » Mais à ce moment précis, il a écarquillé les yeux, bouche bée, et a levé un doigt vers la porte comme un zombie.

Je me suis retourné et j'ai vu Rhett Daniels. Il arrivait comme tous les autres jours, à ceci près qu'il n'avait pas d'écouteurs aux oreilles, ne regardait pas l'écran de son téléphone, ne discutait pas avec ses dobermans, ni ne traînait derrière lui ses fidèles suiveurs. Il me dévisageait.

Et il était en pétard.

Il a fait la queue derrière les autres accros. Une fois devant moi, il m'a simplement dévisagé. J'ai détourné le regard.

« Vous pouvez venir faire un tour avec moi ? m'a-t-il demandé d'une voix posée.

– Euh, non, il faut que je tienne le Starbucks. » Je commençais à transpirer.

« Mais non, Darren, c'est pas grave. On tiendra la forteresse pendant que tu discutes, a dit Nicole qui sortait de nulle part.

– Oui, mon vieux, on gère », a ajouté Carlos.

Rhett leur a fait un clin d'œil, avant de me regarder. « Alors ? »

Et puis merde. J'ai détaché mon tablier, l'ai posé sur le comptoir et je l'ai suivi dans le hall.

« On va où ? » ai-je demandé en m'apercevant que cela faisait des années que je n'étais pas sorti du 3 Park Avenue à 8 heures du matin en semaine. Des yuppies du XXIᵉ siècle franchissaient la porte tambour comme des abeilles butineuses qui rentrent à la ruche.

« Où tu veux. Tu as faim ? » Il a jeté un œil à son téléphone avant de le glisser dans sa poche.

« Non, ça ira. » Je ne lui devais ni explication ni excuse, mais pour une raison que j'ignore, j'avais l'impression d'être redevable. On aurait dit qu'il était doté d'une force d'attraction, et que si on s'approchait trop, il devenait impossible de lui échapper.

« Parfait, allons manger des pancakes. »

Nous avons marché quelques minutes seulement, dans un silence qui m'a donné l'impression de durer plusieurs jours.

Il a ouvert la porte d'un café, le Bobby's Big Breakfast, BBB en abrégé, et on s'est assis dans une alcôve du fond.

« Des pancakes, donc », a-t-il dit sans consulter le menu.

« Des pancakes », ai-je confirmé en évitant de croiser son regard. *Je suis coincé, mais c'est bientôt fini.*

Une serveuse blonde et pressée est apparue, stylo et carnet à la main, et l'a dévisagé comme hypnotisée par sa peau parfaite et le contour bien dessiné de sa mâchoire couverte d'une barbe noire de trois jours. *Je sais qu'il est beau gosse, mais bon... Ressaisis-toi !*

Rhett s'est passé la main dans ses cheveux bruns en bataille, résultat d'un savant travail d'ébouriffage et de vaporisation, et lui a souri. « Bonjour.

– Oh, a répondu la serveuse, tirée de sa contemplation. Pardon, qu'est-ce que ce sera ?

– Deux cafés noirs et une pile de pancakes à la banane pour moi. Et des pancakes à la myrtille pour mon ami, a-t-il dit.

– Je peux vous apporter autre chose ? » a-t-elle demandé, bavant devant lui comme un chien devant une boucherie.

Il lui a fait un grand sourire aguicheur. « Non, ce sera tout. Merci.

– Comme vous voudrez, a-t-elle répondu avant de tourner les talons.

– Ça te va, Darren ?

– Euh, oui, bien sûr. »

Encore un silence. Exactement une minute et demie de silence jusqu'à l'arrivée du café, et six et demie de plus jusqu'à celle de nos assiettes de pancakes fumants, une montagne de pépites de chocolat sur chacune d'elles.

« Un petit extra pour vous, les garçons », a dit la serveuse.

Je n'arrêtais pas de plisser et lisser mon pantalon. L'arôme qui montait du café m'attaquait les narines. Guatémaltèque.

« Tu n'as pas touché ton café, m'a-t-il dit avec un hochement de tête en direction de la tasse.

– Euh, oui, je...

– Goûte, il est délicieux. Ça vaut pas Starbucks – il a souri – mais c'est quand même bon. »

Je fixais la surface noire de ma tasse, voyais mon reflet troublé. *Pas question, putain.*

Rhett a de nouveau hoché la tête vers la tasse.

J'y ai jeté un nouveau regard. *Je t'emmerde.* Je l'ai portée à mes lèvres et j'y ai bu une gorgée. *Je t'emmerde, putain !*

« Très bon », ai-je lâché.

Ça m'a étonné ; ce n'était pas si mauvais.

Il a ri. « Qu'est-ce que je t'avais dit ? À propos, on t'a déjà dit que tu ressemblais à Martin Luther King ?

– Euh, non, vous êtes le premier. »

Il s'est adossé à la banquette. « Si, si. Alors, d'où es-tu ?

– Bed-Stuy.

– Chris Rock, excellent », a-t-il déclaré, retirant toutes les pépites de chocolat fondu sur le dessus de sa pile avant de couper les pancakes en plusieurs morceaux.

« La plupart des gens connaissent surtout pour Jay-Z », ai-je répondu, surpris.

Il continuait de couper sa pile en petits triangles de pancakes superposés. « La plupart des gens ne font que répéter ce qu'ils entendent. Et le lycée ? Où est-ce que tu es allé ?

– Bronx Science. J'ai été major de ma promo. »

Il s'est arrêté de couper et a levé les yeux vers moi. « Donc soit tu es incroyablement intelligent, soit tu es juste quelqu'un qui fait très bien ce qu'on lui demande. Lequel des deux ? »

J'ai baissé les yeux vers ma tour penchée de pancakes, soudain affamé. « Je ne sais toujours pas.

– Et la fac ? Où est-ce que tu as fait tes études ?

– Je ne suis pas allé à la fac.

– Pourquoi ?

– C'était pas pour moi. »

Je n'avais pas l'intention de raconter ma vie à ce type, quelle que soit la force de son champ gravitationnel.

« C'était pas pour le major de promo de l'un des meilleurs lycées d'Amérique ? Arrête. Je ne te crois pas.

– C'est vrai. J'avais… j'ai d'autres priorités.

– Et qu'est-ce qu'ils en pensent, ta mère et ton père, de ces autres priorités ?

– Mon père est mort et ma mère n'était pas très contente. Elle ne l'est toujours pas, d'ailleurs, ai-je fait remarquer, buvant une gorgée.

– C'est triste pour ton père. Qu'est-ce qui lui est arrivé, si ce n'est pas indiscret ?

– Non, ça va. Il est mort quand j'avais deux ans. C'était un homme à tout faire et, après avoir économisé pendant des années, il a enfin eu assez d'argent pour lancer sa propre affaire. Il s'est acheté un combi et le jour même, en rentrant à la maison, un bus l'a percuté côté conducteur. »

Rhett a pris une grande inspiration. « Car si nous vivons, nous vivons pour le Seigneur ; et si nous mourons, nous mourons pour le Seigneur. Donc, soit que nous vivions, soit que nous mourions, nous sommes au Seigneur.

– Qu'est-ce que c'est ?

– Romains 14:8. C'est triste. Ça a dû être dur.

– Surtout pour ma mère, oui. Moi, je ne l'ai pas vraiment connu.

– Et tu as des frères et sœurs ?

– Non, je suis seul avec ma mère. »

J'ai aperçu une brève lueur dans son regard, comme s'il avait vu quelque chose qu'il n'avait pas vu auparavant, la réponse qu'il cherchait.

« Alors tu n'es pas allé à la fac parce que tu ne voulais pas laisser ta mère seule à la maison. Et tu travailles chez Starbucks parce que ça t'occupe, surtout depuis que c'est toi le chef. Et ça ne t'en demande pas trop. Tu peux sortir de chez toi et te sentir productif, mais une grande part de toi ne peut s'empêcher de se demander : "Alors c'est tout ?" »

Mais putain ? J'avais l'impression que ce type m'avait sauté dans la tête, avait regardé partout, chié un coup et s'était barré. Si Brian me croyait capable de prendre le contrôle d'un esprit, j'aurais bien aimé savoir ce qu'il dirait de Rhett. J'ai avalé une bouchée de mes pancakes froids, remuant sur ma banquette jusqu'à trouver le courage de parler.

« Oui. Peut-être.

– Mais tu n'as pas encore été mis à l'épreuve, alors tu dis à tout le monde que tu "attends la bonne occasion", c'est ça ? Bon, écoute. Si je te disais que tu peux apprendre à faire ce que je fais ? »

Ah, nous y voilà. C'était ça, le but de ce petit déjeuner.

« Et qu'est-ce que vous faites, exactement, Rhett ?

– Des marchés, Darren. Je conclus des marchés et je vends la seule chose que tout le monde veut.

– C'est-à-dire ?

– Une vision.

– Quel genre de vision ?

– Une vision pour l'avenir. Je vends aux gens une chance de vivre pleinement, et je peux te dire que les gens sont prêts à payer une fortune pour ça. Bien mieux que ça, ce qu'on fait là-haut, a-t-il dit en montrant du doigt les derniers étages du 3 Park Avenue, c'est aider les gens. Ce que nous faisons change le monde, a un impact positif, et en plus on prend notre pied en le faisant.

– Et pourquoi vous avez besoin de moi ?

– Ce n'est pas que j'aie besoin de toi, c'est que je veux que tu nous rejoignes. Ce que j'ai vu hier, ça fait des années que je ne l'avais pas vu : un talent brut, de la confiance et la capacité à me faire réfléchir autrement. Tu m'as convaincu d'acheter ce que tu vendais parce que mon choix me serait bénéfique à *moi*, pas à *toi*. Si tu nous rejoins là-haut, a-t-il dit en hochant de nouveau la tête vers le 3 Park Avenue, cela aura un gros impact sur ma société et un impact encore plus grand sur ta vie. »

Mon cœur battait la chamade. J'avais la bouche sèche. J'ai avalé la moitié d'un verre d'eau. « Je n'en suis pas sûr, Rhett. Hier, ça s'est fait comme ça. Je ne crois pas être le genre de personne qui peut vendre la vision dont vous parlez. »

Il a tendu le bras et m'a saisi par l'épaule. D'une main ferme. « Écoute-moi, Darren. Tu mérites mieux que de préparer de l'eau caféinée. Tu veux vendre ce truc pour le restant de tes jours ou tu veux me rejoindre pour changer le monde ? »

Même si la perspective de changer le monde était alléchante, je n'étais toujours pas convaincu. Comme il me l'avait dit, j'avais confiance en moi. J'avais Soraya, Maman, M. Rawlings, Jason, tout un étage dans un immeuble de pierre brune pour moi seul, un salaire décent ; et je n'avais besoin de rien qui soit au-dessus de mes moyens. J'avais déjà l'impression de faire la différence pour ceux qui comptaient le plus à mes yeux, quoi qu'il en pense. Je mentirais tout de même si je disais que je n'étais pas curieux de savoir pourquoi Rhett m'avait choisi et ce qu'il attendait de moi.

« Je regrette, Rhett, ai-je dit pendant qu'il payait l'addition. Je ne suis pas celui que vous croyez. »

Une fois dehors, il m'a passé autour de l'épaule son bras plutôt musclé, comme le ferait un ami proche. C'était une étreinte bizarre et réconfortante, d'autant que je sentais son eau de Cologne au parfum boisé avec une touche de lavande qui semblait dire *Je suis viril, mais ça ne signifie pas que je ne suis pas sensible.*

« Tu as raison, Darren. Tu n'es pas celui que je croyais. Tu vaux sans doute bien mieux. Voilà ce qu'on va faire. Monte au bureau pour humer l'atmosphère. Si ce que tu vois ne te plaît pas, tu peux prendre l'ascenseur et repartir. Je redeviendrai le type qui vient te commander un café, et tu redeviendras le type qui me le prépare. Ça te semble juste ? »

> **Lecteur : Finir un pitch par « Ça vous semble juste ? » est une tactique de vente assez commune. La plupart des gens ne veulent pas être considérés comme injustes ou incohérents, et deviennent plus susceptibles d'accepter, surtout quand le produit que pitche le vendeur leur semble cohérent. Tentez le coup et dites-moi ce que ça donne.**

Si j'avais su où cette question me mènerait, j'y aurais peut-être réfléchi à deux fois avant de monter jusqu'au bureau. J'aurais peut-être haussé l'épaule pour qu'il retire son bras, et dit : « Merci, mais non merci », je serais retourné auprès de mes soldats, et j'aurais renfilé mon tablier noir. J'aurais peut-être aussi pris le métro pour rentrer à Bed-Stuy et enfoui mon visage dans la poitrine de Soraya, cherchant refuge en un lieu sûr. Ce n'est pas ce que j'ai fait.

« Oui, ai-je répondu. Ça me semble juste. »

On a traversé Park Avenue et on est entrés dans le gratte-ciel. Mais au lieu de prendre à gauche pour retourner chez Starbucks, je suis allé tout droit, j'ai traversé le hall, je suis passé devant les vigiles, direction l'ascenseur et le trente-sixième étage.

4

On a pris l'ascenseur. Une femme qui était déjà à l'intérieur a appuyé sur le bouton du treizième étage. En voyant Rhett, elle a souri.

« Quel étage ? a-t-elle demandé, rayonnante comme le cul d'une luciole.

– Le trente-sixième, merci », lui a répondu Rhett en me faisant un grand sourire.

Elle a croisé les bras, plissé les yeux. « Alors c'est à votre étage qu'on fait tout ce bruit et qu'on organise les meilleures fêtes, c'est ça ? »

Rhett a battu en retraite dans un coin et levé les mains comme pour se rendre. « Je plaide coupable.

– On raconte que vous payez les vigiles pour qu'ils n'appellent pas les flics quand vous faites trop de raffut.

– À vrai dire, ce sont souvent les vigiles qui font le plus de raffut quand ils nous rejoignent. »

La clochette de l'ascenseur a retenti, signalant l'arrivée à son étage. Elle est sortie, non sans se retourner vers Rhett.

« Alors, vous comptez m'inviter à une de vos soirées ?

– Tous les vendredis à 6 heures », lui a-t-il dit en faisant le salut militaire.

À mesure que l'ascenseur montait les étages, des sons de basse le secouaient comme un léger tremblement de terre. Plus on s'élevait, plus ça devenait violent. J'avais des palpitations à l'idée que les câbles lâchent et m'envoient à la mort trente-six étages plus bas.

« Qu'est-ce que... ? »

Rhett a délicatement posé un doigt sur mes lèvres. « C'est ici qu'on fait des hommes et des femmes, Darren. Si non seulement tu arrives à survivre ici, mais qu'en plus tu t'épanouis, tu pourras tout faire. »

La cabine s'est ouverte sur des bureaux aux portes vitrées côté gauche et d'autres en verre dépoli côté droit. J'ai aperçu une jeune Blanche assise à un bureau, cheveux courts, lunettes, visage anguleux. Un blond qui aurait pu être son frère jumeau s'est penché pour lui caresser la joue. Elle lui a donné une tape sur la main. Mais c'est du côté droit, à travers les portes en verre dépoli, que provenait le bruit.

Des silhouettes bougeaient derrière ces portes : sautaient, couraient, s'agitaient au son de « We Dem Boyz » de Wiz Khalifa. Une petite chose ronde, comme le Vif d'Or de Harry Potter, a ricoché contre la vitre.

Rhett s'est tourné vers moi. « Tu es prêt ? »

J'ai lissé ma chemise et hoché la tête, sans comprendre à quoi il fallait me préparer.

À l'instant où Rhett a ouvert la porte, un objet lui a volé à la figure, et avant que j'aie le temps de comprendre ce que c'était, j'en avais attrapé un.

« Waouh, il est doué, le frère ! » a crié quelqu'un dans le chaos.

Frère ?

« Bons réflexes », a dit Rhett en montrant la balle antistress violette que j'avais à la main.

Tout s'était passé si vite que je ne m'étais même pas aperçu qu'on m'en avait lancé une. Je l'ai tournée et j'ai vu le mot SUMWUN écrit dessus en lettres cursives blanches. Quand j'ai relevé la tête, mes yeux se sont réajustés à l'anarchie ambiante.

Une mer d'êtres humains affluait et refluait, se déversant de chaque coin, entrant, sortant, debout sur les bureaux, par petits groupes, assis sous les tables, se bouchant les oreilles avec les doigts tout en parlant à toute vitesse, et se lançant des balles. *C'est pour de vrai ou il y avait quelque chose dans ces pancakes ?*

Certains passaient à toute vitesse en trottinette avec une tasse de café chaud à la main. Des grappes de garçons et de filles écrivaient sur des vitres qui allaient du sol au plafond, avec vue sur East River, comme dans *Un homme d'exception.* Des chiens se poursuivaient en aboyant. Quelques-uns brandissaient des battes de base-ball violettes au-dessus de la tête de types qui suaient à grosses gouttes au téléphone, comme s'ils allaient se faire assommer pour avoir dit un mot de travers. Une fille déambulait avec un petit cochon dans les bras, le caressait et riait, un casque audio enfoui dans ses cheveux orange.

Je me suis tourné vers Rhett, qui faisait défiler l'écran de son mobile. « C'est quoi, tout ça ?

– Ça ? » Il a haussé les épaules avec le sourire. « Ça, c'est la salle des ventes à 9 heures du matin. Que veux-tu que ce soit ?

– Comment peut-on travailler dans ces conditions ? » J'ai regardé partout autour de moi à la recherche d'une réponse. « Ils sont au téléphone, mais il y a de la musique qui sort de... Elle sort d'où, la musique ?

– De partout. On a fait installer des enceintes dans toutes les pièces, même la salle de gym. C'est pratique pour faire la fête, mais ça permet aussi à tout le monde de savoir qu'on vient de conclure un nouveau marché, comme en ce moment.

– La salle de gym ?

– Oui, tu veux la voir ?

– Bien sûr.

– Vingt mille, Rhett ! a crié une voix sourde perdue dans le néant.

– Inscris-les ! a dit Rhett en montrant le tableau blanc accroché au mur à côté de nous.

– C'est déjà fait ! »

Nous avons pris à droite, traversé un couloir étroit jusqu'à une porte affichant l'agenda des séances d'entraînement. Rhett l'a ouverte. C'était une impeccable petite salle de gym avec des bancs de musculation, des haltères, des tapis de course, un écran plat et tout l'attirail du parfait crétin. Un Blanc au physique méditerranéen – cheveux noirs, yeux noisette, teint olive – et plus baraqué qu'Adonis et Hercule réunis rudoyait un punching-ball.

« Mac, je te présente Darren. Darren, je te présente Mac », a dit Rhett.

J'avais déjà vu Mac au Starbucks, accompagnant Rhett pour son café de l'après-midi, alors j'ai attendu qu'il reconnaisse en moi « le type de chez Starbucks », mais il s'est contenté de retirer ses gants et de me tendre une main calleuse. J'ai tendu la mienne et il l'a serrée, me faisant presque pleurer. Je n'ai pas cédé. J'ai simplement soutenu son regard jusqu'à ce qu'il éclate de rire et me défonce le dos d'une grande tape.

« Bien joué ! Je pensais que tu abandonnerais au bout de quelques secondes, mais tu as tenu bon. Solide.

– Darren, a dit Rhett, écartant les mains. Ça, c'est la salle de gym. Mac est notre coach personnel. Nous avons des vestiaires avec douches, savon, serviettes, tout ce qu'il faut. Continuons.

« Le bureau est un grand cercle coupé en deux », m'a-t-il expliqué en passant devant un groupe de taiseux plongés dans l'écran de leur ordinateur portable.

« Ça, c'est le service marketing. En général, ils passent leur journée à rédiger, envoyer des emails, s'occuper de la pub et assister le service des ventes. »

Une femme pâle aux cheveux bruns et avec des taches de rousseur a levé les yeux, m'a fait signe, puis s'est reconcentrée sur son ordinateur.

« Jen, a dit Rhett, forçant la femme à lever de nouveau les yeux. Je te présente Darren. Darren va être un de nos nouveaux SDV.

– Un nouveau quoi ? » ai-je demandé.

Jen s'est levée, a pris mes mains dans les siennes, et m'a collé de si près que j'ai cru qu'elle allait m'embrasser. Comme Mac, j'avais vu Jen chez Starbucks des dizaines de fois, au point que je connaissais sa préférence pour le lait de soja, mais quand elle m'a regardé dans les yeux, c'était comme si elle me voyait pour la première fois. *Comment se fait-il que personne ne me reconnaisse ?*

« Enchantée de faire ta connaissance, Darren ! On est impatients de t'avoir avec nous. Si tu reçois un traitement royal de la part du roi en personne, c'est que tu es unique. Au passage, on t'a déjà dit que tu ressembles à Sidney Poitier ?

– Euh…

– T'es sérieuse, là ? » a dit Rhett d'une voix incrédule en dévisageant Jen.

Ah, quand même, on va enfin arrêter avec ces conn...

« Je pensais plutôt à MLK, a-t-il ajouté.

– Non. » Jen a secoué la tête. « Sidney, c'est sûr.

– Euh, non, on ne me l'a jamais dit. Merci. »

On a continué, passant devant les bureaux comme on zappe devant sa télé : des Blancs autour d'une table hurlaient au téléphone ; le blond que j'avais déjà aperçu écrivait sur un tableau blanc devant des Blancs, garçons et filles, qui hochaient la tête ; deux Blancs faisaient des pompes en se tapant les mains après chaque pompe ; un groupe de Blanches mangeaient une salade.

« Eh, ai-je demandé, où sont les no...

– Votre attention ! » a crié quelqu'un juste avant que deux trottinettes nous passent devant.

On était arrivés tout au bout du bureau, où il y avait une salle de réunion aussi longue que le couloir.

« C'est le Coran, la grande salle de conférences », a dit Rhett, ouvrant les lourdes portes en bois et tirant un fauteuil de cuir pour moi. Je me suis assis devant la grande table d'acajou.

« Ça fait genre comité d'entreprise, mais ça nous plaît. Ça nous donne un peu de contenance. » Il a montré du doigt les téléphones de conférences triangulaires disposés sur la table. Il y avait un grand écran de télé accroché au mur tout au bout de la pièce, et nous étions entourés de verre. Fenêtres en verre du sol au plafond, comme celles de la salle des ventes, et parois de verre. *Mais pourquoi cette salle s'appelle le Coran ?*

Avant que j'aie le temps de digérer tout ça, un petit homme en sueur, tout rouge et coiffé façon doigts dans la prise est entré en trombe.

« Rhett, a-t-il dit, tout essoufflé.

– Qu'est-ce qu'il y a, Chris ?

– Lucien vient d'appeler. Il veut te parler. Tout de suite. »

Rhett lui a fait signe de s'en aller. « Je le rappellerai. Ne t'inquiète pas.

– Mais, Rhett...

– Merde, Chris. Je le rappelle, je te dis. Arrête de t'inquiéter, tu veux ? Tout ira bien. Promis.

– Que j'arrête de m'inquiéter ? Comment veux-tu que j'arrête de m'inquiéter alors que le conseil ne nous lâche pas d'une semelle, putain, Rhett ? Dis-moi comment. »

Rhett n'a rien répondu. Il s'est contenté de le regarder. Chris a hoché la tête et est ressorti aussi vite qu'il était entré.

« Alors, a dit Rhett. Qu'est-ce que tu penses de tout ça ?

– Je ne sais même pas ce qui se passe. C'est une espèce d'opération illégale ou un asile de fous ? »

Il a éclaté de rire, m'a serré le bras. « Illégal, absolument pas, mais je ne peux pas en dire autant pour l'asile de fous. La plupart d'entre nous sont fous, assez fous pour être persuadés de pouvoir changer le monde et toutes les conneries que nous vendent les autres start-up. Mais ici, c'est pas du chiqué. Tu l'as vu de tes propres yeux, Darren. La passion fiévreuse, la folie débridée, l'électricité. Tu le sens ? »

Je mentirais si je répondais non. Il y avait une espèce de flamme dans le regard de tous ceux que je croisais. Elle brûlait en chacun d'eux, comme si elle risquait de les détruire s'ils ne s'en servaient pas. Je l'avais aussi sentie en moi avant de me reposer sur mes lauriers.

« Je le sens, ai-je commencé, observant la table dans toute sa longueur. Mais je n'ai pas l'étincelle, Rhett, c'est sûr. Du moins, je ne l'ai plus. Je ne sais même pas ce que vous faites, ici.

– Je te l'ai dit : on vend une vision.

– Oui, mais laquelle ? Que fait réellement la société ?

– Ne t'inquiète pas pour ça. Je veux que tu sois aussi pur et innocent que possible pour ton entretien d'embauche. On discutera des détails plus tard. C'est promis.

– L'entretien d'embauche ? Qu'est-ce que vous racontez ? Il faut que je redescende. Le Starbucks pourrait aussi bien être en feu que je ne le saurais même pas. »

Il m'a soulevé par le coude et m'a poussé vers la fenêtre. « Qu'est-ce que tu vois, Darren ? »

J'ai baissé les yeux et tressailli. Des taxis, des bus et des camions immobilisés engorgeaient la rue ; des cyclistes zigzaguaient entre eux comme des aiguilles sans fil ; de la fumée montait des stands alimentaires à chaque coin ; des hommes et des femmes traversaient les avenues, certains se demandant sans doute si leur baby-sitter allait trouver une solution, d'autres se demandant avec inquiétude s'ils pourraient payer le loyer. De là où j'étais, j'avais l'impression d'être Dieu.

« Je vois New York, ai-je dit. C'est chaotique, mais c'est beau. »

Il s'est posté dans mon dos, mains posées sur mes épaules. « Si ton précieux Starbucks était en feu, là, et que tout l'immeuble allait s'écrouler, tu ne voudrais pas au moins être ici pour profiter de la vue ?

– Euh… »

Il a appuyé sur le bouton d'un téléphone de conférences.

« Allô ? a répondu une voix.

– Oui, Clyde. Je suis au Coran. »

Quelques secondes plus tard, le grand blond que j'avais vu caresser la joue de la réceptionniste est entré en coup de vent, un sourire en coin.

« Clyde, je te présente Darren. Darren, je te présente Clyde. »

J'ai tendu la main. « Enchanté, Clyde. » Ses yeux d'un bleu profond ressemblaient à des vortex prêts à m'aspirer à tout moment.

« Ah, a-t-il dit en souriant jusqu'aux oreilles en me serrant la main. On va bien s'amuser. »

« Je vous laisse », a conclu Rhett, me tapotant l'épaule avant de sortir.

Je me suis tourné vers Clyde, qui s'était assis au bout de la table. « Où est-ce qu'il va ?

– Peu importe », m'a-t-il répondu, croisant les jambes, posant les mains à plat.

Je ne savais pas trop quoi faire. Le type n'arrêtait pas de me dévisager. Au bout de quelques minutes interminables, il a pris une grande inspiration et a tapé sur la table.

« D'où tu viens, Darrone ?

– De Bed-Stuy. Et je m'appelle Darren.

– Oui. T'es loin de chez toi, non ?

– Et toi, tu viens d'où ?

– Greenwich.

– Alors, on peut dire que tu viens d'encore plus loin que moi. »

Il a ri, hoché la tête, sans jamais me quitter des yeux. « C'est pas l'impression que ça donne. Alors comment as-tu rencontré Rhett ?

– C'est tout récent. Je ne peux pas vraiment dire que je le connais, mais ça m'a l'air d'être un chic type.

– Oui, c'est vraiment un chic type. Fou, brillant, et maniaque, mais un chic type, malgré tout. Où avez-vous fait connaissance ? »

Je ne voulais pas qu'il sache quoi que ce soit à mon sujet. Il puait les privilèges, le Rohypnol et l'exonération d'impôt, ce qui me hérissait. Mais au lieu d'inventer, j'ai pensé que dire la vérité pourrait jouer en ma faveur puisque Starbucks était un lieu tout ce qu'il y a de plus banal où les gens, dans ce monde en déficit de pigmentation, faisaient connaissance.

« Chez Starbucks. »

Il a tapé dans ses mains et renversé la tête en arrière. « Je le savais ! J'essayais justement de te remettre. Je me demandais si je ne t'avais pas déjà vu quelque part, mais je me disais que la plupart des Noirs se ressemblent. N'y vois rien de raciste, bien sûr. Tu es le type qui bosse en bas chez Starbucks, pas vrai ? Franchement, j'ai failli passer à côté. Ça m'étonnerait que quelqu'un d'autre ici te reconnaisse sans l'uniforme. »

Merde. Je savais que je l'avais déjà vu quelque part, il avait dû venir avec Rhett et commander un truc dégueulasse. Je n'étais pas sûr. De la même façon que pour Clyde, tous les Noirs se ressemblaient, je n'arrivais pas à distinguer un grand blond WASP d'un autre. Pour moi, c'étaient des agents tout droit sortis de *Matrix.* Sauf que, au lieu de porter des costumes noirs, ils portaient des polos Ralph Lauren, des pulls Vineyard Vines, des pantalons aux couleurs des œufs de Pâques, et des ceintures de cuir marron assorties à leurs chaussures bateau.

« Oui, c'est moi. » Inutile de se cacher, désormais. J'étais découvert. Et assez bizarrement, ça m'a soulagé. Toute cette hallucination était sur le point de se terminer, j'allais pouvoir me réveiller et reprendre le cours normal de mon existence.

Il m'a jaugé de bas en haut. « On t'a déjà dit que tu ressemblais à Malcolm X ?

– Euh, non. Mais récemment, j'ai eu droit à Martin Luther King et Sidney Poitier.

– Mmh. Si, si, je t'assure. Où est-ce que tu vas, quand tu sors ? »

C'est une blague ? Je croyais qu'après avoir découvert que je bossais chez Starbucks, il allait appuyer sur quelque petit bouton de l'un des téléphones pour demander à Rhett de m'escorter jusqu'à la sortie.

« Je ne sors pas beaucoup. En général, je suis au boulot, chez moi, ou avec ma copine. »

Il a levé un sourcil. « Ta copine ? Depuis combien de temps vous sortez ensemble ?

– Difficile à dire. Ça fait neuf ans qu'on est ensemble par intermittence, si on compte le lycée. Mais je dirais six ans depuis que c'est devenu sérieux. »

Il a tapé sur la table. J'ai sursauté. « Par intermittence, hein ? Je sais ce que c'est, frérot. Je vois des tas de filles par intermittence. D'où est-ce qu'elle vient ?

– Du Yémen, à l'origine », ai-je répondu, sans trop comprendre pourquoi il s'intéressait tant à Soraya. Vu son comportement, j'avais plus l'impression de tailler le bout de gras que de passer sur le gril.

« Une Arabe, c'est bien. Je suis sortie avec une, un jour. Une Libanaise. On s'imagine qu'elles se couvrent de la tête aux pieds et qu'elles sont timides, mais crois-moi, c'était pas le genre de musulmane à porter le voile, ça c'est sûr. » Il m'a fait un clin d'œil.

J'ai ravalé la colère qui bouillonnait au fond de ma gorge.

Il s'est penché un peu plus près. « Écoute, je n'ai pas le droit de poser certaines questions pendant un entretien d'embauche. En tout cas, c'est ce qu'on dit. Impossible de poser des questions sur la race, le sexe, l'âge, bla, bla, bla. Mais… a-t-il glissé en pointant le doigt dans ma direction, c'est pas vraiment un entretien d'embauche, pas vrai, Darrone ? C'est plus une discussion entre deux types qui apprennent à se connaître, hein ?

– Euh, j'imagine. » Ça ne ressemblait à aucun des entretiens d'embauche que j'avais pu passer. Je ne savais même pas en quoi consistait le travail pour lequel je passais l'entretien. Ni ce que faisait cette société.

« Bon », a-t-il dit en s'adossant à son siège et posant les pieds sur la table, à quelques centimètres de moi. Je voyais la saleté dans les interstices des semelles de ses Sperry et j'ai remarqué qu'il ne portait pas de chaussettes. Il faisait chaud ces jours-ci, mais *merde.*

« Quel âge as-tu ? m'a demandé Clyde.

– Vingt-deux ans.

– C'est bien, je n'ai que deux ans de plus que toi. »

J'ai hoché la tête.

« Comment ça se fait que tu aies atterri chez Starbucks ?

– J'avais besoin d'un boulot et j'ai déposé une candidature il y a quatre ans. J'y suis resté.

– Merde, ça fait quatre ans que tu prépares des cafés ? Tu ne pouvais pas trouver autre chose ?

– J'imagine, mais c'est facile, et ça me donne du temps libre.

– Tu imagines, a-t-il répété, faisant lentement tourner les mots dans sa bouche comme des bonbons. Sans doute. Tu imagines. Tu n'arrêtes pas de dire "J'imagine". Pourquoi tu répètes ça tout le temps ?

– Mmh, je ne sais pas.

– Et tous ces "euh" et "mmh". » Il a retiré ses pieds de la table et a pointé le doigt dans ma direction. « Et ta façon de t'asseoir, avachi, à te tordre les mains sous la table. Je vois tes poignets remuer. Tu es nerveux ? »

Je n'avais pas remarqué que je me tordais les mains, mais en baissant les yeux, j'ai vu que c'était vrai. *Qu'est-ce qui se passe ?*

« Euh, je ne crois pas.

– Tiens, encore ! s'est-il exclamé, comme s'il avait trouvé une tache sur son Dockers. Tu répètes "euh" et tu n'es pas sûr de toi. Comment veux-tu savoir si tu es tendu ? C'est ton corps, non ? À vingt-deux ans, tu ne connais toujours pas ton propre corps ?

– Ben...

– Ben quoi ? T'es pas en train de préparer du café, frérot. Dis-moi ce qu'on fait là.

– Tu, euh...

– Arrête un peu avec tes “euh” et tes “mmh”, frérot. On dirait un attardé. T’es pas un attardé, hein ? »

Mon genou était tellement monté sur ressort que j’ai cru que j’allais faire un trou dans le sol. J’ai serré le poing, prêt à mettre cet enfoiré de WASP K-O ou à me barrer sans me retourner. Il n’attendait que ça, et je n’allais pas lui donner ce plaisir.

« Vous vendez une vision », ai-je recraché.

Il a levé les yeux au ciel, balayant ma réponse de la main. « Ça, tout le monde peut le dire. Tu as sans doute entendu Rhett le dire. Qu’est-ce qu’on fait exactement, chez Sumwun ?

– Je ne sais pas.

– Tu ne sais pas ? Alors qu’est-ce que tu fous assis en face de moi, à me faire perdre mon précieux temps ?

– C’est Rhett qui m’a fait monter, ai-je dit, bientôt à court d’oxygène. Je ne savais même pas que j’allais passer un entretien d’embauche aujourd’hui. Je suis censé être au boulot.

– D’abord, c’est pas un entretien d’embauche, tu te souviens ? Ensuite, tu vas retourner me préparer des cafés presto. Ne t’en fais pas pour ça, frérot. J’ai encore quelques questions, et on aura fini. Dis-moi ce que Rhett voit chez un gamin de Bed-Stuy qui vend du café.

– Je ne sais pas », ai-je répondu, me posant la même question. Je n’étais pas à ma place, ici. Je n’étais pas comme eux, et ce qui était sûr, c’est que je ne voulais plus jamais me retrouver assis face à ce futur criminel en col blanc.

« Je vais te dire ce que je sais, Darrone. Ou plutôt Buck. Je t’appellerais bien Starbucks, mais c’est trop long, alors Buck fera l’affaire. Ça ne te gêne pas, hein, Buck ? Non, je ne crois pas. Alors je vais te dire ce que je sais. Je sais que Rhett aime bien donner sa chance à des gens comme lui, des battants, des jeunes qui selon lui ne font rien de leur vie, mais méritent qu’on leur donne une chance. Parfois ça marche ; la plupart du temps, ça ne marche pas. Avec toi, Buck, ça ne va pas le faire. Fais-moi confiance. Je vais t’éviter cette torture et te raccompagner à la sortie. »

Il s’est levé et a ouvert la lourde porte de la salle de conférences, attendant que je m’en aille.

Je ne me suis pas levé. J'ai baissé les yeux vers la table, les nœuds du bois pris sous la couche de polyuréthane comme des insectes préhistoriques dans de l'ambre. « Tu ne sais pas qui je suis, putain. » J'étais fou de rage.

Il aurait mieux valu tout laisser tomber et retourner au Starbucks, mais je ne pouvais pas. Cet enfoiré n'avait aucune idée de qui j'étais, de ma vie, de ce que j'étais et de ce dont j'étais capable. En cet instant, il ne s'agissait pas pour moi de lui prouver quoi que ce soit ; mais de tout me prouver à moi-même. Que je pouvais faire plus que ça. Qu'il ne fallait pas me laisser paralyser par ma peur de l'inconnu et les *avec des si.*

Il a regardé par-dessus son épaule. « Pardon ?

– J'ai dit : tu ne sais pas qui je suis, putain. » Je l'ai dévisagé. « Tu n'as aucune idée de qui je suis, ni de quoi je suis capable ou incapable. T'es assis là, à ton précieux trente-sixième étage, et tu regardes de haut les gens comme moi, des gens qui pour toi sont des cas désespérés qui polluent l'air que tu respires. Mais tu ne me connais pas. Je peux faire mieux que toi ou n'importe qui d'autre ici. Peu importe que je sache ou pas ce que fait cette société ni même ce que j'y vendrai. Je sais que je suis capable de faire ce que tu fais et de le faire mieux que toi. Parce que, Clyde, tu n'as sans doute jamais eu besoin de travailler de toute ta vie, putain.

« Tu viens de Greenwich, une des villes les plus riches d'Amérique. J'ai grandi à Bed-Stuy, *frérot*, où la plupart des gens se battent, luttent, et s'arrachent pour payer leur loyer en hausse parce que des morveux dans ton genre qui bossent pour des fonds d'investissement veulent se payer des appartements plus grands à moitié prix. Alors ne viens pas me dire que tu me connais, parce que c'est pas vrai. »

Il a refermé la porte et je me suis retrouvé pris au piège, prêt à lui en coller une s'il tentait un coup tordu.

« Eh ben voilà, a-t-il murmuré, se retournant et souriant encore plus qu'à son entrée dans la pièce. Eh ben voilà, putain, Buck ! »

Il m'a applaudi, s'est approché d'un téléphone et a appuyé sur quelques boutons.

« Allô ? » C'était Rhett.

« Il est prêt », a répondu Clyde, agitant la main dans ma direction.

Je ne savais toujours pas ce que la boîte faisait ni ce que j'allais y faire, mais je lui ai serré la main. Tout au fond, je savais que Clyde avait raison. Quoi qu'il arrive après ça, j'étais prêt.

APPRENTISSAGE

La plupart des gens veulent éviter la douleur,
or la discipline est douloureuse,
en général.

John C. Maxwell

5

« Et ensuite, qu'est-ce qui s'est passé ? » a demandé Maman, sciant un morceau de son fameux steak haché soi-disant à point, en réalité quasiment carbonisé, avant de l'enfourner.

M. Rawlings, Soraya et Jason avaient fini, regrettant sans doute que Maman ne se soit pas fait livrer le repas. Pour nous, notre maison était leur maison, et d'une certaine façon, la famille qu'on se choisit peut être plus forte que celle dont on hérite ou, dans mon cas, qu'on n'a jamais eue.

« Ensuite, l'autre gars, Rhett, est entré et m'a tapé si fort dans le dos qu'il a fait sortir tout l'air de mes poumons. Il s'est assis au bout de la table, et le petit Blanc, Clyde, s'est assis en face de moi. Rhett m'a demandé combien je gagnais. Je lui ai dit 9 dollars de l'heure. Environ 19 000 dollars par an. Il a regardé Clyde, puis m'a regardé, et m'a demandé comment je faisais pour survivre à New York.

« Il s'est passé la main dans ses cheveux soyeux, comme une star de cinéma, vous voyez, et m'a dit que les rigueurs du salaire minimum ne lui étaient pas inconnues. Et puis il m'a dit qu'ils me paieraient 40 000 dollars par an, avec au moins 25 000 dollars de prime si j'atteignais mes objectifs.

– Quoi ? 65 000 dollars par an ? Tu vas devenir plus riche que le petit Blanc de *Maman, j'ai raté l'avion*, mon vieux ! s'est écrié M. Rawlings, faisant cogner sa canne en palissandre sur le sol et crachant du steak haché carbonisé partout sur la table.

– C'est plus que ce que je gagne, mon chéri, a dit Maman, me prenant la main, les larmes aux yeux. Et je travaille chez Clorox depuis plus de vingt ans. »

Je savais qu'elle était heureuse pour moi, mais je ne vais pas mentir, ça me faisait bizarre de gagner 65 000 dollars par an pour passer des coups de téléphone assis dans une pièce pendant que Maman, qui supervisait la production de produits chimiques, passait ses journées debout à inhaler Dieu sait quoi.

« Je suis fière de toi », m'a dit Soraya en me frottant la bite sous la table. J'en ai craché des morceaux de steak un peu partout.

Maman a sorti une bouteille de champagne bon marché et a servi tout le monde. « Tu en veux, Dar ?

– Non merci, Maman.

– Oh, allez, mon garçon, a insisté M. Rawlings. Y a rien de mal à boire quelques bulles de temps à autre. C'est pas comme si tu étais sur le point de faire des folies au jeu et de perdre les économies de toute une vie. »

C'était une analogie étrangement détaillée.

Tout le monde a levé son verre. J'ai trinqué avec une tasse de Mountain Dew. « À mon bébé, Dar, a dit Maman. Que le Seigneur soit remercié d'avoir posé Ses mains sur lui et de l'avoir mis sur le chemin de la réussite, comme nous savons tous qu'il y était destiné. Santé.

– Santé », ont-ils tous répété. Sauf Jason.

« Alors, qu'est-ce que tu vas faire, à propos ? a demandé M. Rawlings, remplissant son verre à ras bord.

– Ben, je sais pas trop », ai-je répondu, m'apercevant que je n'avais toujours pas la moindre idée de ce que faisait Sumwun.

M. Rawlings m'a jeté un regard réprobateur. « Comment ça, tu sais pas ? Comment tu vas pouvoir gagner 65 000 dollars par an sans le savoir, mon petit ? C'est une de ces arnaques de Wall Street où on te verra un jour à la télé, quand des reporters annonceront que tu as escroqué des pauvres vieux pour leur soutirer leur retraite ? »

Tout le monde a éclaté de rire. « Non, je ne crois pas, monsieur Rawlings. Après m'avoir fait signer quelques documents, ils m'ont dit que j'aurais quand même droit à autant de jours de congé que je veux tant que j'atteignais mes objectifs, à une assurance-maladie, mille stock-options et une épargne retraite. Y a aussi une salle de gym, on peut venir avec son animal domestique et ils écoutent beaucoup de musique. Je suis sûr que j'en saurai plus lundi.

– Les choses changent, a dit Maman. À mon époque, personne n'avait des jours de congé à volonté ou de salle de gym au bureau. Je suis sûre que ça va être le lieu de travail parfait, Dar.

– Qui donc a besoin d'une salle de gym au bureau, bon sang ? a demandé M. Rawlings, tournant la tête à gauche et à droite. Ou d'animaux qui courent partout comme à la ferme ? Je trouve ça bizarre. » Il s'est empiffré de chips, qu'il a fait passer avec du champagne.

« Eh, ai-je dit à Jason. On t'entend pas, frérot. Ça va ? »

Il a pris un second steak dur comme la pierre et a courageusement mordu dedans. « Oui, frérot. Juste n'oublie pas que ces gens-là sont pas comme toi. C'est facile de se faire retourner. Mince, Tatie, ces steaks sont vraiment délicieux.

– Prends-en autant que tu veux, mon grand, a dit Maman en allant au salon. Et puisqu'on parle nouvelles, j'ai reçu une lettre intéressante, aujourd'hui. »

Elle est revenue avec une enveloppe.

Il y avait écrit NEXT CHANCE MANAGEMENT dessus. « Qu'est-ce que c'est ? » ai-je demandé en sortant la lettre.

Maman a souri. « Lis-la. »

Chère Madame Vender,

J'espère que vous allez bien.

Je m'appelle Richard Lawson et je vous écris de la part de Next Chance Management, société immobilière spécialisée dans les propriétés de prestige à New York City, y compris Bed-Stuyvesant. Nous travaillons depuis des années avec des résidents comme vous, pour les aider à vendre leur bien et à déménager dans un lieu plus confortable.

Si vous souhaitez un jour discuter de la vente de votre propriété, en particulier dans le contexte actuel, où la demande est importante dans des quartiers en devenir comme le vôtre, merci de m'appeler au 212 781 9258 ou de m'envoyer un email à l'adresse suivante : r.lawson@nextchancemanagement.com.

Pour être tout à fait franc, le marché ne sera pas toujours aussi favorable. Avec le temps, votre taxe d'habitation et votre taxe foncière augmenteront, et rester dans votre quartier sera plus difficile que jamais. Nous sommes en pourparlers avec certains de vos voisins, M. Jones, Mme Williams entre autres, et nous serions ravis de discuter d'un prix de vente avec vous.

Encore une fois, n'hésitez pas à nous contacter à votre convenance, nous ne manquerons pas de revenir vers vous.

Je vous prie d'agréer, chère Madame, mes pensées les plus sincères.

Richard Lawson

Next Chance Management

« Frederick et Maisal vendent leur maison ? s'est écrié M. Rawlings. Ils ont perdu la tête ou quoi ?

– Maman, tu ne vas quand même pas leur répondre ?

– Bien sûr que non, Dar. Mais c'est rassurant de savoir qu'on a une solution au cas où. »

Mon cœur tambourinait encore plus qu'avec Clyde. Je n'arrivais pas à imaginer que Maman puisse vendre la maison ; celle où j'avais grandi ; celle que Papa avait restaurée de ses propres mains de la cave au grenier. « Au cas où quoi ?

– Tout ce que je dis, c'est que, si jamais on a besoin d'argent un jour, c'est rassurant de savoir qu'on pourra en avoir. »

Je lui ai serré la main plus fort que je ne voulais. « Maman, on n'aura jamais besoin de vendre la maison. Avec mon nouveau boulot, je te le promets. Promets-moi que tu n'appelleras jamais ce type. Promets-le. »

Elle m'a tapoté la main. « C'est promis, Dar. Tu n'as pas à t'inquiéter. Ce n'était qu'une lettre. »

Après dîner, Soraya et moi avons fait l'amour, et je n'avais jamais eu l'impression d'en avoir autant besoin. Ses cheveux bouclés, les courbes de son corps, sa façon de me toucher, tout. Cela faisait des années qu'il ne m'était pas arrivé autant de choses en une seule journée, et elle semblait le comprendre, faisant de son mieux pour m'aider à relâcher la pression et le stress grâce à mon amour pour elle.

« Je vais reprendre mes études », m'a-t-elle annoncé. Elle a enroulé ses doigts autour des miens comme du lierre.

« Des études ? Je me suis redressé pour m'asseoir sur le lit. Tu as déjà fait quatre ans à Hunter. Pourquoi y retourner ?

– Pour devenir infirmière. Tu sais que c'est ce que j'ai toujours voulu faire.

– Dans ce cas, pourquoi tu as fait une école de commerce ? C'est du temps perdu.

– Je me disais que c'était le meilleur choix, le plus pragmatique pour aider mon père avec ses magasins. Mais maintenant qu'il s'en sort bien, il est temps de réaliser mes propres rêves. »

J'ai levé son menton et l'ai regardée dans les yeux pour savoir ce qui se passait sous la surface. « Tu as pensé à elle, récemment ? »

Elle a posé la tête sur ma poitrine, me serrant plus fort. « Elle aurait eu dix-huit ans la semaine dernière.

– Tu avais neuf ans, Soraya. Combien de temps tu vas t'en vouloir à cause de ça ? » ai-je dit.

Quand on était petits, la petite sœur de Soraya était morte d'une horrible maladie qui lui avait rongé les organes de l'intérieur. Je me souviens que Soraya manquait l'école pendant de longues semaines à l'époque, et quand elle retournait en classe, elle éclatait souvent en sanglots interminables. Sa prof de langue l'envoyait à l'infirmerie, et l'infirmerie la renvoyait chez elle. J'ai l'impression que ça a duré une éternité. Sa mère, incapable de faire face, a déménagé à Harlem où elle a refait sa vie, laissant Soraya et M. Aziz se débrouiller seuls.

Des années plus tard, Soraya m'a dit que les seuls souvenirs heureux qu'elle gardait de cette période, c'était quand elle nous retrouvait sur l'aire de jeu, Jason et moi, qu'on faisait des farces à M. Rawlings, ou que Maman lui faisait un câlin et lui donnait son goûter.

« Je sais, a-t-elle murmuré. Je fais de mon mieux. Mais devenir infirmière me fera du bien, j'en suis sûre.

– Et c'est quoi, le plan ? Il va falloir que je te prépare des ramen, que je te force à faire des pauses, et que je te serve des bassines de crack noir pendant quatre ans ? Parce que… » Je me suis tu et elle a levé les yeux vers moi, contrariée. « Parce que tu sais que je le ferai », ai-je dit avec le sourire.

Elle a ri et passé la main sur mon torse velu, qui lui rappelait l'herbe des champs, disait-elle. « Tu auras seulement besoin de le faire pendant un an et demi, ce coup-ci. Je suivrais le cursus accéléré de NYU. Ensuite je trouverai un poste à Woodhull et continuerai d'habiter chez mon père, pour qu'il ne se sente pas seul. »

J'ai embrassé le dos de sa main. « Tant que tu es heureuse, je le suis, *habibti*. Même équipe, même rêve, tu le sais. »

Elle a pris ma bite dans la main, l'a lentement frottée de haut en bas, me faisant bander de nouveau. « Tu sais que tu es irrésistible quand tu essaies de me parler arabe. »

Je lui ai fait un clin d'œil. « Pourquoi tu crois que je te parle arabe ?

– Mais promets-moi une chose, m'a-t-elle dit en me chevauchant et en introduisant ma bite en elle.

– Quoi ? »

Je savais déjà que je répondrais oui. C'était dur de négocier avec une fille quand on la pénètre. Je veux dire, il n'y avait personne d'autre que Soraya dans ma vie, mais j'imaginais que c'était toujours comme ça quand on couche avec quelqu'un.

« Ne change pas une fois que tu seras devenu un grand patron, d'accord ? »

J'ai ri tellement fort que la peau de mon visage s'est plissée. *Qu'est-ce qu'elle raconte ? Moi, grand patron ?*

Elle s'est penchée plus près, sans sourire cette fois, comme si l'un de nous était sur le point de disparaître.

« Promets-le. »

J'ai agrippé son cul et me suis rempli les poumons de son doux parfum. « Je ne vais pas devenir un grand patron, Soraya. Tu n'as pas à t'inquiéter.

– Si. Tu le deviendras. Et si tu ne promets pas, autant rompre tout de suite.

– Merde. D'accord. C'est promis. Contente ? »

> **Lecteur : Croire que l'on peut s'empêcher de changer est la plus sûre façon d'échouer. Dans la vie comme dans les affaires, rien ne reste jamais pareil.**

« On verra », a-t-elle répondu, en me donnant un coup de hanche. Je ne savais plus où commençait son corps et où finissait le mien.

6

Mon alarme a sonné à 5 h 30. J'ai tapé sur le réveil, sauté du lit, et bondi sous la douche. C'était lundi, mon premier jour de travail. Et il ne fallait pas que je sois en retard.

Avant de quitter le bureau, vendredi, Clyde m'avait dit que je devais être là à 7 heures tapantes. « Ça ira si j'ai une minute ou deux de retard ? » lui avais-je demandé, soulignant le fait que je ne pouvais rien contre les retards du métro ou les bénévoles de chez Greenpeace qui ne veulent pas plus « d'une minute » de mon temps.

« Bien sûr, pas de souci », m'avait-il répondu. Vu l'intensité qui régnait au bureau, je fus soulagé qu'ils ne soient pas trop extrémistes.

Je suis entré dans la cuisine vide, j'ai pris une banane et un bol de céréales. Il n'était que 6 heures du mat', mais je voulais arriver en avance pour faire bonne impression. Alors j'ai dévoré mes Cap'n Crunch comme une bête enragée et jeté le bol vide dans l'évier.

Maman est entrée dans sa robe de chambre rose en tissu-éponge, son turban multicolore et ses pantoufles blanches, en se grattant la tête d'un doigt.

« Tu te lèves tôt, Dar. Prêt pour ta première journée ?

– Tu le sais, Maman. Je ne peux pas me permettre d'arriver en retard. »

Elle m'a regardé de haut en bas et a secoué la tête en riant.

« Qu'est-ce qu'il y a de si drôle ? »

Elle a agité la main devant moi. « Tu ressembles à un mormon. »

J'ai regardé ma chemisette blanche et mes deux stylos dans la poche de devant, mon pantalon noir et sa ceinture noire, et les chaussures de cuir noir assorties. *Merde.*

« Mais c'est toi qui m'as acheté ces fringues l'an dernier ! » ai-je dit, pris de panique. Je ne pouvais pas aller dans ce bureau habillé comme un mormon. On me rirait au nez à la seconde où j'entrerais, on me dirait probablement que je m'étais trompé de poste, que l'office à l'église ne commençait qu'à 11 heures.

« Enfile une de tes chemises à carreaux, un jean et des baskets propres, m'a-t-elle ordonné en mettant la cafetière en route.

– Maman, je ne crois pas que ce soit la bonne tenue.

– Dar, de ce que j'ai lu, il vaut mieux porter des tenues décontractées dans ces start-up. Si tu t'habilles comme un pasteur, ils vont croire que tu es coincé. Fais-moi confiance. »

J'ai repensé à ma visite le vendredi précédent et je me suis souvenu avoir vu des gens porter toute la gamme, du sweat à capuche et baskets au jean délavé avec un pull. Elle avait raison, alors je me suis changé aussi vite que j'ai pu.

« Merci, Maman. » Je l'ai embrassée sur le front.

« Dar ?

– Oui ?

– Je suis fière de toi, mon fils. Et je suis heureuse que tu aies enfin trouvé quelque chose qui te pousse à donner le meilleur de toi-même. Tu as tellement à offrir, et maintenant, tu as une chance de le montrer à tout le monde. Je sais que ton père serait heureux, lui aussi. »

De la pression. C'est tout ce que je ressentais. Pas du bonheur de rendre Maman heureuse. Pas une bouffée d'excitation pour mon premier jour de travail. *Et si ça ne marche pas ? Si je ne suis pas ce que ces gens pensent ? Quelle idée se font-ils de moi ?*

« Merci, Maman. Je ferai de mon mieux », ai-je dit, sortant de la maison en courant.

Six heures et quart. Trois quarts d'heure pour arriver. Si tout se passait bien, c'était faisable. J'ai sauté en bas des marches, trottiné dans la rue, pris à droite, et vu M. Aziz ouvrir son rideau de fer.

« Bonjour, Darren ! Soraya m'a dit que tu commençais ton nouveau travail aujourd'hui ! m'a-t-il dit quand je suis passé devant lui.

– *Na'am*, monsieur Aziz ! Je suis en retard !

– Va leur montrer ! »

J'ai vu les gargouilles au coin et me suis dit que, même en retard, je pouvais leur accorder une minute pour les saluer. Jason a brièvement hoché la tête dans ma direction avant de se détourner.

« Pas de check ? » ai-je demandé en m'approchant de lui.

Il a baissé un peu plus sa capuche et m'a tendu la main.

« Ça va ? »

Il a hoché la tête et je me suis approché. Sous sa capuche, il avait le visage tuméfié, rouge et luisant comme un masque de Halloween bon marché. J'ai relevé sa capuche, vu un œil au beurre noir, des joues enflées, et une lèvre fendue. « Yo, J., qu'est-ce qui t'est arrivé ?

– Approche pas, mec ! » a-t-il crié en me repoussant de toutes ses forces.

Je me suis quand même approché, mains levées. « Arrête, Batman. C'est moi, bro. Parle-moi.

– C'est rien. Je me suis fait dépouiller hier soir, faut que j'rattrape le coup pour Malcolm.

– Merde, J. Je savais pas que tu fricotais avec Malcolm. C'est dangereux, ces conneries. »

Il a craché un mollard. On l'a entendu tomber sur le béton.

« Qu'est-ce que tu crois que je fous dehors à cette heure ? Faut que je refourgue de la coke.

– De la coke ? C'était du shit, jusqu'ici. Faut que tu te sortes de cette merde tout de suite. Ça peut que mal finir.

– Bref. Moins t'en sais, mieux ça vaut, petit. Et j'ai pas besoin que tu viennes me dire quoi faire comme si t'étais mon daron. C'est pas parc'que t'as un nouveau job que faut te la péter.

– D'accord. Mais c'est quoi ton plan ?

– Mon plan ? J'essaie d'être un homme et de sortir ma mère des quartiers. Le voilà mon plan. Main'nant t'es gentil, dégage, tu vas me faire repérer par les stups. »

Jason était mon meilleur ami, mon frère, et on se connaissait mieux que quiconque. Mais à cet instant-là, on aurait dit qu'on n'habitait plus sur la même planète. C'était le genre à se marrer plutôt qu'à pleurnicher – il faisait retomber la tension comme d'autres percent un ballon d'un coup d'aiguille. Quand j'ai vu son visage tuméfié, j'ai su qu'il cachait tout un monde intérieur, même à moi. Et à vrai dire, ça m'a fait mal.

« D'acc », ai-je dit, le prenant par l'épaule. Wally Cat m'a fait signe, mais ça attendrait. J'allais pas risquer d'être en retard.

6 h 25. La rame s'est arrêtée, il me restait trente-cinq minutes. *Je peux y arriver.* Je suis monté à bord, j'ai mis mon casque, fermé les yeux, écouté « Hate Me Now » de Nas.

6 h 35. J'ai pris la ligne L juste avant la fermeture des portes. J'étais en PLS. Tout allait si vite. Faire la connaissance de Rhett, le bureau, Clyde qui m'avait mis sur le gril. *Arrête de gamberger. À la seconde où tu ralentis, tu vas devenir dingue.*

6 h 50. Par la grâce de Dieu, la rame de la ligne 6 stationnait portes ouvertes. J'ai monté les marches quatre à quatre, l'ai eue de justesse. J'étais en nage, et j'ai serré si fort la barre en métal froid, que j'ai cru la plier.

« Salut, Darren. » Je me suis retourné. C'était Brian. Il portait son tablier vert dans le métro. *Ce type est un cas désespéré.*

« J'ai entendu dire que tu ne travaillais plus chez Starbucks ?

– Euh, non. Désolé de ne pas avoir eu le temps de vous dire au revoir dans les règles. Tout est arrivé très vite, j'ai fini par accepter le boulot que m'a proposé ce type, l'autre jour. Rhett Daniels.

– C'est pas grave. J'ai toujours su que tu méritais mieux. Ne te méprends pas, t'es le meilleur chef qu'on ait jamais eu, mais t'étais trop intelligent pour être chef d'équipe chez Starbucks. C'est comme, chais pas, si le Professeur X enseignait dans une école primaire. »

Il regardait un de ces poèmes bidon affichés à la paroi des wagons au lieu de me regarder. Je n'arrivais pas à savoir ce qu'il ressentait.

« Ça me touche beaucoup, Brian. C'était chouette de travailler avec vous. Vous allez tous me manquer. C'est Jared qui prend ma place ?

– Oui, Nicole a pleuré quand il nous l'a annoncé, et Carlos a souri, comme s'il était fier de toi. Tu continueras de passer nous voir, hein ? »

J'ai baissé les yeux vers mon téléphone. 6 h 56, et on était à la 28e Rue. *Plus qu'un arrêt. Si je cours, je peux y arriver.*

« Bien sûr, ai-je dit. Jared est un connard, alors vous me verrez tant que... »

La rame s'est arrêtée brusquement, projetant tous les passagers les uns contre les autres.

Une voix a retenti dans les haut-parleurs : « Mesdames et messieurs, nous vous prions de bien vouloir nous excuser, mais nous sommes contraints de nous arrêter en raison d'un incident de voyageur dans la rame devant nous. Nous espérons pouvoir redémarrer le plus tôt possible. »

Un incident de voyageur dans la rame devant nous ? Putain ! Ça voulait dire que quelqu'un s'était jeté sous le métro. Qui pouvait être assez égoïste pour se suicider un lundi à 6 h 57 et mettre tout le monde en retard ? Tue-toi à une autre heure !

« J'espère que c'est pas un voyageur malade qui a vomi partout », a dit Brian, sans quitter le poème des yeux.

La rame est arrivée à la 33e Rue à 7 h 01. J'ai monté les marches du 3 Park Avenue comme une fusée, franchi la porte tambour, et bondi dans l'ascenseur juste avant la fermeture des portes. J'ai appuyé sur le bouton 36, priant pour qu'on ne s'arrête pas à un étage intermédiaire.

Pendant l'ascension, tout ce que j'entendais, c'était le bruit des câbles qui tiraient, grinçaient et tremblaient. Pas de musique. Pas de chaos.

Je me suis précipité hors de la cabine et j'ai regardé à droite, mais n'ai pas vu de fiesta derrière le verre dépoli. Quand j'ai regardé à gauche, mon cœur s'est liquéfié. La salle de conférences était pleine à craquer, et tout le monde regardait dans la même direction.

La mienne.

Je suis resté devant l'ascenseur sans savoir quoi faire. J'étais immobile, en chemise à carreaux, jean, et baskets Saucony que Maman avait choisis pour moi. J'ai pris une inspiration et ouvert les portes.

La réceptionniste au visage anguleux m'a lancé un sourire en coin et a fait claquer sa langue. « Mal joué, Buck. »

Pourquoi elle m'appelle Buck, celle-là ? Mais je n'avais pas le temps de me poser des questions. Je tremblais plus que Jack à la fin de *Titanic*. Et moi non plus, je n'aurais personne pour me sauver.

Je me suis approché de la lourde porte en bois. Mais avant même que je la pousse, Rhett a fait non de la tête, montrant du doigt l'autre côté de la pièce. J'ai longé le mur en verre, tous les regards braqués sur moi, et j'ai ouvert l'autre porte.

Chaque fauteuil en cuir noir autour de la table d'acajou était occupé. Chaque centimètre du comptoir de marbre sous l'écran plat était occupé. Chaque radiateur devant les fenêtres était occupé. Certains souriaient, d'autres se couvraient la bouche, horrifiés, et quelques-uns semblaient prier pour moi. Et je déconne pas, chaque personne présente était blanche.

J'ai regardé Rhett à l'autre bout de la salle. Clyde était assis à côté de lui, rayonnant.

« Pourquoi es-tu en retard ? a demandé Rhett.

– Ça va être quelque chose, a murmuré une fille à une autre.

– Mmh, le métro. Il y a eu un incident de voyageur dans la rame devant la mienne. » J'ai regardé tout le monde dans la salle pour savoir si c'était une réponse acceptable.

Il a fermé les yeux et hoché la tête. « Ah. Je vois. Le métro. Pas de souci. Assieds-toi, on va commencer. »

Je me suis épongé le front et assis par terre.

« Lève-toi, putain ! » a crié Rhett, en fonçant sur moi.

Je me suis relevé d'un bond et préparé au choc. Ce que je savais déjà, c'est que ce bureau n'était pas comme les autres, que cette société n'était pas comme les autres, et que ces gens n'étaient pas comme les autres.

« Tu débloques, putain ? On commence à 7 heures tapantes. Chaque lundi de l'année. Pas trente secondes plus tard. Pas une minute plus tard. Et encore moins trois minutes plus tard. Où tu te crois, putain ? Au rez-de-chaussée ? »

J'avais la bouche sèche. Je ne pouvais rien faire d'autre qu'avoir les yeux rivés sur mes pieds.

« Regarde-moi ! » a crié Rhett, tout rouge, le front barré d'une veine gonflée qui menaçait d'explosion par rupture d'anévrisme.

« Si tu es de nouveau en retard une seule fois à la réunion du lundi matin, j'entends de 0,2 nanoseconde, chaque personne ici présente, ces cent cinq personnes devront faire des pompes jusqu'à ce que leurs bras leur fassent si mal qu'elles n'auront plus la force de soulever leur téléphone. Et tu devras les regarder jusqu'à ce qu'elles s'effondrent. Et après ça, je te virerai. Compris ? »

J'ai hoché la tête si fort que j'ai manqué me faire le coup du lapin.

« Bon, a-t-il enchaîné, lissant sa chemise et retournant à son fauteuil. Votre attention, je vous présente l'un des quatre nouveaux SDV, Darren Vender.

– Buck, l'a corrigé Clyde, content de lui.

– Pourquoi Buck ? a demandé une Blanche au teint blafard à l'autre bout de la salle.

– Parce que, s'il fait bien son boulot, il nous fera tous gagner un million de dollars, a répondu Clyde, en me faisant un clin d'œil.

– Oui, a dit Rhett avec un hochement de tête. Je vous présente Buck. Nos trois autres SDV sont là ? »

Trois personnes assises par terre devant moi, deux Blancs et une grande blonde, ont levé la main.

« Tu vois ? a dit Rhett. Eux, ils sont arrivés à l'heure. Vous avez pris le métro ? »

Ils ont tous acquiescé.

« Et en plus ils ont pris le métro ! Exactement comme toi, Buck. Sauf qu'ils ne sont pas arrivés en retard. Vous trois, là, levez-vous et mettez-vous à côté de Buck. »

Ils se sont levés et ont regardé tout le monde – telles des brebis tremblantes qui viennent de voir une des leurs se faire égorger.

« Présentez-vous et parlez-nous d'un fait intéressant vous concernant, a ordonné Rhett.

– Je m'appelle… » La voix du Blanc n° 1 s'est étranglée et tout le monde a éclaté de rire.

« Tu viens de perdre tes couilles, petit ? » lui a demandé Rhett. Les éclats de rire ont gagné dix décibels, il est devenu tout rouge et s'est raclé la gorge encore et encore comme s'il avait avalé un os de poulet de travers. Les rires étaient toujours plus assourdissants.

« Vas-y, parle », a dit Rhett.

Les épaules du Blanc n° 1 se sont soulevées, il s'est penché en avant comme s'il allait gerber. Mais au lieu de tapisser le sol de céréales, il a pris son sac, m'a poussé, et a couru vers la cage d'escalier.

Rhett a rigolé. « La descente va être longue. »

Le Blanc n° 2, qui se retrouvait propulsé Blanc n° 1, a bombé le torse et dit : « Je m'appelle Arnold Bagini. J'ai joué au football en première division de NCAA à Notre-Dame, et j'ai fini troisième au nombre de répétitions en développé couché avec un poids de cent deux kilos, au NFL Combine.

– Troisième ? a crié quelqu'un. C'est nul, mec ! »

Une blonde devant nous s'est retournée et a dit : « Bagini ? Ça sonne comme Bilbo Baggins dans *Le Seigneur des anneaux* ! »

Tout le monde a hurlé de rire une fois de plus, et quelqu'un a crié : « Frodo ! » À quoi la pièce entière a répondu en scandant : « FRODO ! FRODO ! FRODO ! »

Mais Arnold Bagini n'a pas transpiré. Il a simplement fermé les yeux et secoué la tête dans tous les sens, comme s'il écoutait de la musique. Finalement, il a rouvert les yeux et a crié : « Je m'appelle… Frodo ! » Toute la salle a applaudi.

« Super, on a Frodo parmi nous, a dit Rhett. Suivante.

– Je m'appelle Claire Vanderbilt, a dit la grande blonde en robe blanche et ceinture de cuir marron, visage imperturbable, regard plein de détermination. Je viens de Darien, dans le Connecticut. Et je suis une Vanderbilt. »

Le silence s'est abattu dans la salle. Puis quelqu'un a crié : « Dutchy !

– Non ! a crié quelqu'un d'autre. La Duchesse ! »

Tout le monde a acquiescé au nouveau nom de Claire, et elle a hoché la tête avant de s'asseoir.

« Et toi, Buck, a dit Rhett. On t'a déjà baptisé Buck, donc qu'est-ce que tu as d'intéressant à nous raconter ? »

Après m'être fait hurler dessus, puis avoir vu ce qui était arrivé au Blanc n° 1, j'ai tenté de trouver un truc original, mais rien ne m'est venu.

« Euh… » Les secondes ont duré une éternité. Quelqu'un a tapé fort sur la table. *Tap-tap. Tap-tap. Tap-tap. Oh, et puis merde.* « Je fais du free-style. »

Tout le monde a écarquillé les yeux. Y compris Rhett. « Ben vas-y, a-t-il dit. Fais-nous une démonstration.

– Euh, je peux pas. »

C'est pas que je ne pouvais pas, mais je ne voulais pas commencer ma carrière, surtout en tant que seul Noir dans la pièce, comme une espèce de singe mécanique qui frapperait ses cymbales à volonté pour des Blancs.

Sentant mon hésitation, ils m'ont tous hué comme s'ils voulaient me jeter des tomates pourries, des cacahuètes et autres rebuts de cirque.

« C'est le moins que tu puisses faire vu ton retard, a déclaré Clyde.

– Oui, a insisté une fille. Allez, Buck.

– Buck, Buck, Buck, ont-ils tous murmuré, montant peu à peu le volume pour finir par crier : BUCK, BUCK, BUCK ! »

Puis j'ai entendu *tap. Tap-tap-tap. Tap-tap.* Sur la table. *Tap. Tap-tap-tap. Tap-tap.* Tout le monde tapait à l'unisson.

J'avais de nouveau la bouche sèche. Je n'arrivais plus à respirer.

« Il va s'étouffer comme B-Rabbit dans *8 Mile* ! » a crié quelqu'un.

Merde. Je n'avais pas le temps de réfléchir aux inconvénients d'être Flavor Flav ni aux avantages d'être Jesse Jackson. Je m'étais déjà tourné en ridicule, je ne pouvais pas me permettre de recommencer. Dieu merci, je n'étais pas déguisé en mormon. J'ai pris une inspiration et ouvert la bouche.

« Bon, j'regrette vraiment de vous avoir mis en pétard. J'veux dire, en cherchant des excuses pour mon retard. Avec deux cent dix yeux braqués sur moi, j'en mène pas large, mais ça vaut toujours mieux que d'partir en courant comme un barge. J'débarque peut-être, mais promis, chuis pas bête. Mes mots et mes verbes vont vous trotter dans la tête. Pour mon premier jour, une chose est sûre comme deux et deux font quatre, c'est que mon pote Frodo, la Duchesse et moi, on est prêts à s'battre. »

Silence. Deux cent dix yeux qui me dévisagent.

« Ben merde, a dit une fille. Buck sait vraiment rapper ! »

Un tonnerre d'applaudissements a retenti, des nuées de mains blanches brandies sous mon nez, façon tape m'en cinq.

À l'autre bout de la pièce, Rhett m'a lancé un regard qui signifiait : *Le voilà. Le voilà le type que j'ai embauché.*

> **Lecteur : Si vous êtes noir, la clé pour atteindre le cœur d'un Blanc, c'est votre capacité à le baratiner, le charrier ou à faire du free-style. Mais faites-le avec intelligence et parcimonie. Sinon vous risquez de finir comme Steve Harvey.**

Rhett a levé la main et a lentement serré le poing, faisant s'abattre un profond silence. Je me suis assis par terre à côté de la Duchesse, qui s'est écartée de moi le plus loin possible.

« Quelle semaine est-on ? a demandé Rhett.

– LA SEMAINE DES MARCHÉS ! a crié tout le monde.

– Exactement. Et quelqu'un peut-il expliquer aux novices de quoi il s'agit ? »

Une blonde a levé la main.

« La Semaine des marchés est la semaine la plus importante du mois. C'est là que chaque membre de l'équipe fait absolument tout ce qui est en son pouvoir pour atteindre notre objectif RRM.

– Et qu'est-ce que le RRM ? a demandé Rhett.

– Ah, a-t-elle dit en nous regardant. "Revenu récurrent mensuel". La somme de contrats renouvelés d'un mois sur l'autre. Ça renforce le modèle financier et permet d'ajuster notre CAC qui, bien sûr, a un impact sur le LTV de nos clients. »

Tout le monde a acquiescé dans la salle, comme si elle venait de faire une prophétie. Moi, j'avais plutôt l'impression qu'elle parlait chinois.

« Merci, Tiffany. Elle a raison, a dit Rhett, qui s'est levé. Mais elle a oublié quelques détails. Quelqu'un peut-il dire aux nouveaux pourquoi, à l'origine, nous avons créé la Semaine des marchés ? »

La fille aux cheveux orange-rouge, celle que j'avais vue la veille avec un petit cochon dans les bras, s'est levée. Ses yeux semblaient toujours se perdre au loin, comme si elle regardait dans une autre dimension. « Parce qu'on s'amuse comme des fous ?

– Il y a de ça, Marissa, a dit Rhett. Toutefois ce n'est pas la *raison d'être* de la Semaine des marchés. Quelqu'un d'autre ? »

Un jeune malabar à longue barbe qui suait à grosses gouttes dans sa chemise à carreaux a levé la main.

« Dis-nous pourquoi, Charlie, a lancé Rhett en faisant les cent pas.

– Parce que notre chiffre a augmenté chaque mois de 25 % ces onze derniers mois, et que, si on n'atteint pas nos objectifs, notre croissance en souffrira.

– Et que se passera-t-il si notre croissance en souffre ? »

Charlie a marqué un temps, promenant son regard sur la pièce. « Tout ça disparaîtra. Tout ce qu'on a, tout ce qu'on est. On ne sera plus les meilleurs.

– Pas question, putain ! a crié quelqu'un.

– Ouais, putain ! » a fait un autre.

Rhett s'est arrêté devant moi, l'arrière de ses genoux à hauteur de mes yeux ; son jean était taillé visiblement sur mesure, ses chaussures en daim Chelsea étaient immaculées.

« Tu as parfaitement raison, Charlie. Merci. Bon, a-t-il dit, faisant le tour de la table au fond de la salle, marchant sur des gens, s'appuyant parfois sur une épaule, est-ce qu'on peut se le permettre ?

– Non, ont répondu quelques-uns.

– Non ? Seul un petit nombre a répondu, mais je ne vous ai pas tous entendus. Est-ce qu'on peut se le permettre ?

– Non ! » a répondu un plus grand nombre. Certains tapaient si fort leur main blanche sur la table qu'elle était toute rouge.

« Ça suffit pas. Vous êtes des Sumwunners ? Si vous pensez vraiment ce que vous dites, il faut que je l'entende. Encore une fois, est-ce qu'on peut se le permettre ?

– NON ! » ont crié toutes les personnes présentes, tapant sur toutes les surfaces à portée de main. Quelqu'un a balancé un Moleskine sur la vitre derrière moi. Je me suis baissé juste à temps.

« NON PUTAIN ! NON PUTAIN ! NON PUTAIN ! » scandaient-ils. On voyait le feu sur leur visage, et la folie dans leurs yeux, comme malaxée par une bétonnière.

Des dizaines de spectateurs qui n'étaient pas du service des ventes s'étaient agglutinés à l'extérieur de la salle, brandissant les mains en l'air, tapant du pied sur un rythme qu'ils étaient seuls à entendre. Ces gens-là, qui étaient, je suppose, plutôt intelligents et sains d'esprit, hululaient et braillaient comme une horde de sauvages se frappant le torse à la vue d'un troupeau de mammouths. Je m'attendais à ce qu'ils sortent des fouets marqués du logo de Sumwun pour s'autoflageller.

« La Semaine des marchés existe parce que le fait d'être les meilleurs nous oblige à atteindre nos objectifs chaque mois, a dit Rhett, le doigt en l'air. Et je vais vous confier un petit secret. Il ne s'agit pas que de ventes. De chiffres inscrits au tableau, parce que, si nous faisons notre boulot cette semaine, nous écrirons l'histoire. Oui, l'histoire.

« Alors soyons clairs sur ce que nous ne ferons pas. Nous ne vendrons pas des plaques en carton de merde comme si c'était du mobilier. On n'est pas chez IKEA, ici ! On ne vendra pas de la merde en bâton, pleine de graisse et mauvaise pour le cœur qui tue des milliards de personnes chaque jour. On n'est pas chez McDonald's, ici ! Et on vendra encore moins pour dix fois son prix de la toile de jute de mauvaise qualité, assemblée en sacs dans des ateliers de misère à l'autre bout de la planète. On n'est pas chez American Eagle, Hollister, Aéropostale ou une de ces putains de marques à la con qui font du monde un endroit horrible.

« On est chez Sumwun, ici. Et ce que fait Sumwun, c'est contribuer à une vie meilleure pour chacun d'entre nous. Pour que chacun de nous devienne une meilleure personne. Apprenne à mieux vivre ensemble. Nous donnons de l'espoir : l'espoir que demain soit un jour meilleur, l'espoir d'être compris, et l'espoir d'avoir un but dans la vie. “Car Dieu n'est pas injuste, pour oublier votre travail et l'amour que vous avez montré pour Son nom, ayant rendu et rendant encore des services aux saints.” Hébreux 6:10. Et maintenant allez faire vos étirements et commençons cette Semaine des marchés, putain. Le premier qui conclut gagne mille dollars. En liquide. »

Je trouvais toute cette scène un peu extrême et comme tout droit sortie de *L'Enfer du dimanche*, mais je mentirais si je disais que mon cœur ne battait pas la chamade. Aucune chance que je sombre dans la même folie, mais l'énergie présente dans l'air grésillait comme de l'électricité statique.

« C'est l'heure des étirements ! » a crié Clyde.

On s'est mis en file indienne. J'ai remarqué que tout le monde affichait la même expression impassible, regard fermé, mâchoires serrées. Ils n'avaient pas le visage maquillé façon camouflage, n'avaient ni kalachnikov ni avion de chasse, mais c'étaient quand même des soldats.

Et pour tout dire, ils étaient prêts à faire la guerre.

J'ai suivi la mer humaine jusqu'à « l'espace événementiel ». Les canapés violets et les tables en bois étaient poussés contre les murs, et on aurait dit que le parquet venait d'être poli. J'ai regardé par les fenêtres qui allaient du sol au plafond et j'ai vu l'East River. Puis j'ai remarqué un gong géant suspendu au plafond. *À quoi ça sert, ça ?*

Une odeur de toasts grillés, de pancakes, de saucisses, de sirop et de fruits frais a empli l'air. Deux dizaines de plateaux d'aluminium, chargés de nourriture, étaient posés sur un grand îlot de marbre blanc vers le mur du fond. Derrière l'îlot, contre le grand mur, des réfrigérateurs, des corbeilles de fruits, des distributeurs gratuits, des récipients de céréales, et des robinets étiquetés : café brassé à froid Joyride, Blue Moon, et Kombucha Health-Ade.

Les membres des autres services beurraient des bagels, mélangeaient des flocons d'avoine, et coupaient des bananes, sans toucher aux plateaux, comme s'ils ne les voyaient même pas. C'était la version adulte du ranch de Neverland.

« Formez un cercle », a dit Clyde. Les vendeurs se sont mis en formation. « Et pas un mot. »

Ça y est. L'heure du sacrifice humain. Si je vois quelqu'un aiguiser un couteau en se pourléchant les babines, je fous le camp. Après avoir pris cette décision, j'ai rejoint le cercle, séparé de Clyde par quelques personnes.

« Droite ! » a ordonné Clyde. Tout le monde a posé la main sur sa poitrine d'un geste vif du bras gauche, le coude posé sur l'avant-bras droit.

« Gauche ! » a dit Clyde. Tout le monde était si habitué à faire ces gestes que les instructions étaient une simple formalité ; les gestes et leur exécution implantés en eux comme un code génétique.

« On sourit », a dit Clyde, avec le sourire le plus menaçant que j'aie jamais vu. Ses yeux sont sortis de leur orbite, et il a tellement étiré la bouche que j'ai cru qu'il allait se déchirer les lèvres. Quand j'ai regardé les autres, ils souriaient tous comme les membres d'un gang de clowns tueurs.

« Pourquoi tu ne souris pas, Buck ? m'a demandé Clyde à travers ses dents serrées.

– Ah, pardon », ai-je répondu, découvrant toutes mes dents comme un animal sauvage.

Clyde nous a alors dit de fermer les yeux et d'« expirer ». J'ai eu le temps de voir que les spectateurs nous observaient avec un enthousiasme croissant. Jen, la fille du service marketing, m'a fait signe. Mac, de la salle de gym, a levé le poing façon Black Power quand nos regards se sont croisés. J'aurais trouvé ça plus rassurant s'il avait été noir.

« Gardez les yeux fermés, a ordonné Clyde. Aujourd'hui, nous sommes le premier jour de la Semaine des marchés, autrement dit, nous devons faire tout ce qui nous est humainement possible pour atteindre notre objectif ASAP. »

Le silence s'est abattu sur la pièce.

« Il faut que nous engrangions quatre cent cinquante mille dollars en une semaine. Je sais que ça paraît beaucoup, mais on a déjà fait ça en moins de temps.

– Un peu qu'on l'a fait ! » a crié Frodo.

Clyde l'a salué. « C'est vrai, Frodo. Mais en dehors de l'objectif à atteindre, je veux que vous fassiez tous le vide dans votre esprit. Pensez à vous dans un an. Où êtes-vous ? Peut-être en vacances avec votre copine aux Caraïbes, allongé sur la plage, cassant les pinces d'un homard. Ou alors en rando sur le Machu Picchu, vous sentez l'odeur de l'ancestrale jungle péruvienne lors de votre ascension, vous traversez d'épais nuages. Que portez-vous ? »

Pour être franc, pendant son discours, je n'arrêtais pas de me voir avec Soraya, baisant comme un fou, le corps luisant de sueur, avant de commander une pizza. L'avantage, c'est que je n'avais pas besoin d'attendre un an pour que ça arrive. Il suffisait d'attendre la fin de la journée.

Certains remuaient, faisaient craquer le parquet, tous prophétisant des liasses de billets de cent et des lingots d'or qui tombaient du ciel.

« Et maintenant, revenez ici, dans cet immeuble, à cet étage, dans ce bureau. Visualisez le marché que vous avez besoin de conclure, son inscription au tableau sous les applaudissements. Imaginez que vous frappez le gong de toutes vos forces, sachant que non seulement vous avez atteint votre objectif, mais que vous avez aussi permis à votre équipe d'atteindre le sien. »

Je ne savais pas trop si on était toujours censés garder les yeux fermés, alors je les ai ouverts. Tout le monde avait les yeux fermés et la tête baissée ; ils hochaient tous la tête en marmonnant. Je déconne pas, certains avaient même des larmes qui leur coulaient sur les joues. S'il y avait une église de Sumwun, le lundi matin de la Semaine des marchés serait sa messe dominicale.

Les yeux fermés, Clyde a tendu le bras devant lui et pointé du doigt différents endroits du cercle, distillant son énergie. C'était un enfoiré de privilégié, mais il croyait vraiment à ce qu'il racontait, et aux principes érigés par la société. Il fallait le lui reconnaître.

« Chaque fois qu'on vous dit non, qu'on vous raccroche au nez ou qu'on vous dit "peut-être le mois prochain", je veux que vous creusiez au plus profond de vous-mêmes et que vous fassiez tout pour ne pas vous décourager. Je veux que vous décrochiez de nouveau le téléphone et passiez l'appel suivant quel que soit le nombre de rejets subis et de "non" prononcés. Rappelez-vous, si vous leur faites gagner de l'argent et du temps, il n'y a aucune raison qu'ils ne signent pas. »

Lecteur : J'espère que vous prenez des notes. Clyde était maniaque, mais il s'agit là d'une règle élémentaire de la vente. Répétez : quand on leur fait gagner de l'argent et du temps, il n'y a aucune raison qu'ils ne signent pas.

« Et si vous voyez quelqu'un tomber, aidez-le à se relever. En atteignant notre objectif mensuel, on aura atteint notre objectif annuel, ce qui est du jamais-vu. Alors je veux que vous ouvriez les yeux, hurliez de toutes vos forces, claquiez des mains et tapiez des pieds si fort que ceux qui sont au rez-de-chaussée pensent à un tremblement de terre. »

Tout le monde a ouvert les yeux, le corps tendu comme un sprinteur qui attend le coup de feu du départ.

« À chaque jour son marché, a crié Clyde. Un. »

Leur expression de visage a changé.

« Deux. »

Ça m'a pris une seconde pour comprendre ce que c'était.

« Trois. »

De la rage.

« À CHAQUE JOUR SON MARCHÉ ! ont-ils crié, tapant des mains et faisant claquer leurs baskets, talons, chaussures et sabots si fort que le sol a vraiment tremblé.

– Allez manger un morceau et au boulot ! » a ordonné Clyde.

Ils se sont jetés sur les plateaux comme des vautours. Et là, j'ai senti une main sur mon épaule. C'était Clyde.

« Allons-y. Toi et les deux autres nouveaux, vous êtes en formation avec moi, aujourd'hui. Mais je vais d'abord vous montrer vos places.

– D'accord. »

On est arrivés dans la salle des ventes, une longue pièce rectangulaire qui contenait dix rangées de bureaux.

Il nous a montré deux bureaux qui se faisaient face. « La Duchesse et Frodo, vous serez là. Toi, a-t-il dit en m'agrippant l'épaule, tu t'assiéras là. »

Il a tapé sur le bureau qui était le plus proche des portes en verre dépoli, au même rang que la Duchesse et Frodo.

Quelques instants plus tard, tous les autres ont débarqué dans la salle, tenant en équilibre des assiettes et des bols débordant de nourriture prise au buffet du petit déjeuner. La plupart se hâtaient de rejoindre leur place. Mais quelques-uns dont le bureau était près du mien semblaient tergiverser.

« Asseyez-vous, a dit Clyde. Et installez-vous. Ensuite, on commencera votre formation. »

Quand j'ai tiré mon fauteuil, un flot de peinture m'a aspergé, couvrant mon bureau, le fauteuil et tout mon corps de blanc. Quand j'ai levé la tête, j'ai vu un seau dégoulinant suspendu au plafond, oscillant de gauche à droite comme s'il était désolé.

MAIS PUTAIN !?

Tout le monde a éclaté de rire. Certains ont pris des photos ; d'autres, dont le bureau était près du mien, riaient jaune car cela les obligeait à nettoyer des projections de peinture blanche avant de s'asseoir.

Je me suis tourné vers Clyde, mes vêtements, mes cheveux et même mon nez couverts de peinture. Il souriait.

« On t'a eu, Buck ! Ha ha ! J'ai pensé que le blanc faciliterait ton intégration, a-t-il dit, me donnant une grande tape dans le dos. Fais pas cette tête. C'était juste une petite blague de bienvenue. T'es pas fâché, hein ? »

Pas fâché ? J'étais sans voix. Je voulais lui mettre mon poing dans la gueule, lui faire sauter ses dents d'une régularité anormale, digne d'un château de LEGO.

« Bon, a-t-il enchaîné, montrant le chantier d'un geste de la main. Nettoie tout ça, et retrouve-nous à la Bhagavad-Gita. La formation commence à 10 heures. »

J'aurais dû savoir depuis *Le Passage du milieu* qu'il ne faut jamais faire confiance à un Blanc qui vous dit : « Assieds-toi. » Ça risque toujours d'être la dernière fois.

7

Non contente d'être un classique de la littérature hindoue, la Bhagavad-Gita était une banale salle de réunion au trente-sixième étage du 3 Park Avenue. Elle était meublée d'une table en bois et de sièges marron, ses fenêtres s'étendaient du sol au plafond, et le revêtement de ses murs était effaçable. Il y régnait la même atmosphère de conseil d'administration que dans la salle de conférences, en plus étouffant.

La réceptionniste, Porschia, m'avait donné un t-shirt et un pantalon blancs, mais j'avais toujours de la peinture blanche plein les cheveux, les yeux, les sourcils, les ongles et à d'autres endroits où je ne la voyais pas, mais où je la sentais. Si cet innocent bizutage de club pour petits Blancs devait être ma pire expérience au sein de la société, je me disais que j'en ferais mon affaire.

« Asseyez-vous », nous a ordonné Clyde en écrivant quelque chose au mur.

Il a refermé son feutre effaçable et s'est écarté, nous laissant découvrir ce qui ressemblait à un arbre généalogique. Le nom de Rhett était tout en haut ; des traits et des pointillés en partaient, menant à d'autres noms et responsables.

« Qu'est-ce que c'est ? a demandé Clyde.

– Un organigramme, ai-je répondu.

– Un point pour Buck. Rhett est au sommet, puisqu'il est le PDG fondateur, Chris à sa droite, en tant que cofondateur et directeur technique, et en dessous, leurs équipes. Comme vous le voyez, a-t-il dit en montrant son nom, je suis directeur des ventes. »

Frodo a regardé à droite et à gauche, comme s'il s'apprêtait à traverser la rue, et a levé la main.

« Pas besoin de lever la main, Frodo, a dit Clyde. Tu es une grande personne, désormais.

– Ah, d'accord, a dit Frodo, se lissant les cheveux en arrière. Je viens de remarquer que tout le monde en dessous de Rhett est vice-président ou directeur adjoint de quelque chose, à part toi. Pourquoi ? »

Clyde est devenu rouge comme une pivoine et a serré le poing. « Parce qu'on avait un vice-président des ventes, Frodo, mais qu'il était nul et s'est fait virer. Et comme tu l'as si judicieusement fait remarquer, il y a désormais un poste vacant, que je prévois d'occuper.

– Quand ça ? a demandé Frodo, un sourire béat et lunaire sur le visage.

– Dès que tu arrêteras de poser des questions stupides et que tu inscriras des nombres sur le tableau, voilà quand. »

Le sourire de Frodo a disparu.

« Et quand est-ce qu'on pourra commencer à faire ça ? a demandé la Duchesse, admirant sa manucure.

– Une fois que vous aurez gagné le droit de le faire », a répondu Clyde qui écrivait des nombres à côté de chaque nom. Il y avait un 108 à côté du sien et un 208 à côté de celui de Rhett.

Frodo a de nouveau levé la main. Clyde a soupiré et s'est frotté les yeux. « Oui, Frodo ?

– Comment se fait-il qu'il y ait tant de monde sous l'autorité de Rhett ? Ça paraît un peu bizarre qu'il dirige tant de services différents.

– Combien de sociétés tu as fondées, Frodo ?

– Euh, aucune, j'essaie juste de…

– Exactement. Aucune. Zéro. Rien. Au cas où tu ne l'aurais pas remarqué, Rhett aime avoir la maîtrise des événements. Et s'il aime ça, c'est parce qu'il est le meilleur à tous les postes en dessous de lui. MBA à Harvard, master en psychologie organisationnelle à USC, meilleur vendeur chaque année où il a travaillé chez Salesforce, directeur de produit chez Google pendant deux ans, et concepteur de sept produits lancés et vendus sur HSN, QVC, qu'on peut voir dans les pubs diffusées à 3 heures du mat'. On n'est pas censés être au courant, mais je me contenterai de dire que le nom d'un de ses produits rime avec *Elixir.* »

Frodo a écarquillé les yeux. « Rhett a inventé le shamp...

– Ne le dis pas ! a fait Clyde. Je me répète, on n'est pas censés être au courant. Mais oui, c'est lui qui l'a inventé. Passons. L'équipe des ventes, a-t-il dit en tapant sur l'organigramme, est composée de trois branches. Les chargés de clientèle, connus sous le nom de CC. Les gestionnaires de comptes, connus sous le nom de GC. Et les malheureux du service de développement des ventes, connus sous le nom de SDV, ce que vous êtes tous les trois. Qui peut me dire ce que fait un SDV ? »

La Duchesse a levé les yeux au ciel. « On appelle des sociétés, on identifie un client potentiel, on le confie à un CC pour qu'il conclue le marché.

– Plus ou moins, oui, a dit Clyde, effaçant l'organigramme. Mais pas exactement. Les SDV sont les forces vives de l'équipe des ventes. Sans vous, il n'y a ni marché, ni sweat à capuche de marque, ni buffet à volonté, ni robinet de kombucha, ni rien de tout ça. Si vous ne faites pas votre boulot, j'entends si vous n'êtes pas productifs, la société cesse d'exister. Alors avant d'identifier des clients et de les confier aux CC, votre travail requiert du sang, de la sueur et des larmes d'enthousiasme, dont je ne vous crois pas capables pour l'instant, en toute franchise. »

Des larmes d'enthousiasme ? Il était 9 heures du matin et j'étais déjà épuisé. Épuisé d'avoir tout fait pour arriver à l'heure au bureau, épuisé à cause du stress généré par la réunion, épuisé d'avoir la même odeur que l'atelier de Bob Ross. Je n'avais même pas remarqué que je somnolais jusqu'à ce que...

« Debout ! a crié Clyde, à quelques centimètres de mon visage. T'as sommeil ? Le premier jour de ta formation ? Pas sous ma supervision, putain. Dis-moi ce qu'on fait chez Sumwun. Tout de suite. »

J'avais tapé le nom de la société sur Google pendant le week-end et enfin trouvé de quoi il s'agissait, ou du moins le croyais-je. « Sumwun est une plateforme qui connecte les individus avec ce qu'on appelle des "assistants" issus du monde entier pour discuter de leurs soucis, problèmes, épreuves du quotidien, les aider à…

– STOP ! a hurlé Clyde. C'était nul. Assieds-toi. Tu ne sais visiblement pas rapper. À toi, la Duchesse. »

Elle s'est levée, a serré sa large ceinture de cuir, et a dit : « Grâce à des séances vidéo *live*, des échanges de messages, et des comptes-rendus visuels, Sumwun offre son soutien à des particuliers pour régler leurs problèmes et atteindre leurs objectifs.

– STOP ! » a hurlé Clyde. La Duchesse l'a fusillé du regard. « Assise ! »

Frodo s'est levé d'un bond, et a dit : « Sumwun est, euh… Sumwun s'occupe de, euh… donner aux gens le pouvoir de, euh…

– Assieds-toi, putain, a dit Clyde, secouant la tête. On dirait des robots qui régurgitent notre page web. Non, on dirait des robots attardés qui n'ont pas reçu leur bon de sortie de l'usine et qu'on a débranchés. »

Il s'est approché du mur, et on a attendu comme des idiots qu'il écrive le pitch entier, lisant chaque mot à haute voix.

« Il y a plus de sept milliards de personnes sur terre, soit sept milliards de personnes avec des problèmes, des challenges et un mode de vie qui leur sont propres. Sept milliards de personnes qui se lèvent le matin, comme vous, vont au travail, passent du temps en famille, mangent, aiment et dorment dans l'attente d'un jour nouveau. Mais à mesure que la population augmente, le stress, les difficultés et l'angoisse augmentent également. Il y a longtemps que la thérapie traditionnelle, universelle, ne fonctionne plus. De fait, elle n'a jamais fonctionné, mais personne n'a jamais pensé à une alternative, alors on se retrouve à débourser des montants délirants pour parler à un soi-disant thérapeute, et on gaspille des milliers de dollars en ouvrages de développement personnel qui n'aident au développement de personne sinon celui du compte en banque de leurs auteurs. Ou alors on souffre en silence, et on finit par se faire du mal, à soi et aux autres.

« Conscients de cela, nous avons créé Sumwun pour permettre à des individus de recevoir une assistance personnalisée, ajustée et adaptée à leurs besoins, sans qu'ils se sentent coupables.

En leur offrant les services d'une équipe de plus de deux mille assistants partout dans le monde, aux divers modes de vie, aux diverses croyances, et qui ont recours à diverses méthodes thérapeutiques, nous vous garantissons que vous et vos proches trouverez quelqu'un capable de comprendre les défis que vous affrontez pour vous aider à trouver une solution, et non quelqu'un qui profitera de votre douleur en faisant de vous son patient à vie.

« Fort d'une clientèle de particuliers et d'entreprises dans plus de cent cinquante pays, Sumwun s'assure que vous aurez toujours quelqu'un à qui parler chaque fois que vous en éprouverez le besoin.

« Voilà ce qu'on fait ici, a conclu Clyde, tapant des mains sur la table, nous faisant tous sursauter, même la Duchesse. Et maintenant, je veux que vous vous leviez et le disiez à voix haute jusqu'à ce que vous y croyiez. Parce que si vous n'êtes pas capables de dire ces mots avec confiance, enthousiasme et vigueur, autant dégager tout de suite. Je reviens dans une heure. J'ai dit debout ! »

On s'est levés. Il est allé vers la porte, s'est arrêté, et a dit pardessus son épaule : « Ah, et personne n'a le droit de sortir, ni même de s'asseoir jusqu'à ce que je revienne. Si vous vous asseyez, vous êtes virés. Et si vous croyez que je bluffe, asseyez-vous ou ouvrez la porte et vous verrez ce qui se passe. »

Nous nous sommes levés d'un bond et avons arpenté la pièce comme des moines en prière. *Merde.*

Il était plus dur de prononcer ces mots avec aplomb que de les apprendre par cœur, surtout quand on a la vessie pleine et qu'un néo-néandertalien marmonne les mêmes paroles à côté de vous depuis déjà une heure et demie. Chaque fois qu'il arrivait au même passage, Frodo prononçait le mot « population » : « *pape*-ulation ». Je soupirais et me concentrais sur le texte.

« Conscients de cela, nous avons créé Sumwun pour permettre à des individus de… »

Frodo s'est arrêté de faire les cent pas et m'a regardé. « C'est "aider des individus à", Buck.

– C'est "permettre de", Frodo. Ça fait une heure et demie que c'est écrit au tableau. Et ne m'appelle pas Buck. Je m'appelle Darren.

– C'est "aider à", Buck. Et pourquoi je ne t'appellerais pas Buck ? Tous les autres le font. Tu m'appelles bien Frodo, alors que je m'appelle, euh… » Notez que Frodo, anciennement Arnold Bagini, a failli oublier son propre nom. Arnold. « Je m'appelle Arnold, a-t-il dit, avec un soupir de soulagement.

– La différence, c'est que ça te plaît qu'on t'appelle Frodo ; tu as même dit que ce serait dorénavant ton nouveau nom. Moi, je n'aime pas qu'on m'appelle Buck ; je laisse les autres m'appeler comme ça parce que ça demande trop d'énergie de chercher à l'empêcher.

– Alors pourquoi tu veux m'en empêcher moi ? »

Il n'avait pas tort.

Frodo s'est tourné vers la Duchesse, qui était dans un coin et regardait par la fenêtre. « Et toi, Duchesse, il te dérange, ton nouveau nom ? »

Elle ne s'est pas retournée.

« Eh, Duchesse, je te demande si…

– J'ai entendu, a-t-elle dit d'un ton aussi sec que le désert de Gobi. Je m'en fiche, comment on m'appelle. Tout ce qui compte pour moi, c'est de voir mon nom tout en haut du tableau, ce qui finira bien par arriver, d'une façon ou d'une autre. »

Merde, un vrai glaçon, cette nana. La Duchesse puait le vieux capital et le sang versé sur l'échafaud. Je l'imaginais à une vente aux enchères dans les années 1800, poussant son cocu de mari, ouvrant la bouche des « bêtes », des « sauvages » et des « barbares » importés d'Afrique.

« Tout ce que je veux, c'est que mon père soit fier de moi, lui a dit Frodo, sans quitter son dos des yeux. Quand j'étais petit, il était vendeur de voitures d'occasion. Avant qu'il perde son boulot et qu'il se mette à boire, j'aimais bien rester avec lui sur le parking, le regarder parler aux gens, les faire sourire, et leur serrer la main après leur avoir donné les clés d'une voiture neuve. Je veux faire pareil.

– Leur donner les clés d'une voiture d'occasion, abruti, lui a rétorqué la Duchesse, sans cesser de regarder par la fenêtre.

– Quoi ?

– Tu as dit : “après leur avoir donné les clés d’une voiture neuve”, mais ton père vendait des voitures d’occasion. Donc les clés qu’il leur donnait, c’étaient celles d’une voiture d’occasion.

– Mais elles étaient neuves pour eux… même si c’étaient des voitures d’occasion.

– Donc – elle s’est retournée, un sourire en coin –, si je porte une paire de baskets depuis cinq ans, que je transpire dedans, que je les salis et que je les déchire, est-ce qu’elles seront neuves ou vieilles si je te les donne ?

– J’imagine que… »

La porte s’est ouverte à la volée et Clyde est entré avec un groupe de vendeurs. « Frodo, je t’écoute, a-t-il ordonné en fermant la porte.

– Il y a sept milliards de personnes sur terre, soit sept milliards de personnes, a-t-il commencé en oubliant quelques mots mais ça ne sonnait pas trop mal.

« Sept milliards de personnes qui se lèvent, vont au travail… »

Il touchait au but et j’espérais vraiment qu’il n’allait pas foirer son coup.

« Passent du temps en famille, mangent, aiment et dorment dans l’attente d’un jour nouveau. Mais à mesure que la *pape*-ulation…

– Attends un peu, l’a interrompu Clyde, regardant le groupe qu’il avait fait entrer. C’est quoi ça, une *pape*-ulation ?

– Euh, a fait Frodo, plus rouge qu’un Russe, je voulais dire “population”. Pardon. Je peux reprendre…

– Non, l’a encore coupé Clyde. Tu peux pas. Si tu fais ça au téléphone, les gens vont penser qu’on embauche des attardés. En fait, ils vont penser que c’est moi qui embauche des attardés. Et ils raccrocheront et se moqueront, de moi, de Rhett et de tout ce que cette société défend. C’est ce que tu veux, Frodo ?

– Mmh…

– Y a pas de “mmh” qui tienne avec moi, espèce de raclure de bidet. Je t’ai demandé si c’est ce que tu veux. Si tu veux que les gens se moquent de Rhett et moi.

– Non, a-t-il dit, baissant les yeux vers la table et s’arrachant la peau des doigts jusqu’au sang.

– C'est bien ce que je pensais, et maintenant assieds-toi. À ton tour, Duchesse.

– Il y a plus de sept milliards de personnes sur terre, soit sept milliards… » Elle a récité le texte mot à mot. La bande de Clyde le regardait, guettant sa réaction.

« Pas mal. Il faut que ça sonne un peu plus humain, mais beau boulot. »

Elle a hoché la tête, s'est assise, et a croisé les mains comme si de rien n'était.

« Le meilleur pour la fin, pas vrai ? Allez, Buck, a-t-il dit avec le sourire.

– Il y a plus de sept…

– Merde ! a crié Clyde. C'est quoi ça, putain ?

– Comment ça ? ai-je fait, déstabilisé.

– Ça, là, m'a-t-il répondu, pointant le doigt si près de mon œil que j'ai tressailli. C'était pire que Frodo. Sans âme, zéro conviction, aussi plat qu'une poupée gonflable dégonflée. Recommence. »

J'ai pris une inspiration. *Ça m'étonnerait que ce soit pire que Frodo, putain.*

« Il y a plus de sept milliards de personnes sur terre, soit sept milliards de personnes avec des problèmes, des challenges et un mode de vie qui leur sont propres, ai-je dit, articulant chaque mot avec soin. Sept milliards de personnes comme vous, qui se lèvent, vont au travail, passent du temps en famille, mangent, aiment et…

– STOP ! » a-t-il hurlé. Son gang a ricané en secouant la tête.

« C'est nul, frérot, a-t-il dit en me regardant droit dans les yeux. Il faut que tu souries quand tu parles. Quand on est au téléphone, on ne peut pas te voir ni savoir si tu portes un costard à trois mille balles ou cette merde. Ta voix, c'est ton apparence. Une voix de merde, comme celle que tu viens de prendre, va convaincre tes interlocuteurs que t'achètes tes fringues en soldes au supermarché. Une voix forte, passionnée, les convaincra que tu t'habilles en Gucci, en Versace, ou peu importe ce que toi et *les tiens* vous kiffez. Tu piges ? »

> **Lecteur : L'avant-dernière phrase est clairement raciste, mais celles qui précèdent sont de bon conseil. Notez-les.**

Respire. Respire. Respire. Si Maman était là, si elle voyait ce connard de bouffeur de mayonnaise qui fête la journée de Christophe Colomb et regarde *Seinfeld*, elle m'aurait pris par le poignet et m'aurait dit : « Respire. » Alors c'est ce que j'ai fait.

Il s'est mis derrière moi, approchant les lèvres si près de mon oreille gauche qu'il l'embrassait presque. « Recommence, m'a-t-il murmuré.

– Il y a plus de sept milliards de personnes sur terre... »

Il a brandi une main en l'air. « Attends ! Y a un truc qui colle pas. Recommence. »

Quand je me suis lancé, il a sorti son iPhone pour montrer quelque chose à un de ses laquais. Qui a éclaté de rire. Je me suis arrêté.

« Je t'ai dit de t'arrêter ? Continue. »

J'ai continué.

« Y a du mieux, m'a-t-il interrompu. Mais c'est toujours pas ça. Je vais être franc avec toi, Buck. J'ai l'impression que tu n'y crois pas. En fait, j'ai l'impression que tu t'en fous. On va y passer la journée jusqu'à ce que tu me persuades que tu y crois. Recommence. »

Si je vous dis qu'on y a passé huit heures de plus, il faut l'entendre au sens littéral. La Duchesse, Frodo et moi ne nous sommes pas relayés ; ils m'ont écouté, avec plusieurs groupes de vendeurs, réciter les mêmes deux cent soixante-six mots encore et encore jusqu'à ce que ma voix soit complètement éraillée. Vers la fin, Clyde m'a forcé à recopier le texte entier jusqu'à ce qu'il couvre le moindre centimètre carré du revêtement effaçable des murs de la Bhagavad-Gita.

Une grande part de moi savait que rien de tout cela n'était mérité – qu'on m'avait pris pour cible – mais je ne le faisais pas seulement pour moi, je le faisais pour Maman, M. Rawlings, Soraya et tous ceux qui croyaient en moi. Il fallait que je me conduise comme un homme et que j'encaisse.

Au coucher du soleil, quand les bruits du bureau se faisaient moins nombreux, Clyde a levé les yeux de son ordinateur portable et hoché la tête. « Une dernière fois. »

J'ai répété les mots. Tous. Pour ce qui m'a semblé être la millième fois de la journée. Frodo s'était assoupi, et la Duchesse, bras croisés sur la poitrine, me regardait, folle de rage.

J'ai fini, et Clyde a tapé dans ses mains. Frodo s'est réveillé, la Duchesse s'est redressée sur sa chaise. « Tu y es presque, Buck. Pas complètement, mais presque. Mais ça ira. Demain, les choses sérieuses commencent. Les jeux de rôle. Après l'échauffement, venez directement ici. Vous pouvez disposer. »

Frodo et la Duchesse ont filé, Clyde m'a appelé.

« Eh », m'a-t-il dit, montrant un fauteuil d'un coup de menton.

Une fois que nous étions seuls, Clyde – vêtu, comme je m'en apercevrais au fil du temps, de sa tenue préférée, à savoir une chemise à carreaux Brooks Brothers et une veste noire ou bleue Patagonia, des Dockers kaki, et des mocassins ou chaussures bateau – a levé les yeux vers moi avec l'air soucieux d'un conseiller d'orientation.

J'ai choisi de rester debout. « Oui ?

– Tu es sûr d'être fait pour ça ? Je te pose la question en ami parce que je sais que ce n'est pas pour tout le monde. Y a des gens qui ne sont simplement pas faits pour ça, tu vois ? »

Je l'ai regardé droit dans les yeux. « J'en suis sûr.

– Bon, repose-toi un peu. Que tu me croies ou pas, aujourd'hui, c'était du gâteau. »

Quand je suis entré dans la cabine d'ascenseur, quelqu'un a crié : « La porte ! » Je l'ai maintenue ouverte et Rhett a bondi à l'intérieur. On avait beau être le premier jour de la Semaine des marchés, il avait conservé son prodigieux éclat, comme si rien ne pouvait l'atteindre.

« Merci, Buck. »

Le stress accumulé en moi tout au long de la journée a reflué et j'ai souri. « Pas de quoi. »

Il m'a posé la main sur l'épaule, et m'a regardé dans les yeux. « À propos, Buck. Désolé pour ce matin. Je ne peux jamais laisser passer ça, quand quelqu'un arrive en retard à la réunion du lundi matin. Ou n'est pas au meilleur de sa forme. N'y vois rien de personnel.

– Oui, c'est ce que je me suis dit. Je comprends.

– Super. Comment s'est passé ton premier jour ? »

J'ai écarquillé les yeux et secoué la tête.

Il a ri. « C'était si terrible que ça ? Je sais que c'est dur, mais je te garantis que ce sera la meilleure expérience professionnelle de ta vie, Buck. Vraiment.

– J'espère.

– J'en suis sûr. Tu verras. »

On s'est quittés dans le hall. Je suis sorti et Rhett est allé au Starbucks. C'était la première fois en douze heures que je humais la fraîcheur de l'air du mois de mai et que j'entendais les bruits de la ville de si près.

Je ne me souviens pas de grand-chose du retour en métro. Mais je me souviens être rentré à la maison, de m'être écroulé, et d'avoir entendu Maman entrouvrir la porte pour me demander si ça allait.

« Oui, ai-je dit, à moitié endormi.

– Comment s'est passé ton premier jour ? »

Je ne sais plus ce que j'ai répondu, mais je me souviens m'être dit : *Si ce n'était que le premier jour, à quoi va bien pouvoir ressembler la suite ?*

8

Mis à part le lundi, la journée de travail commençait à 8 heures. Mais ça m'avait traumatisé, alors le lendemain, je me suis levé à 6 h 15, j'ai pris une douche vite fait et je suis allé à la cuisine.

Maman était attablée avec le journal et une tasse de café fort et crémeux. C'était une odeur sucrée, de clémentine, épicée, aux solides accents d'acidité. *Du café salvadorien, c'est sûr.*

« Bonjour, Maman. » J'ai déposé une bise fatiguée sur sa joue. Même après avoir dormi près de dix heures, j'étais épuisé, ce qui me faisait craindre le pire pour la longue journée qui m'attendait.

« Bonjour, Dar. » Elle a plié le journal. « Tu dormais d'un sommeil de cadavre quand je suis rentrée du boulot. Si tu ne m'avais pas répondu, je t'aurais secoué pour être sûre que tu étais toujours vivant. »

J'ai ri, me versant un bol de céréales. « Oui, j'étais dans une forme cadavérique.

– Alors, comment c'était ? »

J'aurais voulu répondre : *Au secours, Maman ! On m'a forcé à rapper, on m'a aspergé de goudron et de plumes façon Ku Klux Klan, et on m'a fait écrire sur un tableau jusqu'à ce que j'aie les doigts en sang. Pitié, pitié, pitié, ne m'oblige pas à y retourner !* Mais je n'ai pas pu. Jason était au coin de la rue, tâchant d'offrir une vie meilleure à sa mère. Il fallait que je ravale mes états d'âme. Maman avait rempli les rôles de mère et de père depuis ma naissance, c'était désormais à mon tour de m'occuper d'elle.

« Ça s'est bien passé, ai-je dit en m'asseyant. On est trois nouveaux. Enfin, on était quatre, mais y en a un qui est parti. Et là on bosse dur pour apprendre par cœur un texte de présentation.

– Qu'est-ce qui est arrivé au quatrième ? »

J'ai repensé à lui, m'apercevant que je ne savais même pas comment il s'appelait. J'avais vu la sueur ruisseler sur son visage rouge, le désespoir dans son regard quand il avait parcouru la salle des yeux pour chercher du secours comme un animal effrayé.

« C'était pas pour lui, ai-je dit en haussant les épaules, avant de vider mon bol de céréales.

– Bah, même si c'est dur, n'oublie pas pourquoi tu y es, Dar. Pour devenir quelqu'un et montrer au monde de quoi tu es fait. Pour rayonner et devenir ce que je te sais capable d'être.

– Oui, Maman. Je ferai de mon mieux. » J'ai pris mon sac et me suis dirigé vers la porte.

« Ah, autre chose.

– Oui ?

– Je me disais qu'on pourrait organiser un autre dîner vendredi. Moi, toi, Soraya, Jason et M. Rawlings. Pour fêter la fin de ta première semaine. Je préparerai une ration supplémentaire de chili à la dinde bien épicé pour toi.

– Ça donne envie, Maman. Je t'aime », ai-je dit avant de descendre les marches en courant pour ne pas me faire avoir une deuxième fois.

En tournant au coin, j'ai vu Soraya assise sur un banc devant la boutique, vêtue d'un sweat à capuche noir avec écrit dessus : HUDA SHA'ARAWI : TAPE SON NOM SUR GOOGLE. Elle lisait un petit tas de feuilles volantes.

« Salut, ai-je fait, étonné. Ça va ?

– Je donne un coup de main à mon père pour l'ouverture, m'a-t-elle répondu, les yeux rivés sur les feuilles. On reçoit un nouvel arrivage de savons noirs africains.

– Ah bon ? »

Elle a ri. « T'inquiète, y en a déjà un qui t'est réservé.

– *Choukran, habibti.* Et ça, c'est quoi ?

– Un dossier de candidature. Pour le cursus accéléré d'infirmière à NYU, il faut déjà avoir obtenu six UV. J'en ai eu trois à Hunter, mais je vais suivre des cours d'été pour les autres en espérant qu'ils me prendront.

– Ça va marcher, c'est sûr. » J'ai soulevé son menton vers moi et nos lèvres se sont brièvement touchées. « C'est pour quand ?

– Si je veux commencer cet automne, il faut que je le dépose avant le 15 juin. Dans deux semaines.

– Bon, ai-je dit en l'embrassant encore une fois, dis-moi si je peux faire quelque chose.

– Oui. À propos, tu ne m'as pas envoyé de message hier soir. C'était comment, ton premier jour ?

– Je te raconterai plus tard ! ai-je dit, courant vers les gargouilles.

– Viens par là, petit ! » m'a crié Wally Cat.

Je l'ai ignoré et j'ai checké Jason. « Ça va ?

– Oui. J'ai quelle tête ? a-t-il fait, toujours couvert de bleus mais souriant.

– La tête de quelqu'un qui s'est pris une raclée, mais ça va.

– Beau gosse. On se fait une partie d'échecs ?

– Non, faut que j'aille bosser.

– OK. Moi non plus, je voudrais pas, à ta place. Mais n'oublie pas ce que je t'ai dit.

– À propos de quoi ?

– Des autres, là, dans leur bureau de rupins, qui sont pas comme toi. Y finiront pas t'avoir.

– Si tu le dis. Paix. »

J'ai trottiné jusqu'à Wally Cat et me suis assis sur une caisse, en vérifiant l'heure. 6 h 58. *Ça ira.*

« Ça gaze, Wally Cat ? » J'ai remarqué qu'il portait une chemise hawaïenne particulièrement colorée.

« Comment s'est passé ton premier jour ?

– C'était dur. On a bossé sur un texte de présentation, et aujourd'hui on va faire une simulation, genre jeu de rôle.

– Qu'est-ce qu'ils te font vendre, ces Blancs-là ? Chaque fois que je lis quelque chose sur les nouvelles sociétés de la tech et tout ce bazar à la Zuckerberg, ça me file le tournis. Je suis sûr qu'ils te font faire des trucs de cinglé.

– Très franchement, je sais toujours pas. C'est une espèce de plateforme où des gens se parlent partout dans le monde pour trouver une solution à leurs problèmes. Un peu comme une thérapie sans tout le bazar. »

Il a levé les mains au ciel et tchipé. « Sans tout le bazar ? C'est pas un truc pour les Noirs, Darren. C'est un truc de Blanche friquée, mon frère. Les Noirs ont pas besoin de thérapeute, parce qu'ils ont pas de troubles mentaux. TOC, TDAH, ESPT, et tous les nouveaux acronymes qu'ils vont chercher chaque jour. Je te le dis, les seuls acronymes pour lesquels on a besoin d'aide, c'est la NYPD, le FBI, la CIA, le KKK et KFC, parce que chuis sûr et certain qu'y mettent un truc dans leurs *buckets* de douze ailes de poulet pour qu'on devienne accros. Toutes ces graisses saturées, ce sel. Ça croustille, leur truc, mais...

– OK, bon, faut que je file, Wally Cat. Faut pas que j'arrive en retard. Mais merci pour la conversation.

– Eh, j'ai un petit conseil avant que tu partes. Ça fait assez longtemps que je suis au coin de cette rue pour avoir vu des dizaines de milliers de transactions se faire. Et j'ai appris que soit on vend du oui à quelqu'un, soit ce quelqu'un te vend du non. Quoi que tu fasses, y a toujours des types qui passent leur chemin, alors faut que tu te démerdes pour que ça tombe jamais sur toi, tu piges ? »

Lecteur : Faites bien attention à ce que vient de dire Wally Cat, en dehors des conneries qu'il raconte sur les acronymes. Qu'on vende du oui à quelqu'un, ou que ce quelqu'un vous vende du non, on conclut toujours un marché.

« C'est vrai, merci », ai-je conclu en le checkant avant de me diriger vers le métro. J'ai regardé l'heure sur mon téléphone : 7 h 05. Ça allait le faire.

Il était 7 h 40 à mon arrivée au 3 Park Avenue, alors je me suis dit que j'avais le temps d'aller saluer mes vieux soldats.

Carlos passait la serpillière pendant que Nicole préparait des boissons. « Comment ça va, les copains ? »

Carlos a levé les yeux et lancé les mains en l'air, faisant claquer le balai sur le sol mouillé. « Eh, Darren ! Ça gaze, *hermano* ? On pensait qu'on te reverrait plus maintenant que t'es avec les rupins dans leur appartement-terrasse.

– Ça risque pas. » J'ai cogné le poing contre le sien et jeté un œil à la salle. Tout était comme le jour de mon départ à l'exception d'une publicité cartonnée sur le comptoir qui faisait la promotion d'une nouvelle concoction à tomber à la renverse.

« Darren ! a crié Nicole derrière la caisse. Je viendrais bien te serrer dans mes bras, mais faut que je m'occupe de ces commandes », m'a-t-elle dit, essuyant la sueur de son front. Ils me manquaient tous, d'une certaine façon. Cet esprit de camaraderie me manquait, le fait d'être un vrai chef d'équipe sans que personne me dise quoi faire ou m'insulte comme si j'étais un chien errant.

« T'inquiète, Nicole ! » lui ai-je crié par-dessus le vrombissement de la machine à café.

Mais alors que je m'apprêtais à monter, je me suis aperçu que quelque chose clochait.

« Eh, Carlos. Où est Brian ? »

Il a fait un signe de tête vers l'arrière-salle. En m'approchant, j'ai entendu des cris derrière la porte. Quand j'ai ouvert, Brian était assis sur une chaise, en larmes, et Jared était debout devant lui, comme un contremaître prêt à lui casser la gueule.

« Qu'est-ce qui se passe, ici, putain ? ai-je demandé, en regardant Jared puis Brian.

– Qu'est-ce que tu fais là ? m'a demandé Jared, étonné. Tu ne travailles plus ici.

– Pourquoi il pleure ?

– Ça te regarde pas, m'a dit Jared, me poussant derrière la porte.

– Touche-moi encore une fois, et je te casse la main.

– T'aurais peut-être mieux fait de lui apprendre à préparer du café. Il n'arrête pas de le brûler et d'en renverser partout. Je sais pas ce qui lui prend. »

J'ai pris Brian par le bras pour l'inciter à se lever, et l'ai fait sortir, laissant Jared planté là.

« Qu'est-ce qui se passe, Brian ? lui ai-je demandé en tapotant ses larmes avec une serviette.

– Je sais pas. C'est juste que… – *PUTAIN !* – Pardon. C'est juste que sans toi… » Il s'est vite couvert la bouche et a maintenu sa main en place jusqu'à étouffer le juron suivant, comme s'il réprimait un éternuement. « Pardon, Darren. Sans toi, c'est comme si je me retrouvais tout seul. Et que j'avais la tête ailleurs. »

J'ai longuement regardé Brian et me suis demandé ce qui allait lui arriver. Quand j'étais chef d'équipe, mon seul souci consistait à ce qu'il soit content et concentré, mais je n'étais jamais allé plus loin. Malgré tout, il m'avait toujours admiré, ce qui m'avait d'ailleurs peut-être donné la confiance nécessaire pour faire mon pitch à Rhett ce fameux jour. Il fallait que je sois là pour lui.

Je l'ai pris par les épaules. « Écoute. Je suis moi-même en plein changement avec mon nouveau boulot, mais je pourrais peut-être te donner une lettre de recommandation, ou un truc comme ça. Une fois que je me serai posé. Je ne dis pas que tu te feras embaucher, mais je pourrais au moins parler de toi dans un mois ou deux. »

Il m'a souri, découvrant des dents magnifiques qui ressemblaient à des perles dans leur écrin noir, et il a tellement écarquillé les yeux qu'on aurait dit qu'ils allaient lui sortir des orbites comme ceux d'un personnage de dessin animé. « Tu ferais ça pour moi ?

– Bien sûr, ai-je dit, lui tapotant les épaules. Faut que je file, mais garde la tête haute. Fais ton boulot et ne te fais pas virer.

– Promis ! a-t-il déclaré, lissant son tablier. T'es le meilleur, Darren ! »

Une fois la situation sous contrôle, j'ai fait mes adieux à mes soldats et regardé l'heure. 7 h 55. *Merde.*

J'ai couru jusqu'aux ascenseurs et vu des portes se fermer. « Les portes, s'il vous plaît ! »

Mais personne ne les a retenues. Et tandis qu'elles se refermaient, j'ai vu Clyde à l'intérieur, qui me montrait sa montre avec un sourire en coin.

L'enfoiré.

Je me suis joint au cercle à 7 h 59. Clyde nous a fait le même discours survitaminé, les mêmes menaces, et a nourri la même tension que la veille. Après quoi, j'ai été le premier à franchir la porte de la Bhagavad-Gita. Je me suis assis dans un fauteuil de la petite table en bois, et mon genou s'est mis à tressauter comme s'il était monté sur ressort. *Aujourd'hui, c'est ma journée. Sois l'homme dont Maman a besoin.* Clyde est entré suivi de Frodo et de la Duchesse, et s'est dirigé droit sur le tableau blanc.

Il a détaillé ce qu'il appelait « l'anatomie d'un appel de démarchage » – intro, relationnel, découverte, présentation, réaction à une objection, qualification et transfert. « Si vous faites bien ces sept étapes, vous réussirez. Sinon, votre carrière chez Sumwun fera long feu. »

Puis il nous a expliqué par quoi se terminerait notre semaine de formation : un jeu de rôle en conditions réelles le vendredi. « Rien d'extraordinaire. Il n'y aura que moi, Rhett, et Charlie qui s'occupera de vous une fois votre formation terminée. Si vous réussissez, vous serez au téléphone dès lundi. Sinon, vous prenez la porte. » Il a mimé un coup de pied au cul avec son mocassin brillant.

Lecteur : Ceci est important. Si vous arrivez à maîtriser ce qui suit, vous serez capable d'appeler un inconnu et d'obtenir ce que vous voulez. Je vous le garantis.

Pendant le reste de la séance, Clyde nous a expliqué les étapes une par une : « Une bonne intro, nous a-t-il dit, privilégie la simplicité. Présentez-vous et commencez l'appel sur une note enjouée. Grâce au relationnel, vous chercherez à établir une connexion entre vous et le client potentiel. Pour cela, demandez-lui comment il va, quels sont ses projets pour le week-end, s'il a regardé une série à succès la veille à la télé, etc.

« Mais, pour l'amour du ciel, ne parlez pas de la météo. Tout le monde, y compris leur mère, parle de la météo. L'objectif, c'est de vous faire accepter tout de suite. Plus tôt vous y parvenez, plus vite vous avez une chance de leur faire baisser la garde. Et une fois qu'ils l'ont baissée, vous pourrez obtenir d'eux tout ce que vous voulez. »

À ces mots, la Duchesse s'est redressée, et a demandé quel était le meilleur moyen de leur faire baisser la garde.

« Par votre confiance en vous et le ton de votre voix, a répondu Clyde. Il ne faut pas qu'ils croient qu'on essaie de leur vendre quelque chose. Il faut qu'ils voient en vous un ami, un parent, ou un conseiller de confiance. Surtout pas quelqu'un qui cherche à obtenir quelque chose. Autant, une fois que vous avez raccroché, vous pouvez n'en avoir rien à foutre, autant il faut se sentir profondément concerné pendant les dix, vingt, ou trente minutes que vous passerez au téléphone avec eux. Si leur chien vient de mourir, consolez-les. S'ils se réjouissent de participer à une fête médiévale à la noix, demandez-leur s'ils comptent s'habiller en elfe ou en chevalier. Compris ? »

On a tous hoché la tête.

Frodo a levé la main, puis l'a vite baissée. « Comment on est, euh… payés ?

– En générant des ventes-clients-confirmées, ou VCC. Si vous passez le client à un CC et que le CC valide, vous êtes payés. Même chose si les VCC se concluent par un marché. D'autres questions ? »

Pas un mot. Tous ces acronymes et toutes ces étapes me filaient le tournis. Frodo prenait le plus de notes possible, transpirait littéralement. Quant à la Duchesse, sans mentir, elle se limait les ongles.

« Bon, a conclu Clyde, souriant. C'est parti. »

« Frodo, je m'appelle Jack Durft, DRH à la crèmerie Cold Stone, a dit Clyde. Appelle-moi.

– Euh, c'est qui Jack Durft ? » a-t-il demandé en se tournant vers la Duchesse et moi.

Clyde a pincé l'arête de son nez et poussé un gros soupir. « Frodo, je viens de te le dire. C'est le DRH de la crèmerie Cold Stone, putain. Appelle-moi.

– D'accord, euh, allô ? »

Clyde a tapé des mains sur la table. J'ai sursauté. « Fais sonner le téléphone, espèce d'idiot !

– Ah, oui », a dit Frodo. Il a fait le signe « relax » avec la main, et l'a porté à l'oreille. « Dring dring.

– Jack à l'appareil.

– Euh, oui, monsieur Jack, je m'appelle...

– *Clic !* Pourquoi tu l'appelles monsieur Jack ? Sois amical. Est-ce que tu appellerais un ami monsieur Alex ? »

Frodo a haussé les épaules. « Ça dépend de s'il veut qu'on l'appelle monsieur Alex.

– Ils sont un peu teubés sur les bords, tes amis, non ? a fait Clyde, secouant la tête. Mais dans le cadre de cet exercice, disons qu'ils ne fréquentent pas un institut médico-éducatif. Rappelle-moi.

– Dring dring.

– Bonjour, Anna à l'appareil.

– Anna ? Tu ne viens pas de dire que tu t'appelais Jack ? » a demandé Frodo en rougissant.

Clyde a foncé sur Frodo si brusquement que j'ai cru qu'il allait lui en coller une. Mais il s'est approché très près de son oreille et lui a murmuré : « Ne sors jamais de ton personnage, sous aucun prétexte. Compris ? »

Frodo a dégluti si fort qu'on l'a entendu, et a incliné la tête jusqu'aux genoux.

Clyde s'est planté devant lui. « Quoi, tu crois que tu vas toujours avoir la personne que tu appelles ? Certains jours, tu passeras deux cents appels sans jamais joindre personne. Et si tu arrives à les avoir, tu devras passer par Anna la secrétaire, par un gardien dont le boulot est d'empêcher des démarcheurs incompétents comme toi de gaspiller le précieux temps de leur patron. C'est ton boulot de réussir à franchir ces obstacles comme une bande de groupies survoltées. »

> **Lecteur : C'est vrai. Nous sommes au XXIe siècle, et les secrétaires ne sont plus seulement des femmes, mais malgré tout, c'est en faisant ami-ami avec le gardien que l'on a le plus de chances de joindre la bonne personne, de recevoir une information et de devenir un allié — et non un ennemi.**

Frodo a souri bêtement. La Duchesse a bâillé. J'avais envie de vomir.

« Buck. »

Merde. Oh non. J'avais l'impression d'être attaché sur une voie de chemin de fer, attendant la collision sanglante avec un train qui fonçait sur moi, ses feux brillant dans la nuit.

« Je m'appelle Harry Johnson. Vice-président de McDonald's. Appelle-moi. »

J'ai respiré un bon coup. Sans me servir bêtement de ma main comme Frodo pour faire un téléphone, j'ai dit : « Dring dring.

– Harry à l'appareil.

– Bonjour, Harry, je m'appelle Darren, je travaille chez Sumwun. Comment allez-vous ?

– Bonjour, Darren, très bien, merci. Comment allez-vous ?

– Bien, merci. Vous profitez du beau, euh, du beau…

– Du beau quoi, Darren ? Allô ? Vous êtes toujours là ? Vous comptiez parler du temps qu'il fait ? DE CETTE PUTAIN DE MÉTÉO COMME JE SUIS SÛR QUE VOTRE PATRON VOUS A DEMANDÉ DE NE PAS DISCUTER PARCE QUE C'EST CHIANT COMME LA MORT ET QUE SEULES LES PERSONNES CHIANTES EN PARLENT ? Putain ! » Clyde m'a agrippé par le coude, m'a soulevé de mon fauteuil et m'a traîné vers la fenêtre.

« Regarde dehors, Buck, m'a-t-il ordonné. Qu'est-ce que tu vois ?

– Des gratte-ciel. » Cette fois, j'étais vraiment bon pour gerber.

« C'est exact, a-t-il dit en me tapotant le dos. Si tu reparles une seule fois de la météo, je te balance par la fenêtre, putain, et tu ne verras plus jamais ces gratte-ciel depuis ici. Compris ? »

Clyde me rappelait Jack Nicholson aussi bien dans *Shining* que dans *Vol au-dessus d'un nid de coucou.* On voyait ses dents, des touffes gominées de cheveux blonds lui tombaient dans les yeux, et il respirait comme un animal sauvage.

Je n'avais encore jamais permis à personne de me parler sur ce ton, et même si je ne voulais pas laisser passer ça, je savais, comme l'avait dit M. Rawlings, que ça faisait partie du jeu et qu'on jugeait un vrai homme à sa capacité d'encaisser. Alors j'ai fait oui de la tête.

« La Duchesse. Appelle Harry. Le même type avec qui Buck s'est cru obligé de parler météo. »

Sa performance fut parfaite.

Clyde, enfin satisfait, a tapé quelques chiffres sur le téléphone de la table.

« Allô ?

– Oui, c'est Clyde. Prends Eddie et Marissa avec toi, et venez à la Bhagavad-Gita. »

Marissa, Eddie et Tiffany, vendeurs confirmés qui avaient déjà atteint leurs objectifs, étaient plantés à l'entrée de la salle et nous observaient comme du bétail. Bras croisés, Tiffany a fait un grand sourire et demandé : « Qui passe en premier ?

– Attends, a fait Eddie. Prenons d'abord la température. Comment ça va ? »

Frodo et moi avons haussé les épaules, la Duchesse a dit : « Bien, on va devoir rester ici encore longtemps ?

– Aussi longtemps qu'il le faut, la fille à papa, a répondu Tiffany du tac au tac. Vous êtes sans doute le groupe de vendeurs le plus pathétique que j'aie jamais vu. »

Le reste de la séance fut traumatisant. À l'heure du déjeuner, j'avais l'impression de m'être fait déchiqueter par les chiens de Mike Vick. Heureusement, le déjeuner fut servi.

L'îlot en marbre de l'espace événementiel débordait de riz jaune, de haricots pinto, de tortillas tachetés, de poulet, de steaks, d'oignons caramélisés, de laitue, de tomates et de poivrons rouges. Nous sommes tous les trois retournés à la Bhagavad-Gita sans un mot. Frodo avait tout pris en double, et cela tenait à peine sur deux grandes assiettes, la Duchesse s'était préparé une petite salade de tacos, et moi un petit burrito à la viande hachée.

« Alors comment vous avez entendu parler de Sumwun ? a demandé Frodo, tandis que de la sauce dégoulinait sur son menton.

– J'ai rencontré Rhett chez Starbucks, ai-je dit d'un air faussement détaché.

– C'est vraiment ce qui s'est passé ? » a demandé la Duchesse. Elle empalait des morceaux de poulet et de laitue sur sa fourchette, jetant probablement le mauvais œil sur quelque malheureux dans une variante culinaire du vaudou.

« C'est ce que j'ai dit, non ?

– Et qu'est-ce que tu faisais chez Starbucks ? m'a-t-elle demandé.

– Comment tu as fait, toi, pour te retrouver ici ? ai-je éludé.

– Mon père joue au squash avec le père de Clyde au Greenwich Country Club », m'a-t-elle répondu, comme si ça coulait de source. La vérité, c'est que, jusqu'à l'âge de quinze ans, je croyais que le squash était un légume.

« Et alors ? a demandé Frodo, qui s'est interrompu pour déglutir une bouchée trop ambitieuse.

– Et alors, Clyde m'a parlé du rôle, m'a donné quelques conseils, et maintenant me voilà avec vous, deux spécimens d'excellence.

– Des conseils ? ai-je fait. Comme quoi ?

– Comme la meilleure façon d'entrer dans le rôle et faire le travail, quoi d'autre ? Rien de particulier. »

Rien de particulier. Pas étonnant qu'elle ne se soit pas fait étriller pendant le jeu de rôle. Elle avait des relations. Les relations, comme les bons du Trésor, sont attribuées à tout riche blanc dès qu'il sort du ventre de sa mère. Chaque fois que l'un d'entre eux est défoncé et fracasse la bagnole de papa maman, chaque fois qu'il se fait pincer en train d'acheter de la coke par un flic sous couverture, chaque fois qu'il fricote avec de mauvaises fréquentations en vacances, il passe un coup de fil, envoie un texto, ou sort son AMEX.

Lecteur : L'une des clés les plus importantes de la réussite dans la vente, c'est la concentration. Ne jamais laisser quelqu'un ou quelque chose vous faire dévier de votre route, surtout ceux qui sont nés avec une cuillère d'argent dans la bouche.

Frodo, qui s'était débrouillé pour avaler plus qu'il ne pouvait mâcher, a respiré avec soulagement. « Oui, mon recruteur aussi m'a coaché. Sumwun est le sixième endroit où j'ai passé un entretien d'embauche. Quand Clyde a vu que j'avais joué défenseur en D1 à Notre-Dame, tout ce qu'il a voulu savoir c'est si j'étais prêt à travailler encore plus dur ici que sur le terrain. Quand j'ai dit oui, j'ai eu le poste. À propos, a-t-il enchaîné en posant son taco dégoulinant avant de se tourner vers moi, on t'a déjà dit que tu ressemblais à Dave Chappelle ? »

Le sort ne jouait pas en ma faveur. Je n'avais pas de père qui jouait au squash avec le père du directeur des ventes. Ni de recruteur qui me décrochait cinq entretiens d'embauche, tous foirés, jusqu'à ce qu'on me donne une chance parce que j'étais un sportif de haut niveau. La seule chose qui m'avait permis de me retrouver ici était une brève démonstration de courage – courage qui faiblissait un peu plus chaque jour.

La journée a consisté en une succession de groupes de vendeurs qui nous ont fait passer au gril sans discontinuer. À la fin, j'en pouvais plus. Dieu merci, Clyde n'est jamais revenu.

J'ai pris mon sac et me suis dirigé vers l'ascenseur quand j'ai entendu des cris. La curiosité a été plus forte que l'épuisement. Quand je me suis approché du bureau de Rhett, la porte s'est ouverte à la volée et Chris, le cofondateur, un petit au visage rougeaud et en nage, est sorti comme un ouragan.

« Si tu ne t'en occupes pas, je le ferai à ta place ! » a-t-il crié par-dessus son épaule en passant devant moi, furieux.

J'ai regardé à l'intérieur et vu Rhett assis sur un canapé en cuir, un verre de gin dans une main et le front appuyé dans l'autre.

Sa chemise était toute fripée. J'ai reculé en silence jusqu'à ce qu'il lève les yeux et que nos regards se croisent.

« Ah, Buck, je ne t'avais pas vu. Tout va bien ? »

Il avait les yeux injectés de sang, et son teint olive avait pâli, comme si quelqu'un lui avait arraché quelques couches de peau pour révéler l'envers cireux, vampirique, de son teint de jour.

« Euh, oui, ai-je dit. Pardon de vous avoir dérangé. J'ai passé la journée coincé dans la Bhagavad-Gita et j'ai entendu des cris, alors… »

Il a fait un geste de la main et souri, regagnant des couleurs. « Ah, ne t'inquiète pas pour ça. Des trucs assommants de start-up. Assieds-toi. »

J'ai posé mon sac et me suis assis à l'autre bout du canapé. Son bureau, immense, faisait à peu près la moitié du Coran et contenait deux grands canapés de cuir noir, une table de billard, un bureau fait d'une vieille porte et, bien sûr, des fenêtres du sol au plafond.

Il s'est lentement levé, et s'est approché d'étagères pleines de livres et de bouteilles de bourbon, whisky, vodka et autres. « Un verre ?

– Non merci, je ne…

– Pas de souci. Je ferais sans doute mieux de lever le pied. Mais il y a quelque chose dans un verre de gin bien frais à la fin de la journée qui me donne l'impression d'être plus humain. » Il a ri. « Ça fait de moi un alcoolique ?

– Ça dépend, j'imagine. »

Il s'est assis à côté de moi. « De quoi ?

– Si on se sent humain même sans le boire. »

Il a regardé dans son verre, comme s'il y avait des réponses au fond. « Clyde me dit que c'est pas facile pour toi.

– Ça va », ai-je répondu, admirant ses livres. Daniel Pink. Dale Carnegie. Eric Ries. Andy Grove. Tous faisaient partie du petit manuel des PDG de start-up. « Vous aimez la lecture, hein ? »

Il a ri. « On peut le dire. Mais tu ne m'as toujours pas répondu. Comment ça va ?

– C'est dur, ai-je dit avant de pouvoir m'arrêter. J'ai l'impression que Clyde est plus dur avec moi qu'avec les autres. Comme si j'étais toujours à la traîne. »

Il a posé son verre et hoché la tête. « C'est normal, Buck. Si tu as l'impression qu'il est dur avec toi, c'est sans doute vrai. Mais c'est seulement parce qu'il voit ton potentiel, tout comme moi. Tout cela, a-t-il dit, montrant la pièce de ses mains, n'est rien si on ne dépasse pas les limites de celui qu'on croit être. Et, crois-le ou pas, je sais qui tu es vraiment, et que tu peux devenir exceptionnel. »

Merde. Ce type croit en moi plus que moi-même.

Lecteur : Tout le monde croit que la clé du succès, dans la vente, c'est la motivation. Faux. La motivation disparaît en un clin d'œil. Mais l'inspiration ? Ça vous fait tenir plus longtemps qu'une overdose accidentelle de Viagra. Rhett, comme vous le verrez, incarnait l'inspiration. Il m'a convaincu, m'a même aveuglé.

« Et vous ? ai-je demandé.

– Moi ? Oh, tout va bien. Il faut juste qu'on atteigne ce chiffre. Ce que tu apprendras, Buck, c'est que tous nos ennuis disparaissent, a-t-il dit en tapant des mains, une fois qu'on atteint le chiffre. »

Je n'avais pas vu le temps passer, il était 20 h 30 et son claquement de mains avait réveillé mon épuisement. « Il se fait tard, Rhett. Il faut que j'y aille.

– Ça ? a-t-il dit en riant. Tard ? La semaine prochaine, 20 heures te semblera tôt. Rentre chez toi, repose-toi, et prépare-toi à tout casser demain. Mais je veux que tu me promettes une chose, Buck. Je sais qu'on ne se connaît pas depuis longtemps, mais si tu me le promets, je te le promettrai aussi. »

Je m'attendais à ce qu'il s'agenouille et me fasse une déclaration d'amour, mais j'ai eu de la chance qu'il me dise : « Promets-moi de toujours être franc avec moi, Buck. De ne jamais rien me cacher. Et je promets de m'occuper de toi. De te faire à mon image et de m'assurer que tu réussisses. »

Il m'a tendu la main. Je savais que, en la serrant, je lui ferais une promesse dont je ne pourrais pas me dédire – que je ne pourrais revenir sur cette poignée de main. Comme je l'ai dit, j'étais déjà une planète mineure dans le champ gravitationnel de Rhett, et ce sentiment me plaisait. J'ai pris une inspiration et lui ai serré la main. Un petit sourire est apparu sur son visage.

« C'est promis. »

9

Après m'être réveillé avec une migraine de la taille de l'ego de Kanye, je suis allé à la cuisine. Aucune trace de Maman. Je suis descendu, mais la porte de sa chambre était fermée, ce qui était inhabituel. En principe, elle dormait en la laissant ouverte.

« Maman », ai-je dit en tapant à la porte. Pas de réponse. « Maman », ai-je répété, plus fort. Pas de réponse. Quand j'ai ouvert, elle était allongée sur le dos, inconsciente. Pris de terreur, j'ai lentement rampé vers elle, croyant qu'elle était morte dans son sommeil. Des larmes me montaient aux yeux quand j'ai renversé du pied un verre qu'elle avait posé par terre. Elle s'est redressée d'un coup, les yeux couverts de son éternel masque noir.

« Merci mon Dieu », ai-je fait. J'ai ramassé le verre et essuyé mes larmes. « J'ai cru que…

– Quelle heure est-il, Dar ? » Elle a retiré son masque, révélant de sombres cernes.

« Sept heures moins vingt.

– Ah, je n'ai pas entendu l'alarme. Je suis si fatiguée, mon chéri. Je crois que je vais me faire porter pâle. »

C'était la première fois que Maman n'allait pas au travail. Elle s'arrangeait toujours pour boire du café et aller au boulot, même quand elle se sentait mal. Elle était même allée à l'usine le lendemain de la mort de Papa parce qu'elle disait que ça lui ferait du bien de sentir qu'on avait besoin d'elle, même si elle n'était qu'une employée parmi des milliers. Ça m'a inquiété, mais je me suis dit que la meilleure chose à faire était d'aller chez Sumwun, de casser la baraque et d'espérer qu'elle se sente vite mieux.

« Je peux t'apporter quelque chose avant de partir, Maman ? Tu veux de l'eau, du café ?

– Non, merci, mon chéri. » Elle a fermé les yeux et m'a pris le bras. « Bonne journée au travail. On se voit à ton retour. Et n'oublie pas pour vendredi. Je me sentirai mieux. Ce sera bien. »

Je me suis penché et l'ai embrassée sur son front froid. « D'accord. Je serai là. »

En bas des marches. Au coin de la rue. Un signe de la main à M. Aziz. Les gargouilles parquées au même endroit. Jason qui veut discuter, mais je n'avais pas le temps, alors je suis passé devant lui en courant et j'ai salué Wally Cat avant d'entrer dans le métro.

Comme Maman, j'aurais dû me faire porter pâle.

Clyde négociait un marché avec Londres, c'est donc Charlie – le type de lundi qui ressemblait à Paul Bunyan, qui nous avait expliqué pourquoi il fallait atteindre notre chiffre, et qui était aussi mon futur manager – qui a pris le relais.

À la fin, Rhett est entré au centre du cercle. Il n'était plus pâle et tassé sur lui-même comme la veille. Il était plus rayonnant, plus vibrant, ressemblait plus au type à qui j'avais fait mon pitch chez Starbucks.

Tout le monde s'est immobilisé ; on entendait juste le son de la pluie contre les fenêtres et les éclats de voix étouffés en provenance de la salle des ventes, de ceux qui tentaient de conclure des marchés de l'autre côté de l'Atlantique. Rhett a fermé les yeux et gardé le silence pendant deux minutes entières.

« Je vais vous poser une question, a-t-il commencé. Une question simple. Il y a deux ans, quelle somme avons-nous levée dans notre Série A ?

– Sept millions, a répondu quelqu'un.

– Et dans notre Série B ?

– Vingt millions, a ajouté un autre.

– En tout, avec le financement de départ, nous avons levé vingt-huit millions de dollars. Prenez une seconde pour imaginer à quoi ressemble une pièce avec vingt-huit millions de dollars, a-t-il dit en tournant autour du cercle. Qu'est-ce que vous voyez ?

– Une pièce pleine à craquer de billets de cent, a dit quelqu'un.

– Des lingots d'or dans le coffre-fort d'une banque.

– Quoi d'autre ? a demandé Rhett.

– Un garage plein de Bugatti ! a crié une voix.

– Bien sûr, ça pourrait être tout ça, a-t-il dit. Mais quand je pense à une pièce remplie par vingt-huit millions de dollars, ce que je vois, c'est vous tous. Je ne vois pas ce bureau, avec ses à-côtés, les MacBook et nos Mac moniteurs, ni même Mac Jackson, notre coach, même si c'est un étalon. »

Mac, au milieu des spectateurs de la cuisine, a fait signe aux membres du cercle et tout le monde a souri.

« Je vois une pièce pleine de gens. Et je peux vous assurer que lorsque la famille, les amis et les investisseurs nous ont donné ces vingt-huit millions, l'argent n'était qu'un symbole. Un symbole de la foi qu'ils avaient en nous. En chacun de nous. » Il a montré du doigt les membres du cercle. « Et ce qui compte le plus est que nous atteignions notre chiffre chaque mois pour leur prouver qu'ils ont fait le bon choix en pariant sur nous, même quand tout le monde disait qu'on était fous de croire qu'on pouvait révolutionner le monde de la thérapie.

« On nous disait qu'aucune société n'accordait assez d'importance à ses employés pour leur payer une thérapie moderne. On nous disait qu'une personne saine d'esprit ne se connecterait jamais à son ordinateur pour parler à un inconnu à l'autre bout du monde, et s'ouvrir à lui comme on ouvre un *fortune cookie*. Et pourtant, nous sommes là. La coqueluche de New York. Qui met en valeur la Silicon Alley. »

Clyde est entré dans le cercle. « Les nouvelles sont bonnes ? a demandé Rhett, sous le regard tendu de tous les autres.

– Deux cent mille de Virgin ! a crié Clyde, brandissant le poing sous les applaudissements.

– Ouais, putain ! » a fait Rhett, le soulevant de terre et le faisant tournoyer.

Le silence est retombé, et Clyde a fendu la mer de personnes présentes pour s'approcher du gong. Il a pris un maillet à l'extrémité caoutchoutée et s'est tourné face à la foule.

« Ce n'est qu'un programme pilote, mais Virgin va demander aux mille salariés les moins performants de ses franchises d'utiliser

Sumwun pour améliorer leur rendement. Ils nous ont assurés que, si ça marche, ils l'étendront à dix mille salariés l'an prochain !

– On t'aime, Clyde ! a hurlé un groupe de filles.

– Oui, nous aussi ! a fait une horde de types coiffés d'une casquette de base-ball à l'envers.

– Moi aussi, je vous aime. Je sais que ça a été un mois difficile, – il s'est passé la main dans les cheveux – et que ça ne s'arrange pas. Mais je tiens à vous remercier de travailler si dur, et à remercier Rhett d'avoir permis la conclusion de ce marché par téléphone.

– Tout le mérite te revient, Clyde. Vraiment, je n'ai fait que t'accompagner. »

C'est à ce moment-là que je l'ai vu pour la première fois. J'ignore si on peut le comparer au regard d'un père pour son fils ou à celui d'un aîné pour son petit frère, mais je peux vous dire que c'était un regard d'amour sincère. Le genre d'amour qu'on a quand on est prêt à tout pour quelqu'un. Et pour la première fois, j'ai vu chez Clyde une forme d'humanité que je ne lui connaissais pas.

« Et maintenant, atteignez-moi ce chiffre ! » a ordonné Rhett.

Clyde a tendu le bras en arrière comme un lanceur qui s'apprête à catapulter une balle à 100 km/h, et frappé le gong si fort que le sol a tremblé.

« Le b.a.-ba de la vente ! a crié Rhett. Toujours conclure ! »

« Voilà comment on fait, putain ! » s'est exclamé Clyde, qui est entré dans la Bhagavad-Gita en se pavanant comme un colon.

Frodo a brandi la main en l'air, façon tape-m'en cinq. « Bien joué, Clyde. J'ai hâte de conclure un marché pareil.

– Bon, a dit Clyde, sans prêter attention à Frodo. Le programme de la journée consiste à faire un jeu de rôle avec moi. Ensuite, à le faire avec un vendeur confirmé, jusqu'à la fin de la journée. On est à un moment critique, alors ne vous relâchez pas, putain. Frodo, toi d'abord. Debout. »

Clyde jouait le rôle de Karl Schmitt, PDG des Crottes de chien Schmitt. Et Karl a schmitté partout sur Frodo. Il lui a même dit : « Tu es presque pire que Buck, et il faut le faire. » En dehors d'avoir « un cerveau moins développé qu'un cadavre momifié », la faille principale de Frodo était de donner à ses phrases la forme interrogative, ce qui d'après Clyde introduisait le doute dans la conversation.

> **Lecteur : C'est vrai à 100 %. Si vous parlez comme ça ? Les gens penseront que vous ne savez vraiment pas ce que vous racontez ? Alors, quand vous parlez, pensez à finir chaque phrase par un point. Point = confiance. Confiance = succès.**

Quand ce fut au tour de la Duchesse, Clyde lui a dit de ne pas bouger parce qu'elle serait admise vendredi et n'avait pas besoin de séances supplémentaires. « Mais toi – il a tapé du pied dans mon fauteuil –, debout. Je m'appelle Tyrone Williams, vice-président des ressources humaines d'Imperial Tobacco.

– Dring dring.

– Tyrone à l'appareil.

– Bonjour, Tyrone, je m'appelle Darren, je travaille chez Sumwun. Comment allez-vous ?

– Tranquille, Darren. Eh, ça sonne comme un nom de Noir, ça. Vous seriez pas noir ? »

Ignore-le. Je n'allais pas tomber dans le panneau.

« Si, Tyrone, je suis noir. Et je vous appelle aujourd'hui afin de savoir ce que vous faites pour améliorer le bien-être de vos salariés.

– Euh, drôle de question, Darren. J'y avais jamais pensé. Pas beaucoup, faut croire.

– Super, je fais bien d'appeler, alors. Nous travaillons avec des sociétés comme la vôtre pour améliorer la productivité des salariés grâce à un état d'esprit plus équilibré, plus sain. Qu'est-ce que vous en dites ?

– Ça me va, bien sûr ! Eh, vous avez déjà fumé des blunts de Philly ?

– Non, Tyrone. Je ne fume pas.

– Vous ne fumez pas ? Quel genre de Noir vous êtes ? Ici, chez Imperial Tobacco, on les fabrique ! Je crois pas pouvoir travailler avec quelqu'un qui n'a jamais fumé de blunt de Philly. »

Marre de ces conneries. Il ne ferait ça avec personne d'autre. Colle-lui-en une et casse-toi. Non, attends. Ce blackface moderne est irritant, mais tu peux encaisser. Pense à Maman. Pense à Maman. Pense à Maman.

« Voilà ce qu'on peut faire. Donnez-moi vos coordonnées personnelles, Tyrone, et quand vous venez à New York, on se fumera un Philly ensemble, d'accord ?

– *CLIC !* C'était quoi ça, Buck, putain ? Tu vas fumer un blunt avec lui ? Mais merde !

– Y a aussi des cigares qui s'appellent comme ça. Je pensais pas à un cigare de cannabis.

– Bien sûr que si. Pour quelle autre raison vous les fumez, tous autant que vous êtes ? Apprends la différence entre créer un lien et être trop à l'aise. Et si Tyrone enregistre la conversation et la met en ligne ? Tu détruirais la société par ton manque de professionnalisme.

– C'est toi qui viens de jouer les stéréotypes.

– Tu me traites de raciste, putain ? Fais gaffe à ce que tu dis. »

Ma main était prête, mon cœur était prêt, et ma frustration bouillonnait comme du magma.

« Fais-le, s'il te plaît, m'a provoqué Clyde, voyant mon poing. Je veux que tu le fasses. Ça nous facilitera à tous les choses.

– Buck. » Frodo m'a pris par le coude. « Décompresse. »

Clyde s'est approché de moi et ne s'est arrêté que lorsque nos nez se touchaient. Il m'a sorti son sourire à la con, avec ses yeux bleus, et cette même certitude nauséabonde de se croire tout permis. « Assieds-toi », m'a-t-il ordonné.

J'ai eu la tentation de lui écraser le cerveau contre le mur effaçable, mais la voix intérieure qui m'avait déjà parlé tout à l'heure m'a dit que je devais choisir mes batailles, garder en tête la récompense, et toutes ces conneries façon « œil du tigre » dans *Rocky*. Alors je me suis rassis.

> **Lecteur : Même si ça fait mal, ne jamais laisser la frustration à court terme perturber la réussite à long terme. La vente est un marathon, pas un sprint.**

« Bon petit », m'a-t-il nargué, se dirigeant vers la porte.

Le doute a ricoché dans ma tête. *C'est vraiment ça que Maman veut pour moi ? Qu'est-ce qu'il y a de si terrible chez celui que j'étais la semaine dernière ?*

« Buck ? a dit Clyde en s'arrêtant à la porte.

– Quoi ?

– La prochaine fois que tu me menaces, tu ne te feras pas seulement virer. Je te ferai aussi foutre en taule. C'est compris ? »

Non, j'ai pas compris, espèce d'enfoiré qui vénère David Duke, qui a sa carte à la NRA et qui chante « Take Me Home, Country Roads » !

Mais je n'ai rien répondu.

Il s'est retourné, amusé. « Je veux t'entendre dire que tu as compris, Buck. Non, j'ai besoin de l'entendre pour savoir que je suis en sécurité, pour savoir que tu n'es pas dangereux. »

J'ai fermé les yeux, m'imaginant me lever pour lui coller mon poing dans la figure, faisant craquer son nez comme des glaçons dans leur bac. Mais j'ai pensé à Rhett me regardant avec la même fierté que Clyde ce matin, comme quand j'avais fait mon rap lors de la réunion de lundi. J'ignore pourquoi cette vision comptait tant pour moi. Et ça a suffi pour me faire ravaler le peu de fierté qui me restait.

« Compris », ai-je répondu, me haïssant.

« Bienvenu à la Torah », a proclamé Eddie les bras ouverts. La Torah, comme toutes les autres salles du bureau, ne ressemblait en rien au nom dont elle s'inspirait.

« Encore un texte religieux, chouette », ai-je dit.

Même si je n'avais guère eu l'occasion d'échanger avec Eddie, je l'aimais bien. Son look hipster-punk-rock – ses écarteurs d'oreille noirs, son bouc, ses lunettes à monture métallique, son t-shirt Metallica troué assorti à son jean noir moulant et ses rangers en cuir – contrastait avec sa personnalité solaire, mais j'appréciais le fait de ne pas pouvoir lui coller d'étiquette.

« Mmh. Quand on a emménagé, le tout-puissant Rhett a décrété que chaque pièce devait porter le nom du livre sacré des différentes fois de nos assistants.

– Et ça marche comment ? Les assistants, je veux dire. C'est eux qui nous contactent ou le contraire ?

– Un peu des deux, mais on a ce qu'on appelle des animateurs de communauté qui les recrutent. Ce ne sont pas des thérapeutes agréés, mais ils ont obtenu un certificat en bonne et due forme au sein de leur système de croyance et peuvent en parler de façon crédible. Par exemple, nos animateurs de communauté ont peut-être trouvé une importante pratiquante hindoue en Inde via un post de blog ou une vidéo, et vont la contacter pour savoir si ça l'intéresse de devenir assistante. Si elle accepte, il faudra qu'elle soit disponible quand les salariés des organisations qui font appel à nos services prendront rendez-vous avec elle. Et même si cette femme n'est pas reconnue selon les standards américains, sa vision différente de la vie pourrait quand même être utile à ceux qui traversent une mauvaise passe, ici ou ailleurs dans le monde.

– Je vois. Mais il n'y a jamais de problèmes ? Vous trouvez des inconnus en ligne, et vos clients paient pour les consulter. Ils ne peuvent pas toujours être bons, non ? »

Il a caressé son bouc. « Non, bien sûr. Il y a toujours quelques brebis galeuses qui se mettent dans le pétrin, mais les utilisateurs ont la possibilité de publier un avis, de signaler un abus, ou de laisser un commentaire pour qu'on les expulse immédiatement de la plateforme. Mais il n'est évidemment pas dans l'intérêt des assistants de jouer aux cons. Ils veulent gagner de l'argent et rendre service à nos clients.

– Compris. »

Cette séance avec Eddie fut le rayon de soleil de ma journée. J'ai appris qu'il est « impossible de garder quelqu'un en ligne si on est aussi intéressant que l'annuaire téléphonique », et que « ce qu'on pitche et comment on le pitche dépend de la personne à qui on fait son pitch », et que l'objectif, quand on discute avec quelqu'un, c'est d'avoir une conversation, pas de mener un interrogatoire. Mais surtout, j'ai appris comment prendre du plaisir au téléphone.

> **Lecteur : C'est un point crucial. Personne n'écoute quelqu'un qui a l'air d'avoir la tête ailleurs. Et quand on tente de convaincre quelqu'un, il faut s'adapter à sa personnalité pour avoir le plus grand impact possible.**

À la fin, Eddie a souri et m'a dit : « Autant que tu le saches. » Et ça va peut-être paraître ringard, mais je me serais cru dans une de ces scènes de film où un pauvre petit Blanc commence à prendre du muscle, de la vitesse, et à soulever plus de fonte avant de casser la gueule de son harceleur. Ou de faire un carnage dans son école. Mais vous m'avez compris.

Pour la première fois de ma vie, c'était moi le pauvre petit Blanc.

Quand je me suis arrêté devant le bureau de Rhett, il était au même endroit que la veille, seul dans un éclairage tamisé, un verre de gin à la main. Il avait les yeux fermés quand je suis entré, comme s'il priait.

« Ça va ? » J'ai posé mon sac.

« Comme d'habitude. » Il a ouvert les yeux et tapoté le canapé. « Comment s'est passée ta journée ? Mieux ?

– Euh, si on veut. En tout cas, pour les jeux de rôle. Eddie m'a corrigé.

– Bien. Un verre ?

– Non, merci.

– Alors le billard. Debout. »

Il m'a collé une queue à la main et a rassemblé les boules.

« Casse », m'a-t-il dit, ses yeux injectés de sang fixant le triangle illuminé.

J'avais toujours cru que le billard était un truc de Blancs tatoués, en blouson de cuir, pilotant des Harley-Davidson asthmatiques, ce qui avait pour fâcheuse conséquence mon incapacité à taper dans une boule, ma vie dût-elle en dépendre.

« Le but du jeu, c'est de taper dans les boules au centre de la table, Buck. Pas de faire tout ton possible pour les éviter, a-t-il dit, secoué de rires. Recommence. »

J'ai visé et touché la pointe du triangle. C'est à peine si les quinze boules ont bougé.

« Une chose est sûre, a déclaré Rhett, j'espère que tu es meilleur vendeur que joueur de billard. »

« Ce jeu est truqué », ai-je dit après m'être fait laminer. Tout jeu où une boule blanche peut battre toutes les autres boules non blanches était forcément pipé.

« Ce n'est pas truqué, Buck. Il faut simplement que tu changes d'approche. Tout ce qu'il te faut, c'est un coach.

– Bref, ai-je dit en m'affalant sur le canapé de cuir. Comme Dieu, pas vrai ? Le coach ultime ? C'est pas avec Lui que vous parliez hier soir ? »

Il a pris une bouteille sur l'étagère et s'est resservi. « J'imagine. Tu es croyant ?

– Ma mère m'emmenait à l'église adventiste du Septième Jour, quand j'étais petit, mais elle a arrêté parce que je me plaignais tout le temps d'être obligé d'aller à l'église le samedi.

– Sale gosse. Elle y va encore ?

– De temps en temps, oui. Après la mort de mon père, elle disait que Dieu et moi étions les seuls hommes pour qui elle avait du temps.

– Et toi ? m'a-t-il demandé, rassemblant les boules. Tu n'as toujours pas répondu à ma question.

– Je sais pas. Pas vraiment.

– Alors que se passera-t-il après notre mort ?

– Aucune idée. Enfin, j'espère que ça s'arrêtera pas là. Mais si ça devait, on n'y peut pas grand-chose, hein ? Et vous ? Vous êtes un "homme de Dieu" ? »

Il a tapé si fort dans les boules que j'ai bien cru qu'elles allaient toutes rouler dans les coins rien que pour lui échapper. « J'étais pauvre dans mon enfance. Et d'après ce que tu me dis, c'était pire que chez toi. Les pauvres et Dieu vont en général main dans la main parce qu'il est plus facile d'expliquer pourquoi certains ont tant et d'autres si peu quand il y a un grand dessein.

« Mes parents nous emmenaient à l'église, ma sœur et moi, chaque dimanche, sans faute. On mettait notre seule tenue correcte et on faisait plus d'un kilomètre à pied jusqu'à l'église, en se tenant la main tout le long. Mais quand on entrait, ma mère rayonnait comme à Noël. Elle était radieuse, et personne n'aurait pu deviner qu'elle récurait des sols pour gagner sa vie et que parfois elle se privait de dîner pour ses enfants. »

Il a continué à faire entrer les boules dans les poches, une à une. La rouge en coin. La violette et blanche sur le côté. « Vous n'avez toujours pas répondu à ma question, ai-je dit.

– Oui, je crois en Dieu. » Il a fait le tour de la table, pour trouver un meilleur angle. « Même si je me trompe, il n'y a pas de mal à avoir la foi. Quand je fais un pari, je couvre toujours les risques.

– Même avec moi ? »

Il a ri et a ramassé une boule sur la table, qu'il m'a lancée dessus en visant la tête. Je l'ai attrapée juste à temps.

10

Quand je me suis levé, la cuisine était dans le même état que la veille : une assiette et une tasse dans l'évier, toutes les chaises poussées contre la table, pas de Maman.

« Maman », ai-je dit, frappant à sa porte. Je n'avais pas remarqué qu'elle n'était pas réveillée quand j'étais rentré. J'étais directement allé dans ma chambre et m'étais écroulé. La même peur de la trouver figée, le visage crispé par son dernier souffle, m'a retenu d'ouvrir la porte. J'ai frappé de nouveau.

« Entre », a-t-elle murmuré.

Je l'ai trouvée dans la même position que la veille au matin : le corps légèrement enroulé sur le côté, les couvertures sous les yeux. Les stores étaient fermés, et il y avait dans l'air une âcreté, comme s'il se rebellait contre ce qui arrivait à Maman.

Je me suis assis à côté d'elle. « Maman, qu'est-ce qui ne va pas ?

– Je suis toujours un peu fatiguée, a-t-elle répondu en s'asseyant. Quelle heure est-il ?

– Sept heures moins dix. Tu es restée au lit depuis que je suis parti ?

– Non. » Elle a pris le verre d'eau posé sur sa table de chevet. « Je suis allée à la salle de bains, je suis allée me chercher de l'eau, j'ai fait un tour. J'ai essayé de laver ce qu'il y a dans l'évier, mais je n'y suis pas arrivée.

– T'occupe pas de ça, Maman. » J'ai mis ma main sur son front. « Tu t'es enrhumée ? J'ai pas l'impression que tu aies de la fièvre. »

Elle m'a pris la main, l'a posée sur sa joue et a souri. « Vendeur. Docteur. Qu'est-ce que tu vas encore devenir ? Homme politique ?

– Nan, sans doute pas, ai-je répondu en riant. J'ai pas l'âme d'un leader. Sauf chez Starbucks.

– Mmh. C'est toi qui le dis. Mais je sais ce que tu es. Je l'ai toujours su.

– Ah oui ? Et qu'est-ce que je suis, Miss Cleo ? Il ne te manque plus que l'accent jamaïcain. »

Elle a tchipé et repoussé ma main. « Ne te moque pas de moi. Je suis peut-être faible, mais je peux encore te montrer qui est le boss.

– Alors, qu'est-ce que je suis ? Qu'est-ce que tu as toujours su ?

– C'est à toi de le trouver, Dar. Ce n'est pas à moi ni à quelqu'un d'autre de te le dire. Quand tu arriveras à destination, tu sauras. Et je serai là, je te regarderai de loin, fière comme un paon. »

J'ai une nouvelle fois posé la main sur son front pour voir si elle avait de la fièvre. Elle n'en avait pas, mais quelque chose ne tournait pas rond. Mon instinct me dictait de rester auprès d'elle et de l'accompagner chez le médecin, mais l'idée que Clyde s'imagine que j'avais abandonné a pris le dessus sur mon instinct. *Faisons un marché.*

« Maman. » Je lui ai pris la main. « Je ne vais pas te mentir ; je ne veux pas aller au travail aujourd'hui si tu te sens aussi mal.

– Darren Vender, si tu ne te lèves pas et que tu ne vas pas au boulot, ça va me rendre encore plus malade. Crois-moi.

– Bon, mais à une seule condition. »

Elle a fermé les yeux, secoué la tête. « Laquelle ?

– Que tu demandes à M. Rawlings de t'accompagner chez le médecin aujourd'hui, juste pour s'assurer que ce n'est rien de grave. Marché conclu ?

– Marché conclu, a-t-elle dit, souriante. Et maintenant, va-t'en, ne te mets pas en retard. Ça va aller. Peut-être même que je vais reprendre du poil de la bête et aller au travail. Je me sens déjà un peu mieux. »

Je l'ai regardée longuement et me suis levé. « D'accord, Maman. Je t'aime.

– Moi aussi, je t'aime. J'irai chercher Percy dans une minute et on ira. Promis. »

En bas des marches. Au coin de la rue. Un signe de la main à M. Aziz. Poing contre poing avec Jason. Saluer Wally Cat d'un « Quoi de neuf ? ». Ça se passait comme ça la plupart du temps, mais au quatrième jour de la Semaine de l'Enfer, Jason, en camouflage de la tête aux pieds, a fait comme s'il ne me voyait pas quand j'ai tendu le poing.

« Ça gaze, Batman ? ai-je demandé, attendant qu'il me regarde. Tu vas bien ? »

Il a sorti son téléphone et mis ses écouteurs, hochant la tête au son de ce qu'il écoutait.

« Yo », ai-je dit, retirant un écouteur.

Il m'a frappé en plein torse, m'a fait tomber par terre. « Mais putain !? ai-je fait en levant les yeux vers lui qui serrait toujours le poing.

– Me touche pas, putain, m'a-t-il rétorqué. Je permets pas aux inconnus de me toucher. »

Je me suis levé et me suis épousseté. « Tu débloques, J. Qu'est-ce qu'y a ?

– Ce qu'y a, c'est que tu passes devant moi tous les jours en courant sans me calculer. Comme si je t'avais pas protégé contre les grands quand ils voulaient taper ton sac à dos, tes baskets, ou les belles fringues que ta maman te payait avec l'argent de son dur labeur. Mais je débloque, c'est ça ? »

J'ai voulu poser la main sur son épaule, mais il a reculé. « J'tai déjà dit que je laisse pas des inconnus me toucher. La prochaine fois, ce sera pas mon poing.

– T'es jaloux, ou quoi ? lui ai-je demandé, voyant la haine qu'il y avait dans son regard. Que je réussisse alors que tu restes coincé ici ? C'est ça ? Je peux essayer de te trouver du boulot. Il suffit que tu le dises. »

La haine s'est diluée dans son regard et il a éclaté de rire. « Du boulot ? T'es tellement paumé que tu vois pas que tu fais exactement la même chose que moi. Parce que tu peux l'emballer et le présenter comme tu veux, la vente, ça reste de la vente. Sauf que toi tu vends pour les Blancs et que ton coin de rue c'est un bureau. T'es pas des leurs. Et quand ils s'apercevront que t'es qu'un pauvre Noir comme moi, ils te jetteront dans le caniveau. Attends un peu.

– OK, ai-je dit, fatigué de ces conneries. La seule différence, c'est que moi je finirai pas en taule à cause de ce que je vends. Je te dirais bien à la prochaine, mais je sais que je te croiserai dès demain, toujours au même endroit, putain. »

J'ai traversé la rue pour aller saluer Wally Cat, qui était assis et secouait la tête. « Faut pas vous embrouiller, m'a-t-il dit, tapotant la caisse posée à côté de lui. Toutes ces conneries entre Noirs. Faut se serrer les coudes, comme une communauté, surtout avec tous ces Blancs qui rappliquent. Merde, t'en connais même sans doute déjà quelques-uns, non ?

– Bon, ai-je dit, me levant de la caisse.

– Assieds-toi, m'a-t-il ordonné en me tirant si fort que j'ai failli trébucher. Un peu de respect pour un ancien comme Wally Cat. Comment va ta copine ? »

J'ai craché un filet de salive dans la rue comme faisait Wally quand j'étais jeune. « Bien.

– Et ta maman ?

– Un peu fatiguée. Mais ça va aller.

– Oui, a-t-il dit, levant la tête vers le soleil, la main en visière. Elle est forte. Depuis toujours. Quoi de neuf avec ton nouveau boulot dans la vente ? Tu gagnes des millions ? Tu sais que, quand tu seras riche, tu me devras du fric. Pas des masses, quelques milliers de dollars, une petite somme pour tous les conseils que je t'ai donnés au fil du temps. »

Je l'ai regardé, me demandant s'il plaisantait, mais impossible de savoir. « Je gagne que dalle, ai-je dit, crachant de nouveau. Y a tous ces Blancs, un en particulier, qui me disent que j'y arriverai jamais, que chuis pas assez bon.

– Qu'ils aillent se faire foutre, a dit Wally Cat, s'éventant avec son feutre. Tous ceux qui font des choses s'entendent dire qu'ils y arriveront pas. Quand on fait un truc et qu'y a personne pour nous dire qu'on n'y arrivera pas, c'est qu'on fait que dalle ! a-t-il déclaré, plié en deux sur sa caisse, tout son grand corps secoué de rires.

C'est la vérité ! Et puis – il m'a pris par l'épaule –, dans n'importe quel jeu, il faut utiliser sa mémoire immédiate. Quelqu'un te dit un truc qui te plaît pas ? Oublie à la seconde où il ferme la bouche. Quelqu'un te dit un truc qui te plaît ? Merde, a-t-il complété en tchipant si fort que j'ai cru qu'il allait avaler ses dents, t'as intérêt à l'oublier encore plus vite. »

Lecteur : Surlignez tout ce paragraphe, ça vous évitera des années de douleur.

« La seule chose qui compte, c'est ça, a-t-il poursuivi en tendant une main à l'horizontale sous mes yeux.

– Quoi, votre main ? ai-je demandé, me souvenant qu'il fallait que je prenne le métro.

– Nan. Un esprit équilibré, comme ma main, là. Je savais qu'on t'apprenait que dalle dans ton école pour Blancs. »

J'ai cogné mon poing contre le sien. « Merci pour la leçon, Wally Cat. Faut que je file, ai-je dit en me dirigeant vers le métro.

– Ah, et Darren ! a-t-il crié de l'autre côté de la rue. Ne jamais, sous aucun prétexte, baiser une petite Blanche. Jamais ! Sept ans de malheur ! Pourquoi je suis dehors sur cette caisse, à ton avis ? »

Je n'ai pas prêté attention à ce qu'il disait, mais j'aurais peut-être dû. Une grosse déconvenue m'attendait, et je me demande encore si c'est parce que je n'ai pas écouté Wally Cat.

« Aucun marché conclu, a dit Clyde. On est jeudi, et on n'a conclu aucun marché depuis Virgin. »

Le cercle était aussi glacé que le téton d'un Inuit.

« Ça signifie qu'il faut qu'on trouve deux cent cinquante mille dollars – il a baissé les yeux vers son poignet dépourvu de montre – en moins de deux jours. Et en principe, vous le savez tous, je suis d'un calme olympien. Mais vous avez tous intérêt – il a balayé le cercle du doigt comme s'il tenait la baguette de Mangemort – à vous bouger le cul aujourd'hui. Si je ne vois pas d'argent sur le tableau, des têtes vont tomber. Compris ? »

Tout le monde a fait oui.

« Bon. Parce que, si je ne peux pas vous garantir qu'on atteindra notre chiffre, même si nous avons toujours atteint ce putain de chiffre durant l'année écoulée, je peux vous garantir que, si on ne l'atteint pas, je vais virer quelqu'un. Non, a-t-il dit, les yeux brillants de visions de feu et de sang. Je vire un groupe. Le gras. Et une fois que vous ne serez plus là, il ne restera plus que la viande. De la viande tendre, délicieuse, goûteuse et délectable. Et maintenant, c'est parti », a-t-il commandé. Les membres du cercle se sont carapatés comme des cafards qui voient de la lumière.

« Frodo, Buck, la Duchesse, a-t-il crié. Le livre des ombres. Tout de suite. »

Le livre des ombres ? J'imaginais des esprits maléfiques poussant des cris stridents en s'envolant d'un énorme livre à reliure de cuir, s'enfonçant dans notre gorge pour prendre possession de notre âme.

Ça ne peut que mal tourner.

On est entrés en file indienne et, une fois la porte close, on s'est retrouvés baignant dans un éclairage ultraviolet. Clyde et la Duchesse, avec leur crinière blanche luisante, leur peau de couleur vive, leurs yeux perçants, avaient des airs de noblesse extraterrestre. Un motif complexe de pentagrammes, de lunes, d'hommes licornes et de bougies brillait sur la moquette, et nous nous sommes assis en tailleur pour former un cercle, façon kumbaya. Clyde nous a expliqué que les architectes d'intérieur avaient eu l'idée de cette pièce pour faire peur aux gens.

Sans faire participer Frodo et la Duchesse, Clyde a fait un jeu de rôle uniquement avec moi. Il s'appelait Marshall, PDG des Boulangeries Marshall, et même s'il m'a rendu la tâche presque impossible, répétant que ça ne l'intéressait pas, qu'il devait partir, m'appelant même « petit », j'ai fini par le convaincre. Mais une fois qu'on a raccroché, le silence s'est abattu sur la pièce. Il flottait comme un nuage de fumée, qui me caresserait le visage avant de me donner le baiser de la mort.

« Ça me sidère, a dit Clyde – marquant un temps –, de voir à quel point tu as foiré ton coup.

– Foiré ? Je t'ai convaincu ! ai-je répondu en haussant le ton.

– Ce type disait visiblement oui à tout pour éviter d'être impoli. Il ne serait pas venu au rendez-vous même pour un million de dollars. »

Tout mon corps était secoué, mais je n'allais pas abandonner. Pas alors que j'étais presque de l'autre côté.

« J'ai une question, a dit Clyde en se traînant dans le cercle. Qu'est-ce que tu as fait la première fois que tu as tenté de baiser ta copine ? Quand tu as posé la main sur son petit jean moulant. Tu n'as pas hésité, hein ? »

J'ai enfoncé mes doigts dans la moquette.

« Parce que si tu avais hésité, a-t-il continué, ses dents brillant comme des Tic Tac turquoise, elle t'aurait tapé sur la main. Et tu ne l'aurais jamais baisée, pas vrai ? »

Ne tombe pas dans le panneau. Ne tombe pas dans le panneau. Je me le répétais comme un mantra, comme si c'était la seule chose qui pouvait m'empêcher de lui en coller une et de me barrer en courant.

« Oui ou non ? » a-t-il insisté.

Pense à l'avenir, quand tu seras sur une île avec Maman, Soraya, et peut-être même Jason et M. Rawlings. Rien de tout ça ne comptera plus.

« Oui, ai-je murmuré en serrant les dents.

– Quoi ? Je n'ai pas entendu, *frérot.* Plus fort. Il fait noir ici, mais c'est pas une raison pour garder le silence. Allez. »

Sois l'homme que Papa aurait voulu que tu sois.

« Oui, ai-je répété, plus fort.

– Si tu n'es pas capable de te faire entendre, ces clients potentiels te boufferont tout cru. Plus fort, putain ! »

Sois un homme, sois un homme, sois un homme.

« Oui ! » ai-je réitéré encore plus fort. J'avais l'impression d'être sur le point de vomir.

– Prends tes affaires et casse-toi. Tu ne tiendras pas plus d'une heure dans ces bureaux. J'ai dit PLUS FORT, PUTAIN !

– OUI ! ai-je crié, de grosses larmes formant des taches sur ma chemise. OUI ! OUI ! OUI ! » Ça ne m'intéressait plus. Je n'en avais plus rien à foutre. De Clyde. De prouver que j'en étais capable. Fini. Ils avaient gagné. Je me suis penché en avant et les larmes ont continué de tomber ; mon corps était secoué, et j'avais du mal à respirer.

« *Chut*... Voilà, a-t-il murmuré, me caressant doucement le dos. Enfin, Buck est brisé. »

« Eh, tu comptes revenir ? m'a demandé Frodo, pendant que j'attendais l'ascenseur.

– Chais pas.

– Tout ça c'est juste que... ça fait partie du truc, tu vois ? C'était pareil quand j'ai commencé à jouer pour Notre-Dame. Il faut d'abord souffrir pour prendre du plaisir. Faut pas te laisser atteindre, sinon...

– C'est vrai », ai-je répondu avant de monter dans l'ascenseur.

J'ai traversé le hall, suis sorti sous le soleil d'une chaude journée de mai, et j'ai envoyé un texto à Soraya pour lui demander où elle était. Elle m'a répondu au bout de quelques secondes : Au magasin, où veux-tu que je sois ?

Je me doutais qu'elle y serait. Elle y était toujours en semaine. Mais je n'avais plus les idées claires. Tout ce que je savais, c'est que j'avais besoin d'elle. Tu peux me retrouver à Washington Square ?

Je suis en route, m'a-t-elle répondu.

J'ai traversé les vingt-huit rues qui me séparaient de Washington Square dans une sorte de brouillard. Je serais incapable de vous dire ce qu'il y avait comme pubs sur le flanc des bus. Je ne me souviens plus du purgatoire d'odeurs que j'ai arpenté à Murray Hill, Gramercy et Union Square, jusqu'au Village. Les clodos qui tendaient leur gobelet, les hommes et les femmes d'affaires, et les promeneurs de chiens n'avaient plus de visage, comme les mannequins des vitrines. Mais ce dont je me souviens, finalement, c'est Central Park.

Un pianiste hirsute qui jouait des vieux morceaux ; des nations de nounous noires, latinas et asiatiques promenant des petits blonds aux yeux bleus dans des poussettes à mille cinq cent dollars ; des skateurs martyrisant Garibaldi au lieu d'être à l'école ; la fontaine, telle une baleine, crachant de l'eau dans le ciel, capturant les reflets de la lumière. Les paroles de Washington à jamais gravées sur l'arche, construite sur des ossements d'Indiens : CRÉONS UN MODÈLE D'EXCELLENCE DANS LEQUEL SAGESSE ET HONNÊTETÉ SE REJOIGNENT.

Ça sonne comme une confession, je me suis dit, assis côté intérieur de la fontaine, hors de portée des jets d'eau.

Une ombre est apparue, bloquant la chaleur du soleil. « Tu viens souvent, ici ? »

J'ai levé la tête et vu son beau visage souriant. Sous sa veste en jean délavée, j'ai reconnu un t-shirt blanc imprimé de l'un des autoportraits de Frida Kahlo. Pendant un bref instant, j'ai oublié ce qu'on faisait là. « De temps à autre, ai-je dit, tendant la main pour l'aider à grimper à côté de moi.

– Alors. » Elle a pris mon visage entre ses deux paumes douces et a déposé un baiser sur mon front. « Quoi de neuf ?

– Rien. » Je regardais des petits Blancs courir autour de la fontaine. *Être aussi libre. C'est le rêve.*

« Rien ? Bon, a-t-elle fait en se levant. Je vais rentrer à Brooklyn, alors. Salut.

– Attends ! » Je l'ai prise par la main. « Bon, bon, bon. C'est le boulot, que veux-tu que ce soit ? »

Elle s'est rassise. « Quoi, le boulot ?

– J'y arrive pas, Soraya. C'est pas pour moi, ce truc. Ces gens, presque tous, j'ai l'impression qu'ils m'ont pris pour cible.

– Comment ça ?

– Ce type, là, Clyde. Je t'ai parlé de lui. Il me harcèle pendant les jeux de rôle et fiche la paix à tous les autres. Il me répète toute la journée que je suis pas assez bon et que je vais me planter. Y a aussi cette fille en formation avec moi, la Duchesse, t'imagines pas à quel point elle est prétentieuse. Et l'autre, Frodo, il est débile mais pas trop con. Et Rhett, c'est la seule raison pour laquelle je vais là-bas, mais même lui ne peut pas me sauver. C'est vraiment n'importe quoi. J'arrête. Ils ont gagné.

– Waouh. » Elle a posé ma tête contre son épaule et l'odeur de cannelle et de beurre de cacao m'a presque apaisé. « Doucement, doucement. Tous ces noms. Tous ces gens. C'est pas justement ça, le but de la Semaine de l'Enfer ? De faire de ta vie un enfer ? Pour voir si tu es capable d'encaisser ?

– Oui, mais j'en suis incapable. C'est pour ça qu'il n'y a personne issu de minorités dans ces endroits-là. On n'est pas faits pour ces conneries. Vraiment.

– Et alors ? a-t-elle dit, soulevant mon menton. Tu vas abandonner, c'est ça ? Tu comptes vraiment redevenir... quoi... chef d'équipe chez Starbucks ? Arrête, tu es plus intelligent que ça. »

Je me suis écarté d'elle, et mon pouls s'est accéléré. « Qu'est-ce qu'il y a de mal à être chef d'équipe chez Starbucks, putain ? T'étais ma copine quand je bossais là-bas, et je ne t'ai jamais entendue te plaindre. »

Elle a posé ma main sur sa poitrine et j'ai senti son cœur battre. « Du calme, c'est moi. Même équipe, tu te souviens ? Depuis toujours et pour toujours, tu le sais, mais calmons-nous. »

J'ai fermé les yeux, pris une grande inspiration, et soufflé. Les bruits de la ville nous entouraient : le klaxon des taxis, le rire des enfants, le claquement des talons sur le bitume, le son du piano mêlé à celui des guitares, des saxophones et des trompettes.

« Je sais, c'est de ma faute. Mais j'en peux plus de ces jeux d'esprit. Chaque jour est un test, et c'est tellement injuste, tu vois ? Pourquoi faut-il que je sois deux fois meilleur que les autres ?

– Il faut que tu joues leur jeu pour être capable de le gagner. Et peu importe que tu doives être deux ou trois fois meilleur qu'eux. Ce qui compte, c'est que tu ne décrètes pas que la partie est finie dès la première défaite. Parce que, si tu abandonnes maintenant, ce sera beaucoup plus dur de te relever. »

Ce qu'elle disait était vrai, mais je m'en fichais. J'étais fatigué. Épuisé. Frodo et la Duchesse ne traversaient pas la moitié de ce que je vivais, et c'était tellement injuste. Comme si la couleur de ma peau faisait de moi une cible.

> **Lecteur : Contrairement à la croyance populaire, la « justice » n'a pas sa place dans la vente. Ce n'est pas une méritocratie. Chaque vendeur participe au jeu avec des qualités et des défauts, et c'est en apprenant à optimiser ce qui nous rend unique qu'on réussit.**

Elle m'a caressé la nuque. « Tu te souviens quand mes parents se sont séparés et que j'ai décidé de fuguer ?

– Oui, ai-je dit. Juste après que ta mère a déménagé à Harlem, tu es venue chez moi, à minuit, avec un sac, prête à partir.

– Et ensuite ?

– Je suis rentré, j'ai pris mon sac à dos, et on est allés à Penn Station. Mais on avait douze ans, on était stupides. » J'ai ri. « On croyait qu'on pourrait prendre le train pour Hersheypark à 1 heure du mat' sans un rond en poche.

– Et qu'est-ce que tu m'as dit ? Quand je pleurais sur ton épaule sur le chemin du retour à Brooklyn.

– J'ai dit que rien n'arrive sans raison. Et que parfois, quand on fuit devant quelque chose, on rate l'occasion de grandir.

– Et quoi d'autre ?

– Et que, quoi qu'il arrive, je serais toujours là pour toi.

– J'ai pensé que c'était un très bon conseil sur le moment, a-t-elle répondu, m'entourant de ses bras pour me tirer vers elle. Et c'est ce que je pense en ce moment. »

Je l'ai embrassée sur le crâne et l'ai tenue dans mes bras. On se serrait l'un contre l'autre pendant que la vie pulsait tout autour de nous dans la ville.

« *Habibi*, a-t-elle fait, levant les yeux vers moi. *Habiiiibiiii* », a-t-elle répété, étirant le mot. Je n'ai pas pu m'empêcher de sourire. « *Habiiiibiiii* », a-t-elle répété, entonnant le mot comme les appels à la prière du matin de M. Aziz et sa collection de CD religieux qu'on écoutait quand on était petits. Elle m'a bercé d'avant en arrière, répétant « *Habibi, habibi, habibi* » jusqu'à ce que j'éclate de rire.

On est restés comme ça pendant une heure, et elle m'a donné des nouvelles du dossier de candidature de ses études d'infirmière, et de l'épicerie.

« Il faut que je rentre, a-t-elle fini par dire.

– Qu'est-ce que je fais, alors ? » lui ai-je demandé en grimpant le rebord de la fontaine.

Elle a plissé les yeux et fait la grimace comme un gamin sur sa photo de classe. « D'abord, un baiser. »

Je me suis penché et j'ai posé mes lèvres sur les siennes. « Alors ?

– Alors retourne au bureau et casse la baraque. »

11

Ce fut enfin le grand jour. J'étais planté devant mon miroir, me demandant ce que j'allais mettre. J'avais besoin de quelque chose qui booste ma confiance. Alors j'ai enfilé mon caleçon, passé la tête dans les attaches de mon tablier noir Starbucks, l'ai noué dans le dos, et j'ai mis un t-shirt et un jean, dissimulant le tablier comme Clark Kent son costume de Superman. *Ouais, putain,* je me suis dit, admiratif. *Va leur montrer.*

J'ai senti l'odeur avant même d'entrer dans la cuisine, et le soulagement m'a aussitôt submergé. C'était une odeur pure, avec une pointe de myrtille et d'orange, de torréfaction, et un soupçon d'acidité, qui rappelait presque celle du vin. *Kenya.* Il n'y a pas de café plus aimé dans le monde que le café du Kenya. Je sentais aussi une odeur de sirop d'érable, de lait ribot, de cannelle et de vanille.

« Bonjour, Dar », m'a dit Maman. Il y avait une pile de pancakes fumants sur la table, du sirop d'érable, et, cerise sur le gâteau, Maman assise avec une tasse de café à la main.

« Bonjour, Maman. C'est pour qui, tout ça ?

– Pour toi, mon chéri, évidemment. C'est ton grand jour, alors je me suis dit que tu te lèverais tôt et que tu voudrais avaler quelque chose. »

Mes intestins faisaient toutes sortes d'acrobaties, et j'avais envie de chier. Mais vu son état de fatigue ces derniers jours, je ne pouvais pas laisser Maman comme ça.

« Merci, ça sent super bon. Tu dois te sentir mieux, non ? »

Elle a souri. J'ai pris la verseuse de la cafetière.

« Qu'est-ce que tu fais ? m'a-t-elle demandé, les yeux écarquillés.

– À ton avis ? Je me sers du café. »

Elle s'est penchée en avant, les yeux plissés. « Toi, tu bois du café ? Depuis quand ?

– Depuis maintenant, ai-je répondu après avoir avalé une gorgée.

– Ça alors, on devient un homme sous mes yeux. »

Je lui ai pincé la joue. « Très drôle. Tu en donnerais à Richard Pryor pour son argent. Mais faut que je file, là.

– OK, monsieur l'adulte, mais n'oublie pas pour ce soir, a-t-elle ajouté tandis que je me dirigeais vers la porte. Soraya et M. Rawlings arriveront vers 8 heures, alors tu auras le temps de te reposer un peu avant le repas. Dommage que Jason ne puisse pas, il m'a dit qu'il était pris. »

Pris ? Il va vraiment trop loin.

« Très bien, je serai là. » Je tenais la porte ouverte. « Maman ?

– Oui, mon chéri ?

– Je suis content que tu te sentes mieux. J'étais un peu inquiet. »

Elle a écarté les bras, comme si elle venait de réussir un tour de magie. « Tu sais bien qu'il est inutile de t'inquiéter pour moi. Dieu veille sur moi, comme toujours. Et sur toi aussi. »

J'en aurai besoin aujourd'hui, ça c'est sûr.

En bas des marches. « Viens voir, petit ! m'a crié M. Rawlings depuis le jardin. Je sais que c'est toi, tu dévales toujours l'escalier comme un éléphant. Tu as de la chance que je sois un lève-tôt. La porte est ouverte. »

Je suis entré dans l'appartement où régnait une forte odeur de fruits âcres, d'encens et d'œuf. Le son d'une trompette montait d'une vieille platine, et sans mentir, il y avait des insectes qui volaient partout. L'un d'entre eux s'est posé sur moi – une coccinelle. Un autre m'a mené vers la photo encadrée d'une magnifique femme à peau noire qui berçait un bébé. Elle avait un sourire à faire pleurer le diable en personne.

« Eh, c'est qui ça ? » ai-je demandé, emportant la photo avec moi jusqu'à la porte de derrière. M. Rawlings était agenouillé devant un fouillis de plantes grimpantes, sa canne en palissandre à portée de main. Les manches de son fin gilet bleu étaient retroussées, et j'imaginais que les genoux de son pantalon marron étaient noirs de terre.

Quand il a levé les yeux, son expression est passée du trouble à la colère. « Personne. Repose ça. Tout de suite. Voilà pourquoi je ne t'invite jamais chez moi. Tu es trop curieux. Les jeunes n'ont aucun sens de l'intimité, de nos jours.

– Pardon. » J'ai rangé la photo. « Comment ça va ?

– Ta mère me dit que tu passes un examen important, aujourd'hui.

– Oui.

– Et que les Blancs t'en font voir de toutes les couleurs.

– Oui.

– Viens par là. »

Je me suis approché de l'entremêlement de plantes grimpantes et me suis agenouillé près de lui.

« Vas-y, mets tes mains par terre. »

J'ai posé les mains sur la douce terre noire, mais il a posé les siennes sur les miennes et les a enfoncées en poussant plus fort que je l'en aurais cru capable.

« Qu'est-ce que tu sens ?

– La terre ?

– Bien sûr que tu sens la terre, petit. Ne sois pas si simple. Qu'est-ce que tu sens vraiment ? »

J'ai fermé les yeux et remué les mains dans la terre, saisissant des racines, touchant ce qui me semblait être des vers. « Des racines, des vers, et d'autres choses que je ne vois pas, ai-je répondu.

– La vie, mon petit. C'est la vie que tu sens. Car rien ne pousse sans une terre fertile ou les bonnes mains pour la travailler. Ça, là, m'a-t-il dit, posant son doigt sur ma tempe, c'est de la terre. Comme celle de ce jardin. Et tu es le seul à pouvoir décider ce qui y pousse et qui a le droit d'y toucher. Compris ?

– Oui. Merci, monsieur Rawlings.

– De rien. Et maintenant va-t'en et ne touche à rien en sortant. »

Au coin de la rue. Un signe de la main à M. Aziz.

« *Bit twafiq*, Darren ! a-t-il crié.

– *Sabah al-kheir*, monsieur Aziz. Mais qu'est-ce que ça veut dire ?

– Ça veut dire "bonne chance", m'a-t-il répondu, son balai à la main. Soraya m'a appris que tu passais un examen important, aujourd'hui.

– *Choukran jazeelan*, monsieur Aziz. »

Il était tôt, mais les gargouilles étaient déjà là. Jason ne m'a pas regardé. Wally Cat m'a fait signe d'approcher, mais j'ai tapoté ma montre invisible avant de m'engouffrer dans la bouche de métro.

En écoutant « Pursuit of Happiness » de Kid Cudi, j'ai fermé les yeux, laissant les paroles me consumer. Ça parlait de ne jamais abandonner, de faire ce qu'on veut, et de se concentrer seulement sur l'avenir, même si on doit essuyer des échecs.

Plus facile à dire qu'à faire, Cudder. Plus facile à dire qu'à faire.

Le cercle s'est formé et a suivi les mouvements de Clyde en silence. J'ai regardé autour de moi, curieux de voir la tête de Frodo et de la Duchesse avant le jeu de rôle ; Frodo, en t-shirt rouge imprimé du logo d'une équipe de foot, était couvert de sueur, et la Duchesse, en cafetan beige, avait l'air blasée, comme toujours.

« Plus que soixante-quinze, a dit Clyde, à peine plus fort qu'un murmure. Les perdants perdent ; les gagnants gagnent. C'est aussi simple que ça. Et on n'embauche pas des perdants. »

Il a prononcé la fameuse maxime maoïste des Mousquetaires, « Un pour tous, tous pour un », et a dit que nous allions atteindre notre chiffre « parce qu'on est bagarreurs, débrouillards, et plus tenaces que ce putain de virus du sida en Afrique ». J'ai été le seul à tiquer.

Rhett est apparu à l'extérieur du cercle avec la même tête que quelques jours plus tôt : pâle, des cernes noirs et les cheveux hérissés comme les brindilles d'un nid d'oiseau. Il se rongeait les ongles et tâchait de ne pas se faire remarquer, mais Clyde a regardé dans sa direction et lui a demandé : « Tu veux dire quelque chose, Rhett ? »

Il a toussoté, est lentement entré dans le cercle. « Non, pas vraiment. Mais comme nous le savons tous, nous avons trois nouveaux qui commencent cette semaine – la Duchesse, Frodo, et Buck – et, comme le veut la tradition chez Sumwun, nous sommes au cinquième jour de la Semaine de l'Enfer. Vous savez ce que ça veut dire. »

Petits sourires en coin et autres signes de ferveur sont apparus sur chaque visage comme des étoiles visibles dans un ciel nocturne. L'air dans l'espace événementiel, se nourrissant de l'énergie de Clyde, soufflait, vif et sec. Une vraie atmosphère à la Dr Frankenstein.

« Ah, c'est vrai », a dit Clyde, se tapant sur le front. Il est entré dans le cercle, mains écartées. « Qui passe en premier ? »

En premier ? On va faire ça devant tout le monde ?

Le cercle a hurlé des noms jusqu'à ce que le nom de Frodo se détache du vacarme. « Frodo, entre dans le cercle, a commandé Clyde. Et Tiffany. »

Tiffany s'est frotté les mains, souriant diaboliquement, alors que Frodo, qui tremblait visiblement, entrait dans le cercle en essuyant son cou rouge dégoulinant de sueur avec une serviette en papier. « Mets ça, lui a dit Clyde, plaquant un petit casque de football américain contre son torse.

– Euh, pourquoi ? » a demandé Frodo, qui avait du mal à faire entrer sa tête dedans.

Clyde a ri, et a enfoncé le casque. « À ton avis ? Pour te concentrer. »

Tiffany lui tournait autour comme un serpent prêt à frapper.

Elle s'est amusée avec lui, mais Frodo, malgré ses bégaiements, a posé les bonnes questions, et ça s'est fini sans trop de sang versé.

Clyde est entré dans le cercle, a pointé le pouce de côté, comme Commode dans *Gladiator*, et l'a tenu dans cette position. Il l'a fait osciller vers le sol, puis le plafond, comme un aimant bipolaire, puis de nouveau vers le bas, et pour finir vers le haut. Frodo a soupiré de soulagement, et le cercle a scandé : « Frodo ! Frodo ! Frodo ! » Tout le monde applaudissait et riait, visiblement plus *de* lui qu'*avec* lui, mais c'est du pareil au même.

« La Duchesse et Eddie. Allez-y, a ordonné Clyde. Mais d'abord, a-t-il dit, sortant une couronne scintillante en plastique, mets ça. »

La Duchesse a regardé la couronne que Clyde tenait à la main comme s'il venait de la sortir d'une poubelle. J'ai cru qu'elle allait refuser, mais elle a levé les yeux au ciel et l'a posée sur sa tête, à la satisfaction générale.

Leur jeu de rôle fut bref et efficace. Eddie ne s'est pas conduit comme un enfoiré ; la Duchesse a affiché un sourire bidon et a posé toutes les questions de sa liste. Clyde est entré dans le cercle et a promptement levé le pouce comme si c'était le petit drapeau d'une boîte aux lettres. Le cercle n'a pas scandé son nom ni fait crépiter un tonnerre d'applaudissements. Elle a retiré la couronne en silence, l'a cassée en deux d'un geste sec, et l'a jetée à la poubelle.

« Bon, le meilleur pour la fin », a dit Clyde. Tous les regards se sont tournés vers moi. J'avais l'impression que mon cœur allait exploser. *Au moins, si tu meurs, tu n'auras pas besoin de passer.* J'ai prié Dieu que Clyde ne me mette pas avec Tiffany ou un autre de ses vendeurs sadiques. *Eddie serait parfait. Même Marissa ferait l'affaire.* Mais non, j'ai eu droit à…

« Moi, a-t-il dit. Toi et moi dans le cercle, Buck. Allez. »

Ma bouche s'est asséchée. J'ai tâché de penser à Soraya me poussant à me battre, à la terre de M. Rawlings, à Maman et ses prophéties de grandeur. Mais rien n'a marché. La seule chose qui m'a détendu fut de me souvenir que je portais mon tablier noir Starbucks et que, autrefois, j'avais été le meilleur chef d'équipe de la ville, peut-être même du monde.

« Avant de commencer, a dit Clyde, souriant comme une hyène sous héroïne, mets ça. »

Je me suis figé quand j'ai vu ce que c'était : une casquette noire avec STARBUCKS brodé en lettres blanches et le presque invisible ® au bord. Mais ce n'est pas seulement la casquette qui a fait arrêter mon cœur de battre ; c'est aussi le badge vert carré avec la sirène Starbucks et les mots BARISTA CERTIFIÉ à côté, qui ne pouvaient signifier qu'une seule chose.

« C'est un des employés qui travaille au rez-de-chaussée qui me les a donnés, a-t-il dit, tout content. Le jeune Noir couvert de boutons. Je l'ai payé vingt dollars et il a été incroyablement reconnaissant. Il te passe le bonjour. »

Il veut me déstabiliser et me faire échouer. Qu'il aille se faire foutre. J'ai pris la casquette, l'ai mise sur la tête et j'ai demandé : « Qui est-ce que j'appelle ?

– J'ai cru que tu ne me le demanderais jamais. Tu appelles Deborah Jackson, vice-présidente des ressources humaines chez Starbucks. »

Quel malade. Au lieu d'inventer quelqu'un, il se servait d'une vraie personne, que je connaissais réellement. Mais Starbucks était mon domaine, et il n'avait aucune chance de me piéger. J'ai souri et dit : « Dring, dring.

– Bonjour, Debbie à l'appareil !

– Bonjour, Debbie, je m'appelle Darren, je travaille chez Sumwun, comment allez-vous ?

– Oh, bonjour, Darren ! Je vais très bien, merci. Une nouvelle journée au paradis. Je viens de prendre mon café du matin, et je suis prête ! Comment allez-vous ?

– Très bien, merci. Qu'est-ce que vous buvez ?

– Une de nos nouvelles torréfactions blondes – je ne m'en lasse pas ! Que puis-je faire pour vous ?

– Il est délicieux. Il paraît que son petit goût de citron a beaucoup de succès ! Je vous appelle parce que nous travaillons avec d'autres vice-présidents de ressources humaines comme vous pour accroître la productivité du personnel par le développement du bien-être et…

– Un instant, pardon de vous interrompre. Vous dites que vous vous appelez Darren ?

– Oui, c'est ça.

– Vous ne seriez pas Darren Vender, par hasard ?

– Euh, si, c'est moi, ai-je répondu, méfiant. Peut-être avez-vous lu un de mes emails ? Nous en envoyons beaucoup, ai-je dit en riant.

– Non, non. Darren, c'est moi ! Deborah Jackson, vous vous souvenez ? Mince alors, ça fait combien de temps qu'on ne s'est pas parlé, un an ? Vous travailliez si dur, rangeant les cartons et servant du café, la dernière fois que nous avons parlé. Comment allez-vous ? »

À quoi il jouait ? Qu'est-ce qu'il foutait, putain ?

« Je vais bien, Debbie. Je n'avais pas fait le rapprochement. Donc, comme je vous disais...

– Mince alors, Darren. Je ne savais même pas que vous aviez quitté Starbucks. Quatre ans, ça fait beaucoup, quand même. Où étiez-vous, déjà ? Au 3 Park Avenue à Manhattan ? »

J'ai regardé le cercle. Les gens se scrutaient, interloqués, se murmurant des choses, finissant par comprendre que je n'étais pas n'importe quel Noir mais le Noir du Starbucks au rez-de-chaussée.

« Oui, celui-là, ai-je répondu, respirant un bon coup.

– Et maintenant vous êtes dans cette société qui s'appelle, mmh, Sumwun ? Ça fait vraiment plaisir de voir que tout va bien pour vous. Pour quelqu'un qui n'est même pas allé à l'université, rien que ça ! Vous habitez toujours avec votre maman à... Bed-Stuy, c'est ça ? »

Je transpirais, coulais, me rétrécissais dans un trou noir comme une bite circoncise. Clyde ouvrit les bras d'un air théâtral et regarda les membres du cercle, faisant mine d'être perdu.

« Allôôôô ? Darren, vous êtes là ? Je vous demande si vous habitez toujours avec votre maman. »

J'abandonne. C'en est trop. Et puis j'ai entendu une voix. Une de ces voix comme en entendent les personnages de film qui leur donnent soudain la force de se battre. C'est cliché comme pas permis, mais c'est vrai. Et ce n'était pas la voix de Dieu. Ce n'était rien d'autre que la grosse voix de baryton de Wally Cat : « Dans n'importe quel jeu, il faut utiliser sa mémoire immédiate. Quelqu'un te dit un truc qui te plaît pas ? Oublie à la seconde où il ferme la bouche. »

Je me suis forcé à oublier la connerie de Clyde et j'ai souri. « Oui, Debbie. C'est bien que je puisse la voir même en ayant un travail aussi prenant. Permettez que je vous fasse une rapide présentation de Sumwun, pas plus de trente secondes, et si ça vous convient, je vous arrangerai un entretien avec mon collègue et très grand ami, Clyde. »

Les membres du cercle ont éclaté de rire. Ça m'a détendu et j'ai dit à « Debbie » que Sumwun était le meilleur investissement possible pour le bien-être et la santé mentale de son personnel.

« Bien sûr, Darren. Tout ça a l'air très bien, mais vous ne m'avez toujours pas dit ce que fait Sumwun. Pardon, mais je ne peux pas m'empêcher de trouver mignon que vous m'appeliez et que vous me fassiez votre petite présentation !

– C'est vrai, Debbie. La boucle est bouclée. En tout cas, sur notre plateforme, les salariés de Starbucks pourront s'entretenir avec ce que nous appelons des assistants, à savoir des professionnels aux quatre coins du monde qui ont adopté toute une variété de modes de vie. Ce sont des sortes de thérapeutes sans le carcan du système. On peut échanger avec eux par téléphone, sur son ordinateur, ou même par textos. Ça vous tente ? »

D'après « Debbie », il était difficile de faire confiance à une société dont elle n'avait jamais entendu parler, surtout si elle embauchait des personnes qui n'avaient pas fait d'études supérieures. C'était « trop risqué ».

« C'est ce qu'on disait la première fois qu'on a entendu parler de Starbucks, Debbie. Qu'il était risqué d'acheter du café auprès d'une nouvelle marque. Mais de la même façon qu'on a donné sa chance à Starbucks, quelqu'un ici m'a donné ma chance même si je n'ai pas fait d'études supérieures. Vous avez de toute évidence le budget nécessaire, le besoin est réel, et vous êtes seule décisionnaire. Alors je vous mets en contact avec mon collègue, prenez connaissance de notre offre, et si ça ne vous convient pas, restons bons amis. Qu'en dites-vous ? »

Lecteur : Je sais, j'ai tout déchiré. Ce genre de négociation parfaite est la raison de vivre des professionnels de la vente. Tape-m'en cinq, mon frère !

Silence. Clyde me dévisageait, et les membres du cercle se sont figés, plus de murmures, de trépignements, de toux. Je ne sentais plus mon cœur battre et me suis demandé si je n'étais pas mort sans m'en être aperçu.

« D'accord, Darren, a-t-elle dit. Faisons comme ça. Mais c'est vraiment parce qu'on se connaît. »

Le cercle a applaudi encore plus fort que pour Frodo, et j'ai souri parce que j'avais gagné ; j'avais battu Clyde à son propre jeu. J'avais traversé l'enfer et j'en étais ressorti, sanguinolent, tuméfié et tabassé, certes, mais encore vivant. *C'était pour toi, Maman.*

« Oui, Buck ! » a hurlé Rhett de l'extérieur du cercle, tapant dans ses mains comme si j'avais gagné le Super Bowl.

Clyde a regardé Rhett avec la tête de quelqu'un qui vient de sentir l'odeur infecte d'un pet. Il s'est tourné vers moi, impassible, et a tendu le pouce. Mais au lieu de le tourner vers le haut, il l'a tourné vers le bas, secouant la tête. « Pas assez bon, Buck. Pas du tout. Recommence. »

C'est pas possible. « Que je recommence ? ai-je fait en regardant le cercle autour de moi. Mais tu as, enfin, Debbie a accepté la réunion. J'ai pas réussi ?

– Non, j'en ai bien peur. » Il a haussé les épaules. « Ton pitch était voué à l'échec. Ça ne pouvait pas coller. Il n'y avait aucune chance que Debbie se présente à cette réunion. Tu as fait de la merde et tu as croisé les doigts pour que ça marche.

– Je pense qu'il s'en est bien sorti, a dit Eddie à l'extérieur du cercle.

– Heureusement que ce que tu penses ne compte pas, a répondu Clyde du tac au tac. Tiffany, viens dans le cercle avec Buck. »

Je tremblais. J'avais cru que c'était fini, que j'avais réussi.

« Bon, a-t-elle dit, prête à me sauter à la gorge. Je m'appelle Nora…

– Non, est intervenu Rhett. Laisse, c'était bien.

– Il faut qu'il repasse, a insisté Clyde, sans regarder Rhett.

– Allez, Clyde. S'il y a des choses à régler, il peut le faire en passant des appels.

– Hors de question qu'on le laisse faire de la merde au téléphone, Rhett. Il va donner une mauvaise image de nous. Et puis, c'est moi qui décide, non ? »

Rhett, qui avait de nouveau l'air malade, a fermé les yeux et respiré un bon coup. « Il est pris.

– Mais il n'est pas des nôtres ! a crié Clyde. Il n'a pas sa place ici.

– Je crois que si, a dit Rhett en me faisant un clin d'œil. Mais que l'équipe décide. On le prend ou pas ? »

Personne n'a bougé, deux cents yeux regardant à droite et à gauche pour voir qui ferait le premier pas, dans une atmosphère pesante à cause de la colère de Clyde. Et là, Frodo, qui l'eût cru, a fait un pas en avant. « Si je suis pris, alors Buck doit l'être. Il est meilleur que moi.

– Non, a dit Clyde. Tu es un idiot, mais tu as plus ta place que lui parmi nous.

– Prends-le, a dit Eddie en entrant dans le cercle.

– Prends-le, a dit Marissa, entrant elle aussi dans le cercle, suivie de Clifford, son petit cochon.

– Prends-le », ont dit les autres, dont j'ignorais le nom, en entrant dans le cercle. Ils scandaient : « Prends-le, prends-le, prends-le ! » jusqu'à ce que ça en devienne assourdissant.

« Bon, d'accord, a cédé Clyde en les balayant d'un geste de la main. Vous vous trompez tous, putain, mais ce sera pas de ma faute quand je le virerai. Vous voulez que je le prenne ? Très bien. Il est pris. »

Avant que je puisse comprendre ce qui se passait, Frodo m'a pris sur ses épaules et tout le monde applaudissait, sifflait et me lançait des trucs comme si on était à mon mariage. J'ignorais pourquoi ils me soutenaient, mais je leur en fus reconnaissant.

Pendant que Frodo me faisait tournoyer, et que des dizaines de personnes me donnaient des tapes dans le dos, j'ai aperçu Clyde, bras croisés à l'écart du groupe. Quand nos regards se sont rencontrés, il a articulé quatre mots en silence, mais aussi clairs et sonores que s'il les avait criés : *Va te faire foutre.*

« Vous êtes des nôtres », a dit Charlie, notre manager au look de bûcheron, en nous distribuant MacBook Air flambant neufs, sweats à capuche, coques d'iPhone, stylos, lunettes de soleil, chaussettes, pantoufles, casquettes, fourre-tout, tasses, bouteilles d'eau, carnets de notes, autocollants, t-shirts, et sacs à dos, tous violets, tous imprimés du mot SUMWUN en lettres blanches.

« Pas croyable ! a crié Frodo, enfilant aussitôt chaque accessoire. J'en ai rêvé toute ma vie ! » Il ressemblait à un panneau publicitaire ambulant.

« Tu as rêvé toute ta vie qu'on te donne des goodies de start-up ? lui a demandé la Duchesse en fourrant tout son attirail dans la corbeille à papier.

– Euh, non, mais je veux dire, y a tout, c'est juste super d'être pris et de porter notre logo, tout ça. C'est notre uniforme », a expliqué Frodo, refroidi par le manque d'enthousiasme de la Duchesse.

Charlie nous a dit un tas de trucs, y compris que le service marketing allait nous transmettre une liste de clients potentiels à appeler le lundi. Mais la chose la plus importante qu'il ait dite, c'est quand il a évoqué une « sorte de tradition ». Il s'est enfoncé contre le dossier de son fauteuil avant de poser ses grands mocassins sur le bureau. Sans mentir, je m'attendais à ce qu'il sorte une peau de castor et nous raconte comment il l'avait piégé.

« Je veux que vous fassiez une liste de trois personnes que vous souhaitez appeler sans les connaître personnellement ni avoir de lien avec elles. Il faut qu'elles soient connues, et même célèbres.

– Pour quoi faire ? a demandé la Duchesse.

– Une seconde, j'y viens. Si vous réussissez à mettre en contact l'une des personnes de votre liste avec nos vendeurs, vous serez automatiquement promu CC.

– Vraiment ? ai-je demandé. C'est aussi simple que ça ? »

Il a claqué deux fois des doigts. « C'est aussi simple que ça.

– Même si on le fait lors de notre premier jour ? » a demandé Frodo, qui ne ressemblait à rien. Il avait même enfilé les chaussettes et les pantoufles Sumwun.

Charlie a hoché la tête. « Oui, mais aucun SDV n'y est jamais arrivé. Et il faut que j'approuve votre liste. Alors prenez quelques minutes, et prévenez-moi quand elle est prête. »

Frodo a choisi le patron de la NFL, le président de Ford Motor et, quand Charlie lui a dit qu'il ne pouvait pas mettre le nom d'un obscur girls band du sud du pays, le chef des ressources humaines de chez Wendy's. La Duchesse a choisi les patrons d'Yves Saint Laurent, de Chanel et d'Hermès.

« Et toi, Buck ? m'a demandé Charlie. Qui as-tu choisi ? »

J'ai eu un trou et dit les trois noms qui me sont passés par la tête : « Bernie Aiven, patron de Hinterscope Records ; Stefan Rusk, patron de SpaceXXX ; et Barry Dee, ce type qu'on voit partout sur YouTube et qui possède une grosse société média, DaynerMedia.

– Très bien, c'est noté. Vous avez tous votre liste de vœux, on vous communiquera le nom de vos cibles lundi, vous avez votre équipement, vous avez réussi le jeu de rôle et, surtout, vous m'avez, moi. Alors tout est prêt.

– On a un nom d'équipe ? » a demandé Frodo, qui n'arrivait pas à retirer un autocollant de ses lunettes de soleil.

Charlie s'est tapé le front. « Ah oui ! Comment j'ai pu oublier ? Vous êtes tous désormais d'heureux membres de NWA. »

J'ai instinctivement serré un poing dur comme le plomb, et il a fallu que je me force à le desserrer avant de frapper Charlie qui, jusque-là, m'avait toujours donné l'impression d'être un chic type. Tout ce que j'ai réussi à sortir fut : « Quoi ?

– Ah, oui, a-t-il dit, se couvrant la bouche. Non, ce n'est pas ce que tu crois, Buck, je te jure. C'est l'acronyme de Négociateurs Wesh Attitude. Chaque équipe porte un nom inspiré d'un groupe de hip-hop, c'est accrocheur, tu vois, une façon marrante de le détourner. Allez, on est tout sauf racistes, ici. » Il a posé la main sur mon épaule, attendant mon absolution.

Je l'ai dévisagé sans un mot. Il nous a ensuite donné le nom des autres équipes de SDV.

1. Vente-tang Clan
2. Tupac ShaCall

3. ATribe Called Quête
4. De La Soldes
5. LauDring Hill

Merde. Voilà ce qui arrive dans une société avec zéro salarié noir.

« Bon. Et maintenant ? a demandé la Duchesse.

– Maintenant, a dit Charlie en se passant la main dans les cheveux, évitant de croiser le regard de la Duchesse de peur qu'elle le change en pierre, vous pouvez passer nos systèmes en revue, écouter les appels en cours, et prier pour qu'on atteigne notre chiffre. »

À 5 heures, il nous manquait encore quarante-huit mille dollars.

Le silence est tombé sur la salle des ventes, qui était en général plus bruyante que Times Square le soir du Nouvel An, et un épais brouillard d'angoisse s'est répandu.

Rhett sortait de son bureau, observait le tableau blanc, se rongeait les ongles, puis retournait dans son bureau avec un nouveau vendeur, faisant probablement tout son possible pour atteindre le chiffre.

« Ça n'a jamais pris aussi longtemps, a dit Marissa en passant devant nos bureaux avec une petite bouteille en forme de museau de Clifford. À 3 heures, peut-être 4 heures et demie au plus tard, mais jamais à 5 heures un vendredi. Et si…

– Tais-toi, a fait Eddie.

– Je suis tendu, Buck, a dit Frodo en face de moi. Vraiment tendu. » Je n'en doutais pas, mais il m'était difficile de le prendre au sérieux vu qu'il portait les lunettes Sumwun, la casquette, le sweat à capuche, les chaussettes et le sac à dos. Oui, même assis il avait gardé son sac sur le dos.

Je me suis tourné vers Charlie, qui était à côté de moi. « Eh, Charlie, ai-je murmuré, lui tapotant l'épaule. On va atteindre l'objectif ?

– J'en sais rien, a-t-il répondu, tapant sur son clavier. Ça n'a jamais pris si longtemps, et le fait que Rhett et Clyde ne disent rien m'inquiète. »

Vers 6 heures, Clyde est sorti du bureau de Rhett, secouant la tête. Il a rejoint le sien qui était, par la grâce de Dieu, à plusieurs rangées de distance du mien. Quand il a levé la tête, tout le monde a regardé ailleurs.

« Écoutez, a-t-il dit, se redressant. On savait que ce serait dur et qu'on tentait de réussir ce qu'aucune start-up n'a jamais été près de faire. Alors je peux vous l'annoncer tout de suite. On n'a pas atteint notre objectif. »

Tout le monde a gémi. Certains en eurent les larmes aux yeux. Même Frodo, qui avait retiré ses lunettes de soleil, sanglotait.

« C'est pas possible, a dit quelqu'un.

– Non, a murmuré Charlie. Ça ne peut pas être vrai. Et si ça l'est, on est dans la merde. »

Dans la merde ? Je savais qu'atteindre l'objectif douze mois d'affilée était une étape importante, mais quand même.

« Je regrette de vous annoncer que c'est la réalité, a dit Clyde, passant dans les rangs, agrippant des épaules, consolant ses fidèles comme un prêtre bienveillant. On fera quand même une petite fête. Pour l'effort fourni, parce qu'on a tous travaillé dur ce mois-ci. Je le sais.

– Putain ! a crié Rhett, ouvrant sa porte à la volée, entourant Chris de son bras. Le voilà le douzième mois ! Objectif atteint ! »

Au lieu de jeter des feuilles de papier en l'air, de sauter partout, et d'applaudir à s'en faire mal aux poignets, tout l'étage a regardé Rhett avec incrédulité. Il s'est approché du tableau, a effacé le chiffre « 48 000 $ » sous la colonne RESTANT au centre, et a écrit « 0 $ » au marqueur. Tout le monde a poussé un ouf de soulagement.

Quand il a refermé son marqueur, l'étage a explosé. « Let's Get It Started » des Black Eyed Peas a retenti dans les enceintes fixées au plafond. Porschia et son équipe sont arrivées avec des chariots pleins de bouteilles de champagne et de verres gravés d'un nom de marque.

Rhett a pris un micro. « Wouuuuu ! a-t-il crié. C'était moins une. C'était vraiment moins une, ce mois-ci.

– Mais on l'a fait ! » a crié quelqu'un, lui lançant de toutes ses forces une balle antistress en pleine tête. Il n'a pas bronché, comme si ça lui avait plu.

« Exactement ! a-t-il dit. Exactement, putain. Et on y est arrivés parce que les gens croient en nous. Grâce à chacun de vous, parce que vous êtes beaux, courageux et que vous avez des couilles, a-t-il dit, empoignant ses testicules d'un geste agressif.

« Oui, vous. Vous êtes tous l'incarnation du Sumwunneur. Je sais que c'est pas passé loin et que ça vous a angoissés, mais, a-t-il ajouté en se frappant le torse, vous y avez cru de toute votre âme. Vous le saviez ! Que quelqu'un me lance une balle ! » Une dizaine de personnes se sont exécutées. Une pluie de balles s'est écrasée sur son corps.

« Et maintenant, je veux que vous oubliiez tous le mois qui vient de s'écouler. Oubliez à quel point on a bossé dur. Oubliez les larmes, la sueur et, dans certains cas, le sang. Je veux que vous alliez dans l'espace événementiel, que vous preniez à boire, à manger, et que vous passiez la meilleure soirée de votre vie. Lucien, de chez Poplar Capital, a appelé, et il nous autorise à nous lâcher. Alors mettez vos chaussures de danse et vos plus belles fringues, parce que ce soir c'est discothèque ! “Vous tous, peuples, battez des mains ! Poussez vers Dieu des cris de joie !” Psaumes 47:1, bande d'enfoirés ! »

Tout le monde s'est précipité dans l'espace événementiel. Je suis resté collé à mon fauteuil, tâchant de comprendre ce qui venait de se passer. La folie de cette semaine m'avait paralysé.

Rhett était à côté du tableau blanc où il retirait un serpentin en spray de ses cheveux, et Clyde l'a rejoint. Ils se sont pris dans les bras pendant plusieurs minutes, Rhett murmurant à l'oreille de Clyde qui hochait la tête en silence et sanglotait, je déconne pas. Rhett tenait la tête de Clyde entre ses mains et a déposé un baiser sur son crâne. Puis ils sont sortis.

L'espace événementiel était plein de gens qui sifflaient cul sec de petits verres d'alcool fort, faisaient le poirier au-dessus de fûts de bière auxquels ils buvaient, et battaient le rythme sur des basses qui vous secouaient le cœur.

« Buck, a dit Rhett, ouvrant les bras avec un sourire qui m'a immédiatement fait sourire. Viens par là. »

Il m'a pris dans ses bras plus affectueusement qu'aucun homme l'avait jamais fait. Il était chaud, m'a serré contre lui et a posé la tête sur mon épaule. « On l'a fait, Buck.

– Oui, ai-je répondu, sans trop savoir quoi dire. Enfin, c'est vous qui l'avez fait, Rhett. Vous. »

Il s'est redressé d'un coup et m'a tenu bien en face. « Non, Buck. Nous. Tu ne fais pas moins partie de tout ça qu'un autre. Et tu seras le meilleur de tous, je le sais. Arrête de faire comme si ce n'était pas ton truc, a-t-il dit, m'enfonçant un doigt sur le torse. Et comme si tu n'étais pas des nôtres, compris ?

– Compris », ai-je répondu. Les larmes me montaient aux yeux. J'ignore pourquoi j'étais si sensible. J'ai regardé autour de moi dans l'espace événementiel, ai vu tous ces gens rire, danser, se serrer dans les bras, pleins d'un amour sincère et tangible, et j'ai commencé à avoir la foi. Foi dans le gospel de Rhett. Dans l'église de Sumwun.

Clyde m'a fait signe d'approcher depuis l'autre bout de la pièce. *Merde. Tout va si bien, qu'est-ce qu'il me veut ?*

« Salut, a-t-il dit.

– Salut.

– Écoute, Buck. Je sais que j'ai été dur avec toi cette semaine, mais c'est mon boulot. »

Je l'ai dévisagé, repensant aux séances de torture qu'il m'avait infligées. La honte et l'humiliation. Tout ça.

« Rhett t'aime bien. Et si Rhett t'aime bien, moi aussi, je t'aime bien. Alors qu'est-ce qu'on se dit ? » Il m'a tendu sa main de porcelaine, manucurée, aux phalanges de blond. « On fait la paix ? »

Ce type n'a-t-il pas articulé « Va te faire foutre » en me regardant droit dans les yeux quelques heures plus tôt ? Je n'avais pas l'intention de devenir le « frérot » de Clyde, mais je me suis dit qu'il valait mieux laisser le passé derrière soi plutôt qu'être le « Noir de service en colère » de Sumwun. Et aussi fou que ça puisse paraître, après l'avoir vu lâcher prise avec Rhett et consoler tout le monde, je me suis dit qu'il n'était peut-être pas un connard intégral ; simplement quelqu'un qui veut que son mentor soit fier de lui.

« Oui, ai-je fini par lâcher, lui serrant la main. D'accord. On fait la paix.

– Bon. Et maintenant, cul sec. »

Il m'a tendu un gobelet en plastique plein de bière à ras bord.

« Non, merci, ai-je dit en repoussant le gobelet.

– Allez, Buck, a-t-il fait, me dévisageant avec un sourire d'enfant. On est amis, maintenant. Alors officialisons la chose avec un verre. C'est contre ta religion ou quoi ?

– Non, mais je ne bois pas, c'est tout. C'est pas pour moi. Ça fait perdre la tête.

– C'est pas un verre qui te tuera, a-t-il insisté en appuyant le gobelet contre moi. Promis.

– C'est bon, merci. »

Il a brandi le gobelet en l'air. « EH, QUI VEUT QUE BUCK BOIVE ÇA CUL SEC ? »

Tout le monde a levé les yeux, déjà sous l'influence de l'alcool, de la nourriture bien grasse et de Dieu sait quoi d'autre, et a crié : « CUL SEC ! CUL SEC ! CUL SEC ! »

Je me suis mis à trembler. La semaine, les cris, la pression, tout ça m'a submergé et j'ai voulu le chasser. J'ai pris le gobelet et l'ai vidé d'une traite. Le liquide cuivré s'est engouffré dans ma gorge, a atterri dans mon estomac et je me suis plié de douleur.

« OUAAIIIIS ! ont-ils tous crié.

– Maintenant, tu es des nôtres, a dit Clyde, me tapant dans le dos. Bienvenue chez Sumwun. »

Une bière menant à une autre, deux bières menant à une partie de bière-pong, le bière-pong menant à des verres de tequila avec du sel sur la main et une tranche de citron vert dans la bouche, je suis sorti du 3 Park Avenue en titubant, et Rhett m'a poussé dans une Escalade noire en annonçant : « Buck monte avec nous. » Chris, Clyde, Porschia et deux femmes que je n'avais jamais vues étaient déjà à l'intérieur.

L'Escalade nous a déposés dans Meatpacking District, au bord de l'Hudson. Nous sommes descendus de voiture, des volutes de fumée roulant autour de nous comme quand des magiciens surgissent de nulle part – à ceci près que les magiciens en question étaient défoncés et torchés, y compris moi.

Avant d'entrer en boîte, j'ai pris mon téléphone pour regarder l'heure, mais Rhett me l'a arraché et l'a mis dans sa poche. « Non. Pas de téléphone, jamais. On fait la fête, Buck, et on se fiche de tout ce qui se passe sur les réseaux sociaux. Tu comprends, hein ? »

J'ai hoché la tête, ivre. La queue devant nous faisait le tour du bâtiment : des types en chemise blanche impeccable et veste cintrée ; des femmes en robe et talons hauts, exposant aux regards une bonne dose de fesse.

Rhett est allé en tête de file dire un mot au videur, qui nous a fait entrer avec les autres Sumwunneurs qui sortaient des taxis Uber et Lyft derrière nous. J'avais l'impression de flotter sur un nuage. Comme si on était des espèces de célébrités.

Une hôtesse nous a montré un carré au fond de la salle, et une nuée de personnes a afflué autour de nous – des serveuses, des inconnus, des mannequins que j'avais vus dans la file d'attente. Quelqu'un m'a tendu une vodka-orange qui m'a brûlé la gorge. La musique, la foule, tout me donnait le tournis. Rhett m'a fait asseoir sur un canapé de cuir.

« Qu'est-ce que tu vois, Buck ? » m'a-t-il demandé. Des flashes de lumière bleus et indigo nous illuminaient. C'était comme dans un rêve sous-marin.

Je voyais Porschia se trémousser contre Clyde, Frodo et Marissa s'embrasser langoureusement, Eddie et un type se tenir la main. « Je sais même plus, ai-je dit, les paupières lourdes. C'est dingue, tout ça.

– Tu es fait pour mener cette vie, Buck. Les personnes intelligentes, a-t-il poursuivi en me posant le doigt sur la tempe, qui travaillent dur ne méritent pas de trimer jour et nuit dans un endroit comme Starbucks. Elles méritent tout ça. Et je te promets que ce n'est qu'un début. Tu y crois, maintenant ? m'a-t-il demandé, regardant fixement mes yeux mi-clos. Tu y crois, que tu es l'un des nôtres ?

– J'ai… – toute la salle tournoyait, désormais – … j'ai la foi, Rhett. Oui.

– Bon. »

Je me suis levé et me suis frayé un chemin à travers la foule. « Où sont les toilettes ? » ai-je demandé à un videur qui brandissait une lampe torche en métal comme s'il s'agissait d'une matraque. Il a donné un coup de menton vers un couloir, où je suis allé en titubant.

Mes genoux ont flanché, et j'ai vomi la bière, la tequila, le jus d'orange, la bouffe bien grasse, et tout le reste dans les toilettes. Ça n'arrêtait pas, jusqu'à ce que je ne crache plus que de l'air dans la cuvette. La dernière chose dont je me souviens, c'est de m'être rincé la bouche et d'avoir pris une serviette en papier, et d'avoir entendu, j'ignore combien de temps après, des coups à la porte.

« Ouvre ! » criait quelqu'un. Ça ressemblait à la voix du videur.

Merde, ce type frappe plus fort que Maman. Merde. Maman. Soraya. La panique m'a envahi et ne m'a plus lâché.

J'ai ouvert la porte en grand, contourné le videur et me suis jeté dans la foule. « Eh, fais gaffe, pauv' con ! » m'a gueulé quelqu'un.

Quand je suis arrivé à notre table, j'ai vu Rhett discuter avec Clyde et Porschia. « Buck, mon ami ! a-t-il dit, me tendant les bras. Où t'étais passé ? On parlait de toi, justement. Assieds-toi, assieds-toi. Ça va ?

– Mon téléphone, ai-je dit, retrouvant mes esprits.

– Quoi ?

– Donne-moi mon téléphone ! S'il te plaît ! »

Il a cherché dans sa poche et me l'a tendu. « Bon. Mais pas de photos. Souviens-toi. »

Les secondes qu'il lui a fallu pour s'allumer m'ont paru une éternité. L'heure. Il n'était plus 6 ou 7 heures comme quand on était au bureau. L'heure, qui n'obéissait qu'à elle-même, avait filé jusqu'à 1 heure du matin. J'ai regardé autour de moi, tâchant de savoir où étaient passées les heures, les minutes et les secondes.

Et puis la grande vibration que j'ai sentie me traverser la main s'est transformée en crise d'apoplexie. Trois appels manqués de

Maman, huit de Soraya. Deux messages vocaux de Maman. Cinq de Soraya. Dix textos en tout.

De la part de Maman :

Dar, je mets la dernière touche à ton repas de fête !

Dar, tu es sans doute encore occupé à travailler. Il est 20 h 30 alors envoie-nous un texto ou appelle-nous pour dire à quelle heure tu rentreras.

Tout va bien, mon chéri ? On n'a pas de nouvelles de toi et il est 21 h 30. Tout le monde a faim. M. Rawlings et Soraya t'attendent.

APPELLE-MOI S'IL TE PLAÎT QUAND TU LIRAS CE MESSAGE. Il est minuit, Soraya et M. Rawlings sont partis. Tout le monde est déjà parti, mais je me fais du souci. Ça ne te ressemble pas.

De la part de Soraya :

J'espère que ta journée s'est bien passée ! Impatiente de te voir.

Il est 20 h 15, tu es en retard ! Tu as intérêt à être dans le métro. M. Rawlings va te jeter un mauvais sort vaudou s'il ne touche pas très vite à ce chili.

Darren ? Où es-tu ? Pourquoi tu ne réponds pas à nos appels ? C'est une blague ????

OÙ ES-TU ? Je te jure, si tu es à l'hôpital ou qu'il t'est arrivé quelque chose, je vais te ressusciter rien que pour te tuer de tous nous plonger dans l'angoisse.

Ça ne te ressemble pas, Darren. J'espère que tu as une bonne explication. Ta mère se fait un sang d'encre, elle pleure.

Je rentre chez moi. J'espère au moins que ça valait le coup.

Rhett s'est levé et a posé la main sur mon épaule figée. « T'as pas l'air en forme. Tu te sens bien ? »

Je suis resté immobile, le téléphone au creux de ma main pareil à un revolver avec lequel je viendrais de tuer quelqu'un : lourd, froid et indifférent au mal qu'il avait fait.

DÉCOUVERTE

Le succès a un prix. Quand on n'est pas prêt à le payer, il vaut mieux ne pas le connaître.

DAN WALDSCHMIDT

3 MOIS PLUS TARD

12

Je n'aurais jamais cru me retrouver là un jour. Vivre dans un appartement-terrasse de plusieurs millions de dollars, au sommet d'un gratte-ciel de quatre-vingt-dix-huit ans, et être admiré de Brooklyn jusqu'au Brésil. Si on m'avait dit il y a quelques années que j'en serais là, je vous aurais dit d'arrêter de fumer la moquette. Mais me voilà, et vous voilà, qui assistez à tout cela de l'intérieur et en avez, je l'espère, pour votre argent. J'ai travaillé dur pour y arriver, et si vous continuez à me suivre, je vous permettrai de mener une vie meilleure, vous et vos bien-aimés. Je le garantis.

Dans le monde des start-up et de la vente, trois mois, autrement dit un trimestre, c'est long. Il peut s'en passer, des choses. Comme dans mon cas.

Le premier lundi du mois de juin, qui était le premier jour de travail après la Semaine de l'Enfer, quand nous avions atteint notre objectif pour le douzième mois d'affilée et fait la fête comme des sauvages, nous nous sommes, en tant que nouveaux membres de NWA – Frodo, la Duchesse et moi –, retrouvés au téléphone. Le premier jour, la Duchesse s'est propulsée des profondeurs du tout-puissant tableau blanc jusqu'au sommet. Des amis de son père – des PDG, magnats des affaires et autres suspects de réputation douteuse – n'attendaient que ça pour prendre ses appels et conclure un marché, autrement dit, elle avait atteint son objectif en quelques heures. Elle a accumulé les VCC et les marchés tout au long du mois.

Même Frodo avait quelques relations – des membres du conseil d'administration de Notre-Dame qui avaient conservé un souvenir attendri d'Arnold Bagini, le défenseur qui avait souvent continué à jouer en dépit de nombreuses commotions cérébrales et contribué à la gloire de l'université. Il a conclu avec l'un d'eux dès le deuxième jour, et en a épinglé quelques autres. Il n'a pas fini le mois tout en haut du tableau, mais il était à l'abri, dans la première moitié.

Et l'ami Buck, vous allez me demander ? Bah, j'avais passé plus de cent appels par jour pendant deux semaines, et n'avais pas mis le moindre client en contact avec un CC. La plupart des numéros étaient bidon, donnaient directement sur une messagerie à l'étranger, ou sur des réceptionnistes qui m'annonçaient qu'Untel était mort.

Quand j'en ai parlé à Clyde, il m'a dit : « Ça fait partie du jeu, Buck. Bienvenue au spectacle », avant de me taper dans le dos et de m'encourager à m'accrocher. Mais quand j'ai fini par en parler à Charlie, il a regardé ma liste et s'est aperçu que j'étais le seul, et je dis bien le seul, à qui on avait donné des noms de clients figurant sur la liste « Ne pas appeler, clients merdiques ou morts ». Si vous vous demandez qui s'occupait de la distribution des noms au service marketing, c'était Clyde. Faire la paix, tu parles !

Tout ça pour dire que j'ai fini le mois par un zéro pointé du genre qui compte double, du genre éliminatoire. Je n'ai pas touché de commission ; Frodo s'est fait cinq cent trente-cinq dollars, et la Duchesse, évidemment, a touché plus de mille cinq cents dollars. C'est marrant à quel point les riches finissent toujours par devenir encore plus riches. Heureusement, aucun de nous trois n'était arrivé à valider un seul nom de sa liste de vœux donnant droit à une promotion au poste de CC et une prime de deux cents dollars. Même la Duchesse, malgré ses relations incestueuses avec la haute société, n'y était pas arrivée.

Les mois suivants ont été identiques. Après avoir obtenu les noms de meilleurs clients potentiels grâce à l'aide de Charlie, j'ai commencé à engranger des contacts, qui m'ont permis de gravir quelques places et de m'extraire des profondeurs du tableau blanc. J'ai même glané quelques centaines de dollars de bonus en juillet et en août, que j'ai dépensées pour fêter l'admission de Soraya dans son cursus d'infirmière et l'inviter à dîner avec Maman et M. Rawlings dans un restau chic de Manhattan pour me faire pardonner d'avoir loupé mon dîner de fête après la Semaine de l'Enfer. Jason, qui était toujours aussi aimable qu'une porte de prison, a décliné l'invitation.

Mis à part ça, tout allait bien à la maison à deux exceptions près. Primo, Maman avait manqué quelques jours de travail à cause de sa fatigue. J'insistais pour qu'elle aille consulter un médecin, mais elle me disait qu'elle l'avait déjà fait et que ça passerait, qu'elle se faisait vieille, voilà tout. Elle me répétait sans cesse la même chose : « Concentre-toi sur ton travail. »

Deuxio, la société immobilière qui avait envoyé une lettre à Maman au mois de mai, Next Chance Management, avait appelé toutes les deux ou trois semaines jusqu'à ce que je décroche et leur dise que, s'ils ne perdaient pas tout de suite notre numéro, j'allais « m'occuper d'eux ». Une menace en l'air, mais ça a marché.

Ce qui nous amène au 1er septembre. Une période où la chaleur tropicale qui règne à New York commence à s'atténuer, quand toutes les petites bourges en collants de yoga qui boivent des *latte* épices-potiron et ont un abonnement de base au câble émergent de leur maison secondaire de Southampton tels des cafards aveuglés. Une période où toute la ville se souvient de l'été finissant comme d'un long trip à l'acide qui aurait pu se passer autrement ou n'aurait jamais dû arriver. Une période où l'église de Sumwun et tous ses paroissiens faisaient face à une grave menace. Très vite, nous nous retrouverions sous le feu roulant des médias, investisseurs et même animateurs de talk-shows qui s'accrochaient à leurs auditeurs de moins en moins nombreux comme des Sudistes à leur drapeau des confédérés s'exclamant : « C'est pas raciste, c'est la tradition ! »

Bref, ce serait bientôt la guerre totale.

Nous étions le premier lundi de septembre, et la guerre a éclaté après déjeuner. Frodo et moi discutions des avantages de naître en été plutôt qu'en hiver, et de l'influence de la saison de naissance sur le caractère.

« Ça en a une, d'influence, c'est sûr », a déclaré Frodo, avalant d'une traite une boîte de Sprite avant de faire un rot bien gras à forte charge de hamburger. Il portait un t-shirt imprimé : CHAQUE JOUR EST UNE NOUVELLE TENTATIVE DE MARQUER UN TOUCHDOWN.

« Merde, Frodo. Ça pue, ai-je dit en le poussant dans l'ascenseur.

– Pardon. Mais comme je disais, quand on naît en été, on est bouillonnant comme le soleil. Et quand on naît en hiver, on est froid comme la neige. Peut-être même carrément décontracté.

– Tu sais que Kim Jong-il est né à la mi-février, hein ?

– Je sais pas qui c'est. Mais la plupart des filles que je connais et qui s'appellent Kim sont sympas, comme ma baby-sitter, la femme de mon oncle, et Kim Possible. »

Quand les portes de l'ascenseur se sont ouvertes, le bureau semblait plus bruyant que d'habitude pour un lundi à 12 h 30. Des gens criaient au téléphone, le visage rouge, certains pleuraient, et d'autres tournaient en rond, serrant frénétiquement des balles antistress.

« Qu'est-ce qui se passe ? » ai-je demandé à Charlie, qui était assis et se tenait la tête à deux mains.

Sans bouger, il a murmuré : « Le début de la fin, Buck. Vraiment. Tous les médias en parlent. »

J'ai ouvert mon Mac et tapé « Sumwun » dans Google. La première page s'est remplie d'articles publiés sur tous les grands sites d'info : « Sumwun, c'est fini », « Le PDG Rhett Daniels n'a pas souhaité répondre à nos questions sur le meurtre », « Assistants ou assaillants ? », « Une start-up vedette de New York en pleine déconfiture », « Psychologues ou psychopathes ? ».

« Oui, le Sumwun dont on parle aux infos, mais je vous assure à 100 % que ce n'est rien de grave, disait Eddie au téléphone. Ce sont des choses qui arrivent. Non, je sais. Oui, c'était une erreur. Je vous assure que nous faisons tout ce qui est en notre pouvoir, Jack, donc prenons rendez-vous pour… Merde ! Il a raccroché. Personne ne nous laisse parler. Tout le monde est au courant.

– Au courant de quoi ? » ai-je demandé, toujours perdu, regardant défiler les unes sur mon écran.

Lecteur : Tous les grands vendeurs doivent passer par des moments difficiles pour savoir dans quelle étoffe ils sont taillés. La meilleure chose à faire, c'est tenter d'en sortir aussi indemne que possible sans jamais oublier cette expérience. La douleur est un maître puissant.

« Oh, Buck, a-t-il dit en m'attrapant. Un de nos assistants en Chine. Il a convaincu un particulier, une ado de seize ans de l'Arkansas, de le rejoindre en Chine pour une séance en tête à tête. Ses parents et amis ignoraient qu'elle était partie jusqu'à ce qu'ils nous obligent à passer outre à la clause de confidentialité pour leur communiquer le verbatim des séances. Ils ont contacté les autorités chinoises, et les flics ont localisé l'adresse de l'assistant. À leur arrivée, la fille était morte, ligotée par terre. Ils le recherchent. »

Putain de merde. « Et qu'est-ce qui se passe, là ?

– Tout le monde annule. Et tous les marchés qu'on avait annoncés pour septembre tombent à l'eau. Plus aucune société ne veut offrir à ses salariés un service susceptible de leur être fatal. »

Rhett est sorti de son bureau et le silence s'est abattu sur toute la salle. Il était plus pâle que jamais, comme s'il venait de vomir le petit déjeuner, le déjeuner et le dîner de la veille.

Porschia lui a tendu un micro, et il s'est posté devant le tableau tout-puissant avec Clyde à sa droite. La Sainte-Trinité. Il a pris le micro et fermé les yeux.

« Écoutez, a-t-il commencé, inspirant à pleins poumons. Il n'y a pas deux façons de l'annoncer. Et franchement, je ne vais pas y mettre les formes. Ce que disent les médias est vrai. Un de nos assistants les plus chevronnés s'en est pris à une cliente. Et il l'a tuée. »

Il a baissé la tête sur son torse. Clyde lui a posé une main dans le dos. Tout le monde avait les larmes aux yeux, moi y compris. Et le pire, c'est que je ne crois même pas que ces larmes aient été pour cette pauvre fille, mais pour Rhett, pour Sumwun, pour nous.

« C'est de ma faute, a dit Rhett, prenant un mouchoir en papier des mains de Porschia et s'essuyant les yeux. J'en assume l'entière responsabilité. Nous aurions dû mettre en place de meilleurs systèmes de vérification, des enquêtes plus poussées, être moins négligents, surtout avec des jeunes très fragiles psychologiquement. Je vous demande pardon. »

Je n'avais jamais vu Rhett si abattu, même quand nous avions failli rater notre objectif lors de ma première Semaine des marchés. La peur se lisait sur tous les visages, et on sentait vraiment, comme l'avait dit Charlie, que c'était le début de la fin.

« Qu'est-ce qu'on va faire ? » a demandé Marissa en caressant le dos de Clifford. Ce n'était plus un adorable porcelet, mais un cochon adulte et puant qui faisait le même poids qu'un cochon de marché alimentaire.

Rhett, les joues luisantes, a regardé l'océan de vendeurs qui, même s'ils avaient une vingtaine d'années, étaient comme des enfants pour lui. Au bout d'une seconde, tel un Dr Jekyll se muant en Mr Hyde, il a redressé le dos, serré les dents et les poings.

« On va se battre », a-t-il annoncé. Tout le monde a levé les yeux, essuyé ses larmes. « Parce qu'on est en guerre. Et le seul objectif de la guerre, c'est la victoire. Tous ceux qui étaient de notre côté jusqu'ici, y compris le conseil d'administration, nous traitent comme des pestiférés. Ils nous disent qu'on l'a bien cherché depuis le début, qu'on s'est développés trop vite, qu'on a amassé trop d'argent, qu'on a été aveuglés par ce qu'on faisait.

– C'est des conneries ! ai-je crié.

– Ouais, qu'ils aillent se faire foutre ! a hurlé quelqu'un d'autre.

– C'est vrai ! a rugi Rhett dans le micro. C'est vraiment des conneries. Tout le monde nous appelle quand on fait le buzz, et une fois que c'est fini, y a plus personne. Mais vous savez quoi ?

– QUOI ? on a crié, comme si on venait de recevoir une piqûre de stéroïdes.

– Qu'ils aillent se faire foutre ! On n'a pas besoin d'eux. On n'a jamais eu besoin d'eux. Même du conseil d'administration. Ils veulent qu'on fasse profil bas, qu'on ne parle pas à la presse, qu'on ne donne aucune interview, mais oubliez ça. Ça ne va pas se dissiper comme ça, et on ne va certainement pas laisser ça nous abattre. Si ?

– Non !

– Exactement, putain. Parce qu'on est les meilleurs vendeurs de toute la ville, putain, et qu'on l'a prouvé plus qu'à notre tour. Alors on va vendre comme des morts de faim. Aux clients potentiels qui veulent se retirer. Aux clients qui veulent annuler leur contrat. Aux médias, et même au conseil d'administration ! a-t-il crié, l'air dément, comme si à son tour, il avait des envies de meurtre. Le vrai vendeur, a-t-il continué en nous pointant du doigt, est un dieu !

Et c'est Dieu, pas l'homme, qui dicte les règles ! Et on sait tous ce qui arrive aux hommes qui tentent de dompter Dieu, pas vrai ?

– Dis-nous, Rhett ! Dis-nous ce qui se passe ! » a crié quelqu'un pour l'encourager.

Il a ri. Si fort et si longtemps que j'ai cru qu'il avait perdu la tête, que l'effondrement de sa société l'avait brisé. Mais non, il a cessé de rire, s'est figé et a rapproché le micro de sa bouche.

« Il les noie, les brûle et les change en pierre en dépensant moins d'énergie qu'il n'en faut pour respirer. Et c'est ce que nous ferons à nos ennemis. Parce que, comme dit le livre de Nahum, "l'Éternel est lent à la colère, il est grand par sa force ; il ne laisse pas le coupable impuni". »

On l'a applaudi si longtemps qu'il aurait été plus facile de continuer pour toujours que de s'arrêter. Et même si je refusais de l'admettre – parce que je ne voulais pas le voir –, quand j'ai vu Rhett à bout de souffle devant la foule, un sentiment dans l'expression de son visage a pesé lourd sur mon cœur. Un sentiment qui trahissait tout ce qu'il venait de dire. Un sentiment plus humain que divin.

Le désespoir.

13

Je me suis réveillé avant que mon alarme ne sonne. J'avais vingt-deux ans et je n'avais jamais fait la guerre. Je ne connaissais rien aux manœuvres, tactiques ou stratégies. Je n'avais jamais lu *L'Art de la guerre*, ni joué à la bataille navale, ni même joué avec des armes en plastique – Maman me l'avait interdit. Mais j'étais prêt à me battre pour Sumwun, à faire tout mon possible pour vaincre.

> **Lecteur : On trouve souvent deux catégories de vendeurs : ceux qui adorent gagner et ceux qui détestent perdre. Avant de rejoindre Sumwun, je faisais partie de ces derniers. Une fois qu'on connaît le goût de la victoire, qu'on gagne vraiment quelque chose d'important — comme sa place au sein d'une équipe de rêve —, on fait tout pour le préserver. Prenez garde à la victoire, c'est une des choses les plus dangereuses qui puissent vous arriver.**

Maman n'était pas à la cuisine. Elle répétait ce que les médecins lui avaient dit – que tout allait bien –, elle continuait pourtant à rater des journées de travail et n'avait pas l'air en forme. J'ai frappé à sa porte. Une voix rauque m'a dit : « Entre.

– Ça va, Maman ? » Elle était pelotonnée dans son lit et regardait une rediff de *Judge Hatchett.*

« Mieux que celui-là. » Elle a montré l'ado maigrichon aux tresses plaquées qui se faisait tourner en ridicule.

« Qu'est-ce qu'il a fait ?

– Comme tous les autres. Il s'est pris pour un grand garçon jusqu'au moment où il s'est aperçu qu'il n'aurait pas dû. Les jeunes de nos jours font des choses qu'ils n'auraient jamais imaginé faire à mon époque. Ils auraient bien besoin de l'aide du Seigneur et d'une bonne claque derrière la tête.

– C'est vrai, Maman. Tu ne vas pas au travail, aujourd'hui ? »

Elle a bu une gorgée d'eau et s'est assise dans son lit, sans quitter la télévision des yeux. Ses mains tremblaient tellement qu'il a fallu que je lui prenne le verre.

« Maman », ai-je murmuré en lui prenant la main. Elle a faiblement tenté de serrer la mienne, en vain.

« Mon chef m'a dit que je pouvais rester quelques jours à la maison. J'ai été prise d'une quinte de toux, et j'ai craché un peu de sang, il l'a vu, du coup… »

J'ai senti mon visage chauffer. « Du sang ? Y a forcément un problème. » Soit les médecins lui mentaient, soit c'est elle qui me mentait. « Tu vas de moins en moins souvent au travail, tu craches du sang, et tu perds ta voix un jour sur deux. En plus, c'est tout juste si tu arrives à tenir un verre d'eau. Allez, Maman. Qu'est-ce qui se passe ?

– Rien, Dar. Ne t'inquiète pas pour moi. Je suis vieille, voilà tout. Les médecins disent que ça ira mieux très vite. Et si ça empire, j'irai à l'hôpital. Marché conclu ?

– D'accord, ai-je dit, toujours sceptique, mais craignant qu'elle n'aille encore plus mal si j'insistais. Marché conclu. »

Il y a eu des pages de pub, et c'est ensuite que je l'ai vue : un flash d'infos montrant la photo d'une jeune fille souriante avec un appareil dentaire. Je me suis figé. Puis on a vu celle d'un vieux Chinois impassible aux lunettes trop grandes. Le genre que portent les pédophiles sur leur photo anthropométrique.

« Donesha Clark, seize ans, originaire de Little Rock, en Arkansas, souffrait de dépression. Ses parents avaient entendu parler de Sumwun, une start-up de New York susceptible de l'aider après l'échec d'une thérapie classique. Ses parents affirment qu'au bout d'un an de thérapie auprès d'un Chinois répondant au nom de Jiaolong Lee, Donny, comme ils l'appelaient, est peu à peu redevenue la jeune fille souriante que vous voyez. Mais tout s'est arrêté quand Donesha a pris l'avion pour la Chine à l'insu de ses parents. Les autorités déclarent que Donesha a été appâtée par M. Lee, son thérapeute, ou comme l'appelle Sumwun, son "assistant".

« Donesha pensait le rencontrer pour quelques jours lors de séances en personne, mais M. Lee avait une autre idée derrière la tête. Quand le FBI a pris contact avec les autorités chinoises, une descente de police a eu lieu au domicile de M. Lee, et la petite Donny Clark a été retrouvée morte et ligotée, victime de plusieurs coups de couteau, d'une hémorragie interne et de coups portés à la tête avec ce qui pourrait être un tuyau de plomb ou un marteau. D'après les autorités chinoises, M. Lee est toujours en fuite. Nous nous entretiendrons dans la journée avec des représentants de la société au cœur de la polémique, parmi lesquels son PDG, Rhett Daniels. »

Maman a éteint la télé et m'a longtemps dévisagé avant de dire quelque chose. « Tu es au courant de cette histoire ?

– Oui, mais on va régler ça. Ils essaient de nous faire passer pour des irresponsables, c'est pas vrai.

– Je sais, mon chéri, mais je ne suis pas sûre que tu veuilles être mêlé à tout ça. Ça pourrait finir par te causer du tort. »

Je l'ai embrassée sur le front. « Ne t'en fais pas, Maman. Je n'ai rien à voir avec ça. Je travaille dans cette société, rien de plus. Je t'aime.

– Moi aussi, je t'aime, Dar. »

J'ai pris mon sac et suis sorti. En bas des marches. Au coin de la rue. Un geste de la main à M. Aziz. Quand je suis passé devant son épicerie, il m'a fait signe d'approcher.

« *Sabah al-kheir,* monsieur Aziz. Comment allez-vous ?

– *Kullu tamam,* Darren. Tout va bien. Soraya est à l'intérieur et me dit qu'elle vient de voir quelque chose à la télé à propos de la société pour laquelle tu travailles. Tu veux entrer une seconde ? »

J'ai franchi le seuil, les clochettes ont retenti.

« Darren ! » a crié Soraya, qui portait un jean moulant, des chaussures plates rouges, et un t-shirt noir avec l'inscription NINA SIMONE PRÉSIDENTE. Je sais que ça fait nunuche, mais chaque fois que je la retrouve, j'ai l'impression de la voir pour la première fois, comme si la Terre ne tournait autour du Soleil que pour l'éclairer sous tous les angles.

Derrière la plaque de Plexiglas, entourée par toutes sortes de bonbons multicolores, de bœuf séché et de billets de loto, elle a montré le minuscule écran plat dans un coin du magasin.

« Je viens de regarder Channel Seven. Ils disent des trucs incroyables sur Sumwun et cette jeune fille assassinée. Qu'est-ce que tu sais ?

– Pas grand-chose, ai-je répondu, tiré de ma rêverie. C'est la folie là-bas en ce moment, tous nos clients annulent leurs engagements. Rhett dit que c'est la guerre.

– Tu vas bien ?

– Oui. » J'ai vérifié que M. Aziz balayait toujours le trottoir avant d'attirer Soraya contre moi pour l'embrasser. « Ça va. Quoi de neuf, Miss Infirmière ? »

Elle a souri et m'a montré un épais manuel scolaire posé sur le comptoir. « Je prends de l'avance, mais je suis quand même angoissée par… »

Les clochettes ont sonné, et une grande Blanche vêtue de cuir noir de la tête aux pieds – qu'elle avait chaussés de Doc Martens – est entrée. On aurait dit qu'elle était en route pour une séance sadomaso matinale ou un meeting néonazi. « Vous avez du tabac à rouler American Spirit ? »

Soraya s'est dressée sur la pointe des pieds, passant la main sur l'étagère du haut. « Oui. »

Elle a posé un paquet bleu clair sur le comptoir.

La dominatrice a baissé les yeux et a fait la grimace. « La version bio, a-t-elle dit.

– On n'en a pas, a répondu Soraya. Mais celle-là est tout aussi bien. »

La hippie heavy metal a pris le paquet et lâché quelques billets sur le comptoir. « Pff. Y a vraiment que dalle dans votre quartier de merde, a-t-elle dit, avant de sortir en traînant des pieds et de heurter M. Aziz d'un coup d'épaule.

– C'est quoi son problème, putain ? » ai-je demandé.

Soraya a haussé les épaules avec le sourire et ouvert la caisse enregistreuse, où elle a mis l'argent. « Qui sait. Y en a plein des comme ça. Mais y en a aussi plein qui sont sympas et qui discutent de tout et de rien. C'est pas grave. Tu veux qu'on se voie ce soir ?

– Oui », ai-je dit, regardant l'heure. 6 h 45. « On verra. Faut que je file, *habibti.* » Je me suis penché pour l'embrasser, mais elle s'est détournée et s'est mise à ranger des friandises dans la vitrine.

M. Aziz venait d'entrer, donnant le signal de mon départ.

Une fois arrivé au coin de la rue, Jason m'a salué d'un signe de la tête et j'ai fait de même. *Bon, un gage de réconciliation.* On ne s'était pas vraiment parlé depuis notre dispute quelques mois plus tôt. Certains jours il se pointait au coin de la rue avec la gueule tuméfiée, d'autres fois il rayonnait comme s'il était devenu millionnaire. Aujourd'hui, il était dans le premier cas. Il avait le visage couvert de diverses nuances de rouge, comme celles d'une prune trop mûre.

« Ça va ? ai-je demandé.

– À ton avis ?

– À mon avis, tu t'es fait casser la gueule.

– Bahlors pourquoi tu demandes ? Occupe-toi plutôt de tes affaires, pour changer. Crétin. »

Même les gens les plus proches finissaient parfois par s'éloigner. C'était peut-être ce qui nous arrivait.

« C'est ça ton problème, ai-je lâché, montrant son visage. Toujours à critiquer les autres au lieu de te regarder dans la glace. Tu te crois trop malin pour trouver un vrai boulot. T'es qu'un loser, frérot. »

Il a donné un coup de tête dans ma direction en levant les bras. J'ai sursauté. Il a ricané. « Ouais, c'est bien ce que je pensais. Si même un loser te fait trembler, qu'est-ce que ça fait de toi ?

– Eh, Darren ! a crié Wally Cat. Elle est où ta mère, petit ? Ça fait un bail que je la vois plus. »

J'ai dévisagé Jason, craché par terre, et je me suis éloigné. *Il est jaloux que je réussisse alors qu'il régresse.*

« Elle est encore un peu malade, ai-je dit à Wally Cat, m'asseyant sur une caisse. Mais ça va aller.

– Mmh, c'est bien. Faut toujours avoir la foi. Quoi de neuf dans le WWW ? »

J'ai éclaté de rire. WWW était le surnom que Wally Cat donnait à Sumwun depuis quelques mois. « Le World White Web va bien. Enfin, pas vraiment. »

Il a rapproché sa caisse. « C'est quoi le souci ? T'as pas baisé une Blanche, hein ? Rappelle-toi ce que je t'ai dit. C'est un nid à problèmes. Elles te voleront ton âme si tu les laisses faire.

– Non, c'est pas ça. C'est pire. Y a une jeune qui... Attendez. »

Mon téléphone vibrait. C'était Rhett. Il ne m'avait jamais appelé si tôt.

« Faut que je réponde. Je reviens.

– D'acc, oublie pas. »

J'ai décroché. « Allô ?

– Salut Buck. Comment ça va ? » Il avait l'air tendu.

« Bien, Rhett. Et toi ? J'ai vu les infos. Tu vas passer sur *Rise and Shine, America*, c'est ça ?

– Oui, oui, a-t-il dit. À ce propos. Tu as déjà eu l'occasion de parler avec un ou deux assistants par le passé, hein ?

– Oui », ai-je répondu, le cœur battant la chamade. *Est-ce que quelqu'un essayait de m'impliquer dans cette histoire ?* Craignant de tourner de l'œil, je suis allé dans l'aire de jeu m'asseoir sur une balançoire trop petite pour mon cul.

« Super, tant mieux. Écoute, Buck. Ça va te sembler bizarre, mais tu sais qu'on est en guerre, hein ?

– Bien sûr, Rhett. Je sais.

– Et tu sais qu'il faut qu'on fasse tout notre possible, hein ?

– Oui, ai-je répondu avec hésitation.

– Exactement. Et ils viennent de nous tirer la première salve ce matin. ABC, NBC, Fox, MSNBC, CNN, tous. Ils nous tombent dessus pour faire un exemple.

– Mais pourquoi ils font ça ? Qu'est-ce qu'on a fait ?

– Comme j'ai dit hier. On gagnait trop. On représente l'avenir, et les gens ont peur de l'avenir, alors ils font tout ce qu'ils peuvent pour maintenir le *statu quo*. Et maintenant, c'est à nous de riposter. En commençant par aller à *Rise and Shine, America* pour dire au monde qui nous sommes et empêcher les autres de le faire à notre place.

– Oui, ai-je répondu, me balançant d'avant en arrière, faisant trembler la frêle balançoire.

– Et c'est là que tu interviens, a-t-il dit. Je veux que tu rentres chez toi, que tu t'habilles et que tu prennes un Uber jusqu'aux studios de Times Square. C'est moi qui règle la course. »

Je suis tombé de la balançoire et j'ai atterri face contre terre, lâchant le téléphone sur le revêtement de caoutchouc. Je me suis précipité pour le ramasser.

« Tu es là ? a-t-il demandé.

– Oui. Mais c'est quoi l'idée, Rhett ?

– Il est temps qu'on riposte, Buck. Toi et moi. On va participer à *Rise and Shine, America.* Ensemble. Je te dirai pourquoi quand tu seras là. Dépêche-toi. »

La circulation matinale à Manhattan était plus lente que le téléchargement du porno avec une connexion bas débit dans les années 90. Le chauffeur Uber avait la peau sombre comme une nuit sans lune et les yeux aussi jaunes que des jaunes d'œuf, et il n'arrêtait pas de me regarder dans le rétro.

« Pardon, monsieur.

– Oui ?

– Vous êtes quelqu'un ? »

Bonne question.

« Non. » J'ai baissé les yeux vers ma chemise blanche à manches courtes et les deux stylos dans la poche de devant, mon pantalon noir et ma ceinture noire, et mes chaussures de cuir noir assorties.

« Ah, a-t-il fait, déçu. Parce que vous ressemblez à quelqu'un, vous savez ? Vous avez cet air.

– Désolé de vous décevoir », ai-je répondu, remuant sur la banquette. Mon téléphone a vibré. Rhett.

Où es-tu, Buck ? Ça commence dans un quart d'heure. Grouille !

Il y avait un écran télé géant sur la façade de l'immeuble affichant les mots RISE AND SHINE, AMERICA, sous lesquels un bandeau faisait défiler les gros titres. « Le PDG de Sumwun va s'exprimer », « Sumwun doit s'expliquer », « La tension monte en Libye ».

Le chauffeur s'est retourné avant que je sorte.

« Eh, a-t-il dit, découvrant une rangée de dents assortie à la couleur de ses yeux. Vous serez quelqu'un, un jour, je le sais.

– Merci, c'est gentil », ai-je répondu, lui montrant les cinq étoiles que je venais de lui accorder sur l'écran de mon téléphone.

Une fois au premier étage, j'ai aperçu le public, entièrement composé de Blanches, et Sandra Stork, la belle présentatrice noire que Maman adorait. Une rampe de projecteurs et de caméras faisait face aux fenêtres donnant sur Times Square.

« Dieu merci, a fait Rhett, me serrant dans ses bras. Euh... – il m'a regardé de la tête aux pieds – tu ressembles un peu à un mormon, Buck. Je ne sais pas si c'est l'impression qu'on veut donner. Mais peut-être, après tout. Amical et inoffensif. » Rhett portait un costume beige et soigné sur une chemise blanche et des chaussures marron clair.

« Merci, j'imagine. Alors, c'est quoi le plan ?

– Toi et moi, on va passer à la télé pour riposter, voilà le plan, m'a-t-il dit en montrant les caméras. Sois naturel, réponds aux questions comme elles viennent, et surtout, je te le répète, ne sois pas sur la défensive. On n'a rien à cacher.

– Très bien, mais pourquoi c'est moi qui suis là avec toi ? Pourquoi pas Chris, Clyde ou quelqu'un d'autre ? »

Il a secoué la tête. « Non, on y a bien réfléchi. Tout le monde pense qu'il vaut mieux que ce soit toi qui m'accompagnes. Pour le visuel, tu comprends ?

– Le visuel ?

– Oui, le visuel, tu comprends ? a-t-il répondu, souriant et feignant de me donner un coup de poing sur l'épaule.

– Non, je ne comprends pas, Rhett. Qu'est-ce que tu veux dire ?

– Écoute, Buck. Tu sais que je t'aime comme un frère. Tout le monde a pensé que ce serait bien que je vienne avec un jeune membre de l'équipe de vendeurs qui se démarque un peu de l'image classique, tu vois ? »

Il m'a fallu une seconde pour comprendre. Donesha était jeune et noire. J'étais jeune et noir. Rhett, Clyde, Chris et tous les autres membres de l'équipe étaient blancs, ce qui, j'imagine, signifiait qu'ils n'étaient pas les mieux indiqués question *visuel.*

> **Lecteur : Il y a une différence entre *dire* qu'on fera tout pour gagner, et tout *faire* pour gagner. Le vrai vendeur agit.**

« Oui, ai-je répondu. Je vois. »

Rhett a soufflé. « Je savais que tu comprendrais. C'est la guerre, Buck. Il faut que chacun d'entre nous apporte sa contribution. »

Sandra s'est approchée, vêtue d'une robe bleue moulante et sans manches, et j'ai été étonné de constater qu'elle était encore plus radieuse en personne. Elle en imposait, aussi – elle était de toute évidence la cheffe d'équipe, ici. C'était impressionnant puisque tous les autres, y compris dans le public, étaient plus blancs que la proverbiale lumière au bout du tunnel.

« Tout le monde est prêt ? » a-t-elle demandé.

Je me suis tourné vers Rhett. Il m'a regardé en hochant la tête. Un technicien rondouillard, qui puait le casier de vestiaire au lycée, m'a équipé d'un micro, et Sandra nous a conduits jusqu'à trois hauts tabourets derrière un comptoir incurvé.

« Détendez-vous et soyez nature, a-t-elle dit, souriant en direction des caméras. Je ne vous poserai pas de question piège. Quelques questions faciles pour que tout le monde sache que la situation est sous contrôle, d'accord ? »

Rhett et moi avons hoché la tête. Le rondouillard malodorant a pris les commandes de la caméra devant nous, comptant les secondes avec ses doigts crasseux.

Un.

J'ai regardé Rhett. Lui qui donnait encore l'impression un instant auparavant d'être sur le point de vomir affichait désormais un sourire de façade et semblait aussi frais qu'une barre de crème glacée Klondike.

Deux.

J'avais les mains moites, et je regrettais vraiment d'avoir une touche de mormon. *Les mormons noirs, ça existe ?*

Trois.

« Aujourd'hui dans *Rise and Shine, America,* entretien exclusif avec le PDG de Sumwun, Rhett Daniels, et un membre du département des ventes, Darren Vender, qui nous donneront leur point de vue sur cette histoire absolument tragique. Comme vous le savez sans doute, Sumwun, start-up new-yorkaise qui emploie plus de trois cents personnes et a levé vingt-huit millions de dollars auprès de certains des acteurs principaux de la tech, y compris Lucien Quartz, est au cœur d'une polémique depuis la révélation de l'histoire, hier.

« Pour récapituler, la plateforme de Sumwun a mis en contact Donesha Clark – surnommée Donny – avec un thérapeute, Jiaolong Lee. Lee a attiré en Chine Donesha, jeune fille dépressive et crédule, et l'a brutalement assassinée. Les parents de Donesha affirment que leur fille adorée était sur le point d'entrer à l'université pour devenir dentiste et offrir au monde toujours plus de sourires, mais désormais, elle ne sourira plus jamais. »

Merde. Elle commence comme ça ?

« Messieurs, beaucoup d'observateurs disent qu'on devrait vous jeter en prison, comme M. Lee, pour avoir permis une telle horreur. Qu'avez vous à répondre ? »

Pas de questions pièges, tu parles. Je me suis tourné vers Rhett, qui continuait d'arborer son sourire le plus trompeur.

« Je tiens d'abord à préciser, Sandra, que tous les salariés de notre société sont anéantis par ce qui s'est passé. Chacun d'entre nous a une famille, des enfants, des parents, nous savons à quel point c'est bouleversant. Ensuite, c'est la première fois qu'une chose pareille se produit, et plus de 80 % de nos assistants – c'est ainsi que nous appelons les personnes qui parlent avec nos clients – reçoivent une notation de cinq étoiles.

– Justement, Rhett, ces assistants, a dit Sandra. Une majorité d'entre eux n'ont pas de licence, c'est bien ça ? J'entends, ce ne sont pas des thérapeutes agréés qui ont fait des études et passé des examens pour obtenir ce titre, c'est exact ? »

On était tombés dans une embuscade.

« Je ne peux pas le garantir pour tous nos assistants, Sandra. Ils viennent de plusieurs pays différents, où les agréments n'ont pas la même valeur. Mais en vérité, de nombreux thérapeutes américains ne sont pas qualifiés. Leur seule qualification consiste à facturer des honoraires exorbitants aux plus vulnérables pour les rendre dépendants à une thérapie inefficace, et non les aider. »

Boum. Le public regardait avec excitation, et une femme a même sorti un paquet de M&M's. Ce serait bientôt au tour du pop-corn, sans aucun doute.

« Et nous avons, a ajouté Rhett, un protocole de vérification et de notation très strict. Par exemple, si un de nos clients n'est pas content d'un assistant, il nous en informe aussitôt et nous nous en occupons.

– Je vois, a dit Sandra. Donc c'est la faute de la victime.

– Comment ? Non. »

Sandra affichait un sourire vorace – elle venait de sentir le goût du sang. « Changeons de sujet. J'ai une question pour vous, Darren. En tant que jeune homme noir, comment pouvez-vous vendre un produit en sachant qu'il peut tuer des jeunes femmes, et plus particulièrement des Noires, comme Donesha Clark ?

– Euh », ai-je commencé, toussant si fort et si longtemps que Sandra m'a tendu une bouteille d'eau. *Comment pouvaient-ils laisser un jeune de vingt-deux ans improviser sur une chaîne nationale ?* Je n'arrêtais pas de tousser, tâchant de gagner du temps, et puis j'ai compris, comme Mohamed Ali quand il a mis George Foreman K-O au Zaïre : c'était un jeu de rôle. Sandra jouait le rôle du client difficile, et moi celui du vendeur qui tentait de lui fourguer, à elle, au public, et à tous les téléspectateurs, notre version de l'histoire.

Lecteur : Ce que vous allez voir est le résultat de la formation que j'ai reçue dans le monde réel, cela dépasse Sumwun. Si vous cherchiez la preuve que ce que j'enseigne touche plus à la vie qu'à la vente, la voici. Tenez-vous bien.

« Ce ne sont pas les plateformes comme Sumwun qui tuent, Sandra, ai-je dit. Ce sont les gens. Et c'est ce qui s'est passé, dans ce cas. Oui, un homme a tué quelqu'un, mais c'est ce que font les gens depuis la nuit des temps et cela se poursuivra bien après notre disparition. »

Le sourire de Sandra s'est évaporé. Un vague accès de fureur a brillé dans ses yeux. « Cela ressemble beaucoup au discours des extrémistes de droite à propos des armes à feu, Darren. Tout peut devenir une arme, non ?

– Bien sûr, mais une personne douée de bons sens comprend qu'on en revient toujours aux intentions. Au bout du compte, appuyer sur une détente fait toujours du mal, qu'on le fasse pour se protéger ou protéger les autres. En dehors de ce cas exceptionnel, le recours à Sumwun est source de bonheur et de bien-être.

– Mais votre plateforme a permis le meurtre d'une jeune fille innocente et dépressive, a répondu Sandra. Si Sumwun n'avait jamais existé, Donesha Clark serait toujours vivante, aujourd'hui. Ce que vous dites est totalement irresponsable.

– Comment vous rendez-vous sur votre lieu de travail, Sandra ? »

Elle a remué sur son siège, désarçonnée. « Je vous demande pardon ?

– Comment vous rendez-vous sur votre lieu de travail, le matin ? Aujourd'hui, par exemple, comment êtes-vous venue au studio ?

– J'ai pris un taxi, mais parfois je prends le métro.

– Pourquoi avez-vous pris un taxi, et pourquoi prenez-vous parfois le métro ? »

Elle a ri, a bu une gorgée à sa tasse « Rise and Shine, America », puis m'a dit : « Parce que c'est plus rapide que la marche ! Essayez donc de traverser Manhattan en talons Manolo. » Le public a ri.

« Exactement, Sandra. Rien que cette année, plus de mille personnes sont mortes dans un accident de voiture ou de métro. Donc, en suivant votre logique, il faudrait interdire la voiture et immobiliser le métro parce que ce millier de personnes ne seraient pas mortes si la voiture et le métro n'existaient pas ? »

Elle a ouvert la bouche, puis l'a refermée. « C'est autre chose, Darren. Vous êtes peut-être trop jeune pour comprendre la différence, mais ce qui fait plus de bien que de mal est bon pour la société. »

Je l'ai eue. C'était rien comparé à la Semaine de l'Enfer.

« Une personne est morte, Sandra. Je suis d'accord, c'est une tragédie. Mais nous avons des centaines de milliers d'utilisateurs qui se connectent quotidiennement à Sumwun et décident de vivre un jour de plus grâce à l'aide que nous leur fournissons. Et si ça compte pour rien, alors j'ai pitié d'une société qui accorde plus d'importance à un acte de violence arbitraire et insensé qu'aux vies que nous sauvons. »

Le public acquiesçait, et j'ai su que, si j'arrivais à convaincre un tas de ménagères blanches de moins de cinquante ans que nous n'avions rien fait de mal, le reste de l'Amérique qui nous regardait depuis le confort de son canapé partageait mon avis.

Après ça, Sandra a perdu de sa superbe. Les autres questions qu'elle nous a lancées – « Comment est né Sumwun ? », « Comment comptez-vous éviter que cela se reproduise ? », « Avez-vous des choses à dire à sa famille ? » – étaient du gâteau.

À la fin, elle a serré les mâchoires, regardé la caméra, et affiché son sourire à un million de dollars. « Et voilà, mesdames et messieurs. Deux responsables de Sumwun. Vous disposez des faits, à vous d'en tirer vos propres conclusions. Merci d'avoir répondu à notre invitation, messieurs. »

Le malodorant est venu nous retirer les micros. Sandra s'est levée, impressionnée. « Bien joué, a-t-elle dit, serrant la main à Rhett, puis à moi. Surtout vous, jeune homme. Si jamais vous vous lassez de travailler dans la vente, appelez-moi.

– Merci. »

Rhett et moi nous sommes dirigés vers les ascenseurs. Une fois dedans, il a essuyé les grosses gouttes de sueur de son front et a pris ma tête entre ses mains. « T'as fait un malheur, Buck ! » a-t-il crié en m'embrassant sur le front. Aucun homme ne m'avait jamais fait ça. « On en était sûrs. C'est exactement le genre d'attaque qu'il nous fallait. Et maintenant, rentrons au bureau pour voir si ça se tasse. »

On a pris un Uber. Au feu rouge, le chauffeur a regardé dans le rétro et nous a souri. C'était un jeune, tout pâle, qui pouvait avoir le même âge que moi. Il portait des lunettes bon marché, et avait planté sur son tableau de bord un petit drapeau que je n'arrivais pas à identifier. « Je vous ai vus sortir de ce grand immeuble où il m'arrive d'apercevoir des célébrités. Vous êtes quelqu'un ? » a-t-il demandé, la voix sourde d'excitation.

Rhett a éclaté de rire et m'a donné un coup de coude dans le flanc. « Moi, je ne sais pas, mais lui, à côté de moi ? C'est quelqu'un. »

14

Deux jours après, les choses revinrent à la normale. Les clients potentiels ne nous raccrochaient plus au nez dès qu'ils entendaient : « Bonjour ! Je m'appelle Untel et travaille chez Sumwun. Comment allez-vous ? » Les clients engagés n'annulaient plus frénétiquement. Et la tension que nous avions tous ressentie, même si elle restait palpable, s'est lentement dissipée. Même Lucien, notre principal investisseur, s'est détendu, et les médias se sont jetés sur l'histoire d'un culte d'adorateurs de Justin Bieber en Oklahoma qui enlevait les « non-croyants » pour les manger. On semblait tirés d'affaire.

« Je n'arrive toujours pas à croire que tu as ratatiné Sandra Stork, m'a lancé Eddie de l'autre bout de l'espace événementiel.

– Ouais, Buck, a dit Frodo en engloutissant un morceau de viande crue. C'était comme si, chais pas moi, comme si elle savait plus quoi faire.

– Tu peux pas t'abstenir de manger ça devant Clifford ? » lui a demandé Marissa, caressant son cochon d'une main et lui offrant des chips de l'autre.

« Quoi ? C'est quoi le problème ? »

Eddie a retroussé le nez. « C'est de la viande crue, putain, Frodo. Comment tu peux bouffer de la viande crue au déjeuner ?

– Ah, euh, c'est mon régime paléo. Tout ce qui existe de nos jours et qu'un homme des cavernes ne mangeait pas, comme les chips que Marissa donne à Clifford, je ne le mange pas. C'est censé être bon pour la santé.

– Mais pourquoi la manger crue ? »

Frodo a souri, posant une main charnue sur l'épaule osseuse d'Eddie. « Parce que les hommes des cavernes n'avaient pas de four, Eddie. Réfléchis un peu.

– Buck, c'est toi ? a demandé Marissa, montrant l'écran plat à l'autre bout de la pièce. Eh ! a-t-elle crié. Mettez le son ; c'est Buck ! »

J'ai levé les yeux et me suis instantanément figé. C'était une photo de moi chez Starbucks, servant avec le sourire un client pendant que Carlos, Brian et Nicole me regardaient d'un air béat – une photo d'entreprise qui servait de matériel publicitaire. Mais j'ignorais pourquoi on voyait ça aux infos sur PSST.

« Le son ! » ai-je crié.

Une voix de présentateur de JT. « ... qui est-il vraiment ? Voilà quelques jours, le PDG de Sumwun, Rhett Daniels, est apparu avec ce vendeur anonyme, visiblement pour faire un "coup de com". Il s'est montré affable devant les caméras, a eu du répondant face à Sandra Stork, mais quel est son degré de crédibilité ? À la rédaction de PSST, nous avons décidé d'enquêter, et ce que nous avons découvert est surprenant. Avant de travailler pour Sumwun, où il n'est salarié que depuis trois mois, il était chef d'équipe chez Starbucks. Et avant ça, il n'avait tout simplement pas fait d'études supérieures. Notre reporter Bonnie Sauren est sur place à Bed-Stuy, le quartier d'origine de ce jeune homme. Je vous laisse la parole, Bonnie. »

Ma photo avec un point d'interrogation en surimpression a laissé place à une séduisante blonde en robe blanche et talons, qui sortait de la station Myrtle-Willoughby de la ligne G du métro, la mienne. Celle-là même où j'entrais chaque matin et d'où je sortais chaque soir. La station en face du coin où s'asseyait Wally Cat et juste devant… *Attendez. Non. Non. Non.*

« Merci, Chet, a dit Bonnie, souriant de toutes ses dents aussi blanches que sa robe. Cet après-midi, je suis à Bed-Stuy, le quartier du jeune porte-parole de Sumwun qui s'est exprimé sur une chaîne nationale il y a quelques jours. Ce que nous savons, c'est qu'il n'y travaille que depuis quelques mois et qu'avant cela il était barista chez Starbucks après avoir décroché son bac à la Brooklyn School of Science, où il a été major de sa promotion. »

« Waouh, Buck, a fait Frodo, tandis que tous les regards se tournaient vers moi dans l'espace événementiel. T'as été major de ta promo ? Pourquoi tu nous l'avais pas dit ?

– Mmh », ai-je grogné, avant de reporter mon attention sur l'écran.

« Mais les téléspectateurs veulent en savoir plus. Alors nous sommes ici pour leur apporter des réponses. Je suis en présence de Jason Morris, un ami de Darren Vender qui affirme le connaître mieux que personne. »

Putain. Oh putain.

La caméra a fait le point sur Jason, qui portait une cagoule noire, un sweat à capuche noir et un baggy noir d'où dépassait son caleçon.

« Alors, Jason, a dit Bonnie. Si ça ne vous dérange pas, pourriez-vous retirer votre cagoule pour que l'on voie votre visage ?

– Nan, a-t-il fait. J'veux pas que les flics puissent m'identifier.

– Mais, Jason, nous avons déjà donné vos nom et prénom à l'antenne, a dit Bonnie, qui semblait tendue.

– M'en fous, mec. J'vais pas empirer mon cas en montrant ma tête.

– Bon... Alors, Jason, que pouvez-vous nous apprendre sur le compte de votre ami Darren Vender ?

– Lui, un ami ? Nan, t'as rien compris, pu-*BIP !* Darren Vender est pas mon ami. C'est un pu-*BIP !* d'enfoi-*BIP !* qui se croit meilleur que tout le monde, ici. Il croit qu'y vient, t'sais, d'où vous êtes, là.

– Bismarck, dans le Dakota du Nord ? a demandé Bonnie, désarçonnée.

– Ouais, a fait Jason en hochant la tête. Y croit qu'y vient du Dakota du Nord, de Beverly Hills, ou chais pas d'où, *BIP !* Le gonze se croit à Hollywood depuis qu'y bosse chez les autres Blancs de Manhattan, là. Y se pavane comme s'il avait jamais tiré de Mister Freeze au glacier ambulant.

– Tiré un Mister Freeze au glacier ambulant ? a fait Bonnie, approchant son micro de la bouche de Jason. Qu'entendez-vous par "tirer un Mister Freeze" ?

– Bah tu sais, quoi, a dit Jason, baissant sa cagoule et regardant par-dessus son épaule. Chourer des trucs, *BIP !*, des glaces à l'eau, de la monnaie.

– Pardonnez-moi, Jason. Pour être tout à fait clairs, êtes-vous en train d'affirmer que Darren Vender volait le glacier ambulant avec vous ?

– J'dis rien, *BIP !* On n'est pas des cafteurs, ici. J'dis juste, le mec se la joue lisse et politiqueur à la téloche, *BIP !*, mais c'est qu'un *BIP !* de *BIP !* »

Je n'arrivais pas à y croire. J'ai eu l'impression que mon corps allait entrer en combustion spontanée. Je savais qu'on était en bisbille, mais je n'aurais jamais cru qu'il puisse me descendre comme ça à la télé. J'étais blessé, mais au-delà de ça, j'étais furieux. Je n'aurais jamais pu le trahir comme ça.

« Merci, Jason, a dit Bonnie, lui serrant la main, puis s'essuyant sur sa robe. L'Amérique sait tout, désormais. Darren Vender. Vendeur. Barista chez Starbucks. Voyou. D'après nos sources, Jason Morris a également été condamné à un an de prison il y a quelques années pour vol de voiture. On dirait que Sumwun nous doit encore quelques explications. À vous, Chet. »

Eddie a posé la main sur mon épaule. « Buck.

– Arrête », ai-je dit, enfonçant mes ongles plus profondément dans mes cuisses. Sous le regard de dizaines de personnes, je me suis levé, j'ai pris mes affaires et me suis dirigé vers l'ascenseur.

Je me sentais nu. Comme tout le monde me dévisageait – les vigiles, les personnes qui prenaient l'ascenseur, les coursiers – en se demandant : *C'est pas ce jeune, là ?*, j'ai hâté le pas dans le hall et me suis engouffré dans la porte tambour.

« Salut. » Quelqu'un qui courait derrière moi m'a tapoté le bras.

« Quoi ! » ai-je crié. C'était Brian qui portait son tablier vert de Starbucks sur une chemise noire à manches courtes.

« Pardon, Darren... – *MERDE !* – Je viens de voir le JT. Tout le monde en parle. Tu vas bien ?

– Ça ira », ai-je dit en descendant les marches.

Il courait derrière moi. « Eh, Darren. Je peux te poser une question ?

– Quoi ?

– Mmh, c'est juste que, euh, t'avais dit que tu essaierais de me trouver du boulot chez Sumwun, hein ? Pour faire la même chose que toi. Et je sais que ça n'a pas marché la dernière fois, mais, euh… *BITE !* Pardon. Euh, peut-être que tu pourrais en toucher un mot à Clyde pour qu'il m'accorde une deuxième chance ?

– J'ai pas le temps, Brian, ai-je répondu, la voix pleine de rage. Je t'ai décroché un entretien d'embauche le mois dernier, comme promis. Je me suis porté garant pour toi, comme promis. Et t'as tout foiré, comme t'avais promis de ne pas faire.

– Mais…

– Mais quoi, Brian ? Tu crois que je suis un intarissable puits d'opportunités ? Tu crois qu'il suffit, comme tu dis, que "j'en touche un mot à Clyde pour qu'il t'accorde une deuxième chance" ? Ça ne se passe pas comme ça, dans la vraie vie. Parfois, l'occasion ne se représente pas, lui ai-je asséné en agitant un doigt sous son nez. Et quand on foire son coup, c'est fini. Je dis pas que c'est juste, mais c'est la règle du jeu. Mais ça vaut mieux que tu n'aies pas décroché ce job. Parce que, franchement, t'es pas fait pour ça. Tu te serais fait bouffer tout cru, et ça aurait été une perte de temps pour toi, plus encore que celui que tu me fais perdre, là. Alors reste chez Starbucks, tu veux ? »

Les larmes lui sont montées aux yeux et ont lentement coulé sur son visage boutonneux et grêlé. Il a hoché la tête, a remonté les marches, est entré par la porte tambour et a disparu.

Quand il m'a vu sortir de la station, Wally Cat s'est levé de sa caisse, les yeux écarquillés de frayeur. Aujourd'hui, sa chemise hawaïenne était imprimée de perroquets rouges, bleus et jaunes sur diverses variétés de feuilles tropicales. « Eh, fais rien, Darren ! Ça en vaut pas la peine ! »

Jason était à l'endroit habituel : au coin, vêtu du même sweat à capuche, de son baggy noir et de la cagoule qu'il portait à la télé, retroussée sur sa tête. Il parlait au téléphone, agitait une poignée de billets en l'air. Avant qu'il puisse se retourner, je lui ai mis mon poing dans la gueule, l'envoyant par terre. Son téléphone a rebondi sur le béton et la liasse de billets de cent a explosé comme des confettis.

« Yo, qu'est-c'que tu fous, putain ? a-t-il crié, les yeux révulsés.

– Ben alors mon garçon ! » ai-je dit en enchaînant les coups en pleine figure. Œil gauche, œil droit, joue gauche, joue droite, nez, menton, lèvre supérieure, lèvre inférieure. Mes mains n'avaient plus de limites, voyageaient librement d'un endroit à l'autre tels des oiseaux migrateurs.

Il m'écorchait et me griffait le visage, faisait tout pour m'arrêter, mais j'étais déjà sur lui, le poids de mon corps posé sur sa poitrine, mes pieds fermement plantés sur le béton.

« T'es un caïd, hein ? criais-je, le rouant de coups comme un vulgaire morceau de viande, incapable de sentir les larmes qui jaillissaient de mes yeux. Je suis pas de la merde, hein ? Tu disais que j'avais oublié d'où je venais, hein ? » Je l'ai tellement frappé sur la bouche que j'ai entendu ses dents casser, son nez craquer côté gauche, puis se redresser côté droit, j'ai vu du sang lui remplir la bouche, si sombre et rouge qu'on aurait dit du pétrole.

« Tu vas le tuer ! a crié quelqu'un.

– WORLDSTAR ! » a dit quelqu'un d'autre, des téléphones portables sortant de partout comme si j'étais entouré de paparazzis.

Je m'en fichais. Il n'y a rien de plus blessant que d'être trahi par une personne qu'on aime.

« Darren, arrête ! » a crié quelqu'un. J'ai levé les yeux, et dans la foule de corps qui se pressaient au coin, j'ai vu Soraya, une main sur la bouche et le visage inondé de larmes. Incapable de continuer, je me suis relevé, me suis essuyé les yeux et me suis approché d'elle.

En me retournant vers Jason, j'ai vu qu'il s'étouffait dans son sang. Wally Cat l'a tourné sur le côté en lui tapant dans le dos. Il a craché du sang partout sur le trottoir, remplissant les fentes entre les dalles de béton.

Les sirènes de police approchaient, et la foule s'est dispersée. Je suis resté immobile. Le vent soufflait une forte odeur de cannelle et de beurre de cacao dans ma direction ; je l'ai respirée à plein nez, l'ai laissée m'envahir le corps.

« Il faut partir ! » m'a dit Soraya en me tirant.

Je me suis retourné et j'ai vu Wally Cat tenir Jason dans ses bras, lui caresser la tête.

Quand nous sommes passés devant l'épicerie, j'ai fait signe à M. Aziz, qui m'a dévisagé sans un mot. On a tourné au coin et grimpé les marches en courant.

« Je ne comprends pas, disait Maman, qui me tapotait la figure et les mains avec de l'alcool.

– Aïe ! ai-je crié. Ça fait mal !

– Peut-être que ça devrait te faire encore plus mal. Je ne comprends pas comment Jason et toi avez fait pour passer de Batman et Superman à un combat de rue entre animaux sauvages.

– Tu as vu l'interview. Tu as vu comment il m'a descendu, non ? »

Elle a appuyé le coton d'alcool encore plus fort sur mes coupures, poussant la douleur à son paroxysme. « Comment il t'a descendu ? » Elle a tchipé. « Qu'est-ce qui te prend, Darren Vender ? Tu es comme ces membres de gang prépubères dans *Judge Hatchett* qui parlent de justice des rues et de toutes ces bêtises à l'écart desquelles je t'ai toujours tenu. »

Soraya est entrée au salon, agitant mon téléphone. « Ça sonne. »

J'ai repoussé la main de Maman et me suis redressé sur le canapé. C'était Rhett. *Merde.*

« Salut, Rhett, ai-je dit, tâchant de prendre une voix normale.

– Bon sang, Buck. Qu'est-ce que tu as fait ?

– Comment ça ?

– Buck, a-t-il dit, crachant mon nom. La vidéo passe en boucle sur les chaînes d'info. Pourquoi tu as fait ça ? Je te croyais plus censé. Je croyais que tu savais ce qui était en jeu. »

Merde. « Je sais pas, Rhett. J'ai pas réfléchi. J'ai seulement pensé à ce qu'il a dit de moi et j'ai perdu la tête. Pardon. Je regrette vraiment. »

Il a lâché un long soupir. « Ça ne sert à rien de s'excuser, Buck. À rien du tout. On comptait sur toi. Il ne faut pas se laisser déborder par ses émotions, quand on fait la guerre, Buck. Jamais. Écoute… – il a marqué un temps – ne viens pas au bureau, demain. »

Mon cœur s'est arrêté. Et quand je dis ça, je veux dire littéralement. L'espace d'un instant, je ne l'ai plus senti. Même si la perspective de mourir sur le canapé du salon ne me disait rien, l'idée que ma carrière chez Sumwun soit finie était encore pire.

« Tu veux dire que… je suis viré ? » ai-je demandé, redoutant la réponse.

Un silence. Un silence qui n'a vraisemblablement pas duré plus de quelques secondes, mais qui s'est vu pousser des jambes et s'est carapaté vite et loin.

« Je devrais te virer, Buck. C'est ce que réclame le conseil d'administration. »

Des larmes salées ont jailli de mes yeux, accentuant la sensation de piqûre de mes entailles. Ce que j'avais avalé au petit déj' a rebroussé chemin dans mes intestins, et la pièce a tournoyé autour de moi.

« Mais non, Buck. Je sais que ce qui s'est passé aujourd'hui ne se reproduira pas. Je t'ai promis que, tant que tu jouerais franc-jeu avec moi, je prendrais ta défense, tu te souviens ? Mais il faut que tu fasses profil bas durant les prochains jours, en attendant que ça se tasse, entendu ? »

Tout ce que j'ai réussi à faire, c'est pousser un soupir de soulagement. J'ai pris l'essuie-tout des mains de Maman et me suis essuyé les yeux avec, oubliant l'alcool. Je m'en fichais.

« Entendu, Buck ? il a répété. Promets-moi de ne plus rien faire qui fasse les gros titres. Rien du tout.

– Promis, ai-je dit, continuant de pleurer, des larmes de soulagement cette fois. Merci, Rhett. Je regrette. Ça n'arrivera plus jamais.

– Je sais, Buck. Tout ira bien. Tu sais que, pour moi, tu es comme un frère, hein ?

– Je sais, Rhett. Pour moi aussi, tu es comme un frère. Vraiment.

– Bon. Alors voilà ce que je veux que tu fasses. Prends-toi ta journée, demain, et va au Shangri-La Palace. C'est au coin de la 32ᵉ et de la 6ᵉ.

– D'accord, mais pour quoi faire ?

– Pour te détendre, Buck. Quoi d'autre ? Je suis sûr que tu as une sale gueule, là. Je vais te réserver un gommage pour le corps et le visage, et un massage – la totale. Tu veux y aller avec Soraya ?

– Oui », ai-je dit, ne sachant trop quoi penser de tout ça. Je voulais juste que la journée se termine.

« Parfait. Je réserve pour deux. C'est moi qui régale.

– D'accord. Merci, Rhett. Je te suis reconnaissant. Pour tout.

– Y a pas de quoi. Je t'aime, Buck. Repose-toi bien et rendez-vous lundi à 7 heures tapantes. On va continuer à se battre, mais il faut que tu sois en pleine forme.

– Je t'aime aussi, Rhett. À lundi. »

15

« T'es content ? m'a demandé Soraya en entrant dans ma chambre comme une furie et me jetant une liasse de journaux.

– Quoi ? ai-je fait en me redressant.

– Les journaux, a-t-elle dit en pointant le tas à mes pieds.

– De quoi tu parles ? La critique d'une nouvelle pièce de Broadway, des articles de base-ball et de politique.

– Ça ! » a-t-elle crié en me mettant une page sous le nez.

C'était moi, enfin, un gros plan de moi sur la photo prise chez Starbucks, avec les mots LA VENGEANCE DU JEUNE VOYOU en gros caractères blancs. *Merde.*

Elle a croisé les bras, rehaussant ses seins comme des melons trop mûrs. « Alors ?

– Alors quoi ? » J'ai jeté la une par terre et me suis rallongé.

« T'es content de toi ? De toute cette publicité ?

– *Habibti,* arrête. Bien sûr que non, tu le sais. C'était de ma faute. On peut passer à autre chose ?

– Passer à autre chose ? Pas facile de passer à autre chose. Tu as intérêt à présenter des excuses à Jason. »

Je me suis redressé d'un coup. « Des excuses ? Cet enfoiré m'a descendu en direct sur une chaîne nationale. On est quittes, maintenant, et je n'ai aucun regret.

– Très bien. Si tu le dis. » Elle a ramassé en silence les journaux et les a jetés à la poubelle avant de se diriger vers la porte.

« Attends. » J'ai sauté hors du lit et lui ai pris la main. « Où tu vas ? Allons au spa, ça nous détendra, on passera une bonne journée. Je ne vais pas bosser, tu te rappelles ? »

Elle a dégagé sa main et ouvert la porte. « Tant mieux pour toi. Tu auras tout le temps de réfléchir à tes conneries. Paix.

– Allez, Soraya, sois pas comme ça. C'est moi la victime, ici. Tout le monde me tombe dessus et tu es de leur côté ? C'est quoi, ça ? Je croyais qu'on se soutenait toujours. »

Elle s'est arrêtée à la porte, a pris une grande inspiration et s'est tournée vers moi. « On se soutient. Et si tu crois que je prends parti pour quelqu'un d'autre, tu es encore plus paumé que je croyais. Alors laisse-moi te dire une chose : soit tu grandis et tu présentes des excuses à Jason, soit on ne se verra plus pendant très, très longtemps. *Hal tafham ?* »

J'ai fermé les yeux et vu Jason avec Bonnie Sauren, sa cagoule noire, son sweat à capuche et ce baggy noir. Déblatérant sur mon compte. Mon cœur a cogné dans ma poitrine comme quand un inconnu frappe à la porte en pleine nuit. Plus fort. Plus vite. Plus tonitruant. J'ai tellement serré les mâchoires que j'ai bien cru que j'allais me casser les dents en deux. Quand j'ai rouvert les yeux, Soraya était partie. La porte d'entrée a claqué. En caleçon, je suis descendu en courant et suis sorti pour la rattraper.

« Bon, bon, bon, ai-je dit, lui attrapant la main. Je regrette. Je le ferai. Je vais m'habiller et passerai le voir en allant au spa pour lui présenter mes excuses. Marché conclu ? »

Satisfaite, elle a fait un sourire en coin et montré la maison. « Rentre.

– Mince, petit. Tu es plus nu qu'un ver, m'a lancé M. Rawlings de sa fenêtre. Habille-toi avant de te faire arrêter par la police pour prostitution. Va !

– Oui, oui, ai-je dit. Bonjour à vous aussi, monsieur Rawlings.

– Ta maman se sent mieux ?

– Je crois, ai-je répondu en montant les marches en courant avant que la police ne s'arrête vraiment pour savoir à quoi je jouais. Elle est allée au travail, donc j'imagine que oui.

– Mmh. Ne va pas faire de vagues », m'a-t-il dit en refermant sa fenêtre.

Quelques minutes plus tard, j'étais habillé et je descendais les marches. On est allés voir au coin. Pas de Jason. Rien que Wally Cat assis sur sa caisse.

« Eh, viens voir un peu ! m'a-t-il crié.

– Attends-moi un instant, ai-je dit à Soraya. Je vais voir ce qu'il veut.

« Quoi de neuf, Wally Cat ?

– Quoi de neuf ? T'as failli tuer quelqu'un, hier, voilà ce qu'y a de neuf. Sans moi, il se serait vidé de son sang sur le trottoir. J'ai vu ce genre de conneries trop souvent à ce coin de rue. Qu'est-ce qui t'a pris ?

– Je sais. C'est de ma faute. On s'est pris la tête et ça m'a rendu fou. Vous savez que c'est pas mon genre.

– Oui, et c'est la seule raison pour laquelle j'te casse pas la gueule. Histoire de lui faire justice comme dans le temps. Tous ces reporters qui couraient partout, hier. J'ai entendu ce qu'il a dit, mais vous pouvez pas tout le temps vous battre comme ça. C'est ce qu'ils veulent. Tu m'écoutes ?

– Oui, j'ai entendu.

– Je t'ai pas demandé si tu m'entends, je t'ai demandé si tu m'écoutes. Les médias se nourrissent du sang des Noirs comme des vampires. Ils en veulent toujours plus, et ils nous montent les uns contre les autres juste pour que ça pète comme des feux d'artifice le 4 Juillet. Et tu sais quoi ? Tu le leur as servi sur un plateau. Et maintenant, y a un jeune à l'hôpital, la gueule tout amochée.

– Quel hôpital ?

– À ton avis ? Woodhull.

– Compris. À plus tard, Wally Cat.

– L'oisiveté est mère de tous les vices, Darren ! a-t-il crié. Ne l'oublie pas ! »

« Vous pouvez entrer, maintenant, m'a dit une infirmière en vérifiant sur son écritoire.

– Je t'attends ici », m'a dit Soraya. Elle m'a embrassée et a pris un magazine dans la salle d'attente.

J'ai suivi l'infirmière dans une succession de couloirs labyrinthiques, et nous nous sommes arrêtés devant une porte close.

« Il occupe le lit près de la fenêtre, a-t-elle dit. Mais parlez doucement. Il n'est pas seul et vient de se réveiller. »

J'ai posé la main sur le bouton de porte, tremblant. *Merde, Jason. Il fallait bien que ça arrive un jour.*

J'ai tourné le bouton et suis passé devant des lits aux rideaux fermés, diverses machines bipant et bourdonnant comme des insectes nocturnes. Je suis arrivé à hauteur de son lit, j'ai agrippé le rail latéral, et suis resté planté là, à le regarder se reposer. Ses lèvres étaient fendues et enflées comme les moitiés d'une tomate, et ses yeux ressemblaient carrément à ceux d'un raton laveur : de grands cercles noirs qui donnaient presque l'impression d'avoir été peints. Un épais morceau de pansement adhésif blanc lui couvrait le nez.

« Yo », ai-je fait. Il a lentement ouvert les yeux. Quand il m'a vu, il m'a simplement dévisagé, puis a détourné le regard.

« Yo, Jason, ai-je répété, plus fort. Tu m'entends ?

– Ouais, a-t-il répondu mâchoire serrée. Chuis pas sourd. »

De fines tiges de métal lui barraient les dents comme des câbles téléphoniques. « Merde. On t'a fermé la mâchoire comme Kanye, putain. Tu vas faire un rap ?

– Je t'emmerde, a-t-il dit, épuisé. Qu'est-c'que tu veux ? »

J'ai tapoté son rail de sécurité, m'imprégnant de sa question. Je savais ce que voulait Soraya, et pourquoi je m'étais senti obligé de venir, mais qu'est-ce que je voulais, au fond ?

J'ai regardé les courbes vertes monter et descendre comme le Dow Jones sur un moniteur à côté de lui. « Chais pas.

– Alors pourquoi t'es là ?

– Chais pas.

– Alors dégage avant que je te casse la gueule, a-t-il rétorqué, grimaçant.

– Écoute. T'aurais pas dû passer à la télé pour bavasser sur mon compte.

– C'était vrai pourtant, non ? » a-t-il dit en me regardant fixement. En regardant à travers moi, plutôt. « Que tu te pavanes dans la rue comme si elle t'appartenait, tout d'un coup, que tu me prends de haut comme si j'étais plus celui qui te protégeait des grands quand ils essayaient de tirer ton vélo ou qu'ils se foutaient de ta gueule parce que t'avais la peau claire, que t'allais dans ton bahut stylé et que t'avais un père espagnol. Mec, c'est même moi qui t'ai présenté Soraya. »

Il a plissé fort les yeux en s'asseyant sur son lit, puis a entrouvert les lèvres pour boire à la paille dans un gobelet en polystyrène.

« Mais ça tu t'en souviens plus, hein ? Alors ça te crispe quand je dis la vérité. Tu crois que ça fait de toi un caïd, de venir me rouer de coups ? T'as même pas le respect de te battre comme un homme. T'as du bol que je te casse pas la gueule tout de suite, avec tous ces fils à la con. »

J'ai pris une chaise et regardé à la fenêtre les voitures qui circulaient en tous sens ; les toubibs pendant leur pause cigarette, qui riaient, soufflaient la fumée, souriaient ; les rames de métro qui passaient à grand fracas sur les voies aériennes de Brooklyn et du Queens. On s'amusait à traverser les wagons comme si c'étaient des montagnes russes, courant d'un bout à l'autre, bousculant tout le monde, bondissant comme sur la cage à écureuil d'une aire de jeu pour tenter de gagner quelques dollars.

« J'ai pas oublié, ai-je dit, sans quitter la fenêtre des yeux. J'ai rien oublié. »

Il s'est renfoncé dans son lit. « Tant mieux.

– Pardon, Batman. Pour tout.

– C'est pas ton pardon qui va me rafistoler la mâchoire. Ou me permettre de retourner à mon coin de rue. C'est pas ton pardon qui va faire bouffer ma mère.

– Je sais, mais…

– Y a pas de mais. » Il s'est tourné vers la fenêtre. « Quand tu me verras dans la rue, essaie même pas d'approcher, de me parler, ou même de me regarder. Je pensais vraiment ce que j'ai dit à l'autre Blanche de la télé. Tu crois toujours que t'es comme eux. Mais tu verras. T'es que dalle, et maintenant, t'es moins que ça. T'es mort pour moi. Alors casse-toi avant que j'appelle l'infirmière et qu'un vigile vienne te foutre dehors. »

« J'imagine qu'il faut sonner », a dit Soraya en regardant la plaque du Shangri-La Palace. La porte s'est ouverte automatiquement et on s'est entassés dans un ascenseur interdit aux claustrophobes.

« Ça va ? m'a-t-elle demandé.

– Oui.

– On n'est pas obligés d'y aller si t'as pas envie. On peut juste se balader.

– Je te dis que ça va, Soraya. »

L'ascenseur a tressauté avant de s'arrêter, et les portes se sont ouvertes sur la réception. Le bruit de l'eau qui coule, des oiseaux et d'une harpe flottait dans l'air humide.

« Je peux vous renseigner ? a demandé une Coréenne souriante.

– Mmh, nous avons une réservation au nom de Darren Vender. »

La femme a consulté son ordinateur et froncé les sourcils. « Je regrette, mais nous n'avons aucune réservation à ce nom. Nous en avons une au nom de Buck Vender, faite par M. Daniels.

– Ah, oui, c'est moi. C'est mon autre prénom.

– Parfait. M. Daniels a réservé un gommage pour le corps et le visage, un massage et un jacuzzi pour deux. C'est bien ça ? »

J'ai levé un sourcil en direction de Soraya. Elle a écarquillé ses yeux marron. Elle a articulé en silence : *Ah bon ?*

« Oui, je crois.

– Très bien, suivez-moi, s'il vous plaît. » La femme nous a conduits en bas d'une volée de marches jusqu'à un vestiaire avec casiers, lavabos et ce qui ressemblait à une table d'opération.

« Veuillez déposer vos affaires dans les casiers et enfiler cette tenue, a-t-elle dit en nous offrant peignoir blanc et pantoufles. Vous pouvez aussi faire un brin de toilette avec une serviette tiède, si vous le désirez.

– Merci », a dit Soraya.

On s'est changés en silence, et même si nous portions des peignoirs, j'avais l'impression d'être nu sous le regard de Soraya.

Quelqu'un a frappé à la porte. « Par quoi souhaitez-vous commencer ? a demandé la femme, souriante. Le jacuzzi pour deux, le gommage du corps, du visage, ou le massage ?

– Le massage », a dit Soraya, qui est sortie dans le couloir en passant devant la femme.

Me faire malaxer par une autre Coréenne, beaucoup plus vieille celle-là, n'a rien eu de relaxant. Je n'arrêtais pas de penser à la une du *Daily News*, à la tronche concassée de Jason, et au fait que j'avais été à deux doigts de me faire virer – et de perdre tout ce pour quoi j'avais bossé si dur.

« Bon, a murmuré la masseuse après ce qui m'a semblé durer une heure. Maintenant, le gommage pour le corps. Suivez-nous s'il vous plaît. »

Soraya s'est levée de la table sans un mot, a bu une gorgée de son eau glacée agrémentée de tranches d'orange et de pomme, puis est sortie.

Le « gommage » pour le corps ressemblait plus à un dépiautage. Les femmes nous ont aspergés de seaux d'eau chaude, enduits d'une copieuse quantité de gel froid, puis se sont mises au travail avec des gants exfoliants, grattant des morceaux de peau qui ressemblaient à des bourrelets de fromage râpé.

Une fois cette torture terminée, les femmes nous ont hydratés le corps d'une lotion au yaourt. J'ai discrètement regardé Soraya, qui admirait sa peau. Sérieux, elle brillait comme du daim – si lisse, que le carrelage bleu s'y reflétait. Avec ses cheveux enveloppés d'une serviette, le visage massé et poli, elle était sculpturale.

Une femme nous a conduits jusqu'à une porte et nous a dit, avec un clin d'œil, de prendre notre temps. Sans un mot, Soraya a ouvert la porte. Au centre de la pièce, un gigantesque jacuzzi circulaire. Dans chaque mur, des alcôves garnies d'étagères pleines de bougies allumées. Sur une table à côté du jacuzzi, de l'ananas, des fraises et des abricots nappés de chocolat, une bouteille de champagne dans un seau de glace et deux flûtes. À l'entrée de la pièce, un écran plat.

Soraya a laissé tomber son peignoir en s'approchant de la table. Elle a délicatement porté à la bouche une fraise couverte de chocolat et a allumé la télé. Son corps vigoureux, doux et svelte, était irrésistible, mais je n'arrivais même pas à profiter du moment.

« La télé, vraiment ? ai-je demandé, prenant un morceau d'ananas.

– Tu n'as visiblement rien à dire, alors pourquoi pas ? » Elle s'est rempli une flûte de champagne et s'est installée dans le jacuzzi.

J'ai bu une gorgée directement au goulot. « Comme tu veux.

– Comme je veux, oui, ça me va. Regarde-toi. Depuis quand tu bois du champagne ? »

J'ai montré sa main qui tenait le verre au-dessus de l'eau. « C'est marrant. Et alors ? Tu as le droit de boire mais pas moi ?

– Tu sais que ce n'est pas ce que je veux dire. » Elle a posé son verre sur le bord du jacuzzi. « Avant, tu répétais que tu refusais de boire de l'alcool, que ce n'était pas pour toi et ne le serait jamais, mais depuis que tu bosses dans cette société, tu t'es soudain mis à boire. Si tu veux mon avis, c'est ça qui est marrant.

– Yo, c'est quoi ton problème, putain ? On passe la journée dans ce spa de luxe, qui nous est offerte justement par le PDG de ma société, et t'es en pétard depuis le début. C'est absurde.

– T'as raison. C'est absurde. C'est toi qui es tendu. Tu n'as pas dit un mot à propos de Jason, je ne sais même pas si tu t'es excusé. C'est comme si t'étais fermé à double tour, à l'intérieur.

– Oui, je me suis excusé, comme tu me l'as demandé. Et maintenant tu me gâches ma journée de relaxation, putain.

– Pardon, a-t-elle dit, se tapant le front. J'oubliais que tu étais le seul à avoir des soucis. Comme si j'en avais pas, moi aussi, entre mes études d'infirmière, la boutique de mon père, et toi qu'il faut que j'empêche de tuer quelqu'un. T'as raison, désolée. »

Je ne disais rien, je buvais de grandes lampées de champagne et la dévisageais. *Qu'est-ce qui lui était arrivé ?* C'était ma moitié, mon âme sœur, mais ces derniers temps, elle me tapait sur les nerfs, comme si elle était aveugle à tout ce que je traversais. Je suis entré sans un mot dans le jacuzzi et j'ai fermé les yeux. Le champagne m'a grisé, et j'ai fini par me détendre.

On est restés comme ça un bon moment, et puis j'ai senti des éclaboussures sur mon visage. J'ai rouvert les yeux, elle mangeait une figue, souriante.

« Ah, parce que maintenant tu veux jouer ? » Je l'ai aspergée à mon tour.

Elle a bondi dans le jacuzzi et m'a atterri dessus, le faisant déborder et renversant la flûte qui s'est écrasée au sol. Je l'ai attrapée et l'ai tenue au-dessus de moi. Elle m'a agrippé le visage et nos langues se sont entremêlées à un rythme qui n'était qu'à nous. Elle a gémi, j'avais une trique plus dure qu'un diamant. Je l'ai embrassée dans le cou. Elle m'a mordu la lèvre. Je suis entré en elle. Elle m'a chevauché, chevauché, chevauché comme une possédée.

Quelqu'un a frappé à la porte, mais ça ne nous a pas arrêtés. « Tout va bien ? On a entendu un bruit de verre brisé.

– Oui ! » a crié Soraya tandis que l'eau débordait du jacuzzi.

Je l'ai agrippée avec plus de force, allant plus profond. Elle a renversé la tête en arrière et crié encore, en direction du plafond, assez fort pour que la réceptionniste et les marchands de hot-dogs et d'amandes grillées devant l'immeuble l'entendent. J'ai fermé les yeux, le plaisir prenant possession de mon corps comme un exorcisme.

« Plus vite, a-t-elle dit, me frappant la poitrine. Plus vite. »

J'ai ouvert les yeux et l'ai repoussée.

« Darren, qu'est-ce que… ? »

Je suis sorti du jacuzzi d'un bond, me suis rué vers l'écran plat, et j'ai monté le volume. Il y avait un Blanc aux cheveux blancs, aux yeux bleu pâle derrière des lunettes sans monture, et avec une peau translucide laissant apparaître des rivières de veines bleues. Il sortait d'une limousine noire et les reporters l'entouraient. Le titre défilait sur un bandeau en bas de l'écran : « Le principal investisseur de Sumwun, Lucien Quartz, s'exprime. »

« Darren, tu es séri…

– Chut ! » ai-je fait, collé à la télé.

« Tout cela est très perturbant, vraiment très perturbant, disait Lucien avec un accent anglais très distingué. Croyez-le ou non, j'ai conseillé à Rhett Daniels de suspendre ses activités, temporairement, pour respecter la dignité et la douleur du public. Il a refusé. Je suis devenu le principal investisseur de Sumwun parce que j'ai vu son potentiel, mais aujourd'hui, je doute aussi bien de la direction et de la stratégie globale de l'organisation que de Rhett Daniels. Ce sera tout, merci. »

Tandis qu'il montait une volée de marches en marbre quelque part à San Francisco, les reporters le suivaient en criant : « Attendez, encore une question, monsieur Quartz ! », « S'il vous plaît, monsieur Quartz, parlez-nous de… », « monsieur Quartz ! monsieur Quartz ! ». Sans un mot de plus, il a disparu derrière une porte tambour.

« Merde, ai-je dit, me laissant glisser du mur sur le sol mouillé.

– C'est pas croyable, Darren, a dit Soraya dans le jacuzzi.

– Je sais. » J'ai secoué la tête. « J'arrive pas à le croire. Je sais pas ce qu'on va faire. C'est comme si…

– Non, a-t-elle dit. C'est toi qui es pas croyable. Tu ne penses à rien d'autre que cette société. Même quand on fait l'amour. Qu'est-ce que ça me fait, à ton avis ? Tu crois que je me sens aimée ?

– De quoi tu parles ? T'as pas regardé la télé ? Tu vois pas ce qui se passe ? Il ne s'agit pas de toi, Soraya, et je ne comprends véritablement pas que tu puisses tout ramener à toi. »

Elle a jeté les mains en l'air, éclatant de rire. « *Véritablement.* Depuis quand tu utilises ce genre de mot ? *Franchement*, j'ai l'impression de ne plus te connaître, Darren. Rhett et toi qui vous dites "je t'aime" ? Tu le connais tout juste depuis trois mois, alors que même à moi, ta petite amie, tu ne le dis pas ! Si tu veux mon avis, tu ferais mieux de partir vite fait de Sumwun.

– Heureusement, personne ne te demande ton avis », ai-je marmonné.

Elle est sortie du jacuzzi et a ramassé son peignoir. « Tu as raison. Personne ne me l'a demandé. Mais si on me le demandait, je dirais que, après tout, Jason n'avait pas si tort que ça. »

J'ai bondi face à elle, le corps ruisselant, mon visage si près d'elle que je sentais son haleine.

« Quoi ? a-t-elle demandé, me toisant de la tête aux pieds tout en ricanant. Tu vas me frapper ? Me tabasser comme Jason ? »

Je l'ai dévisagée, dents serrées, mes phalanges craquant sous la peau tendue.

« Oui, a-t-elle dit, ouvrant la porte. C'est bien ce que je pensais. Si tu croises le Darren d'avant, appelle-moi. Il me manque. »

Elle a claqué la porte derrière elle. J'ai pris la bouteille de champagne et suis retourné dans le jacuzzi, où je l'ai vidée d'une traite.

« Je l'emmerde, le Darren d'avant, ai-je dit dans la pièce vide. Moi, je m'appelle Buck. »

16

Une semaine plus tard, Rhett nous a ordonné de proposer des ristournes pour conclure davantage de marchés, mais rien n'y a fait. PSST News a diffusé une interview de Bonnie Sauren avec le commissaire de Little Rock, d'où venait Donesha Clark. Le commissaire nous apprenait que, avant de travailler pour Sumwun, Jiao-long Lee avait été incarcéré pendant cinq ans à la prison de Quincheng, établissement pénitentiaire de haute sécurité à Pékin, pour violences domestiques, vol à main armée, et homicide volontaire – mettant Sumwun face à ses propres négligences. On était déjà dans la merde, mais là, on s'y enfonçait jusqu'au cou.

Une odeur de chocolat, de cacahuètes et de caramel m'a assailli à mon entrée dans la cuisine vendredi matin. *Brésilien.* Sans doute un robusta de l'État d'Espírito Santo. Maman était attablée, et tenait une tasse de café d'une main et le journal de l'autre.

« Ça sent bon, Maman », ai-je dit, et je me suis assis face à elle. Il était tôt, mais elle était déjà prête à partir au travail, ce qui m'a fait plaisir.

« Mmh », a-t-elle fait en lisant son journal. Elle a bu lentement une gorgée de café, a eu du mal à avaler, comme si elle buvait du béton liquide.

« Ça va, Maman ? On dirait que tu t'étrangles.

– Ça va, j'ai un peu mal à la gorge, voilà tout.

– Je ne savais pas que le mal de gorge empêchait de boire du café sans s'étrangler. »

Elle a posé le journal et enfin levé les yeux vers moi. « Apparemment, il y a beaucoup de choses que tu ne sais pas, ces temps-ci, mon chéri.

– Qu'est-ce que ça veut dire, ça ? »

Elle est allée jusqu'à l'évier. « Je t'ai appris à faire preuve de bon sens, Dar. À éviter les ennuis. Mais je n'arrête pas d'entendre parler en ce moment de ta société et des ennuis qu'elle cause. Tu devrais peut-être prendre un peu de recul.

– Du recul ? C'est pas le genre de situation où on peut prendre du recul. Tu as parlé à Soraya ?

– Non, mais tu devrais l'appeler. Ça fait un petit moment que je ne la vois plus, et Wally Cat me dit que Jason et toi ne vous parlez plus. »

J'ai tchipé. « Ce type n'arrête pas de bavasser. Wally Cat ferait mieux de s'occuper de ses affaires, putain. »

L'assiette est tombée des mains de Maman et a rebondi dans l'évier. « Je ne veux plus t'entendre manquer de respect à quelqu'un comme ça. Wally Cat est ton aîné, et je t'ai mieux éduqué que ça, a-t-elle dit, agrippant le rebord de l'évier de ses mains mouillées. Je sais comment ces gens-là peuvent se servir de nous. Un jour ils te demandent de venir les défendre à la télé, ensuite tu passes la nuit dehors, et à ton retour, tu pues comme un baril de whisky.

– Personne ne se sert de moi, Maman. Fais-moi confiance, je sais ce que je fais. D'ailleurs, c'est toi qui as voulu que je le fasse. Tu n'as pas arrêté de me dire d'aller montrer au monde ce que je vaux. De ne pas me laisser faire. De devenir meilleur que celui que j'étais.

– Je n'ai pas dit *meilleur*. J'ai dit que tu devais te donner les moyens d'être toi-même. C'est tout. Celui que tu es m'a toujours suffi.

– Non, ce n'est pas ce que tu as dit, et tu le sais. Alors si tu penses que je ne suis plus celui que j'étais, c'est parce que je ne le suis plus. C'est exactement ce que tu voulais. »

Elle s'est tournée vers moi. « Darren.

– Non, Maman. Faut que je file. Travaille bien.

– Je t'ai… »

En bas des marches. Au coin de la rue. Soraya sortait de l'épicerie de M. Aziz, mais j'ai continué.

« Darren », a-t-elle appelé. Je me suis arrêté.

« Comment ça va ? ai-je demandé.

– Écoute, je sais que ça ne va pas bien entre nous, mais il faut qu'on règle ça.

– Pourquoi on serait obligés de régler ça ? Il me semble que tu as très bien réglé ça en quittant le spa. »

Elle a fermé les yeux, s'est frotté l'épaule. « Mon père t'invite à dîner ce soir. Il a vu ce qui s'est passé avec Jason et sait que ce n'est pas facile pour toi en ce moment, et il voudrait te préparer un repas. »

J'étais déjà allé chez Soraya plusieurs fois, mais jamais quand M. Aziz était là. Il avait toujours été aimable avec moi, et il comprenait visiblement que Soraya et moi étions plus que de simples amis, mais il me traitait comme un de ses clients.

« Donc je crois, a-t-elle repris, voyant mon étonnement, que ce serait une façon de repartir sur de bonnes bases, tu vois ? Tu pourrais apprendre à mieux connaître mon père, et tu pourrais devenir un peu plus qu'un simple garçon du quartier à ses yeux. On pourrait régler ça. »

J'ai pris une grande inspiration de Bed-Stuy et l'ai retenue. Je ne vais pas mentir, j'étais toujours contrarié à cause de ce qu'elle m'avait dit et de ce qu'elle avait fait, mais ce n'était pas la première fois qu'on se disputait, et on s'était toujours rabibochés. « D'accord.

– D'accord ? a-t-elle demandé avec le sourire.

– Oui, ai-je dit en hochant la tête. D'accord.

– Rendez-vous à 19 heures, alors. »

Je suis passé devant le coin désert de Jason et Wally Cat a crié : « Eh, Darren ! Eh ! » J'ai baissé la tête et me suis engouffré dans la bouche de métro, prêt à affronter ce que la journée me réservait, même si rien n'aurait pu me préparer à ce qui m'attendait.

« Allô ?

– Bonjour, Dawn ! C'est Darren, de chez Sumwun. Comment allez-vous ?

– Ah, bonjour, Darren. Je regrette mais, euh, le moment est mal choisi.

– Pas de souci, je croyais que je devais vous rappeler ce vendredi à 14 heures. Vous préférez qu'on prenne un autre rendez-vous ?

– Mmh, non, Darren. C'est juste que… je ne pense pas que nous ayons besoin de vos services. »

Je me suis frotté les yeux, j'ai soufflé un coup. « Dawn, je ne voudrais pas être insistant, alors ne m'en veuillez pas d'enfoncer le clou, mais vous m'avez dit il y a deux mois que Sumwun était exactement ce qu'il vous fallait pour remédier au turnover de vos salariés de moins de vingt-cinq ans. Il n'y a plus de turnover chez vous ?

– En effet, c'est ce que je vous ai dit, et nous avons encore du turnover, mais je préfère que nos salariés quittent Chuck E. Cheese plutôt que de se faire assassiner.

– Mais, Dawn…

– Au revoir, Darren. C'est inutile de me rappeler. » *Clic.*

« Merde ! »

Charlie m'a regardé. « Désolé, vieux. Ça arrive à tout le monde. Ces vidéos du service marketing qu'on a mises en ligne et où des adolescentes disent qu'on leur a sauvé la vie étaient censées aider, mais il faut croire que ça ne marche pas. »

Frodo s'en est mêlé : « Je crois qu'on a besoin de Magic Johnson.

– Quoi ? » a fait Marissa. Clifford lui donnait des coups de museau sur la nuque, faisant osciller la tête de Marissa d'avant en arrière.

« Magic Johnson, a répété Frodo en se levant. En cas de problème, il suffit de demander à une célébrité de devenir notre porte-parole, vous voyez ? Qu'il soit le visage de notre marque. Et Magic Johnson pourrait faire ça pour nous. »

La Duchesse est entrée, sirotant un smoothie, et a posé son sac sur son bureau. Malgré la terrible baisse d'activité qui frappait Sumwun, elle se débrouillait pour obtenir rendez-vous sur rendez-vous, allant et venant à sa guise. Elle ne nous adressait plus la parole, même pour nous rabaisser.

Frodo a hoché la tête en direction d'Eddie. « Qu'est-ce que tu en penses, Eddie ? »

Eddie avait le nez collé à son écran de téléphone, balayant furieusement à gauche ou à droite des photos de bellâtres musclés. « Oui, bonne idée, Frodo.

– Merci, a dit Frodo en se grattant la tête. Eh, c'est quoi cette app ? Ça a l'air marrant.

– Bah… »

Charlie s'est lentement levé de son fauteuil et a montré les portes en verre dépoli. « C'est quoi ce bordel ? »

Je me suis retourné et j'ai cru halluciner. Des dizaines d'hommes et de femmes en veste bleue déboulaient des ascenseurs dans tous les sens.

« FBI ! Tout le monde s'arrête et pose les mains là où je peux les voir, a gueulé un type livide en cravate rouge sang et chemise blanche en ouvrant les portes. Et que ça saute ! »

Ils ont envahi tout l'étage, passant en file indienne entre les rangs et dans les coins, regardant par la fenêtre les hélicoptères sillonner le ciel.

Clyde s'est rué sur l'agent avant de se figer quand celui-ci a posé la main sur l'étui de son arme de poing. « Faites un mètre de plus et on vous arrête !

– J'espère pour vous que vous avez un mandat, bande d'enfoirés, a dit Clyde. Sinon, dégagez ! On connaît nos droits. »

Le type a mis la main dans sa veste, en a sorti une feuille de papier pliée et l'a tendue à Clyde.

« L'autorisation du tribunal de justice, a déclaré le type avec un sourire. Vous croyez vraiment que vous allez échapper à une enquête après le meurtre d'une mineure ? Violences volontaires sur mineur, cyber-prédateur, et peut-être plus, qui sait ? Et maintenant assis et la ferme ! »

Clyde ne s'est pas assis. Il est resté debout et a lu le document, serrant la feuille si fort entre ses doigts qu'on aurait dit qu'il allait la déchirer en deux.

« J'ai dit assis ! » a rugi le type face à Clyde. Clyde s'est ratatiné dans son fauteuil. *Mauviette.*

« Et maintenant, a dit l'agent, en regardant autour de lui. Où est votre intrépide chef ? »

Rhett est sorti de son bureau comme s'il venait de voir un fantôme. « Que se passe-t-il ?

– Ce qui se passe, a répondu l'agent avec un grand sourire, c'est que Sumwun fait l'objet d'une perquisition. Donnez-nous tout ce que vous avez. Absolument tout. »

Je suis sorti de la bouche du métro. Le soleil s'était couché, mais la chaleur et l'humidité continuaient de peser sur l'air du mois de septembre. Il y avait encore des arbres sur le trottoir dont les feuilles refusaient de mourir, comme si le changement ne finissait pas toujours par gagner.

Je suis passé au pas de charge devant Wally Cat et le coin vide de Jason, jetant un œil à la devanture de l'épicerie pour m'assurer que M. Aziz et Soraya n'étaient pas là.

« Salut Darren, m'a dit Waleed, le cousin de Soraya, derrière le comptoir.

– Comment ça va, Waleed ? »

Je suis allé au fond prendre une bouteille de cidre.

« C'est pour ce soir ? m'a-t-il demandé en encaissant.

– Oui, comment tu sais ? »

Il a ri. « Soraya avait peur que tu sois en retard, mais je savais que tu y arriverais. Elle me doit dix dollars. Tu en jettes. »

J'ai coupé à gauche par Myrtle Avenue, suis passé devant Crown Fried, Kutz, et la laverie automatique, avant d'entendre du rock tonitruer dans un bar. Je me suis arrêté à la devanture et n'ai vu que des Blancs à l'intérieur, qui jouaient au billard, buvaient des demis, et frétillaient fougueusement du coude et du genou – c'était sans doute leur façon de danser. *Le quartier change, y a pas de doute.*

J'ai sonné, et puis j'ai entendu les sandales de Soraya claquer dans l'escalier.

« Je pensais que tu ne viendrais pas », m'a-t-elle dit, incapable de contenir un sourire. Elle portait une robe noire discrète, elle était superbe.

« C'est pour ça que j'ai tout fait pour venir, ai-je dit. La journée a été longue.

– J'imagine. C'est pour moi ?

– Ah, oui. » Je lui ai tendu la bouteille et l'ai suivie dans l'escalier, regardant son cul chalouper à chaque marche.

Comme nous, ils étaient propriétaires de leur maison. Ils louaient le rez-de-chaussée à de la famille et occupaient les étages supérieurs. Soraya avait le dernier pour elle toute seule, et M. Aziz vivait au premier, où il y avait aussi la cuisine et le salon.

« Darren, *marhaban* », a dit M. Aziz, m'invitant à m'asseoir à une petite table de bois où le couvert était dressé pour trois.

Cela faisait longtemps que je n'étais pas venu, mais tout était exactement pareil que dans mon souvenir : des canapés marron en daim ; un écran plat et un boîtier pour recevoir des chaînes étrangères ; des étagères vitrées pleines de plats colorés, de bols et d'ustensiles ; une immense photo de la petite sœur de Soraya, qui aurait cinq ans pour toujours.

« Merci, monsieur Aziz. Ça sent très bon. »

Il a ri. « Comme je ne savais pas trop ce que tu aimes, j'ai préparé du *maraq*, un délicieux bouillon à la viande de chèvre ; du *mandi*, un riz épicé mijoté avec de l'agneau dans un tandoor traditionnel ; du *shafoot*, c'est du yaourt aux épices ; et bien sûr, de la salade et différentes sortes de pitas. Sers-toi, s'il te plaît. J'espère que ça va te plaire. »

Une heure après, j'étais plein. M. Aziz avait mis un soin évident à la préparation du repas ; chaque bouchée était différente de la précédente. Après avoir discuté de l'évolution du quartier, des plans d'expansion de M. Aziz, et de la hausse du coût de la vie à Bed-Stuy, M. Aziz a posé son verre et a dit : « À propos, Soraya et moi avons vu aux informations que le FBI a perquisitionné Sumwun. Que se passe-t-il ?

– Il n'y a pas de quoi s'inquiéter, monsieur Aziz. On a la situation en main.

– Ce n'est pas l'impression que ça donne. Les gens disent qu'on devrait fermer votre société et mettre le vaniteux qui vous sert de PDG en prison. Qu'est-ce que tu en penses ? »

J'ai serré les dents, regrettant presque de ne pas avoir annulé le dîner. « Je préfère ne pas en parler, monsieur Aziz. Si ça ne vous dérange pas. »

Il a lancé un regard à Soraya, puis reposé les yeux sur moi. « Darren, tu es intelligent. Je l'ai su au premier regard. Alors pourquoi veux-tu te retrouver mêlé à ces histoires ? Le moment est peut-être venu de passer à autre chose. »

Je me suis tourné vers Soraya, dont les yeux étaient pleins d'inquiétude, comme si j'étais un junkie nécessitant des soins urgents. Puis j'ai regardé M. Aziz et lui ai fait un sourire de façade. « Merci, c'est gentil, mais croyez-moi, tout ira bien.

– C'est sûr ? m'a-t-il demandé en coupant en deux une pita saupoudrée de farine. Il vaut mieux limiter les dégâts avant qu'il soit trop tard. Je suis sûr qu'il y a des tas d'endroits où tu pourrais travailler, avec des gens plus raisonnables que votre soi-disant PDG. Il me rappelle…

– Monsieur Aziz, l'ai-je coupé, n'y tenant plus, avec tout le respect que je vous dois, vous ne savez pas de quoi vous parlez. »

Soraya a toussé, se levant de table. « Du thé ? Je crois qu'il nous faut du thé.

– Je suis venu dans ce pays sans rien et je m'en suis plutôt bien sorti, Darren. Alors je crois que je sais de quoi je parle. Il est évident que la société pour laquelle tu travailles a fait plus de mal que de bien, alors pourquoi ne pas exercer tes talents ailleurs ? Quelqu'un comme toi pourrait…

– Exercer mes talents ailleurs ? Monsieur Aziz, c'est chez Sumwun qu'est ma place, et Rhett m'a donné ma chance quand j'en avais le plus besoin. Grâce à nous, les gens veulent vivre un jour de plus. Et si pour vous c'est faire du mal, alors vous êtes aussi fou que ceux qui croient tout ce que disent les médias.

– Darren ! a crié Soraya, lâchant les sous-tasses sur la table. Présente tout de suite des excuses à mon père. Il tente de t'aider. On tente tous de t'aider. »

M. Aziz a levé la main en direction de Soraya. « Ce n'est pas grave, Soraya. Ton petit ami est victime de ce que nous, les ignorants et les fous, appelons un lavage de cerveau. En général, ça arrive à ceux qui se croient trop intelligents pour se faire berner. »

Soraya, horrifiée, a posé les yeux sur M. Aziz puis sur moi, et inversement, se demandant comment elle allait bien pouvoir arranger ça. Mais le mal était fait.

Dans ce genre de situation, l'ancienne version de moi n'aurait rien dit – j'aurais présenté mes excuses et tenté d'arrondir les angles –, mais cette version n'existait plus et je m'en réjouissais, parce que j'étais un petit garçon et je suis enfin devenu un homme. Un homme qui ne permettait à personne de lui marcher sur les pieds.

« Vous savez quoi, monsieur Aziz ? C'est vous qui vous êtes fait laver le cerveau. Vous êtes venu dans ce pays en croyant que le fait d'acheter une maison et de monter une chaîne d'épiceries bon marché était un gage de réussite, alors que la vente d'un paquet de chips à 99 *cents* n'a jamais changé le monde. Vous seriez incapable d'identifier une innovation si elle vous tombait sur la tête. »

Soraya a fait le tour de la table et s'est agenouillée à côté de moi. « Ça ne te ressemble pas, Darren. Pas du tout. S'il te plaît, excuse-toi auprès de mon père et buvons du thé. Ce sera bien comme ça, pas vrai, *baba* ? a-t-elle demandé en se tournant vers M. Aziz.

– Non, Soraya, lui a-t-il répondu sans me quitter des yeux. Je regrette, mais je ne crois pas.

– C'est drôle, ai-je dit, quittant la table et me dirigeant vers la sortie. On est enfin d'accord sur quelque chose. »

17

« Darren ! » Quelqu'un tambourinait à ma porte. « Darren Vender, réveille-toi ! Tu es vivant, là-dedans ? »

J'avais l'impression de m'être fait rouler sur le crâne par un semi-remorque rempli d'éléphants et de ciment. J'ai ouvert les yeux, lentement fait le point, essayé de répondre, mais ma gorge était plus sèche que le vagin d'une nonne.

« Darren ! Tu m'entends ? Si tu ne te lèves pas et n'ouvres pas d'ici cinq secondes, Dieu me pardonne, mais je défonce cette porte et te réveille à coups de poing. »

Après être parti de chez Soraya, j'étais allé boire quelques verres avec Eddie et Frodo, noyant ma colère dans la vodka, le rhum, le gin et la bière. Gueule de bois ou pas, j'ai bondi hors du lit et ouvert avant que le décompte n'arrive à zéro. « Je suis debout, Maman, ai-je dit, aveuglé par la lumière du soleil qui s'engouffrait dans la chambre. Qu'est-ce qui se passe ? La maison brûle ? »

Elle portait des chaussures plates en cuir noir, des collants noirs, un chemisier noir sous une veste en velours noir, et un chapeau noir à large bord pour couronner le tout : une tenue d'enterrement.

Elle m'a dévisagé – mes longs cheveux bouclés étaient collés d'un côté de mon visage, je ne portais rien d'autre qu'un caleçon – et a tchipé. « Si la maison brûlait, tu serais déjà réduit en cendres, fiston. Tu pues le pub et t'as une tête de rongeur mort dans la gueule d'un chat. Habille-toi.

– M'habiller ? Pourquoi ? Quelqu'un est mort ?

– Pour aller à la messe. Et si tu ne viens pas, c'est à ton enterrement qu'on ira. »

J'ai toussé plusieurs fois, me suis penché en avant. J'étais sur le point de vomir. « Non, Maman. Pas de messe pour moi. Je suis malade.

– C'est justement pour ça que tu dois te lever et aller à la messe, mon garçon, a dit quelqu'un dans le couloir.

– Monsieur Rawlings ?

– Qui veux-tu que ce soit, M. Rogers ? Habille-toi, on va être en retard.

– Je peux vraiment pas, ai-je imploré.

– Allez, mon chéri. Viens s'il te plaît. Ça va être un beau sermon, ça fait des années qu'ils ne t'ont pas vu, là-bas, et je veux… je veux que tu viennes avec moi, voilà. »

Il y avait du désespoir dans sa voix, mais je l'ignorais. J'avais la tête qui tambourinait, et tout ce que je voulais, c'était retourner me coucher. « Pourquoi aujourd'hui, Maman ? Ça fait des années que tu vas à la messe sans moi. Pourquoi tu as besoin de moi maintenant ? »

Elle m'a regardé comme si elle ne m'avait pas vu depuis des lustres. « Mon chéri, c'est juste que…

– Pardon, Maman. Je peux pas. Tu sais ce qui se passe au boulot, il faut que je me repose le plus possible.

– D'accord, Dar. Tant pis. Repose-toi », m'a-t-elle dit, refermant doucement la porte, vaincue.

Je suis retourné au lit et me suis roulé en boule avec mon téléphone. J'avais reçu un texto de Soraya.

Si tu ne présentes pas tes excuses à mon père, ne me parle plus jamais. Tout ce qu'on veut c'est t'aider !

Je n'avais pas le temps pour ça, ni pour ceux qui croyaient que se battre pour ses convictions était synonyme de lavage de cerveau.

La pièce tournoyait, j'ai posé l'oreiller sur mes yeux, en espérant que ça s'arrête. On a de nouveau frappé à la porte. C'était un samedi matin infernal.

« Je ne peux pas bouger, Maman. Je vais vomir.

– Voilà ce qui arrive quand on tient pas l'alcool, petit, m'a dit M. Rawlings. Mais si tu n'ouvres pas, je vais te casser la figure, ou ce qu'il en reste. »

J'ai rampé jusqu'à la porte et l'ai ouverte. « Qu'est-ce qu'il y a, monsieur Rawlings ?

– Depuis quand tu t'es mis à boire ? Y a encore quelques mois, je n'arrivais même pas à te faire avaler une goutte de champagne.

– Je sais pas, monsieur Rawlings.

– Pff. Habille-toi et viens à la messe avec moi et ta maman. Ça lui fera plaisir.

– Monsieur Rawlings, je sais bien, mais vous ne comprenez pas, je suis pas en état d'aller à la messe. » Je refermais la porte quand sa main l'a bloquée.

« Je sais pas ce qui se passe avec toi, petit. Je sais pas si c'est à cause de tes associés, si tu te noies dans l'alcool, ou quoi d'autre, mais ce que je sais c'est qu'on n'a qu'une maman. Et elle n'est pas éternelle, alors tu devrais faire ce que tout homme qui se respecte ferait, et lui faire plaisir pendant qu'il est encore temps. »

Adjugé. Je me suis habillé et suis allé à la messe. On s'est faufilés l'un derrière l'autre sur le banc de bois branlant, et après que j'ai embrassé et pris dans mes bras une centaine de personnes, expliqué où j'étais passé et répondu aux questions – « Oui, c'était moi à la télé » et « Non, je ne travaille pas pour le diable » –, le sermon du pasteur a commencé.

Je ne vais pas mentir ; je me suis endormi tête baissée au bout d'un quart d'heure. Personne ne m'a emmerdé, puisque j'avais l'air de prier. C'était parfait, jusqu'à ce que mon téléphone vibre. Rhett.

Viens tout de suite chez moi. Je t'appelle un Uber.

« Bon Dieu », ai-je dit.

Une femme derrière moi a posé la main sur mon épaule, et m'a murmuré : « Il viendra bientôt à nous, mon chéri. Oui, bientôt. »

J'ai regardé sur ma gauche et j'ai vu Maman les larmes aux yeux, tenant M. Rawlings par la main. « Gloire à Dieu ! » a-t-elle crié en réponse à une phrase du pasteur.

Je ne voulais pas la déranger, alors je me suis levé en silence et suis sorti sans me retourner.

Rhett habitait une de ces rues pavées pittoresques et arborées de West Village où des célébrités promenaient leur chien et où les boutiques n'avaient pas besoin de vendre plus de deux articles par mois pour survivre. Il occupait un étage entier d'un immeuble de brique brune, mais avait toujours du monde chez lui – mannequins, call-girls et autres starlettes.

« Yo », a-t-il dit en m'ouvrant la porte vêtu d'un pyjama à carreaux. Il avait les yeux injectés de sang.

« Quoi de neuf ? » J'ai posé mon sac et me suis vautré dans un de ses confortables canapés en cuir.

« Je deviens fou, là, et je ne savais pas qui d'autre appeler, m'a-t-il dit en faisant les cent pas, bras croisés. On se fait bouffer tout cru. Par tout le monde. Les médias. Le conseil d'administration. Les célébrités. Tu sais ce que Mark Zuckerberg a dit de nous ? Mark Zuckerberg, putain. Que c'est à cause de nous que les start-up ont mauvaise réputation. Tu le crois, ça ? À cause de nous ? Alors que Facebook vole les données personnelles de ses clients depuis le premier jour, putain. Si je pouvais lui mettre la main dessus, je lui casserais la gueule.

– Attends, du calme. C'est la guerre, tu te souviens ? Ce sont des choses qui arrivent, faut pas se laisser faire, comme tu le dis depuis le début. »

Il s'est assis sur le parquet ciré, s'est pris la tête à deux mains.

Je suis allé à la cuisine chercher son ersatz de café gourmet hors de prix que j'ai mis dans la machine.

« Tout ira bien », ai-je dit. Ses épaules furent soudain secouées de soubresauts. Il sanglotait. Bruyamment.

« Lève-toi. » Je l'ai relevé et l'ai poussé sur le canapé. « Et bois ça. » Je lui ai tendu une tasse de vase atrocement torréfiée.

« Merci, a-t-il murmuré, s'essuyant les yeux. Lucien et le reste du conseil m'ont dit que, si on ne fait pas un chiffre suffisant d'ici la fin du mois, je dégage.

– Comment ça, tu dégages ?

– Ils me virent, Buck. Ils m'ont dit que je serais viré à la fin du mois si on ne redressait pas la barre. Toute cette merde n'est que le prétexte qu'ils attendaient pour me foutre dehors. Ils nous ont toujours détestés, et je le savais, mais ça se confirme.

– Mais comment ils peuvent te virer, Rhett ? Chris et toi ne possédez pas une majorité des parts de Sumwun ? »

Rhett a réprimé un sourire. « J'oublie parfois que tu es si jeune. Bien sûr que non, nous ne possédons pas une majorité de parts. On ne lève pas tous ces millions sans contrepartie. Plus on a besoin d'argent, plus on cède une grosse part du gâteau, jusqu'à ce qu'il nous en reste moins qu'à eux. Et puis, a-t-il ajouté, s'enfonçant un peu plus dans le canapé, Chris est de leur côté. »

J'ai bu par réflexe une gorgée de café que j'ai aussitôt recrachée. « Attends, Rhett. Dans ce cas, pourquoi on les envoie pas se faire foutre ? Avec tout le cash qu'on a amassé ces derniers mois, on ne peut pas tenir le coup ?

– Non, Buck. » Il a secoué la tête. « C'est pas comme ça que ça marche. D'ailleurs, on n'a plus de cash. On vit au jour le jour depuis le dernier trimestre.

– Au jour le jour ? On a gagné plus d'un million de dollars par mois depuis que je suis là. On a atteint les objectifs. »

Rhett a renversé la tête, laissant échapper quelque chose entre le soupir et le grognement. Son plafond était une version graffiti de la chapelle Sixtine, le hasard voulant que l'artiste qui l'avait peint à la bombe s'appelle aussi Michelangelo. Il disait que ça faisait *cheap*, mais je ne vois pas comment il aurait pu en aller autrement.

« Rhett. »

Il se contentait de regarder fixement les hommes et femmes multicolores en jupes moulantes, jeans baggy, maillots de basket, Timberland et autres fringues « urbaines » qu'on voyait dans les clips de rap des années 90.

« Rhett, ai-je répété, debout devant lui, lui bloquant la vue.

– Quoi, Buck ? Qu'est-ce que tu veux savoir, putain ? Qu'on n'a jamais fait autant d'argent que je le prétendais ? Que chaque fois qu'on y arrivait à la dernière minute, à la dernière putain de seconde du mois, c'était un mensonge ? Que j'ai dépensé une bonne partie de l'argent qu'on a levé pour acheter tout ça ? a-t-il enchaîné en ouvrant les bras pour montrer la pièce. Dis-moi, Buck, qu'est-ce que tu veux savoir ? Dis-le-moi. » Il s'est laissé rouler par terre, de nouveau secoué de sanglots.

« Rhett, ai-je murmuré. Dis-moi que c'est pas vrai.

– C'est aussi vrai que Dieu existe, Buck. »

Je me suis assis par terre à côté de lui et j'ai fermé les yeux. La pièce tournoyait, et tout ce que j'arrivais à faire, c'était me balancer d'avant en arrière, inspirer et expirer. Tâcher de comprendre ce que Rhett venait de dire. Parce que, apparemment il venait de dire que tout reposait sur un mensonge. Que tout ce en quoi je croyais n'était rien de plus qu'un mythe.

« Tu as des idées ?

– Non, Rhett, ai-je répondu, incrédule. Comment veux-tu que j'aie des idées ?

– Je ne sais pas, Buck. » Il a soupiré. Il semblait plus petit, désormais. « C'est pour ça que je t'ai embauché. Quand tu m'as vendu ce café, j'aurais juré voir une version de moi-même plus pure, plus intelligente, plus courageuse.

– Et qu'est-ce que tu vois, maintenant ? lui ai-je demandé, redoutant sa réponse.

– Bah, a-t-il fait, se levant et se dirigeant vers sa chambre. Franchement, je n'en sais rien. Tout est flou. »

18

La situation fut à peu près la même, mercredi. Les médias rediffusaient encore des extraits de la descente du FBI ; tout le monde était tendu chez Sumwun, passant des coups de fil dans le vide pour donner le change ; et Rhett allait chaque jour plus mal.

Il était encore tôt et j'ai décidé de rentrer voir Maman. Ça l'avait contrariée que je quitte l'église au milieu du sermon, alors je faisais tout pour me rattraper. Je me disais que ce serait bien de rentrer tout de suite et de commander une pizza avant son retour.

Quand je suis arrivé et que j'ai ouvert la porte, j'ai eu une étrange impression, comme si l'atmosphère était plus pesante. Des voix d'hommes étouffées résonnaient dans la cuisine. Et à mesure que j'approchais, les voix se faisaient plus fortes. Je percevais des rires, une forte odeur de café javanais et le *clic clac* de talons en caoutchouc. *Qu'est-ce qui se passe, putain ?*

J'ai ouvert la porte en grand et vu Maman attablée, des documents étalés devant elle, et deux hommes vêtus du même costume couleur de merde penchés par dessus ses épaules comme des angelots de dessin animé. Sauf que c'étaient des diables.

« Ah, bonjour », a dit le plus blond des deux, qui était ridé et bronzé, en levant les yeux. Il m'a souri et s'est approché de moi, la main tendue. « Vous devez être Darren. »

Je l'ai regardé, remarquant la montre en or attachée à son poignet, avant de voir la stupéfaction sur le visage de Maman. Elle portait un t-shirt blanc rentré dans une jupe en jean qui la rajeunissait de vingt ans.

« Dar, a-t-elle dit, se hâtant de ranger les feuilles de papier. Je ne savais pas que tu rentrerais si tôt, mon chéri. Pourquoi tu ne m'as rien dit ? »

Mon regard est passé de la main du type au visage de Maman, puis à l'autre blond qui se servait une tasse de café comme s'il était chez lui.

« Qui sont ces gens ? » ai-je demandé, comme s'ils n'étaient pas là.

Maman a regardé par-dessus son épaule et a dit : « Je te présente…

– Richard Lawson, a dit le plus blond des deux, en prenant les documents des mains de Maman pour les passer en revue. Et voici Harry Richards. » Il a hoché la tête en direction de son associé.

« Ça en fait des têtes de nœud, ai-je dit, cloué sur place.

– Darren ! » a crié Maman.

Soudain, ça m'est revenu. Richard Lawson était le type avec qui j'avais parlé quelques mois plus tôt ; l'agent immobilier de chez Next Chance Management qui avait écrit à Maman et n'arrêtait pas de l'appeler pour lui racheter l'immeuble.

« Maman, ai-je dit, m'approchant lentement d'elle tout en faisant signe à Richard Lawson et Harry Richards de s'écarter de la table. Qu'est-ce qu'ils font là ?

– Calme-toi, Darren. »

J'ai arraché les documents des mains de l'une des deux têtes de nœud et les ai parcourus. L'un était l'acte de propriété de la maison. Les autres, des copies du plan au sol. Le dernier était un acte de vente.

J'ai plaqué l'acte de vente sur la table, envoyant une tasse de café s'écraser par terre, aspergeant les chaussures en cuir des têtes de nœud.

« Réponds-moi, Maman !

– Il faut qu'on mette de l'ordre dans nos affaires, Darren. Rien n'est définitif. Mais il faut mettre de l'ordre dans nos affaires, tu le sais.

– Non, ai-je dit. Je ne le sais pas. »

Mon cœur battait à tout rompre et je sentais mes veines saillir, menacer d'éclater, de vider mon corps de son sang. La pièce tournait plus fort que si j'avais eu une gueule de bois carabinée, et tout – Maman, les têtes de nœud, l'odeur du café, le soleil disparaissant lentement à l'horizon – s'est transformé en une sorte de paysage non identifiable à la Picasso.

« On a besoin d'argent, Maman ? Tu es malade ? C'est pour ça que tu tousses et que tu n'es pas allée travailler ?

– Non. » Elle a pris mon poing serré dans sa main. « Je veux simplement connaître la valeur de tout ça. C'est tout.

– T'avais promis, ai-je dit, arrachant mon poing à sa main faiblarde. T'avais promis que tu ne répondrais pas à ces… à ces putains de parasites.

– Darren, s'il te plaît. » Elle s'est levée avec difficulté et a tendu la main.

J'ai couru dans ma chambre, fourré quelques affaires dans mon sac et me suis dirigé vers la sortie.

« Mon chéri, ne pars pas, a-t-elle supplié, bloquant la porte. Pas maintenant, mon chéri. S'il te plaît, pas maintenant. Tu ne comprends pas. » De fines larmes glissaient sur ses joues, emplissant le sillon des rides qu'elle avait autour de la bouche.

« Je comprends très bien, Maman, ai-je dit, l'écartant de l'entrée. Je comprends qu'on avait conclu un marché et que tu ne l'as pas respecté. Je comprends que t'es qu'une menteuse, putain. »

En bas des marches. Je crie de toute la force de mes poumons. Je brise mon téléphone. Je prends le métro. J'essuie mes larmes.

Le vendredi, je me suis réveillé en suffoquant. Ce n'est pas une image. Je m'étais couché dans une position inconfortable sur le canapé de Rhett, et le cuir s'était collé à mon visage, m'empêchant littéralement de respirer.

« Ahh ! » ai-je crié, me débattant. J'ai roulé par terre, haletant, croyant que Rhett accourrait pour me porter secours. Mais j'étais seul, avec une cafetière pleine du breuvage chaud, et des flots de soleil se déversant dans le salon. Sans mon téléphone, j'étais déconnecté de tout ce que je cherchais à fuir : Maman, Soraya, les infos. Ça faisait du bien.

J'ai pris mon temps pour m'habiller, ai enfilé une des chemises hors de prix de Rhett, un de ses pantalons de survêt en denim, et même une de ses paires de baskets en vélin Maison Margiela.

J'ai dévoré l'assiette de pancakes aux myrtilles, d'œufs et de saucisses que Rhett m'avait laissée, avalé son pauvre ersatz de café et trouvé un taxi.

À mon arrivée chez Sumwun, contrairement à d'habitude, il ne régnait pas dans la salle des ventes cette agitation frénétique propre aux grands animaux sauvages qui nécessite généralement l'administration d'une fléchette de sédatif au fusil hypodermique. Tous les vendeurs tripotaient leur clavier, arrangeaient leur bureau, et lançaient des regards furtifs autour d'eux avant de braquer les yeux sur leur écran. Même Clifford le cochon donnait l'impression que quelqu'un était mort.

« Yo, ai-je murmuré à Charlie, posant mon sac sans bruit. Qu'est-ce qui se passe ? »

Il s'est penché vers moi, pour dire d'une voix à peine audible : « T'as pas vu la vidéo ? Merde, d'où tu sors ?

– Je n'ai plus de téléphone. Qu'est-ce qui se passe ? »

Charlie a pris son mobile, m'a tendu ses écouteurs et a appuyé sur le bouton « lecture ». C'était une vidéo de Rhett en boîte, probablement filmée un mois plus tôt, debout sur un canapé. Il rappait sur du Ja Rule et faisait gicler des bouteilles de Dom Pérignon partout comme un fou.

« Putain », ai-je soufflé.

Charlie a secoué la tête. « Oui, il aurait au moins pu choisir une meilleure chanson que "Mesmerize". »

Je me suis repassé la vidéo. Rhett était entouré de deux belles femmes qui lui léchaient les tétons pendant qu'il les arrosait de champagne, ce qui soulignait le contour de leurs seins sous leur chemisier blanc moulant. Les yeux de Rhett étaient mi-clos et l'éclairage au néon faisait ressortir la bosse formée par sa trique.

« Qui a fait ça ?

– Une hôtesse, putain. Apparemment, elle a tenté de le faire chanter, mais comme il n'a pas cédé, elle a vendu la vidéo à cette garce de Bonnie Sauren, et PSST News l'a mise en ligne sur YouTube.

– Pourquoi il règne un tel silence ? Ils sont pas tous censés être au téléphone ? »

Charlie a haussé les épaules. « Rhett est au Coran avec le conseil. Ils ont calfeutré les fenêtres. »

Je me suis tourné vers les portes en verre dépoli.

« Lucien et tous les autres sont arrivés par un vol de nuit. Ils sont tous là, et Rhett se fait incendier. »

La sonnette de l'ascenseur a retenti. Deux silhouettes massives en sont sorties et se sont arrêtées dans le hall avant de s'avancer vers les portes transparentes.

« Non, pas encore », a dit Charlie, poussant son siège en arrière et s'approchant de Clyde.

Porschia et les deux hommes, des flics à n'en pas douter, ont surgi du coin le plus éloigné de la salle et se sont dirigés vers nous. Ils nous regardaient. J'ai alors compris que ce n'était pas nous qu'ils regardaient, mais moi.

« Euh, Buck, a murmuré Porschia.

– Oui ? » Mon cœur battait si fort que j'entendais à peine ce qu'on me disait ; j'avais l'impression d'être sous l'eau. *Qu'est-ce qui se passe ? Est-ce que Jason leur a dit quelque chose ? Est-ce qu'ils croient que je suis indirectement responsable du meurtre de Donesha Clark ?*

« Ces deux messieurs veulent te parler », a-t-elle dit, évitant de croiser mon regard.

Je les ai suivis tous les trois dans la Bhagavad-Gita, l'estomac grouillant de guêpes.

« Je vous laisse, a dit Porschia en refermant la porte derrière elle.

– Assieds-toi, mon garçon, m'a dit le plus grand des deux, qui avait le type italien et la mâchoire carrée.

– J'ai rien fait. » Je me suis lentement assis sans le quitter des yeux.

« Pourquoi tu ne réponds pas au téléphone ? » a demandé l'autre flic, un roux aux yeux bleus.

Putain. Ils vont me passer à tabac comme Rodney King. C'est comme ça qu'ils font.

« Je l'ai cassé », ai-je répondu, remuant sur mon siège. À propos des flics, Maman disait toujours qu'il fallait « coopérer, pas incriminer ».

« On a essayé de t'appeler toute la matinée, mon garçon, a expliqué l'Italien. Même ton voisin, M. Rawlings, a dit qu'il n'arrivait pas à te joindre.

– Pour quoi faire ? Comme je vous l'ai dit, j'ai rien fait. Alors à moins que vous m'accusiez de quelque chose, je m'en vais. » Je me suis levé.

« Mon garçon, a insisté l'Italien. Ta mère est morte ce matin. »

Je me suis soudain vu à l'extérieur de la Bhagavad-Gita, observant la scène qui se jouait de l'autre côté de la cloison de verre – et je riais d'incrédulité. Le flic roux était appuyé contre la fenêtre, et se rongeait les ongles. L'Italien me regardait avec pitié.

J'ai entendu le flic italien dire : « Toutes mes condoléances, mon garçon. Vraiment toutes mes condoléances », en se malaxant le menton avec ses phalanges poilues.

Je me suis vu secouer la tête et affirmer : « Non. Ma mère n'est pas morte. Impossible. Je l'ai vue l'autre jour. Arrêtez avec vos bobards, putain. »

J'ai vu le roux s'approcher de moi, me poser la main sur l'épaule, et dire : « Tout le monde a tenté de te joindre toute la matinée, Darren. Elle avait un cancer du poumon, tu ne le savais pas ? »

Un cancer du poumon ? « Non, je me suis entendu dire de l'autre côté de la cloison. Ma mère n'avait pas de cancer du poumon. Elle avait une légère toux, était légèrement fatiguée, mais elle n'avait pas de cancer du poumon.

– Je sais que c'est dur à croire, mon garçon, ai-je entendu l'Italien poursuivre. Je suis passé par là, moi aussi. C'est dur à vivre, mais… »

Je me suis vu repousser les flics. « Ne me touchez pas, putain ! me suis-je entendu gueuler. Enfoirés de flics, vous êtes venus me raconter des bobards. Vous êtes nos ennemis, vous essayez de nous rendre dingues et de nous faire perdre la guerre ! »

Et je me suis vu dos contre le mur effaçable, glissant par terre, emportant avec moi les grands plans inscrits dessus. J'ai vu ma tête tomber entre mes mains ; j'ai vu les larmes, la morve, les postillons partout sur ma figure ; j'ai entendu un son profond, guttural, désespéré monter de ma gorge.

« Maman est pas morte, me suis-je entendu murmurer. Maman peut pas être morte. »

Les flics m'ont conduit à Woodhull, où elle reposait. Après l'avoir identifiée, le staff m'a laissé seul pour un moment de recueillement. Quand je l'ai regardée, déjà froide et rigide, j'ai cru devenir fou. Ça ne pouvait pas être vrai.

« Bonjour, Maman, ai-je dit, lui caressant les cheveux. Je suis venu aussi vite que possible, mais ça n'a pas suffi. »

J'ai passé le doigt sur ses rides, qui s'étaient remplies de larmes la dernière fois que je l'avais vue. « Maman, pardon pour… » J'ai posé la tête sur son ventre froid, regrettant qu'elle ne puisse plus me serrer dans ses bras et me dire que tout irait bien, que demain était un autre jour.

Je me suis raclé la gorge sans quitter des yeux son visage grisâtre, mais il n'y avait plus de lumière. Ses yeux ne s'ouvriraient plus jamais. Sa bouche ne sourirait plus jamais. Ces mains, les mains qui avaient pris soin de moi toute ma vie, ne me serreraient plus jamais.

« Tu m'as menti, Maman, ai-je dit, mes larmes faisant des taches brunes sur ses vêtements. Pourquoi tu m'as menti comme ça, Maman ? »

J'avais vu les signes : la perte de poids, ses mains qui n'avaient plus la force de soulever une tasse, les serviettes couvertes de sang dans la poubelle, sa façon de prendre son inspiration avant de m'assurer qu'elle allait bien. *Mais elle m'a dit que ce n'était rien.*

« Comment tu as pu me quitter, Maman ? » Ma voix tremblait de façon incontrôlable. « Tu disais que tu serais là, pour me soutenir quand je réussirais, Maman. Tu ne vois pas que j'ai fait tout ça pour toi ? Tu m'as menti ! » Je me suis aperçu que je criais quand un préposé est entré et m'a posé la main sur l'épaule. « Calmez-vous, s'il vous plaît. Je sais que c'est dur, mais nous avons une pièce où vous pouvez vous asseoir et rassembler vos esprits.

– Ne me touchez pas, putain ! » ai-je crié en le repoussant.

J'avais fait tout ce qu'elle m'avait demandé. *Cet avenir dont tu me parlais tout le temps, on y était tous les deux, Maman. Pourquoi tu m'as quitté ?* À mesure que les questions se multipliaient, ma colère se décuplait. Contre elle. Contre le monde. Et surtout, contre moi-même, parce que j'étais impuissant. Je ne m'étais jamais senti si seul de ma vie.

En sortant, j'ai vu M. Rawlings assis dehors sur un banc, dans son pantalon vert et ses bretelles.

« Où est-ce que tu étais, mon garçon ? a-t-il dit, levant la tête et se protégeant les yeux du soleil. Ça fait des jours que je te cherche. Ta maman a été admise à l'hôpital mercredi soir, mais personne n'a pu te joindre. J'ai essayé de t'appeler, mais ton téléphone était coupé. »

Je ne me suis pas assis. Je l'ai dévisagé, lui et sa main ridée qui lui couvrait les yeux. « Vous étiez au courant ? »

Il a baissé la main, l'a frottée sur son pantalon avant de prendre sa canne en bois de palissandre.

« Vous étiez au courant ? » ai-je répété.

M. Rawlings a serré sa canne, s'est balancé d'avant en arrière. Il a poussé un grand soupir et a fait oui de la tête. « Elle m'a demandé de ne rien te dire. Je lui ai dit qu'il fallait te mettre au courant, mais elle me l'a fait promettre. »

Je voulais déglutir, ma gorge était si sèche que j'avais l'impression de m'étrangler. Une fois que l'air a pu passer, je l'ai regardé, mais il n'osait pas croiser mon regard. « Après l'enterrement, ai-je dit, dimanche, je veux que vous preniez vos affaires et que vous déménagiez. »

Il a levé les yeux et m'a longuement dévisagé, a tchipé, puis a balayé l'air du dos de la main. « Petit, je sais que c'est dur, arrête de jouer.

– Qui joue ?

– Quoi, tu es en colère parce que je n'ai rien dit ? Peut-être que si tu n'avais pas couru jour et nuit, à te créer des ennuis avec ces Blancs de Manhattan, tu aurais vu qu'elle perdait du poids, qu'elle avait du mal à respirer et qu'elle oubliait des choses. Ne viens pas me le reprocher. Sois un homme et accepte ta part de responsabilité. »

J'ai serré les dents et enfoncé mon poing dans la poche pour ne pas le lui coller en pleine figure. « Je suis un homme, ai-je rétorqué.

– Alors conduis-toi comme un homme. » Il s'est levé et s'est appuyé sur sa canne, se postant face à moi. « J'habitais dans cette maison bien avant ta naissance, mon petit. Bien avant que tu sois même une idée dans l'esprit de ton père. Je ne vais nulle part.

– Si », ai-je dit, submergé par la colère.

Il m'a tendu la main, mais j'ai reculé comme s'il était contagieux. « S'il te plaît, mon petit. Je n'ai pas de famille, nulle part où aller. Je me suis occupé de toi toute ta vie, j'ai été l'ami de ta maman et de ton papa et de la famille de ta maman de leur vivant. »

Je n'ai rien dit, je n'ai pas bougé. Je l'ai seulement dévisagé, observant le tremblement de ses lèvres.

« Je suis un vieil homme, m'a-t-il supplié, penché vers moi. Je ne peux pas quitter du jour au lendemain l'endroit où je vis depuis toujours. J'ai été comme un grand-père pour toi. Ne me fais pas ça, s'il te plaît.

– Ce n'est pas moi qui vous fais ça. Vous vous l'êtes fait à vous-même. Et je ne veux plus vous voir, vous et vos affaires, passé lundi.

– Mais où est-ce que je vais aller ? » Il a porté une serviette froissée à ses yeux. « Je n'ai nulle part où aller, mon petit.

– Débrouillez-vous », ai-je dit en m'éloignant de lui, de l'hôpital où reposait le corps glacé de Maman, de tous ceux qui m'avaient fait du mal.

J'ai pris des arrangements avec l'église samedi, puis j'ai passé le reste de la journée au lit stores baissés, me repassant les derniers mois dans la tête, mais cette fois en superposant la vérité sur chaque scène. Maman me disant qu'elle allait bien alors que ce n'était pas vrai. M. Rawlings me demandant des nouvelles de Maman alors qu'il savait qu'elle était mourante. Soraya me disant qu'elle serait toujours là pour finir par se muer en quelqu'un d'autre à la seconde où j'essayais de m'améliorer. Jason affirmant qu'il me protégeait alors qu'il avait tenté de me démolir à la minute même où j'avais connu la réussite.

Quand je me suis aperçu qu'on était dimanche, je me suis habillé et je suis allé à l'église. Des dizaines d'hommes et de femmes ont pris place sur les bancs. M. Rawlings s'est assis au premier rang de l'autre côté de l'allée. Comme Maman et moi n'avions plus de famille, j'étais seul. Et puis j'ai senti une main sur mon épaule.

Rhett, Frodo, Marissa et Eddie étaient là. Je leur ai demandé de s'asseoir à côté de moi, et Rhett m'a tenu la main, sans jamais la lâcher.

Avant le début du sermon, Soraya, M. Aziz, Jason et Wally Cat se sont assis à côté de M. Rawlings. Jason m'a regardé et s'est détourné dès que nos regards se sont croisés. Soraya a posé la tête sur l'épaule de M. Aziz, pleurant sans quitter le cercueil des yeux.

Après l'enterrement de Maman au cimetière, quelques femmes ont voulu me donner des plats et m'ont dit qu'elles aimeraient passer à la maison pour me parler. J'ai décliné. Je ne les connaissais pas et n'avais aucune envie de leur faire la conversation. J'ai pris un SUV Uber avec Rhett et les autres Sumwunneurs et suis rentré à la maison.

« Mes condoléances, mon ami, a dit Rhett, qui m'a posé la main sur le genou quand on s'est assis au salon.

– Oui, toutes mes condoléances », a dit Frodo, en s'empiffrant.

Marissa lui a jeté un bref regard de dégoût. « D'où est-ce que tu sors ça ?

– J'ai entendu des femmes parler des plats qu'elles avaient préparés, alors je leur ai proposé d'en emporter, tu vois, pour éviter le gaspillage. »

Je suis monté dans ma chambre et me suis effondré sur mon lit. J'étais reconnaissant aux Sumwunneurs d'être là, mais j'étais épuisé.

On a frappé à la porte. *C'est sans doute Frodo avec une assiette de bouffe.* Je lui ai dit d'entrer.

Quand la porte s'est ouverte, j'ai vu Soraya dans sa robe blanche à manches longues. « Pourquoi tu ne réponds pas au téléphone ? m'a-t-elle demandé, s'asseyant sur le lit à côté de mes jambes.

– J'ai cassé mon téléphone », ai-je dit, incapable de la regarder. Je voulais qu'elle parte.

« Alors pourquoi tu n'es pas passé à l'épicerie ? Pourquoi il a fallu que je l'apprenne par Jason, qui l'a su par Wally Cat ?

– T'es vraiment venue me faire des reproches ? Aujourd'hui ? »

Elle avait les yeux baissés sur ses genoux. « Tu as raison. Pardon. Pour tout. Mais que font ces gens ici ? a-t-elle demandé, montrant la porte. Tu ne m'as même pas invitée, ni mon père, Jason, ou Wally Cat. Et M. Rawlings est dehors avec des cartons, il dit que tu l'as mis à la porte. Après toutes ces années, tu vas le virer comme ça ?

– C'est pas ton problème », ai-je dit, imperturbable.

Elle s'est rapprochée. « Regarde-moi en face.

– Pourquoi ?

– Parce que je veux savoir qui je regarde. Je veux savoir qui tu es, maintenant.

– Ça va pas recommencer, ces conneries. » Je me suis levé, suis allé à la salle de bains et j'ai claqué la porte.

Elle l'a ouverte en grand. « Regarde-moi en face », a-t-elle répété, essuyant de ses joues des larmes noircies par le mascara.

« Quoi ? » Je l'ai regardée bien en face. « Qu'est-ce que tu attends de moi, putain ?

– Je veux que tu reviennes ! a-t-elle crié. Celui que tu es vraiment ! Celui qui m'a promis qu'il ne changerait pas quoi qu'il arrive. Regarde-toi, je ne te reconnais pas, tu ressembles à quelqu'un que ta mère elle-même ne reconnaîtrait pas. »

Je me suis agrippé si fort au lavabo que j'ai cru briser sa porcelaine. Tant de pensées me traversaient l'esprit : la première fois que Soraya et moi nous sommes embrassés ; Maman et moi dans le parc quand j'étais petit ; Jason me faisant couler du granité dans le dos un été ; Nicole, Brian et Carlos chez Starbucks ; tout ce qui existait avant Sumwun. Mais je ne pouvais pas redevenir celui que j'étais. Pas maintenant.

« Je t'emmerde, ai-je lâché, sans la quitter des yeux. Je t'emmerde, Soraya.

– Ne dis pas ça, s'il te plaît, ne dis pas ça. »

Je l'ai repoussée, le lui ai répété. Encore et encore. De plus en plus fort. Elle est sortie de la salle de bains et s'est dirigée vers la porte de la chambre en s'essuyant les yeux.

« Si tu me laisses une fois de plus, Soraya, ai-je dit, quand elle s'est arrêtée sur le seuil, tout est fini entre nous. »

Elle a serré le bouton de porte, ses phalanges ont blanchi, et elle a pris une grande inspiration. « Je sais, Darren », a-t-elle dit, avant de refermer la porte derrière elle.

19

« Darren, mon chéri, c'est Maman », disait la voix sur le répondeur. Une voix tremblante. Je devinais qu'il lui était difficile de parler. Ses poumons sifflaient tous les quelques mots, comme une roue qui grince. « Pardon, Dar. Pardon pour tout. Je sais que tu m'en veux, mais s'il te plaît, rappelle-moi quand tu peux. Je ne me sens pas très bien, et j'ai appelé une ambulance, comme promis. Je t'aime. »

Je me suis passé le message en boucle toute la nuit. Une fois que tout le monde était parti, j'étais allé acheter un nouveau téléphone et j'avais inséré avec angoisse ma vieille carte SIM, me demandant ce que j'allais découvrir. Chaque fois que je l'écoutais, j'avais l'impression qu'on me retournait un couteau dans une plaie qui ne se refermerait jamais. Et je peux le dire, même maintenant, quand je le raconte des années plus tard : la plaie est toujours aussi vive qu'au moment de sa mort.

Après une nuit blanche, je me suis traîné hors du lit, me suis habillé, et suis descendu à la cuisine les yeux fermés, dans l'espoir qu'elle serait là quand je les rouvrirais. Mais je savais déjà ce qui m'attendait. Il n'y avait pas d'odeur de café, pas de fredonnement, pas de bruit de pantoufles qui glissent sur le sol. Pas de Maman.

Sans m'avouer vaincu, j'ai descendu l'escalier, pris mon inspiration, et j'ai frappé à la porte de sa chambre, priant pour qu'elle soit là, recroquevillée sur le bord de son lit et toussotant, mais là. Pas de réponse. « Maman », ai-je dit, ouvrant lentement la porte, mes doigts répétant le mouvement qu'ils avaient accompli des milliers de fois, mon esprit n'envisageant même pas la possibilité qu'elle n'y soit pas. Mais quand j'ai ouvert, tout ce que j'ai vu, c'étaient les draps froissés et le sang sur son oreiller ; un verre d'eau à moitié vide sur sa table de chevet, avec dessus la trace effacée de ses lèvres ; la télécommande de l'autre côté du lit ; tous ses livres préférés sur leurs étagères, là où elle les avait laissés, qui attendaient d'être relus.

« Maman », ai-je répété, m'allongeant de son côté du lit, empoignant ses draps pour les porter à mon visage. Ils ont absorbé les larmes que je versais sans le savoir. « S'il te plaît, reviens, Maman. Je me conduirai mieux, c'est promis. »

Allongé sur le lit, j'ai appuyé sur le bouton « lecture » de ma messagerie et réécouté ses paroles, tâchant de remonter le temps pour comprendre comment tout cela avait pu arriver aussi vite, mais je savais déjà. *Darren, mon chéri, c'est Maman.*

Quand je suis retourné dans la cuisine, j'ai remarqué deux enveloppes posées sur la table avec mon nom écrit à la main. Je les avais déjà vues en rentrant le vendredi, mais ne les avais toujours pas ouvertes. J'ai respiré un grand coup, je me suis assis et j'en ai pris une. J'ai poussé un soupir de soulagement en comprenant qu'il s'agissait de l'acte de vente, et qu'il n'était pas signé. Maman n'était pas allée jusqu'au bout. La maison était toujours à nous.

Dans la seconde enveloppe, j'ai trouvé une lettre écrite par Maman. L'écriture tremblait comme la courbe d'un électroencéphalogramme. Je l'ai serrée fort.

Mon très cher Darren,

Mon chéri, je sais que ça fait mal. Ça fait mal parce que je ne t'ai rien dit. Parce qu'il fallait qu'on se sépare comme ça. Et parce que la vie a été dure avec toi récemment, et que le monde ne te facilite pas les choses. L'amour d'une mère pour son fils est infini, et j'ai décidé que la meilleure façon de te le montrer était de dissimuler ma douleur, même si ça te fait mal, aujourd'hui. Je ne voulais pas que cela devienne un fardeau pour toi, dans ce voyage qui est le tien.

Depuis le jour où je t'ai ramené de la maternité, tu as été mon étoile Polaire. Après la mort de ton père, je n'avais plus personne vers qui me tourner à part toi et Dieu, et voir ton visage souriant chaque matin est ce qui m'a permis de rester en vie. De la même façon que je t'ai donné la vie, mon fils, tu m'as donné la vie, toi aussi.

Darren, je veux que tu saches que je suis fière de toi, que je l'ai toujours été. Que tu travailles chez Starbucks ou Sumwun, tu as toujours été ma plus belle réussite et le sera toujours. Tu es né pour être un meneur, mon garçon, pas un suiveur. Et je veux que tu restes fidèle à tes principes et que tu aides les autres à mener la meilleure vie possible. Il est du devoir de chaque homme et femme qui a réussi dans la vie de transmettre sa réussite, parce que, après notre mort, ce qui compte le plus n'est pas ce que l'on a accompli, mais ceux que nous avons aidés.

Je serai toujours avec toi, mon chéri. N'oublie jamais ça. Et quand le monde te déprimera, quand tu auras l'impression que tu es seul contre tous, pense à moi, parce que je penserai toujours à toi jusqu'au jour où nous nous retrouverons, mon beau garçon.

Sois gentil avec ceux qui ont le plus besoin d'amour. Ne sois pas trop dur avec les autres, ni avec toi. Et souviens-toi que le temps dont nous disposons tous sur cette terre n'est qu'un bref éclair de beauté, comme une étoile filante, et qu'il faut faire tout son possible pour réaliser ses rêves. Tu es le plus beau rêve que j'aie jamais fait, Darren. Que Dieu te bénisse jusqu'à ce que je puisse de nouveau te serrer dans mes bras.

Je t'aimerai toujours,
Maman

La lettre, qui était plus lourde qu'au début, m'a glissé des mains. Je me suis agrippé à la table, tâchant de garder l'équilibre. Je n'arrêtais pas de trembler. La tristesse se changeait en autre chose qui bouillait comme de la lave, et je ne pouvais pas l'empêcher de m'engloutir.

J'ai renversé la table, envoyant les lettres voltiger comme des oiseaux de papier. J'ai lancé la verseuse de la cafetière à travers la pièce, le verre se brisant en mille morceaux. J'ai fracassé une chaise en bois contre le sol, encore et encore, jusqu'à ce qu'elle soit réduite en miettes. Écrasé des tasses contre le mur. Jeté casseroles et marmites contre les fenêtres, dans un grand fracas de fanfare. J'ai frappé un mur de mes poings, mes phalanges couvertes de sang et de plâtre. Quand j'ai vu la photo de Maman, Papa et moi observant la scène depuis le mur du salon, je me suis approché et j'ai craché au visage de Papa. *Si t'avais pas crevé, putain, Maman aurait pas eu besoin de bosser dans cette usine et de respirer tous ces produits chimiques, espèce d'enfoiré !* Je n'avais aucun souvenir de lui, mais ça n'avait pas d'importance. Je le haïssais d'avoir été absent.

Quand j'ai fini par m'effondrer au sol, les poumons en surchauffe, je n'ai pas pu m'empêcher de me demander : *Et maintenant ? Et maintenant ? Et maintenant ?* Qu'est-ce que je pouvais encore casser ? Qu'est-ce que je pouvais faire ? Qu'est-ce qui allait m'arriver maintenant que ma vie était brisée ? Tandis que les questions s'encastraient les unes contre les autres comme des voitures dans un accident d'autoroute, j'ai décidé de faire la seule chose censée : me lever et aller chez Sumwun.

Une fois en bas des marches, j'ai vu la porte de M. Rawlings ouverte. Je suis entré. Son appartement était entièrement vide à l'exception de sachets de graines abandonnés, de meubles épars, de lettres et de coccinelles volant dans les airs. Je suis allé dans le jardin, où des rangées de tomates, des têtes de laitues, des fanes de carottes et des fleurs jaunes, rouges et violettes recouvraient tout. Il était parti, comme je lui avais dit. L'impression d'avoir fait une erreur a commencé à poindre au creux de mon estomac, mais je l'ai vite étouffée. *Qui peut laisser une mère cacher sa maladie à son fils ?*

Au coin de la rue. Quand je suis passé devant l'épicerie de M. Aziz, je l'ai vu balayer le trottoir. Il m'a regardé, a secoué la tête, puis m'a tourné le dos avant de rentrer. Les gargouilles étaient là où elles étaient toujours. C'était la première fois que je voyais Jason à son coin depuis l'hôpital. J'avais l'impression que tout bougeait au ralenti. Nos regards se sont croisés et il a craché par terre. De l'autre côté de la rue, Wally Cat s'éventait avec son feutre, sans me quitter des yeux. Il n'y avait plus de caisse à côté de lui. Je me suis engouffré dans la bouche de métro.

À mon arrivée au 3 Park Avenue, je suis allé au Starbucks. Carlos passait la serpillière, Nicole disposait de nouveaux cartons publicitaires et Brian empilait des gobelets. Quand j'ai voulu ouvrir la porte, elle était fermée à clé. Brian a levé les yeux, il m'a regardé et a repris son occupation. Nicole s'est retournée, a froncé les sourcils, est revenue à ses cartons. Carlos s'est arrêté et m'a dit : « Pas encore ouvert », avant de baisser la tête sur le sol mouillé. *Brian a dû leur parler.*

Il était 7 h 05 et toute l'équipe des ventes était au Coran. Quand je suis sorti de l'ascenseur, j'ai senti environ deux cent yeux sur moi. Mais au lieu de tourner à gauche, je suis allé à droite. C'était officiellement la Semaine des marchés, et la salle des ventes était vide.

J'ai posé mon sac, allumé mon ordinateur, et cherché un Post-it violet sur mon classeur de bureau, celui de la Semaine de l'Enfer. Puis je l'ai trouvé, tout froissé, avec trois noms dessus :

1. Bernie Aiven, patron, Hinterscope Records
2. Stefan Rusk, PDG, SpaceXXX
3. Barry Dee, propriétaire, DaynerMedia

« Yo, a dit Charlie, ouvrant les portes en verre dépoli, s'avançant vers moi. Euh, tu sais que c'est la Semaine des marchés, Buck. Tout le monde t'attend au Coran. »

J'ai tapé le nom de Bernie Aiven dans notre base de données et trouvé son numéro.

« Qu'est-ce que c'est ? m'a demandé Charlie en prenant le Post-it violet. Ta liste de vœux ? Tu peux les appeler après la réu, vieux. Viens », a-t-il insisté, me prenant par le bras. Je l'ai repoussé, lui ai lancé un regard noir. Il a sursauté et il est ressorti.

J'ai composé le numéro et pris le combiné. Après quelques sonneries, une femme a décroché. « Bonjour, bureau de Bernie Aiven, que puis-je faire pour vous ?

– Bonjour, ai-je dit, me raclant la gorge. Buck Vender, de chez Sumwun. Est-ce que Bernie est là ?

– Pardon, pouvez-vous répéter pour qui vous travaillez ?

– Sumwun. Bernie et moi échangeons par emails depuis un certain temps et je voulais lui parler avant le début de la journée. »

Après un silence, elle a dit : « D'accord, un instant. »

Eddie est entré, désarçonné. « Buck, salut », a-t-il commencé, posant une main sur mon épaule. Je la lui ai fait retirer d'un haussement.

« Je suis désolé pour ta maman, mais il faut que tu viennes à la réu. Rhett pète un câble et Clyde va rappliquer, va y avoir du grabuge. Tu sais que tout le monde est sur les nerfs. »

Je ne l'ai pas regardé. J'ai simplement serré le téléphone un peu plus fort. « Pardon, mais Bernie dit qu'il n'a jamais reçu d'email de votre part, c'est un homme occupé, alors vous devriez peut-être lui en renvoyer un et il vous répondra si ça l'intéresse.

– Attendez.

– Merci. » *Clic.*

J'ai trouvé le numéro de Stefan Rusk. Je suis directement tombé sur la messagerie de sa secrétaire.

Eddie a soupiré. « Comme tu veux, Buck », a-t-il dit avant de repartir.

J'ai appelé le bureau de Barry Dee. Ça a sonné.

Clyde et Rhett ont déboulé dans la pièce et se sont jetés sur moi. « Qu'est-ce que tu fous, putain ? a gueulé Clyde, les narines dilatées, pareil à un animal sauvage prêt à bondir sur sa proie.

– Allez, a dit Rhett, raccrochant mon téléphone. Tout le monde t'attend, Buck. Je sais que c'est dur pour toi en ce moment, mais si tu viens au bureau, il faut jouer le jeu. »

Sans les regarder, j'ai refait le numéro de Barry Dee. Quand Clyde a tendu le bras pour raccrocher, j'ai tapé sur sa main et dit : « Si un de vous deux touche à ce téléphone, je l'envoie à l'hosto.

– J'appelle les flics, Rhett. Il fait une dépression nerveuse, il est capable de tout », a dit Clyde en fonçant vers la porte.

Ça sonnait toujours. Rhett s'est penché plus près. « Ne fais pas ça, Buck. Je ne peux pas te sauver si tu ne viens pas tout de suite au Coran. Le conseil nous lâche et je vais être viré à la fin de la semaine. Ne fais pas ça. Pas maintenant. »

Quelqu'un a décroché. « Bonjour, bureau de Barry Dee, Tracy à l'appareil.

– Bonjour, Tracy, c'est Buck Vender, de chez Sumwun. Barry est là ? »

Rhett est passé derrière moi pour voir l'écran de mon ordinateur. « Pourquoi tu appelles Barry Dee ? »

« Oui, il est là, Buck, mais il est absolument débordé. Je peux prendre un message ? »

Les vendeurs ont déboulé en nombre, entourant mon bureau. Clyde souriait et gueulait : « Voilà ce qui arrive quand on se croit plus important que la société ! Les flics ne vont pas tarder. »

« Non ! ai-je répondu au téléphone. Pas de message. Mais pouvez-vous lui dire que Buck Vender de chez Sumwun est en ligne ? J'ai une information d'une importance capitale à lui communiquer, Tracy. Faites-moi confiance. S'il ne m'accorde pas cinq minutes tout de suite, il le regrettera.

– Euh, a-t-elle fait, d'une voix craintive. Est-ce que Barry a des ennuis ?

– Non, mais il faut que je lui parle. C'est urgent.

– D'accord, ne quittez pas. » De la musique classique a résonné à mon oreille et, quand je me suis tourné, j'ai vu la foule des vendeurs me dévisager. Toute la gamme des émotions se lisait sur leurs visages : certains se regardaient sans comprendre ; la peur luisait dans le regard des autres qui se rongeaient les ongles ; un petit nombre s'est connecté à ma ligne pour écouter, faisant signe aux autres de les imiter.

« Raccroche, Buck. S'il te plaît, a dit Frodo en face de moi. Quoi que tu fasses, ça n'en vaut pas la peine. »

Mais non. Au point où j'en étais, je n'avais plus rien à perdre. La société allait fermer. Maman était morte. Toutes les personnes que je connaissais à Bed-Stuy me haïssaient. Et même mes soldats chez Starbucks ne pouvaient plus me regarder en face.

« Que voulez-vous, monsieur Vender ? a dit une voix rauque et énergique à l'autre bout du fil.

– Barry Dee ? » Tous les vendeurs ont écarquillé les yeux, et tous ceux qui n'étaient pas déjà en train d'écouter la conversation sur ma ligne se sont rués sur leur poste. Même Rhett avait un téléphone collé à l'oreille.

« C'est pas Willy Wonka, putain. Vous avez cinq secondes pour me dire pourquoi il faut absolument que je vous écoute.

– Barry, comme je l'ai dit, je suis Buck Vender, de chez Sumwun, et…

– Attendez, a-t-il fait dans un éclat de rire. Vender ? Le gamin qui est passé à *Rise and Shine, America* ? Et la société qui vend… quoi déjà ?… des thérapies qui tuent leurs clients ? Oui, c'est ça. Pourquoi vous m'appelez, bon sang ?

– Oui, ai-je dit, c'est moi. Et je vous appelle pour conclure un marché avec vous, Barry.

– Et pourquoi je voudrais conclure un marché avec vous, Buck ? Il y a des centaines de personnes qui veulent me fourguer leurs produits chaque jour. Alors pourquoi je voudrais bosser avec vous et une société que personne, d'ici à San Francisco, ne veut approcher, même de loin ? Vous avez chopé la syphilis des start-up. Et personne, quelle que soit la beauté d'une fille, ne veut choper la syphilis. »

J'ai pris une inspiration. J'avais atteint le point de non-retour. « Qu'est-ce que vous avez pensé de moi, quand vous m'avez vu à *Rise and Shine, America*, Barry ?

– Je me suis dit que votre PDG avait eu l'intelligence de se servir de vous comme d'un bouclier et que vous vous en étiez bien sorti.

– Et pourquoi est-ce que je vous appelle, à votre avis ?

– Parce que vous n'avez pas d'autre solution et que vous avez besoin de sauver votre réputation. Mais ça commence à me casser les couilles de jouer aux énigmes avec vous, Buck. Vous feriez mieux de dire quelque chose pour me convaincre de rester en ligne, ou je raccroche.

– Je n'ai rien à perdre, Barry. Rien du tout. Ma mère est morte la semaine dernière. Comme vous l'avez dit, Sumwun a chopé la syphilis des start-up et tous mes proches me haïssent. Voilà pourquoi je vous appelle. Pour vous demander de prendre un petit risque et d'acheter quelques milliers de licences pour vos salariés et ceux des sociétés dans lesquelles vous investissez. »

J'entendais sa respiration à l'autre bout du fil. Tout le monde chez Sumwun tendait l'oreille, essuyant la sueur de son front, en hyperventilation. Les portes de l'ascenseur se sont ouvertes. Deux policiers sont entrés.

« Lui », a dit Clyde en me montrant.

« De quoi est morte votre mère ? a demandé Barry.

– Cancer du poumon. J'ignorais même qu'elle en avait un.

– Merde, a-t-il soufflé. Ma mère est morte il y a quelques années. D'un cancer, elle aussi. J'étais au courant, alors on a pu profiter du temps qui lui restait, mais ça reste une saloperie. »

Rhett est allé parler aux flics, pour m'accorder un peu de temps.

« Et ça passe ? »

Il a ri. « Pas vraiment, petit. Désolé. Mais ça aide de se distraire avec le travail.

– Oui. C'est ce que je me suis dit. Bref, merci d'avoir pris mon appel. J'ai pensé que ça valait le coup d'essayer, mais je comprends que vous ne souhaitiez pas être associé à notre nom. »

Les flics sont repartis vers l'ascenseur, Rhett est revenu mettre un combiné à son oreille. Tout le monde était abattu. Certains, comprenant que c'était perdu, arrêtèrent d'écouter et quittèrent la salle.

« Attendez, a dit Barry. Pour cinq cent mille, j'ai droit à quoi ? »

Rhett m'a enfoncé ses ongles dans l'épaule.

« Deux mille cinq cents licences », ai-je répondu, mon cœur battant plus vite que celui d'Uma Thurman après son shot d'adrénaline dans *Pulp Fiction.*

« C'est pas assez », a-t-il fait.

J'ai regardé Rhett. Il a écrit quelque chose sur un Post-it qu'il a agité sous mon nez : TOUT CE QU'IL VEUT.

« Qu'est-ce que vous voulez de plus ? »

Il a de nouveau éclaté de rire. Cette fois, plus profondément, plus longtemps, plus lentement. « C'est vous que je veux, mon ami. Vous.

– Que voulez-vous dire ?

– Je veux dire que chaque seconde que vous ne passez pas chez Sumwun, vous travaillez pour moi. »

Mes mains tremblaient. Je n'arrivais pas à y croire. Je m'attendais à ce qu'il crie « JE DÉCONNE ! » avant de me raccrocher au nez. Il fallait que je continue, au cas où. « Et en quoi ça consistera, de travailler pour vous ?

– Oh, un tas de choses. M'assister dans mes investissements. Faire les courses. Utiliser votre potentiel comme il se doit. Si vous me faites gagner de l'argent, je vous en ferai gagner moi aussi, mais ça se mérite. Et je ne parle pas de cinq cent mille dollars de rien du tout. Si on conclut ce marché, Buck, le marché que je mets sur la table, ça veut dire que vous devenez ma propriété. »

Je ne connaissais pas Barry en dehors de sa réputation d'homme d'affaires énergique, sans pitié et prétentieux, ce qui rendait la perspective de devenir sa propriété aussi attirante que celle de se bouffer les ongles. Mais quand j'ai vu Rhett, j'ai su ce que je devais faire. Il m'avait donné la chance que j'attendais depuis toujours sans savoir que j'en avais besoin ; il avait beau diriger une équipe de centaines de salariés, il me donnait l'impression d'être la personne la plus importante au monde quand il me regardait, et je ne pouvais pas perdre ça, surtout maintenant que j'avais perdu tous ceux qui comptaient dans ma vie.

« D'accord, Barry, ai-je dit. Marché conclu.

– Et qu'entendez-vous par "marché conclu", Buck ? Je veux vous l'entendre dire. »

J'ai pris une grande inspiration et parcouru la salle des yeux. Tout le monde me dévisageait, hochant la tête. Pendant la Semaine de l'Enfer, ils m'avaient soutenu quand j'en avais le plus besoin, alors il fallait que je leur rende la pareille. Je croyais vraiment en cette société, il fallait donc que je lui fasse ce cadeau, que je fasse tout pour la sauver.

> **Lecteur : De la même façon qu'on ne peut être escroc à moitié, on ne peut réussir à moitié. Dans la vente comme dans la vie, on fait les choses à fond ou on ne les fait pas. Et si on ne les fait pas, alors il vaut mieux dégager avant de se faire écraser par celui qui fait les choses à fond.**

J'ai fermé les yeux et serré le combiné. « Ça veut dire que je vous appartiens, Barry. Je suis à vous. »

DÉMONSTRATION

Et que sert-il à un homme de gagner tout le monde,
s'il perd son âme ?

Jésus-Christ

6 MOIS PLUS TARD

20

« Rise and Shine, America ! Ce matin, vous reconnaîtrez peut-être notre invité pour l'avoir vu il y a six mois. La dernière fois qu'il nous a rendu visite, Darren "Buck" Vender défendait sa société, Sumwun, après un incident entre une jeune fille et l'un de leurs assistants. Aujourd'hui, Buck est avec nous pour nous dire comment un jeune démarcheur anonyme a pu devenir celui que toute la presse, les blogs, les revues qualifient de meilleur vendeur de New York. Buck, merci de vous joindre à nous.

– Il n'y a pas de quoi, Sandra. Merci pour cette nouvelle invitation, surtout après notre intéressante rencontre l'an dernier, ai-je répondu, la regardant dans les yeux, riant à point nommé.

– Alors, a-t-elle dit, croisant les jambes, se penchant vers moi. Comment avez-vous fait ?

– Fait quoi ? lui ai-je demandé avec un large sourire.

– Ça – elle a montré la pièce d'un geste de la main. Le costume sur mesure. Les cheveux gominés. Tout le monde à New York sait que vous avez sauvé à vous seul Sumwun d'une disparition certaine. Vous avez pris la parole devant des centaines de personnes ; écrit des articles pour le *New York Times*, *Forbes*, le *Wall Street Journal* et beaucoup d'autres ; et vous êtes devenu le visage des start-up new-yorkaises. D'autre part, tout le monde sait que vous êtes le protégé de Barry Dee. Racontez-nous. »

J'ai éclaté de rire, dissimulant non sans gêne ma Rolex sous ma manche de chemise. « Je ne dirais pas que j'ai sauvé Sumwun à moi tout seul, Sandra. C'est un peu exagéré.

– Ce n'est pas ce que le magazine *Wired* a dit il y a quelques mois. Vous auriez démarché Barry Dee par téléphone à brûle-pourpoint, et l'auriez convaincu d'investir un demi-million de dollars. »

Le public de ménagères était rivé à son siège, suspendu à mes lèvres.

« Je ne peux pas dire qu'ils se trompent, Sandra. Mais pour être honnête, je ne lis pas les magazines, les blogs, ne regarde pas les infos. Je ne regarde même pas *Rise and Shine, America*, ai-je avoué, me cachant le visage pour rire.

– Comment osez-vous ? a-t-elle fait en me tapant les mains avec ses fiches. Nous allons oublier que vous avez dit ça. Donc, après ce marché conclu avec Barry Dee, il semble que tout le monde, de New York à San Francisco, a voulu collaborer avec Sumwun, comme si tout était oublié. Quelle impression cela vous a-t-il fait ?

– C'était merveilleux, que dire de plus ? C'est difficile à croire, mais c'est bien ce qui s'est passé, ai-je déclaré, tirant sur la manche de ma chemise. Une fois que Barry nous a soutenus, surtout par sa décision d'intégrer le conseil d'administration, les gens ont compris que ce qui était arrivé n'était qu'un accident. Nous avons depuis institué de rigoureux processus de vérification pour tous nos assistants, des contrôles trimestriels, entre autres.

– Oui, c'est ce que j'ai lu. C'est très impressionnant, mais parlez-nous de ce qui se passe dans votre vie, Buck. Vous avez connu un tel succès en moins d'un an, et vous n'avez encore que… quel âge ?

– Je viens d'avoir vingt-trois ans, ai-je dit, me redressant sur ma chaise. Mais oui, tout est un peu irréel. Travailler avec Barry, c'est une autre façon de décrocher un MBA.

– Ce qui doit représenter beaucoup pour vous qui n'avez jamais fait d'études supérieures.

– Exactement. Je ne pouvais pas recevoir de meilleure formation. Je l'assiste dans la branche capital-risque, je cherche et je finance les prochaines start-up qui marqueront le monde de leur empreinte. Et tout va très bien chez Sumwun.

– Vraiment ? a demandé Sandra, plissant les yeux. Rhett Daniels n'a-t-il pas obtenu le départ du cofondateur Chris Davids et d'une poignée d'autres collaborateurs qui soutenaient la décision du conseil d'administration de se débarrasser de lui ?

– C'est vrai. Il est incroyablement difficile de travailler quand on ne bénéficie pas du soutien des gens qui nous entourent. Comme vous l'avez dit, Chris et quelques autres ont dû partir, mais tout le monde est resté en bons termes.

– Et maintenant ?

– Je ne sais pas trop, Sandra. Je profite de l'instant.

– Nous suivrons ça avec intérêt, Buck. Merci d'avoir été avec nous. » Elle a souri face caméra et le technicien à l'hygiène douteuse a lancé la pub.

« C'est toujours un plaisir, m'a dit Sandra, retirant son micro et ses talons.

– Tout le plaisir est pour moi. Merci de m'avoir de nouveau invité.

– Tant que vous ferez les gros titres, nous vous ferons venir. »

Je suis sorti sur le trottoir bondé, j'ai grimpé à l'arrière d'une Tesla S noire, et salué quelques photographes de ma vitre baissée. Comme c'était encore l'hiver à New York, il faisait un froid de gueux, mais pas assez, visiblement, pour empêcher les touristes de venir à Times Square.

« À quelle adresse, monsieur ? m'a demandé Chauncey, avec un fort accent africain.

– DaynerMedia », ai-je dit, remontant ma vitre. J'ai sorti une petite fiole de ma poche de costume.

« Vous devez être très occupé aujourd'hui, monsieur, m'a dit Chauncey dans la 43e Ouest.

– Oui. » J'ai versé le contenu de la fiole sur mon téléphone et roulé un billet de cent.

« Mais, s'il vous plaît, Chauncey. » J'ai inséré le billet dans ma narine, aspiré violemment et renversé la tête en arrière. « Arrêtez avec "monsieur". Vous avez l'âge d'être mon père. »

Il m'a tendu un mouchoir, je me suis essuyé le nez et me suis adossé contre la banquette d'où j'ai regardé défiler la ville.

« Dans mon pays, il est du devoir d'un chauffeur d'appeler son employeur "monsieur", monsieur, je le fais donc seulement par respect.

– Dans ce cas, réservez "monsieur" pour Barry, Chauncey. C'est lui votre employeur, pas moi. »

Il a croisé mon regard dans le rétroviseur, ses sourcils se sont rapprochés, et il a froncé sa bouche aux lèvres épaisses. « Quand même, vous êtes un Noir, comme moi, qui a réussi en Amérique malgré la façon dont on nous traite. J'ai du respect pour vous. »

Le respect, c'est bon pour les tocards, Chauncey. Le pouvoir, voilà ce que veulent les Noirs.

J'ai fermé les yeux et soupiré, senti mes veines se dilater, les battements de mon cœur accélérer, et toute la confiance que j'avais accumulée pendant l'émission me revenir. « Comme vous voulez. Mais retournons au bureau le plus vite possible, s'il vous plaît. Barry m'attend.

– Bien, monsieur. » Il a malaxé le klaxon comme on pratique un massage cardiaque.

Hudson Yards, je me suis dit, allongeant le cou pour apercevoir le sommet du gratte-ciel où se trouvait le siège de DaynerMedia. *Juste au moment où l'on croit manquer d'espace à New York.*

Une fois arrivé au vingt-neuvième étage, j'ai contourné l'accueil et me suis retrouvé dans le sas où travaillait Tracy (l'assistante exécutive de Barry). Elle n'autorisait l'accès au patron qu'à une poignée d'élus.

« La caméra a vraiment su capter ton bon côté, Buck. » Elle a levé les yeux de son ordinateur et m'a fait un clin d'œil.

« Merci, Tracy. Ça fait longtemps qu'il attend ?

– Non, il a regardé l'interview, lui aussi. Je crois que ça lui a plu, mais je regrette que tu n'aies pas mentionné la radieuse, intelligente et visionnaire assistante exécutive de Barry qui te l'a passé au téléphone en ce jour fatidique de septembre. Tu sais que, sans moi, tu ne serais pas là, m'a-t-elle dit, me faisant simultanément un sourire narquois et des yeux de chien battu.

– Quand on a raison, on a raison, Tracy. Et toi ? Tu as toujours raison, ai-je répondu, paraphrasant *La Folle Histoire de l'espace.*

– C'est la plus grande vérité que tu aies proférée de toute cette journée. »

Le bureau de Barry était deux fois plus grand que celui de Rhett, mais contenait moitié moins de choses. Les fenêtres, qui allaient du sol au plafond, donnaient sur l'Hudson et avaient une vue complètement dégagée sur la statue de la Liberté, que Barry priait et sur laquelle il se masturbait chaque matin. Il y avait une table ovale entourée de fauteuils rembourrés ; un mur orné de six étagères garnies de trophées, livres et maillots de sport, qui servaient d'arrière-plan aux vidéos qu'il enregistrait quotidiennement ; et quelques autres bibelots qui ajoutaient selon lui à l'atmosphère ironique, postmoderne et préhistorique qu'il recherchait.

« Salut bonhomme », m'a-t-il dit en se levant de table pour me taper dans le poing avec un bruit qui se réverbéra sur les fenêtres. *Les Blancs adorent en faire des tonnes quand ils vous saluent poing serré.*

« Qu'est-ce que tu en as pensé ?

– Je pense que Sandra Stork en a mouillé sa culotte. C'est une impression, ou elle n'a pas arrêté de croiser et décroiser les jambes pour empêcher de faire couler son jus par terre ? »

Je me suis assis devant son autel. Un ballon de football sous verre, avec lequel les Giants avaient joué lors de leur dernière victoire au Super Bowl. Même si c'était difficile à deviner devant sa tenue habituelle – un t-shirt uni, un jean délavé et des baskets –, Barry Dee était plein aux as, mais pas assez pour racheter les Giants, ce qui était son but dans la vie.

« Oui, j'ai vu ça. Elle m'a aussi donné son numéro, après. »

Il a bondi de l'autre côté de la table et m'a donné un coup de poing sur le torse, soulevant mon fauteuil de quelques centimètres. « Ah Buck, mon salaud ! Mais qu'est-ce qui est arrivé à Katrina ?

– Qui ? ai-je demandé en me frottant le front avec les phalanges. Katrina, ça ne me dit rien.

– Le canon avec qui tu es venu chez Beauty & Essex l'autre soir.

– Ah, ai-je fait, secouant la tête. C'était Natalia, l'hôtesse de chez Avenue. »

Il a posé les mains à plat sur la table. « Bon, mais qu'est-ce qui est arrivé à Natalia l'hôtesse ? Ou Veronica le mannequin brésilien ? Ou Naomi l'avocate japonaise ? Ou…

– D'accord. » J'ai levé les mains. « Compris. Tu sais que je n'arrive pas à dormir seul.

– Il suffit de prendre de l'Ambien, du Xanax et du sirop pour la toux mélangés avec du Sprite. Ce truc assommerait un gorille de quatre cents kilos. Mais bref, assez déconné. Tu as jeté un œil aux portefeuilles ? »

J'avais la tête qui tambourinait, et mes mains ont commencé à trembler. Je les ai consultés sous la table. « Oui, ai-je dit, les faisant défiler sur l'écran de mon téléphone. C'était de la merde. Vraiment de la merde.

– Il faut que tu arrêtes de croire que chaque start-up doit faire du profit pour avoir de la valeur. C'est dépassé, petit. Il faut penser à tous les Instagram du monde. Les sociétés qui pèsent des milliards non pour leur valeur tangible mais grâce à leur coolitude. Comme ce champion que tu as choisi à ton arrivée. Tu as compris le potentiel cool du porc sans porc pour les jeunes musulmans qui veulent manger des sandwiches bacon-salade-tomate sans que ce soit, euh, comment on dit déjà ?

– Haram.

– Voilà, sans que ce soit haram. On s'est fait cinq millions de dollars avec ça, et tu en as empoché deux cent mille. Alors sois innovant et garde l'esprit ouvert.

– D'accord. Autre chose ? Il faut que je passe chez Sumwun et je suis claqué.

– Oui, un dernier point. Cette société qu'on vient d'acquérir, celle qui finance des clips de hip-hop grâce à des sponsors de premier ordre – tu sais, Hennessy, Beats, et cette société qui fabrique des colliers pour chiens en métal ultrarésistant. Ils cherchent un SDV. Tu connais quelqu'un ? »

J'ai mentalement passé en revue mon Rolodex. « Non, pas là, comme ça. Mais je suis sûr que je peux en trouver un.

– Oui, s'il te plaît », a-t-il dit. Il a baissé les stores et s'est assis dans un fauteuil gris capitonné face à la statue de la Liberté. « Mais sois innovant. Cette société est le futur partenaire privilégié des rappeurs, et il nous faut une forte personnalité à ce poste.

– Entendu, ai-je dit en me levant, cherchant l'équilibre. Je trouverai quelqu'un. »

« À quelle adresse, monsieur ? m'a demandé Chauncey, qui a bondi hors de la voiture pour m'ouvrir la porte.

– Chauncey, ai-je dit, me malaxant le front en montant dans le véhicule. S'il vous plaît. Ne sortez pas pour m'ouvrir la porte comme si j'étais un de ces millionnaires blancs de la tech. La seule raison pour laquelle j'ai accepté d'avoir un chauffeur, c'est que je vous aime bien.

– D'accord, monsieur, a-t-il dit en me regardant dans le rétro. Moi aussi, je vous aime bien, monsieur.

– Bon. » J'ai sorti ma petite fiole et n'ai pas lésiné sur les lignes de remède. « Maintenant, il ne vous reste plus qu'à m'appeler "Buck" au lieu de "monsieur". »

Il a ri. « Procédons par étapes, monsieur. Alors, à quelle adresse ? »

J'ai appuyé la tête contre le haut du dossier et me suis mis quelques gouttes dans les yeux. « Sumwun, s'il vous plaît. »

On s'est dirigés vers la 10e Avenue et avons pris à droite dans la 34e Rue. Le Sumwun où j'allais avait changé depuis six mois. Eddie était CC, Charlie était devenu chef des ventes, Marissa avait remplacé Charlie en tant que chef des SDV, la Duchesse avait démissionné et bossait pour son père, Frodo était toujours SDV, et moi, bien sûr, j'avais été promu CC. Mais comme j'avais décroché un gros contrat, j'avais sauté les échelons dans la hiérarchie habituelle du service des ventes, pour devenir CC d'entreprise, ce qui signifiait que Clyde, désormais vice-président des ventes, était mon chef.

Si vous vous posez la question, je me suis fait cent mille dollars lors du marché passé avec Barry. Et même si nous n'avions pas atteint notre objectif en septembre, le fait d'avoir son soutien nous avait permis de reconquérir nos clients les plus rétifs. Le mal était fait, mais nous leur avions pardonné quand l'argent s'était remis à couler à flots. Et cet argent nous a permis d'atteindre nos objectifs mensuels, pour de bon cette fois, ce qui a remis Rhett dans les petits papiers de Lucien, qui non seulement a opportunément oublié qu'il voulait le virer, mais a aussi sollicité son réseau pour mettre un terme à l'enquête du FBI. Donc, entre ma revalorisation salariale pour avoir ressuscité Sumwun d'entre les morts, les cent mille dollars de l'accord passé avec Barry, et les deux cent mille de la start-up qui fabriquait du porc sans porc, générant un profit immédiat pour la société de Barry, j'étais devenu riche du jour au lendemain. Ça me faisait bizarre, mais on pouvait dire que je m'y étais habitué.

Quand je suis sorti de l'ascenseur, Porschia s'est précipitée hors de son bureau et m'a pris par les bras. « Ça fait plus d'une heure qu'ils t'attendent, m'a-t-elle dit, en panique.

– Qui ça ?

– Les cadres de Londres. Le contrat Tesco.

– Ah », ai-je fait, plissant les yeux pour les empêcher de vibrer comme un caisson de basse.

Elle m'a poussé vers le Coran. « Tu te sens bien ?

– Oui, un peu crevé, c'est tout. Tu pourrais m'apporter du café ? Peut-être quelque chose de chez Starbucks, comme un Pike Place Roast.

– D'accord, je reviens tout de suite. »

Au Coran, tout le monde s'est levé pour me saluer. Trois Blancs rayonnants, cheveux bruns et costume bon marché, Rhett en chemise blanche et jean de marque, qui transpirait à grosses gouttes, et Clyde dans sa tenue habituelle de tocard de start-up, veste, chino et chemise à carreaux, qui prenait son air le plus grimaçant et exaspéré.

« Bonjour, ai-je dit, leur donnant une poignée de main.

– C'est un tel plaisir de vous rencontrer, Buck, a dit un type dont j'ai oublié le nom, de son accent anglais le plus distingué, me serrant la main plus longuement que nécessaire. Je vous avais seulement vu à la télé, mais on vous a déjà dit que vous ressembliez à Morgan Freeman ? Vous devez séduire toutes ces dames, non ?

– À peu près », ai-je répondu. Il puait le cocu à plein nez. J'ai déboutonné ma veste et pris un dossier posé sur la table.

« Alors », a commencé Rhett. Son regard est allé des trois hommes jusqu'à moi et inversement, donnant l'impression qu'il allait se pisser dessus. « On parlait justement du projet, Buck. Et de ce qu'on pourrait faire pour le rendre unique, et pour que les cinq mille salariés de Tesco prévus dans un premier temps, profitent au mieux de Sumwun.

– Super », ai-je fait, m'enfonçant dans mon fauteuil et fermant les yeux. Au bout de quelques secondes, je me suis entendu ronfler.

Rhett m'a donné un coup dans les côtes. « Buck.

– Euh, oui ? » ai-je dit en sursautant.

Rhett, Clyde et les trois types me regardaient, attendant ma réaction.

« Donc, ai-je commencé, m'éclaircissant la gorge et lissant ma veste. Quelle était votre idée ?

– Eh bien, s'est lancé le cocu qui s'ignorait, nous envisageons de créer des affiches pour motiver les troupes, n'est-ce pas ? Et peut-être qu'avec une courte vidéo de vous, sur qui nos salariés ont lu des articles dans les journaux, on serait sûrs qu'ils utilisent vos services. Si nous pouvons...

– Je ne comprends pas », ai-je dit, prenant mon gobelet de café fumant des mains de Porschia et le posant sur la table.

Le cocu a penché la tête, plissant les yeux. « Pardon, mais qu'est-ce que vous ne comprenez pas ?

– Pourquoi une vidéo de moi augmenterait les chances que vos salariés aient recours à nos services. Les gens s'en servent parce que ça les aide, pas parce que quelqu'un qu'ils ne connaissent même pas le leur demande.

– Oui, a-t-il dit, tordant ses mains couvertes de taches de rousseur. Mais chaque détail compte. »

J'ai secoué la tête et me suis redressé, regardant le cocu droit dans les yeux, transperçant sa faible petite âme. « Pas dans ce cas-là. Il ne faut pas que vos employés s'en remettent à moi pour être... je ne sais pas comment on dit de votre côté de l'océan... titillés...

– *Attirés* », est intervenu l'un des Three Stooges.

Je lui ai fait un clin d'œil. « Merci. Il ne faut pas que vos salariés s'en remettent à moi pour être attirés par Sumwun. C'est la solution de facilité et, très franchement, ce n'est pas mon boulot.

– C'est-à-dire, a fait le cocu, rougissant, se tournant vers Rhett et Clyde pour qu'ils volent à sa rescousse. Nous croyons que cela permettra d'obtenir leur soutien à cet accord. Un million de dollars, ce n'est pas un petit investissement, pour nous.

– Tu parles, ai-je dit, un sourire en coin. Vous êtes un des plus grands groupes de distribution au monde et vous avez généré plus de deux milliards et demi de profit, rien que l'an dernier.

En livres sterling. Alors ne me dites pas qu'un million de billets verts va faire de vous et vos amis des… – je me suis tourné vers le Stooge qui m'avait soufflé le mot juste avant – Comment on dit des crève-la-faim en Angleterre ?

– Des nécessiteux, a-t-il répondu, souriant de l'attention que je lui accordais.

– Voilà, ai-je continué. Alors ne me dites pas qu'un million de dollars va faire de vous et vos amis des nécessiteux. Marché conclu ou pas ? »

Après les avoir raccompagnés à l'ascenseur, Clyde a déboulé dans le Coran et a claqué la lourde porte de bois derrière lui.

« C'était quoi ce cirque, putain ? » Il était si près de moi que des postillons écumeux ont atterri sur mon nez.

« Merde, ai-je lâché, m'affalant dans mon fauteuil, me frottant les yeux. On t'a jamais dit de ne pas postillonner quand tu parles, Clyde ? »

Il a fait le tour de la table et a pris Rhett par l'épaule. « Rhett, ça suffit ces conneries. Ce type se comporte comme si la société lui appartenait depuis qu'il a eu la chance de conclure un contrat avec l'autre cinglé et… »

J'ai toussé bruyamment et brandi théâtralement l'index. « Hum ! La chance de conclure un contrat qui en a amené d'autres, ai-je dit. Parmi lesquels je t'en ai confié un certain nombre vu que tu n'arrivais à rien quand la boîte se cassait la gueule. N'oublie pas ça.

– Tu entends un peu ces conneries ? » Clyde s'est tourné vers Rhett. « Il se pointe quand il veut, prend des risques insensés avec de gros clients potentiels, et il est cocaïné jusqu'aux yeux à la seconde où je te parle. On dirait ce putain de Tony Montana vautré sur son trône après avoir sniffé un monticule de poudre dans la scène finale de *Scarface*.

– Moi ? ai-je fait, me levant et me martelant la poitrine. Je veux ce qui vient à moi… le monde, Chico, et tout ce qu'il contient. »

Clyde s'est agenouillé à côté de Rhett et l'a regardé dans les yeux. Rhett avait les paupières closes et se parlait à lui-même dans un murmure. Clyde lui a donné une petite poussette, et Rhett a lentement repris ses esprits et regardé autour de lui. « Rhett, l'a-t-il supplié. Dis quelque chose. Ça ne peut plus durer. »

Rhett a inspiré profondément et haussé les épaules. « Au moins ils ont signé le contrat, Clyde. Ça fait un million de dollars. C'est énorme. »

Clyde s'est levé et s'est approché de la fenêtre. « Je n'arrive pas à croire que j'entends des conneries pareilles. » Il a secoué la tête. « Je n'arrive pas à croire que nous mettons l'avenir de cette société entre les mains d'un jouisseur inculte, d'un... »

Vas-y, dis-le. Dis le mot que tu rêves de me cracher à la figure depuis le premier jour, pour me donner une raison d'ouvrir ton joli petit nez blanc en deux comme une noix de coco.

« ... *voyou.* Ce putain de voyou. C'est un charlatan qui va nous mener à la faillite, Rhett. Je le sais. Tu le sais. Je veux dire, regarde-moi ces fringues, putain. » Clyde a fait un signe de la main en direction de mon costume Soho en laine couleur sable de chez Armani et a posé les yeux sur ma Rolex Oyster Perpetual.

« Je l'ai achetée d'occasion et elle m'a coûté moins de cinq mille dollars, ai-je dit en lui collant mon poignet sous le nez.

– Je t'emmerde.

– Discutons-en plus tard », a tranché Rhett. Il a commencé à rassembler les contrats signés. « Nous avons conclu le marché et c'est ce qui compte le plus. »

Clyde s'est élancé pour claquer la porte avant que Rhett ne sorte. « Non, ce n'est pas ce qui compte le plus. Tout ça est épuisant, a-t-il dit, mains sur les hanches. Alors c'est lui ou moi. »

Rhett a grogné et s'est assis dans le fauteuil le plus proche. « Arrête, Clyde. La journée a été longue. Buck, tu n'arriveras plus en retard aux réunions et tu feras un effort pour baisser d'un ton, d'accord ?

– Bien sûr, ai-je dit, faisant un clin d'œil à Clyde.

– Je suis sérieux, Rhett. » Clyde planait sur lui comme un gros nuage noir qui menace de faire tomber la foudre. « Qui ce sera ? Celui qui t'a aidé à créer tout ça ou ce clown ? »

Rhett a fermé les yeux et s'est agrippé à la table. « "Mes frères... ne médisez point les uns des autres ; celui qui médit de son frère, et qui condamne son frère, médit de la Loi, et condamne la Loi ;

or si tu condamnes la Loi, tu n'es point l'observateur de la Loi, mais le juge." Jacques 4:11.

– Amen, ai-je dit en l'applaudissant. Arrête de médire de moi, frérot.

– Je ne veux pas faire ça. » Clyde a posé la main sur la porte, tête baissée. « Mais je n'ai pas le choix. Tu as cinq secondes pour prendre une décision, Rhett. Une. »

Tu parles.

« Deux.

– Arrête, Clyde, lui a ordonné Rhett. Je suis sérieux.

– Trois. »

Rhett s'est levé et a attrapé Clyde par l'épaule pour lui faire face.

« Relax, Rhett, ai-je dit, les pieds sur la table. Il partira pas. Il a nulle part où aller.

– Quatre, a continué d'égrener Clyde, qui tremblait visiblement tandis que des larmes coulaient de ses yeux plus bleus que le bleu.

– Clyde, l'a supplié Rhett, une main posée sur chaque épaule. Arrête, s'il te plaît. Arrête tout de suite.

– Cinq. » Clyde a regardé Rhett droit dans les yeux.

Il s'est tourné et a ouvert la porte. Mais avant de sortir, il m'a souri. « On se reverra, Buck. Tu peux compter là-dessus. »

21

« Maman ! » ai-je crié, sursautant dans mon lit, un mélange salé de gouttes de sueur et de larmes me coulant sur le visage, ma poitrine vibrant comme celle d'un animal qui comprend qu'on est sur le point de l'abattre.

« Qu'est-ce qu'il y a, Buck ? Qu'est-ce qui se passe ? »

Coincé dans cet entre-deux délimité par le monde des rêves d'un côté et le moment de l'éveil de l'autre, j'ai eu besoin d'une seconde pour comprendre quel jour nous étions, où j'étais, et qui était allongé près de moi. Nous étions lundi. J'étais dans mon loft, au dernier étage d'un immeuble de pierre brune de la 17e Rue, entre la 2e et la 3e Avenue. Mais la Blanche, qui ressemblait à un mannequin de Nike, était floue.

« Pardon. » J'ai bondi hors du lit et suis allé à la cuisine. « Mais qui êtes-vous ? »

Merde, merde, merde. J'espérais que je n'avais pas couché avec elle. J'avais une règle très stricte, pas de Blanche, règle à laquelle je n'avais jamais contrevenu en raison de ce que Wally Cat m'avait dit des mois auparavant. Je n'étais pas superstitieux, mais je préférais prendre mes précautions.

Elle s'est assise et s'est passé une main blanche dans les cheveux, riant aux éclats. « Vous êtes tous pareils, je te jure. On s'est rencontrés hier soir. Chez Up & Down. Tu m'as dit que tu avais l'impression de me connaître et tu savais que j'étais mannequin. »

J'ai bu d'une traite un verre d'eau et j'ai prié pour que je sois tombé dans les pommes avant qu'il se passe quoi que ce soit. « Melanie, c'est ça ? »

Elle a levé les yeux au ciel. « Lexi.

– Pardon. Je viens de faire un cauchemar. Je suis un peu paumé, là.

– Oui, a-t-elle répondu, remuant dans mes draps de soie comme un serpent au soleil. Tu as parlé dans ton sommeil. Tu as dit "Maman" quelques fois, mais qui est Soraya ? »

Merde. Donc c'était Soraya, la nuit dernière. Certaines nuits, c'était Jason. D'autres, c'était M. Rawlings. Chaque nuit, c'était Maman, ce qui expliquait que je ne reste jamais très longtemps avec une femme. Je détestais leurs questions.

« Personne. Mais écoute, c'était chouette. Il faut que je prenne une douche et que je file au bureau, alors…

– Alors c'est tout ? Tu me jettes déjà dehors ?

– Disons que je te pousse gentiment. » J'ai souri.

« Enfoiré. Tu pourrais au moins me prêter ton chauffeur ?

– Te prêter mon chauffeur ? Tu me prends pour qui ? Tiens, ai-je dit, tapotant sur mon téléphone. Y a un Uber qui arrive dans cinq minutes. »

Elle s'est levée d'un bond, a glissé les bras dans sa robe longue et foncé vers la cuisine. « Alors comment je fais pour t'appeler ? m'a-t-elle demandé, sa main parfaite posée sur la porte de la salle de bains.

– Tu ne m'appelles pas, ai-je dit, fermant la porte.

– J'espère que tu ne traites pas toutes les filles avec qui tu couches comme ça ! » a-t-elle crié en rejoignant l'ascenseur.

« Bonjour, monsieur. À quelle adresse ?

– Sumwun, Chauncey. Merci. Et ne roulez pas trop vite, ai-je dit, absorbé par mon téléphone.

– Non, monsieur. Tout va bien ? Vous avez l'air tendu.

– Tout va bien, Chauncey. Essayons simplement d'arriver chez Sumwun en un morceau. »

J'ai sursauté quand mon téléphone a vibré. C'était Barry.

Tu as trouvé ce SDV ? Ça fait déjà une semaine.

J'y travaille.

À notre arrivée au 3 Park Avenue, j'ai monté les marches sur la pointe des pieds. J'avais un besoin pressant de caféine, mais je ne voulais pas perdre de temps à monter, passer ma commande auprès de Porschia et l'attendre, alors je suis allé directement chez Starbucks.

Brian était derrière la caisse. Le coup de feu du matin venait de se terminer. Au lieu du tablier vert qu'il portait depuis des années, il en portait désormais un noir.

« Merde, Brian, quand est-ce que tu es devenu maître de café ? » J'espérais que la jovialité du ton de ma voix masquerait mon angoisse. Ça faisait des mois que je n'étais pas venu.

« Le mois dernier. » Il faisait tout pour ne pas croiser mon regard. « Jared s'est fait virer pour avoir craché dans le verre des clients, et ils n'avaient personne d'autre.

– Félicitations. Où sont passés Nicole et Carlos ?

– Carlos a disparu il y a deux mois. Je crois qu'il s'est fait arrêter. Et Nicole a accouché il y a quelques semaines et a déménagé dans l'Iowa avec sa femme. »

Il y avait quelque chose de différent chez Brian. Mais je n'étais pas sûr de savoir quoi.

« Tu vas commander quelque chose ? » Il empoignait son tablier noir d'une main et tapotait le comptoir de l'autre comme un télégraphiste en temps de guerre.

« Un Pike Place Roast. »

Il a hoché la tête en direction d'un jeune asiatique, qui s'est immédiatement exécuté. J'ai sorti ma carte, mais il l'a balayée d'un signe de la main. « C'est pour moi, a-t-il dit, sans quitter le sol des yeux.

– Merci. Ça doit te faire plaisir d'être le boss, non ? Personne pour te donner des ordres, et on dirait que tu es entouré de bons soldats.

– Faut croire. J'ai juste écouté ton conseil et décidé de passer ma vie chez Starbucks. Y a pire, je crois.

– C'est vrai », ai-je dit, pris de nausées. Je me suis penché, me tenant le ventre, tâchant de ne pas vomir partout.

« Ça va ? » Il s'est penché par-dessus le comptoir.

J'ai levé la main. « Oui. » En m'agenouillant par terre, j'ai compris ce qui avait changé chez Brian. Il ne criait plus d'obscénités toutes les cinq secondes.

Je me suis relevé et j'ai lissé mon costume. « Qu'est-ce qui s'est passé avec ton syndrome de la Tourette ?

– Je sais pas trop. Mais j'ai commencé une thérapie comportementale il y a quelques mois, je fais aussi de la méditation et je n'ai plus autant de tics qu'avant.

« Merci, Leah, a-t-il dit en prenant mon café des mains d'une jeune fille blanche qui le lui tendait. Tiens.

– Écoute, Brian, ai-je fait. Pardon d'avoir été si dur l'an dernier. J'étais stressé, tu comprends ?

– T'inquiète, Darren. Tu avais raison. J'ai été stupide de croire que je pouvais faire la même chose que toi. J'ai un meilleur salaire qu'avant, et ça ne serait sans doute jamais arrivé si je ne t'avais pas écouté et que je n'avais pas tout fait pour devenir le meilleur barista possible. Alors je crois que je devrais te remercier. »

Merde, je dois vraiment être le meilleur vendeur du monde si j'ai convaincu quelqu'un qu'une existence d'esclave chez Starbucks doit être son ambition ultime. Et si je filais un coup de main à Brian et trouvais le SDV de Barry par la même occasion ?

Lecteur : Gardez toujours les yeux ouverts. Votre prochaine chance pourrait se trouver juste sous votre nez, à vous regarder fixement.

« Mon cul », ai-je dit.

Il m'a enfin regardé. « Hein ? » a-t-il soufflé, l'incompréhension faisant rétrécir les marques de petite vérole qu'il avait autour des yeux.

Je l'ai tiré d'un coup sec par-dessus le comptoir. « Oublie tout ce que je t'ai dit, Brian. J'avais tort, putain. Tu veux toujours apprendre à faire ce que je fais ? »

Il a baissé les yeux vers mes mains – qui lui agrippaient le tablier, la chemise et probablement quelques poils de poitrine – puis les a levés vers moi, écarquillés et pleins d'effroi. Je sentais les battements de son cœur.

« Je ne peux pas faire ce que tu fais, Darren, il m'a répondu, déglutissant avec difficulté. J'ai laissé tomber tout ça. T'avais raison. En plus, c'est pas si mal, ici. C'est comme le numéro 181 de *Green Lantern* quand Hal Jordan prend sa retraite pour de bon.

– On n'est pas dans une histoire de super-héros, putain, Brian. Alors je te repose la question, ai-je dit, concentrant la moindre parcelle de mon pouvoir directement dans le blanc de ses yeux. Est-ce que tu veux apprendre à faire ce que je fais ? À vendre ? Oui ou non ? »

Il s'est gratté la nuque. « Mais comment je pourrais ? »

Je l'ai lâché et j'ai sorti mon téléphone. « Tu as toujours le même numéro ? »

Il a opiné du chef.

« Bon, je viens de t'envoyer par texto ma nouvelle adresse. Sois-y à 18 h 30. Ce soir.

– Pour quoi faire ?

– Prendre une leçon », ai-je dit, et je suis parti.

Après une longue journée de réunions, je suis enfin rentré chez moi.

« Merci, Chauncey, ai-je dit en sortant de la Tesla.

– Bonne soirée, monsieur. À demain. »

J'ai monté les marches, inséré la clé dans la serrure, je m'apprêtais à entrer quand quelqu'un m'a attrapé par le bras.

Ça y est. Voilà ce qui arrive quand on couche avec une Blanche. Je vais mourir. Je me suis retourné tout tremblant et me suis retrouvé nez à nez avec Brian qui portait un trench de cuir noir.

« Putain. Ne me prends plus par surprise comme ça. T'es pas bien ou quoi ? Et pourquoi t'es déguisé en Shaft ?

– Pardon, a-t-il dit, battant en retraite sur les marches. Je t'attendais de l'autre côté de la rue. Tu prends un Uber tous les soirs ?

– Si on veut. Allez, viens. Tu fais sans doute flipper tous les Blancs du quartier rien qu'à être là. »

« Merde, a-t-il fait en sortant de l'ascenseur privatif qui donnait dans mon appartement, la tête montée sur pivot comme celle d'un ado en chaleur au musée du Sexe. C'est à toi, tout ça ?

– Le mobilier, les œuvres d'art et le reste ? Oui. Mais c'est une location. Tu veux un verre ?

– Non, merci, a-t-il dit, s'asseyant avec précaution sur le grand tabouret blanc de l'îlot en marbre.

– Tiens, un Coca. » Je lui ai lancé une cannette fraîche. Elle a atterri par terre derrière lui.

Il s'est levé, a ramassé la cannette. « Pardon.

– Non, arrête ! »

La cannette a émis un sifflement sec et projeté de l'écume marron et sucrée partout sur les murs blancs, les tabourets blancs et le sol blanc. Brian eu l'air d'un chien qui venait de faire ses besoins sur le sol de la cuisine.

« Bon, bon, bon, ai-je dit, me frottant le front. Je vais me changer et toi, tu vas nettoyer ça. Ensuite – je lui ai tendu un rouleau d'essuie-tout – tu iras t'asseoir là-bas. » J'ai montré le canapé blanc du salon face à l'écran plasma. « Et par pitié, Brian, ne touche plus à rien. »

Dix minutes après, je l'ai aperçu assis en tailleur sur le canapé, les yeux fermés, respirant profondément.

« Allons-y, Bouddha. C'est l'heure de la leçon. »

Il a lentement ouvert les yeux. « Par quoi on commence ? »

J'ai déroulé le tableau effaçable que Rhett et moi utilisions le week-end pour nos séances de stratégie et j'ai passé en revue les principes fondamentaux : le rôle d'un SDV, l'anatomie du démarchage téléphonique, les réactions aux objections, et plus encore.

« Des questions ? » lui ai-je demandé, essuyant la sueur de mon front tout en me tournant vers lui. Il était toujours assis en tailleur, gribouillant des notes comme un personnage de cartoon qui fait semblant d'écrire.

Il a secoué la tête.

« Deux heures de cours et zéro question ? Putain, Brian ! Tu m'angoisses, là. »

Il m'a lancé un regard vide, sa main continuant de gribouiller dans son cahier de brouillon. Je me suis approché et le lui ai arraché des mains. Cet enfoiré n'avait rien écrit du tout. Ce n'étaient que des paragraphes de lignes sinueuses, de cercles et autres formes ridicules.

« Brian, ai-je dit, lui balançant le cahier et tâchant de respirer calmement. C'est quoi ce bordel ?

– J'y arrive pas, Darren, a-t-il soufflé, vaincu. Rien – *BITE !* – Pardon, excuse-moi. J'y comprends rien. Tu perds ton temps, je suis vraiment désolé. »

Je ne mentirai pas ; j'avais envie de lui en coller une en pleine poire, à cet enfoiré.

« Pourquoi tu ne m'as rien dit ? Ça fait des heures que je suis là, après une journée de boulot épuisante, et toi tu passes ton temps à gribouiller n'importe quoi juste pour donner le change ? Mais putain, Brian ! »

Il a baissé les yeux vers son cahier. « Je sais, pardon.

– Arrête de dire ça et parle plus fort. Tu réalises tout ce que j'ai à faire ? Je suis là, avec toi, en ce moment, je te consacre du temps.

– Je sais, a-t-il articulé, retenant ses larmes. Je voulais juste que tu croies que j'en étais capable. Pard…

– Ne dis plus ce mot, putain, ai-je lâché, le doigt tendu vers lui. Je ne veux plus jamais t'entendre me dire pardon. C'est une perte de temps pour toi comme pour moi. »

Je me suis assis à côté de lui, et j'ai pris une grande inspiration. C'était le premier soir, et ça ne marchait pas. La menace n'était pas productive avec Brian ; il ferait ce qu'avait fait le type qui s'était carapaté du Coran le premier jour et qu'on n'avait plus jamais revu, alors il fallait que je trouve autre chose.

« Je m'en vais. » Il a décroisé les jambes et s'est levé du canapé.

« Assis », ai-je ordonné, les yeux fermés, passant en revue la liste des possibilités.

Que savais-je de Brian ? Il avait quelques années de plus que moi. Il était du Connecticut. Il bandait pour Donjons & Dragons et les comics. Il n'avait jamais eu de copine mais en voulait une. Il bossait chez Starbucks et s'en sortait bien avec les gens en tête à tête, surtout quand ce qu'il faisait lui plaisait.

« Je sais », ai-je dit. Je me suis levé d'un bond, j'ai pris son manteau et le lui ai lancé.

La solution que j'avais trouvée était si bonne que je ne pus m'empêcher de sourire. « Mets-le.

– D'accord. Merci d'avoir essayé, Darren. C'était sympa. À la prochaine. » Il a enfilé son manteau et pris son sac.

« Quoi ? Non. J'ai une idée, une façon de te faire entrer tout ça dans la caboche. Mais ça ne va pas être agréable. T'es partant ?

– Oui.

– Bon. Je veux que tu entres dans chaque épicerie d'ici à la 1re Rue. Tu vas essayer de leur vendre un abonnement à une revue.

– Tu possèdes une revue ? Je savais pas.

– Mais non, imbécile. C'est ça le truc. Tu vas leur vendre un abonnement à une revue qui n'existe pas. Le but, c'est de convaincre le plus grand nombre possible de te donner de quoi payer un an d'abonnement. »

Son sourire de traviole a eu vite fait de disparaître. « Je sais pas trop, Darren. Ça semble illégal. C'est de la fraude.

– Ça, je m'en occupe, ai-je dit, le poussant vers l'ascenseur. On peut rendre l'argent demain, si tu veux. L'idée, c'est que tu t'habitues à vendre quelque chose, et il n'y a pas meilleure façon de convaincre un inconnu d'acheter quelque chose dont il n'a jamais entendu parler que par une soirée froide en tête à tête.

– Et d'abord, quel titre je dois lui donner, à cette revue ?

– Mmh, bonne question. Baptisons-la… *Blackface.*

– Ça parle de quoi ?

– Oh, tu sais, ai-je dit, lui massant les épaules. La même chose que la plupart des revues. De chefs blancs qui s'approprient les recettes des Noirs, de musiciens blancs qui s'approprient la musique des Noirs, de stylistes blancs qui s'approprient la mode des Noirs, etc. Fais preuve d'imagination. Et en cas de refus, insiste. C'est un ordre de sensei Buck.

– Sensei Buck, je ne sais pas si…

– VAS-Y ! » ai-je crié, appuyant sur le bouton de l'ascenseur, puis souriant tout seul tandis qu'il descendait dans les profondeurs glacées de New York.

Une heure est passée, et je me disais qu'il s'en sortait bien, discutant sans doute avec les épiciers, les délestant de leur argent, les prenant pour les pigeons qu'ils étaient. Et puis une autre heure est passée, et je lui ai envoyé un texto. Tout va bien ?

Pas de réponse. J'ai commencé à m'inquiéter, ce qui m'a rappelé toutes les fois où Maman m'envoyait des textos quand la batterie de mon téléphone était morte, et que je tombais sur elle à la cuisine, tard dans la nuit, attendant d'être sûre que je rentrais sans encombre. « Darren Vender, me disait-elle, tu as déjà entendu parler des chargeurs ? » J'ai dégluti et chassé le souvenir de mon esprit.

Une demi-heure plus tard, on a sonné à l'interphone. « Qui est là ?

– Moi. » Il avait l'air essoufflé.

Quand les portes de l'ascenseur se sont ouvertes, Brian en est sorti en titubant, du sang sur sa lèvre fendue et une paupière aussi gonflée qu'un ballon de la parade de Macy's à Thanksgiving.

« Mais putain, qu'est-ce qu'il t'est arrivé ? lui ai-je demandé, le soutenant jusqu'au salon. T'as pas intérêt à mettre du sang sur mon canapé. »

Il a retiré ses chaussures et a renversé sa tête sur un coussin. « T'aurais pas un steak ?

– Un steak ? Tu me prends pour qui ? » Je suis allé vers le frigo et son freezer plein de porc sans porc.

« Merci, a-t-il dit en appliquant un morceau sur son œil enflé.

– Bon, raconte ce qui s'est passé.

– Bah, j'ai fait ce que tu m'as dit. J'ai commencé par une épicerie dans la 14ᵉ, et le proprio m'a dit qu'il parlait pas très bien anglais. Il croyait que je lui demandais une coque noire pour iPhone, alors je suis parti. Ensuite, dans la suivante, le proprio, un hispanique, avait l'air curieux, mais une dispute a éclaté entre deux clients et il a sorti un couteau, alors j'ai foutu le camp. J'ai pensé y retourner, mais il avait l'air sur les nerfs. Dans la troisième, je suis tombé sur une Indienne qui n'arrêtait pas de dire : "*Blackface* ? Comment ça, *Blackface* ? Je suis bronzée, pas noire ! Quand vous aurez une revue qui s'appelle *Bronzé*, j'achèterai. Dehors."

« J'ai continué, je me suis payé une part de pizza parce que j'avais la dalle, et puis je me suis arrêté à l'épicerie de la 5ᵉ. Y avait un Noir derrière la caisse, alors je me suis dit que c'était la bonne.

Quand je lui ai parlé de la revue, et de ce qu'il y avait dedans, il m'a regardé comme si j'étais cinglé et m'a demandé de partir. Mais comme tu m'as dit qu'en cas de refus, il fallait que j'insiste, je lui ai dit que je ne partais pas tant qu'il ne s'abonnait pas pour un an. Et là, il s'est penché par-dessus le comptoir et m'en a collé une dans l'œil. Je suis tombé à la renverse, et là, il m'en a collé une autre sur la lèvre et m'a dit que si l'Oncle Tom que j'étais ne se cassait pas tout de suite, il allait me lyncher. »

Le faux porc se décongelait dans sa main, de l'eau coulait.

« Donc, ai-je commencé doucement, me couvrant le visage, t'es en train de me dire que t'as pas vendu un seul putain d'abonnement de toute la soirée ? Et que tout ce que t'as récolté, c'est un œil au beurre noir ? Merde, Brian. T'as rien appris, ce soir ? Rien du tout, putain ? »

Il s'est redressé, m'a souri, le sang séché formant une croûte marron autour de sa bouche enflée comme après une injection de collagène qui aurait mal tourné. « Je crois… Je crois que j'ai appris que personne ne pourra jamais m'en coller une au téléphone, et que la vente en ligne sera beaucoup plus facile que ça. »

J'ai relevé la tête et l'ai dévisagé. Il avait raison et avait tiré un enseignement de cette leçon de vente, après tout. J'ai posé les pieds sur la table basse en chêne et hoché la tête. « Exactement, petit scarabée. Je ne savais pas si tu allais piger, mais si. Et maintenant dégage, et reviens demain à 18 h 30 tapantes. »

22

Quand la voiture s'est garée devant chez moi le soir suivant, j'ai vu Brian assis sur les marches, grelottant et regardant par-dessus son épaule comme s'il allait avoir des ennuis du seul fait d'être là. En toute franchise, ça ne m'aurait pas étonné qu'un de mes voisins appelle les flics pour signaler une « présence suspecte ».

« Ouaiiis ! » ai-je crié depuis la Tesla. Les basses de « Swimming Pools » de Kendrick Lamar secouaient la voiture. Brian a lancé un regard de côté, méfiant. J'écoutais le refrain, tâchant de savoir si le plan que j'avais pour la soirée était une bonne idée ou pas.

« Baissez le son, Chauncey ! ai-je crié. Yo, Brian. Monte, putain. Tu vois pas que c'est moi ? »

Il a levé les yeux, descendu les marches et s'est approché de la voiture. « Non, si, je savais que c'était toi. T'avais l'air de t'amuser, c'est tout.

– Je m'amusais, oui, et on va bientôt s'amuser encore plus. Monte avant que Chauncey ne descende t'ouvrir la portière. Il fait plus froid que dans le congélo de Jeffrey Dahmer. »

Il est monté à contrecœur, s'est assis à côté de moi.

« Bonjour, a dit Chauncey, accueillant Brian avec son grand sourire ivoire. Enchanté.

– De même. Je dois dire – il s'est marré – que c'est l'Uber le plus classe que j'aie jamais vu.

– Parce que ce n'est pas un Uber », ai-je répondu, tapotant l'épaule de Chauncey. On a pris la direction de la 3e Avenue.

« Alors, a dit Chauncey, regardant dans le rétro. À quelle adresse, monsieur ?

– Au Belfry, s'il vous plaît. C'est dans la 14e, entre la 2e et la 3e.

– Bien, monsieur. »

J'ai agrippé la cuisse de Brian, qui a sursauté. « Relax. Comment s'est passée ta journée ? On t'a encore joué des mauvais tours chez Starbucks ?

– Comme d'hab », a-t-il dit. Son œil au beurre noir était encore plus noir et brillait comme une boule de bowling tout juste astiquée. « C'est quoi, le Belfry ? Je croyais qu'on allait continuer notre formation à la vente.

– Oui. Mais pas chez moi. La méthode façon *Good Will Hunting* avec le tableau blanc ne marche pas, et même si tu as gagné un beau coquard hier soir, ai-je dit, tapotant la poche qu'il avait sous l'œil, l'expérience sur le terrain a été efficace. »

Il a regardé droit devant, s'est tenu les genoux, et sa pomme d'Adam a oscillé dans sa gorge.

À notre arrivée, je suis descendu et lui ai tenu la porte ouverte, mais il restait collé à son siège. « Après toi.

– On dirait que c'est un bar, a-t-il dit.

– Très perspicace, Brian. À ce rythme, tu vas devenir un maître de la vente en un rien de temps.

– Pourquoi… pourquoi on va dans un bar, Darren ?

– Viens et tu verras. Et arrête de m'appeler Darren. Je m'appelle Buck, désormais. »

Il m'a dévisagé comme un animal pris au piège, ses yeux écarquillés pleins d'effroi. Comme le méchant de service dans une de ces vidéos militantes des associations de défense des animaux, je me suis penché et l'ai violemment tiré dehors, le faisant trébucher et tomber sur le trottoir.

Quand Chauncey a démarré, Brian a suivi la Tesla du regard avec une évidente tristesse. « Lève-toi », ai-je dit en lui tendant la main.

Le bar avait quelque chose d'un saloon à l'ancienne. Un éclairage tamisé, des tables en bois rondes et basses, la lumière tremblotante des bougies, les murs de brique et des lanternes suspendues au plafond jusqu'au fond de la salle, où des néo-yuppies se gorgeaient de pickles, de bière artisanale et de la possibilité de s'envoyer en l'air.

« Qu'est-ce qu'on fait là ? m'a demandé Brian en regardant autour de lui comme s'il n'avait jamais mis les pieds dans un bar.

– Relax. On va juste boire un verre et s'éclater. Plus tu seras raide, pire ce sera. Deux Delirium Tremens », ai-je dit à l'Asiatique corpulente derrière le bar.

Elle a dévisagé Brian, qui avait l'air d'être sur le point de vomir, puis moi, et a demandé : « Vous êtes sûr ?

– Sûr et certain.

– Darren, enfin… Buck, dis-moi ce qu'on fait là, s'il te plaît. J'ai l'impression que je vais encore m'en prendre une dans la gueule.

– D'abord, santé », ai-je commencé en lui souriant et en levant ma bière.

On a trinqué et j'ai bu la moitié de la mienne d'une traite. Brian a avalé une petite gorgée du bout des lèvres et a reposé sa bière sur son sous-verre en liège d'une main tremblante, comme s'il avait besoin d'un shoot.

« On est là, ai-je dit, montrant la salle du doigt, pour… elle. » J'ai arrêté mon doigt sur une fille ethniquement ambiguë, pommettes saillantes, beau sourire, cheveux frisés, et teint olive qui luisait à la lumière des bougies. Elle valait, sans le moindre doute, un bon 10/10. Et elle était seule.

Brian s'est tourné vers moi et a avalé une bonne gorgée de bière. « Euh, c'est une copine à toi ? »

J'ai ri et secoué la tête.

« Tu vas faire affaire avec elle ? »

J'ai de nouveau secoué la tête.

« C'est pas ce que je crois, hein, Buck ? »

J'ai quitté la fille des yeux pour regarder Brian, lui posant la main sur l'épaule. « Si, Brian. Tu vas la séduire. »

Il m'a dévisagé comme si je venais de lui parler dans une langue étrangère et qu'il ignorait si je venais de lui faire un compliment sur son physique ou d'insulter sa mère. Au bout d'une seconde, il a décidé que c'était ce dernier cas. « Non, pas question. Je vais pas me péter la honte, Buck.

– T'as raison, c'est pas ce que tu vas faire. Tant que tu respectes mes consignes. »

Il a écarté les bras pour me montrer la salle. « Tes consignes ? Regarde-moi. Regarde-moi bien. Je porte un vieux sweat à capuche, un jean délavé, un t-shirt déchiré, et une paire de vieilles Converse.

– Alors fais comme chez toi, vieux. Regarde autour de toi. Tout le monde est habillé exactement comme toi. »

Il a regardé la salle, a pris une serviette et a essuyé la sueur de son front. « Peu importe. C'est trop. À quoi bon ? Je croyais que tu allais m'apprendre des techniques de vente. »

Lecteur : Regardez bien et prenez des notes. La vente n'est pas une question de talent, mais d'obstacles à surmonter, à commencer par ses propres réticences.

« Mais c'est ça, la vente, Brian. Tu crois qu'il suffit d'appeler des inconnus pour qu'ils t'accordent leur attention ? Il faut que tu apprennes à construire une relation, à pousser les gens à la confidence, à susciter leur intérêt.

– Et comment je suis censé faire ça ? » Il a vidé son verre et l'a levé pour le montrer à la barmaid.

« En les désarmant et en trouvant le plus vite possible les points communs que tu as avec eux. La plus sûre façon d'y parvenir est de la faire parler en lui posant des questions génériques. Comme : "Qu'est-ce qui vous amène ici ?", "D'où êtes-vous ?", "Oh, joli tatouage. Qu'est-ce que ça représente ?". N'importe quoi, mon vieux. Sois créatif. Tant que tu n'es pas ennuyeux. »

Il a pris sa deuxième pinte et en a avalé la moitié, tremblant comme s'il était visiblement la seule personne de la salle à sentir un séisme. « Tu m'as vu ? a-t-il dit, croisant mon regard.

– On en a déjà discuté. Tes fringues sont très bien.

– Non, Buck. Je veux dire, ma tête. C'est dégoûtant. »

J'ai respiré un grand coup. « Ne dis jamais ça, Brian. Ne dis jamais que tu es dégoûtant, putain. C'est compris ? »

Il a porté son verre à la bouche, et je l'ai pris par le poignet avant qu'il ne le vide.

« Tu sais combien de personnes tueraient dans le monde, ou même dans ce putain de pays, pour mener la vie que tu mènes ? Pour être en bonne santé et libre ? Combien de personnes, de Noirs, il y a seulement cinquante ans, n'auraient jamais cru qu'on puisse être un jour dans ce bar, pour boire des verres entourés de Blancs ? »

J'ai pensé à M. Rawlings. C'était le genre de choses qu'il disait.

« Je sais, mais…

– Mais rien, putain, Brian. Rien de ce que tu diras ne justifie que tu te rabaisses. Qu'à cause de quelques boutons d'acné, tu n'as pas le droit d'être heureux. Que tu devrais avoir peur de parler à une fille pareille. Alors ne dis plus jamais ça. Parce que, sinon, je n'arrêterai pas seulement de t'accorder mon temps, mais je te jure que je te ferai un autre œil au beurre noir. Et maintenant va parler à cette fille et reviens avec son numéro. »

Sans un mot, les mains toujours tremblantes, il s'est levé et s'est lentement approché d'elle.

« Merde alors, a dit la barmaid derrière moi. Vous êtes une espèce de Tony Robbins blanc, c'est ça ? Vous croyez qu'il va y arriver ?

– Je vous parie une tournée que oui, ai-je dit.

– Et s'il se prend un râteau ?

– Alors je vous invite à dîner.

– Marché conclu. »

Brian a tapoté l'épaule de la fille. Et quand elle s'est retournée et lui a souri, la tension dans ses épaules s'est un peu relâchée, et il s'est assis avec précaution. Son visage ne donnait plus l'impression d'avoir été cryogénisé, il s'est fendu d'un sourire, puis d'un rire, suivi d'un sourcil levé, d'un sourire en coin et, je déconne pas, d'un beau clin d'œil.

« On dirait que votre frère fait un malheur, a dit la barmaid. Je vais finir par vous l'offrir, cette tournée.

– C'est pas mon frère », ai-je répondu. Mais, je ne vais pas mentir, j'avais l'impression d'être un bon prof.

La fille a fait glisser un ongle vernis sur le poignet de Brian, et c'est là que je l'ai vu conclure. Il a sorti son téléphone, le lui a tendu, et le visage de la fille a brillé dans la lumière de la bougie pendant qu'elle tapait son nom et son numéro. Une seconde après, il s'est penché en avant, et ils se sont fait la bise. Puis il s'est levé et il est revenu vers le bar en flottant, avec un sourire béat qui lui donnait l'air d'un tigre sous sédatif dans un zoo thaïlandais.

« Alors ?

– Yooooo, a-t-il murmuré, les yeux lui sortant des orbites comme deux boules de coton mouillé.

– Reste cool, vieux, reste cool. Qu'est-ce qui s'est passé ? »

Hilare, il s'est gratté la nuque. « Chais pas trop, Buck, très franchement. Je me suis approché, et elle m'a dit que je pouvais m'asseoir parce que ses amis l'avaient plantée là. J'ai remarqué qu'elle parlait avec l'accent français, et comme j'ai fait un peu de français au bahut, on a discuté. C'est une jeune fille au pair. Et là elle m'a dit que je ressemblais à Seal en plus jeune, j'ai pas trop compris, mais j'ai laissé pisser, et on a continué à parler jusqu'à ce que… – il a bu une gorgée d'eau du verre que la barmaid lui avait servi – je sorte mon téléphone et qu'on échange nos numéros !

– Ouais, putain. Tu vois ? Je t'avais dit que t'en étais capable. » On s'est tapé dans le poing sous le bar. « À propos, Seal c'est un chanteur.

– Ah, et il est beau gosse ?

– C'est le mari de Heidi Klum. Mais rappelle-toi, la vente, c'est pas une question d'apparence. C'est une question de confiance en soi. »

Il a poussé un soupir de soulagement. « D'accord, mais c'est quand même cool. Donc je lui plais. C'est dingue. On peut faire ça tous les soirs ? »

J'ai éclaté de rire et lui ai tapé dans le dos. « Ça devient ennuyeux au bout d'un moment. Mais oui, on peut recommencer. Une fois que ta formation sera terminée. »

Il est allé aux toilettes, et la barmaid m'a servi le shot que j'avais bien mérité. « Dommage que vous ne m'invitiez pas à dîner », m'a-t-elle dit, faisant la moue.

J'ai levé mon verre dans sa direction. « Je crois qu'on peut arranger ça.

– À votre frère qui vient de choper sa première fille, a-t-elle dit, trinquant avec moi.

– C'est pas mon… » Je me suis tourné vers l'autre bout de la salle et l'ai regardé s'essuyer les mains sur son jean et revenir vers nous comme un homme nouveau – comme s'il venait de comprendre qu'il méritait d'être heureux.

« Oh, et puis merde, ai-je dit, sifflant le shot. À la tienne, mon frère. »

23

La vibration m'a réveillé. Sans ouvrir les yeux, j'ai pris mon téléphone et j'ai décroché. « Allô ? »

C'était Rhett. À 6 heures du mat'. Il m'a dit de le retrouver à la cafétéria au coin de la 17e et de la 7e dans une heure. Rien de plus, aucune explication.

Après avoir foutu dehors la barmaid du Belfry et avoir avalé un demi-litre de Pedialyte goût chewing-gum, j'ai été amené à bon port par Chauncey.

Quand j'ai ouvert la porte du vestibule marron de la cafétéria, je suis tombé sur une file de drag-queens flamboyants en talons hauts, manteau de fourrure et perruque. L'un d'eux s'est retourné et m'a regardé de la tête aux pieds. « T'es un vrai chou, toi.

– Chuis pas d'humeur. » Je suis passé devant eux et l'hôtesse d'accueil au teint de porcelaine, et j'ai aperçu Rhett, assis au fond en col roulé beige, qui faisait défiler l'écran de son téléphone.

« Qu'est-ce qui se passe, ici ? »

Il a posé son téléphone et levé les yeux vers moi. « Que veux-tu dire ?

– Regarde autour de toi. On croirait que toute la clientèle vient de passer la nuit en boîte.

– C'est exactement ça, a-t-il répondu, impassible. Ce lieu est ouvert 24 h/24 et attire une certaine clientèle. Chic, belle, fabuleuse. Tu vois, quoi.

– Oui, je vois. » J'ai pris les pancakes citron ricotta et le smoothie vert, dans l'espoir qu'ils me tiennent au ventre. Rhett a commandé les œufs à la truffe.

Une fois que la serveuse au physique de mannequin nous a laissés, nous avons gardé le silence. J'avais les mains moites, les jambes qui tremblaient, et aucune quantité d'eau n'aurait pu m'empêcher d'avoir la bouche sèche. J'entendais les veines pulser sous mon crâne à cause de la débauche de cocktails de la veille, et j'avais l'impression que j'allais faire une crise cardiaque ici même, à l'âge de vingt-trois ans. Rhett me dévisageait.

« Bon, ai-je commencé, reposant mon verre d'eau sur la table d'une main tremblante. Par pitié, si tu as quelque chose à me dire, dis-le. J'en peux plus, là. J'ai l'impression que tu vas lâcher une bombe. Crache le morceau.

– Une bombe ? a-t-il fait, dépliant sa serviette sur ses genoux. Je ne vois pas de quoi tu parles.

– Arrête, ai-je dit, comme un junkie suppliant un revendeur. Assez joué.

– Je ne joue pas. Je ne vois toujours pas de quoi tu parles, Buck. Tu vas bien ? »

J'ai porté le verre d'eau glacée à mes lèvres, mais il m'a échappé et il est tombé, s'écrasant en mille morceaux comme de la glace. « Merde, pardon. » Je me suis penché pour ramasser quand un serveur est sorti de nulle part avec une serpillière et une pelle, avant d'aller me chercher un autre verre.

J'ai fermé les yeux et tâché de calmer le martèlement sous mon crâne.

Rhett a ri. « Détends-toi, Buck. Écoute, j'ai réfléchi à l'équipe de vendeurs. Depuis que Clyde est parti, ce n'est plus la même chose. Charlie est dépassé et l'équipe ne le prend pas au sérieux en tant que chef. La société se porte bien, mieux que jamais, mais on ne grandit pas aussi vite que je le voudrais.

– D'accord », ai-je dit, tandis que la serveuse déposait les assiettes fumantes devant nous. J'ai inhalé la chaleur des vapeurs, dans l'espoir qu'elles me calment. « Et donc ? »

Il a enfourné une bouchée d'œufs.

« Il y a quelque chose qui t'inquiète ? lui ai-je demandé.

– Il y a beaucoup de choses qui m'inquiètent. Ce que va faire Clyde, par exemple. Il a un bon réseau et il est en colère. Il ne répond même pas à mes textos ni à mes appels. Et on sait tous qu'il est rancunier.

– Je ne comprends pas, ai-je dit en avalant mon smoothie. Quel rapport avec Charlie ? Ou l'équipe de vendeurs ?

– Ça a créé un vide, de toute évidence. Et je veux résoudre ça le plus vite possible.

– Dans ce cas pourquoi ne pas démettre Charlie de ses fonctions et le remplacer par un nouveau CC ?

– Je vais démettre Charlie et le remplacer par un nouveau CC.

– Parfait. Par qui ?

– Toi, a-t-il dit, souriant enfin. Je veux que tu sois notre nouveau directeur des ventes. »

Je me suis étranglé avec le mélange de pancakes et de smoothie. Quand j'ai enfin réussi à respirer, j'ai répondu : « C'est absurde, Rhett. Ça ne fait même pas un an que je suis arrivé. Personne ne me respectera.

– Tu as fait plus en moins d'un an que la plupart des gens durant toute leur carrière professionnelle, Buck. Et non seulement tous les CC te respectent, mais tu les inspires. Et puis, ils sont tous impatients de profiter d'une partie du réseau que tu t'es créé avec Barry.

– Qu'est-ce que tu en sais ?

– J'en ai déjà parlé avec tout le monde. Quand tu arriveras au bureau aujourd'hui, tu seras le plus jeune directeur des ventes de New York, voire des États-Unis. Du moins, c'est ce que disent *BuzzFeed* et le *Huffington Post.* »

Ma migraine et le sentiment de ma mort imminente sont lentement réapparus. J'ai bu un peu de smoothie. « Pourquoi diraient-ils ça ou quoi que ce soit d'autre, Rhett ? »

Il m'a fait un clin d'œil et a souri en coin comme un bandit. « Parce qu'on leur a envoyé un communiqué de presse hier soir. La nouvelle vient de tomber ! a-t-il déclaré, me tendant les mains.

– Rhett, je sais pas trop. C'est juste que…

– Que quoi ? N'importe qui d'autre serait prêt à tuer pour être à ta place, Buck. Je croyais que tu serais plus reconnaissant. »

J'ai dégluti. « Je le suis, Rhett. Vraiment, mais…

– Mais quoi, putain ? J'en crois pas mes oreilles. Pourquoi faut-il toujours que j'insiste pour que tu acceptes une occasion en or ?

Tu te crois trop bien pour ça ? Pour nous ? Tu veux lancer ta propre boîte, c'est ça ?

– Quoi ? Non. Qu'est-ce que tu racontes ?

– Tu sais, Buck. Peut-être que Clyde avait raison. Peut-être que j'ai misé sur le mauvais cheval et que tu n'es pas fait pour ça. Peut-être ai-je eu tort de croire que tu t'intéressais encore à la société, ou à moi. »

La serveuse s'est approchée et a rempli nos verres. « Je peux vous apporter autre chose ? Du café ? Du thé ? Il est déjà 8 heures passées, peut-être un mimosa ?

– Non, merci, ai-je répondu, me forçant à sourire.

– L'addition, s'il vous plaît », a demandé Rhett.

On a gardé le silence, pendant que le préposé débarrassait la table. Rhett a pris l'addition, et nous avons enfilé nos manteaux et nos gants en silence. Une fois dehors, j'ai vu que Chauncey m'attendait de l'autre côté de la 7e.

Je me suis tourné vers Rhett, qui a lentement exhalé un panache d'haleine dans l'air froid. « Je te dépose ? ai-je proposé.

– Je préfère marcher.

– D'accord. À tout à l'heure au bureau. »

Je me suis engagé sur le passage piéton, et j'ai senti une main ferme sur mon poignet. Quand je me suis retourné, j'ai vu Rhett, tout tremblant comme s'il était au bord des larmes.

« Je pensais vraiment ce que j'ai dit, Buck. Que ça te plaise ou pas, quand tu arriveras au bureau, tu seras le nouveau directeur des ventes de Sumwun, et tu consacreras plus de temps et d'attention à la société. C'est la moindre des choses après ce que j'ai fait pour toi. Après t'avoir préféré à Clyde. Compris ? »

J'ai regardé ses phalanges blanches resserrer leur prise autour de mon poignet, qui me brûlait dans le froid de l'hiver finissant. « Oui, pardon. Et merci d'être toujours là pour moi, Rhett. »

On a sonné à l'interphone. Je me suis levé du canapé. La sonnerie a repris, longue et insupportable. Il était 18 h 30, je me suis dit que c'était Brian et je l'ai fait monter sans regarder.

Il y avait aussi Barry qui tourmentait mon téléphone.

Tu as trouvé le SDV ? ;)

Presque, ai-je répondu. Pas sûr de comprendre ce que ça a de si important.

Ne t'inquiète pas pour ça. Mais ne rate pas ton coup. Sinon, c'est fini.

Quand les portes de l'ascenseur se sont ouvertes, j'ai passé la tête à l'intérieur et dit : « C'est quoi ton problème, putain ? » J'ai vu Brian, mais j'ai aussi vu la tête d'une jeune Noire. Elle portait un blouson de cuir noir et avait une coupe pixie, des écarteurs noirs aux oreilles, et un piercing nasal en forme d'anneau, comme les taureaux.

« Tu fais plus grand à la télé », m'a-t-elle dit, mains sur les hanches et visiblement déçue.

Je me suis tourné vers Brian. « C'est qui, ça ?

– Je suis là », a-t-elle dit, m'écartant du bras pour entrer dans l'appartement. Elle a retiré son blouson et j'ai vu des tatouages sur toute la longueur de ses bras. « Si tu veux savoir qui je suis, pourquoi c'est à lui que tu poses la question ? T'as sans doute pas l'habitude des femmes qui prennent la parole, mais je peux t'assurer que je suis capable de le faire.

– Brian, ai-je murmuré, regardant par-dessus mon épaule pour vérifier qu'elle ne volait rien, c'est qui, ça ?

– Euh, c'est Rose Butler.

– Mais encore ? ai-je rétorqué en plissant les yeux.

– On joue ensemble au poker. En général, le mercredi. Quand je lui ai dit que je ne pouvais pas venir, elle m'a demandé pourquoi, et je lui ai dit.

– Et alors ?

– Et alors elle a dit que ça avait l'air sympa. Qu'elle t'avait vu à la télé et voulait te rencontrer… pour voir ce que tu pouvais lui apprendre. »

Je l'ai attrapé par le col et l'ai tiré de l'ascenseur. « T'es pas bien, putain ? Tu crois que tu peux rappliquer comme ça avec quelqu'un ? Que c'est une sorte de jeu ? Et je savais pas que tu jouais au poker, ni que t'avais de l'argent pour ça.

– Il en a pas, est-elle intervenue, prenant un Perrier dans le frigo, le décapsulant. Il faut que je lui avance de l'argent vu que je l'ai plumé le mois dernier. Ça a l'air classe, ce truc, c'est français ?

– Pose ça », ai-je ordonné. Elle en a bu la moitié puis a posé la bouteille sur la paillasse avant de s'affaler sur le canapé et de poser ses bottines en cuir sales sur ma table basse blanche en chêne.

« Désolé, a dit Brian, avec son expression de chiot maltraité. Elle nous embêtera pas, promis. Je lui ai dit que c'était du sérieux.

– N'invite plus jamais personne ici. Compris ? »

Sans quitter le sol des yeux, il a fait oui de la tête.

J'ai regardé dans la pièce. Elle plantait les talons dans la table basse, faisant des taches que je n'arriverais sans doute jamais à nettoyer. Je me suis rué sur elle et j'ai tapé dans ses pieds. « Dégage. Je te connais pas, et j'ai pas envie de te connaître. En plus, tu détruis mes meubles.

– Oh, comme ça ? a-t-elle fait, balançant les pieds au-dessus du canapé, les laissant en suspens.

– Ne t'avise pas de faire ça. Je te préviens. Si tu laisses une seule trace sur le canapé, j'appelle les flics.

– T'as le choix, Buckaroo. Soit tu me permets de rester et je laisse ton canapé blanc et joli comme les femmes qui te plaisent, probablement, soit tu me fous dehors et j'enfonce mes bottines boueuses dans les coussins avant que tu aies le temps de me virer. Qu'est-ce que ce sera ? »

Je me suis tourné vers Brian l'air ahuri. Il s'est contenté de hausser les épaules. *C'est qui celle-là, putain ? Et pourquoi elle a plus de couilles que moi ?*

« D'accord, je t'autorise à rester à une condition. »

Elle a posé les pieds par terre et j'ai senti le soulagement me submerger. « Quoi ?

– On fait un jeu de rôle. Si tu tiens plus d'une minute, tu restes. Sinon, tu pars. Ça te va ?

– OK, mais quel genre de jeu de rôle ? Le docteur et sa patiente ? Le flic et la voleuse ? Ou une hôtesse du téléphone rose, le genre de truc qui fait sans doute fantasmer les tordus de ton espèce ? »

Je sentais que je commençais à m'énerver. « Quoi ? Non. C'est la base des techniques de vente. Il faut que tu essaies de me vendre quelque chose ou au moins me garder au bout du fil.

– Et qu'est-ce que je te vends ? »

Je me suis creusé la cervelle pour trouver un truc invendable, qui me permettrait de me débarrasser d'elle le plus vite possible. « Bon, j'ai trouvé. Tu me vends un gode. »

Elle a renversé la tête en arrière sur le dossier du canapé, et a lâché un grand éclat de rire. « Un gode ? T'es sérieux ? Je me doutais pas que c'était ton truc. On dirait qu'on a plus de points communs que je croyais.

– C'est pas mon truc, espèce de demeurée. Justement. Maintenant, fais “dring dring” et appelle-moi.

– Tout ce que tu veux, Buckaroo. Dring dring.

– Allô, Buck à l'appareil.

– Bonsoir, Buck ! Je m'appelle Rose, de chez Diamant Gode. Comment allez-vous ?

– Diamant Gode ? Je crois que vous vous trompez de numéro.

– Pas de souci ! a-t-elle dit, souriant les yeux fermés. Ça arrive. Mais puisque je vous ai en cette belle soirée d'hiver new-yorkaise, discutons un peu. Je suis sûre que vous avez quelques secondes à accorder à une nouvelle amie. Comment se passe votre soirée ?

– Pas terrible, ai-je répondu. J'ai une invitée inattendue dont j'essaie de me débarrasser.

– Oh, bou-hou. » Elle mimait un clown triste. « C'est pas marrant. Je serai brève. Vous avez une copine ?

– Non.

– Vous couchez avec des filles ?

– Évidemment, quelle question !

– Une bonne question, faites-moi confiance. Vous préférez les hommes, les femmes, ou les deux, comme moi ?

– Les femmes, ai-je répondu fermement, sans trop savoir où elle voulait en venir.

– Vous diriez que vous leur procurez un orgasme à chaque fois ? Que vous êtes un pro ?

– Oui, je dirais que je suis plus doué que la moyenne.

– C'est ce que prétendent la plupart des hommes, Buck, mais savez-vous combien de femmes feignent l'orgasme ? Rien que pour s'en débarrasser ?

– Non, ai-je fait, sincèrement intéressé et un peu tendu. Combien ?

– Devinez.

– Je ne sais pas, trois sur dix ?

– Plus que ça, a-t-elle dit, levant les yeux du canapé, me souriant d'un air malicieux.

– Cinq sur dix ?

– Plus que ça.

– Sept sur dix ?

– Vous y êtes presque. Tout près, je le sens. Presque.

– Huit sur dix ?

– Ding, ding, ding ! Exactement, Buckaroo. 80 % des femmes feignent l'orgasme, voilà pourquoi Diamant Gode existe. Nos godes garantissent une augmentation du nombre d'orgasmes authentiques que vous procurerez aux femmes, vous ne laisserez plus rien au hasard. »

Je suis allé à la cuisine me chercher un verre d'eau. Je mourais soudain de soif, et cette petite me faisait transpirer, putain, mais je ne pouvais pas le lui montrer.

« Je suis un homme, ai-je dit depuis la cuisine. Pourquoi j'aurais besoin d'un gode ?

– Pourquoi pas ? m'a-t-elle demandé en se levant.

– Parce que je suis capable de faire jouir une femme tout seul, merci.

– Vous pouvez vous mentir à vous-même, a-t-elle déclaré en éclatant de rire. Mais les chiffres, eux, ne mentent pas. Vous êtes si complexé que vous avez peur d'un petit gode en verre soufflé à la main ?

– Bien sûr que non.

– Alors de quoi vous avez peur ? Pourquoi ne pas penser à votre partenaire ? Au plaisir de votre partenaire plutôt qu'au vôtre ?

– Bon ! ai-je crié en claquant la porte du frigo. Je vous en achète un si vous raccrochez, putain ! »

Elle m'a souri, découvrant une rangée de dents blanches bien alignées. « Tout ce qu'il me faut, c'est votre numéro de carte bleue et une adresse pour vous envoyer l'article par la poste. Vous avez fait le choix de la générosité et de la sagesse, monsieur. »

Je me suis affalé sur le canapé, et elle a fait une petite révérence, me tapotant le crâne avant de s'asseoir à côté de moi. « Alors ? je peux rester ?

– Comme tu veux. »

Brian était assis dans un coin, bouche bée, comme s'il venait de voir Superman se faire tabasser par un pékin entre deux âges. « Mmh, et maintenant ? » a-t-il demandé.

J'ai fermé les yeux et pensé à une dizaine de trucs sadiques que je pourrais leur faire faire tout en leur apprenant des techniques de vente, bien sûr. Je pouvais tenter une nouvelle fois de leur faire vendre *Blackface*, mais à Harlem, cette fois. Mais je voulais quelque chose de plus amusant, qui me fasse rire, surtout depuis que cette nana venait de réussir son jeu de rôle du premier coup.

« Danser, ai-je dit, ricanant comme un sociopathe. On va danser. »

« Alors on va dans quelle boîte ? a gueulé Rose, l'excitation lui recouvrant le visage comme un masque au concombre. J'espère qu'on me laissera entrer avec mes bottines crades. »

Sur le quai de la station de métro Union Square, je ne pouvais pas m'empêcher de sourire. Des rames bondées passaient en direction du nord et du sud, les banlieusards poussant pour monter ou descendre, tels des spermatozoïdes désespérés.

« Ça fait un quart d'heure qu'on est là, Buck, a crié Brian dans le fracas métallique. On n'est pas censés monter dans une rame ? »

J'en ai encore laissé passer quelques-unes jusqu'à ce qu'elles se vident. Et puis, quand un métro de la ligne 6 direction Uptown s'est arrêté et que la partie métallique et amovible du quai s'est automatiquement déployée pour combler l'espace entre le quai et la rame, je les ai poussés à bord.

« Uptown ? a fait Rose, déboussolée. Je croyais que toutes les boîtes branchées étaient à Chelsea ou à Meatpacking District. On n'est pas censés prendre la ligne L ?

– Tu vois, tu aurais raison si on allait dans une de ces boîtes-là. Mais celle où je vous emmène est beaucoup moins loin que vous le pensez.

– D'accord, a-t-elle dit, lançant un regard en coin à Brian. Pourquoi toutes ces cachotteries et ces mystères, Buckaroo ? On va où ?

– Une seconde. » J'ai observé le wagon, étrangement bondé à 19 h 30. Des types épuisés, en chaussures de sécurité tachées et veste de chantier, somnolaient ; des ados en sweat de basket-ball et sac de sport Nike hochaient la tête sur des rythmes hypnotiques ; des infirmières de nuit en route pour Mount Sinai, Lenox Hill ou Henry J. Carter grignotaient des barres protéinées ; de vieux bourgeois blancs en manteau de fourrure mais trop radins pour prendre un taxi appuyaient leurs mains gantées sur une canne d'ivoire.

« Mesdames et messieurs, ai-je crié. Je vous prie d'excuser cette interruption, mais ce soir, j'ai une surprise exceptionnelle pour vous tous. »

Rose m'a attrapée par le bras. « Qu'est-ce que tu fous ?

– On y est, en boîte, ai-je répondu avec un clin d'œil.

« Je suis en présence de deux danseurs prometteurs, élèves de Julliard – Monte Negro et la Duchesse de Philly – qui vont vous présenter le dernier numéro sur lequel ils travaillent et qui s'intitule “Va pas plus loin, p'tit Blanc”, interprétation avant-gardiste et moderniste de la Reconstruction de l'Amérique dans laquelle deux esclaves récemment affranchis acceptent les difficultés inhérentes à la libération des Noirs. Sous vos applaudissements ! »

Les ouvriers du bâtiment ont levé les yeux sans comprendre ; les jeunes sportifs ont retiré leurs écouteurs ; les infirmières ont cessé de grignoter ; mais ce sont les vieux Blancs qui ont levé des yeux pleins de joie et ont applaudi à tout rompre.

« Buck, a murmuré Brian, la sueur faisant luire sa peau comme celle d'un esclave en fuite. Pourquoi tu fais ça ?

– C'est pas moi qui fais ça, ai-je dit. C'est toi. Et toi – j'ai enfoncé le doigt dans le bras de Rose. Vous feriez mieux de commencer ce *minstrel show*. Je veux des billets – aucune pièce de 5, 10 ou 25 *cents*. »

Elle m'a fusillé du regard. « Qu'est-ce que ces conneries ont à voir avec la vente ? Je refuse.

– Si tu refuses – je me suis penché vers elle – tu peux te gratter pour revenir demain. Ton ticket pour les montagnes russes de la vente façon sensei Buck n'est plus valable, ce qui me va très bien. D'ailleurs, pour travailler dans la vente, il faut savoir garder son calme, endurer l'humiliation et s'adapter. »

> **Lecteur : Je reconnais que c'était un peu extrême, mais dans la vente, il faut savoir se jeter à l'eau.**

J'ai sorti une enceinte de mon sac à dos et mis « Say It Loud – I'm Black and I'm Proud ». « Allez, tout le monde ! ai-je crié en circulant dans l'allée. On tape dans ses mains ! »

Dès que James Brown y est allé de son *Uh !* les passagers de cette rame du mercredi sur la ligne 6 vers Uptown se sont détendus et ont lancé des regards pleins d'attente en direction de Brian et Rose. Je les ai poussés en avant, mais ils étaient raides comme des statues.

« La route vers la grandeur se termine pour vous deux ici même, ce soir, si vous ne vous mettez pas à danser. Pas de vente. Pas de vie meilleure. Pas d'argent ni de liberté. Pas d'échappatoire. Vous avez le choix. Mourir en esclaves ou vivre en homme et en femme libres. Allez. »

James Brown beuglait dans le métro. Brian a glissé vers l'avant comme un collégien binoclard, tendant la main à Rose. Elle a articulé une obscénité en silence dans ma direction, a pris la main de Brian et s'est collée contre lui.

Tandis que le travailleur le plus acharné du show-business chantait sur l'émancipation des Noirs, Rose s'est écartée de Brian. Il a trébuché en arrière sur ses talons, s'est rétabli en s'agrippant à la barre métallique. Elle s'est lancée dans une série de pas de danse – le running man, le tootsie roll, le sprinkler, le robot et même le YMCA – sous les applaudissements frénétiques de tout le wagon. À la fin de la chanson, à l'arrivée du métro dans Grand Central, des passagers stupéfaits sont tombés sur cinquante Blancs qui tapaient dans leurs mains et entonnaient : « Dis-le bien fort, je suis noir et j'en suis fier, uh ! »

« Bon, a dit Rose sur le quai, mains sur les genoux, reprenant son souffle. C'était marrant.

– Oui, a ajouté Brian, s'épongeant la figure avec la manche. Je savais même pas que je savais danser.

– Tu sais pas, ai-je rétorqué en riant. Mais au moins, tu ne t'es pas complètement tourné en ridicule. Et non seulement vous avez convaincu une rame entière de Blancs qu'ils étaient noirs mais ils en étaient fiers. Si ça c'est pas de la vente, je ne sais pas ce qui en est.

– Pff, a fait Rose. C'est pas dur. Les rappeurs qui encouragent les Blancs à répéter "nigger" avec eux en concert font la même chose tous les soirs.

– C'est pas faux », a dit Brian.

J'ai agité une casquette pleine sous leur nez. « En tout cas, après avoir fait tourner, on s'est fait près de cinquante dollars.

– Ohhh, donne ! » Rose a plongé ses petits doigts dans la casquette, tirant les gros billets. « Je me rembourse sur la somme que tu me dois depuis notre partie de poker, Brian.

– Parfait, a-t-il dit, soulagé.

Et maintenant ? a demandé Rose, d'une voix plus douce que jamais.

– Maintenant, j'appelle un Uber et je vais me coucher, ai-je répondu. Je vous dépose en chemin. Où est-ce que tu vas, Brian ?

– East Village, merci.

– Et toi ? ai-je demandé, levant les yeux de mon écran de téléphone pour regarder Rose, qui est aussitôt rentrée sous sa carapace.

– Oh, ça ira.

– Allez, tu l'as mérité. C'est moi qui paie.

– Merci, mais non, merci. Uber est une société prédatrice qui profite des immigrés, néglige les règles de sécurité pour ses clients, surtout les femmes, et incarne tout ce qui ne tourne pas rond dans un monde dirigé par des hommes blancs étroits d'esprit et guidés par la seule recherche du profit. »

Brian et moi l'avons regardée, battant des paupières. « Bon, ai-je fait. Dit comme ça…

– Mais je me suis bien amusée, a-t-elle ajouté, me passant le bras autour du cou. Même heure demain ?

– Oui, chez moi à 18 h 30. T'es sûre que… »

Je n'avais pas terminé ma phrase qu'elle avait déjà disparu en haut des marches.

24

Le jeudi chez Sumwun, j'ai consacré ma journée aux tête-à-tête, autrement dit, ce fut le chaos intégral. J'ai bu environ six cafés, n'ai pratiquement rien mangé, et j'ai passé la journée entière de 8 heures à 18 heures à rencontrer le plus de CC possible.

Après avoir réussi à m'échapper, j'ai grimpé dans la Tesla et verrouillé les portières avant qu'une bonne âme ne décide de me harceler avec « une dernière question ».

« Vous avez l'air épuisé, monsieur, m'a dit Chauncey, inquiet. Comment allez-vous ? »

Cette question-là. Je ne me souvenais plus de la dernière fois qu'on me l'avait posée sincèrement. Maman le faisait. Wally Cat aussi. Soraya. Et Jason.

« Je vais bien, Chauncey, ai-je répondu, affalé sur la banquette arrière, ruminant les souvenirs du temps passé. Merci de me le demander. Comment allez-vous ? »

Il a souri dans le rétroviseur. « Moi ? Bien, monsieur. Je vais toujours bien si vous allez bien. Vous savez, quand je vous regarde… »

Il fallait que je l'arrête. J'aimais bien Chauncey, mais il m'a soudain rappelé Bed-Stuy et tous ceux qui m'avaient fait souffrir. Ils m'avaient tous voulu du bien, mais pour quel résultat ?

« J'ai une réunion chez moi, Chauncey, ai-je dit, après l'avoir laissé parler. Déposez-moi là-bas. Et montez le chauffage, j'ai les tétons plus durs que le nez de Michael Jackson.

– Bien, monsieur. »

Nous sommes arrivés devant mon immeuble, où j'ai vu un petit groupe sur le trottoir. Comme il faisait nuit, je ne reconnaissais personne, mais j'ai vaguement distingué la silhouette haute comme trois pommes de Rose dans la lumière orange du lampadaire. *Qu'est-ce qui se passe, putain ?*

« Chauncey.

– Oui, monsieur ?

– Pouvez-vous travailler ce soir ? J'aurai besoin de vous dans quelques minutes.

– Bien sûr, monsieur. À votre service. »

Je suis sorti, et en m'approchant, j'ai vu Rose, Brian et deux autres personnes – oui, deux, putain.

« Pitié, dites-moi que vous avez croisé ces gens par hasard et que vous ne les connaissez pas, ai-je dit à Rose et Brian, en faisant un signe de tête en direction des nouveaux venus.

– Je regrette de te l'apprendre, Buckaroo, m'a répondu Rose, mais je les connais, "ces gens" comme tu les appelles si impoliment. Je te présente…

– Je me fous de savoir qui c'est, je l'ai coupée, me tournant vers Brian, qui grelottait visiblement. Je t'ai dit hier soir de n'inviter personne d'autre, Brian. J'arrête tout, ai-je déclaré, haussant le ton. J'ai pas de temps à perdre avec ces conneries ! »

Rose s'est interposée, sans perdre son calme : « Eh ! C'était pas son idée, mais la mienne. On s'est vraiment bien amusés hier soir, on a appris à rester détendus et à faire preuve de souplesse, tout ça, alors je me suis dit que ça valait le coup de faire venir d'autres personnes pour qu'elles profitent de l'enseignement de sensei Buck.

– Eh ben t'as tout faux, putain. » Je suis passé entre eux et j'ai monté les marches.

« Qui reçoit une instruction doit la transmettre, monsieur Buck », a dit quelqu'un avec un fort accent du Sud.

Je me suis retourné et j'ai vu un grand échalas métis, aux longues dreadlocks attachées en queue-de-cheval et vêtu d'un blouson aviateur de cuir marron à col de fourrure, qui m'observait en bas des marches.

« Quoi ?

– C'est ce que disaient les esclaves. Les maîtres et les détenteurs du pouvoir savaient que, pour réduire le corps en esclavage, il fallait maintenir l'esprit dans l'ignorance. Et comme les esclaves n'avaient le droit d'apprendre ni à lire ni à écrire, quand l'un d'entre eux se débrouillait pour y arriver, c'était son devoir de transmettre ce qu'il avait appris au plus grand nombre. »

J'ai lentement applaudi en haut de l'escalier. « Bravo, Jed Clampett, ou je ne sais qui. Qu'est-ce que ça a à voir avec moi ?

– Tout, Buckaroo, a rétorqué Rose. Brian leur a dit que tu lui avais promis de lui apprendre à faire ce que tu fais, à vendre, pour qu'il puisse laisser tomber son boulot et mener une vie meilleure.

– Je lui ai rien promis du tout, ai-je répondu, ouvrant la porte. Et je ne vous dois rien. »

Brian a monté les marches en courant et m'a pris par le bras. « C'était quoi, tout ce que tu m'as dit au Belfry ? Sur nous qui aurions même pas pu être là-bas entourés de Blancs il y a cinquante ans et qu'il faut tout faire pour avancer, être heureux ? »

J'ai baissé les yeux sur la main que Brian avait posée sur mon bras. *Il essayait vraiment de me vendre l'article ?* Même si j'étais furax, j'étais fier de son assurance toute neuve.

Je l'ai ignoré. « Je t'ai simplement dit ça pour te motiver, Brian. Te donner le courage nécessaire pour te lancer.

– Mais c'est vrai », est intervenu le second intrus, un grand Blanc androgyne au visage allongé et sérieux, aux lunettes à monture de métal, vêtu de ce qui ressemblait à une parka verte pour femme, dans un mélange d'accent du Sud et d'accent anglais. « En cinquante ans, beaucoup de choses ont changé pour nous, mais il reste encore un long chemin à parcourir. Et d'après Rose et Brian, vous pouvez nous aider. »

J'ai regardé les autres pour savoir s'ils ne trouvaient pas bizarre que cet enfoiré de Blanc me parle de la détresse des Noirs d'Amérique, mais personne n'a bronché. J'ai descendu les marches, me suis planté face à lui, et j'ai dit : « Nous ? Mais putain, qu'est-ce qu'il raconte, ce Blanc, là ? Et pourquoi vous parlez tous les deux comme si vous aviez franchi pieds nus la ligne Mason-Dixon ? »

Rose s'est pliée en deux. Et puis Brian, et le grand échalas aux dreadlocks – tous trois penchés les uns contre les autres, se tenant le ventre, leur haleine sortant de leur bouche en panache comme un épais brouillard.

« Qu'est-ce qu'il y a de si drôle, putain ? »

Rose a fini par se calmer et a montré le Blanc impassible face à moi. « D'abord, c'est pas un mec, c'est une fille. Ensuite, elle a peut-être l'air blanche, mais elle est noire. Je peux te l'assurer.

– Ellen Craft de Géorgie, du Massachusetts, d'Angleterre et d'un tas d'autres endroits, a dit la grande nana avec une révérence, une longue crinière brune tombant de son bonnet. Enchantée. »

Je l'ai regardée de près dans la lumière. Elle m'a serré la main et sa poigne était plus robuste que celle de bien des hommes que j'avais rencontrés. Je ne vais pas mentir, ça m'a intimidé.

« Et je te présente Jacob D. Green du Kentucky », a dit Rose, s'approchant de l'échalas.

Je lui ai serré la main à contrecœur. Chauncey a baissé la vitre. « Il n'est pas l'heure de partir, monsieur ? »

Les quatre m'ont regardé, les yeux pleins d'espoir. « Qu'est-ce que tu as à perdre ? m'a demandé Rose en m'agrippant l'épaule. C'est tout. Rien que nous quatre, pour apprendre à faire ce que tu fais. À vendre. Promis, Buckaroo, j'inviterai personne d'autre. »

Mon téléphone a vibré. C'était Barry. T'as intérêt à me trouver quelqu'un pour passer un entretien d'embauche lundi matin à 9 h tapantes !

« Très bien, ai-je lâché, ouvrant la portière de la Tesla, leur faisant signe de monter. Mais seulement si chacun de vous promet de faire tout ce que je vous dis. Même si ça vous semble fou, peu orthodoxe, ou potentiellement illégal. »

Tout le monde a fait oui de la tête, et on s'est entassés dans la voiture.

« À quelle adresse, monsieur ?

– Roulez, Chauncey. Je vous indiquerai quand vous arrêter. »

« Ici, ai-je dit, devant une supérette au coin de la 12e et de la 3e.

– Vous êtes sûr ? a demandé Jake, un sillon se creusant entre ses sourcils. Y a un paquet de flics, dans le coin. Ça présage rien de bon pour cinq Noirs.

– On n'est plus en 1920, a déclaré Rose. Relax.

– Tu m'as eue, a dit Ellen.

– Je suis d'accord avec Jake, a fait Brian.

– Tout le monde dehors », ai-je ordonné.

Les portes de la supérette se sont ouvertes dans un bruit de sonnette, et l'Indien derrière la caisse nous a dévisagés un à un.

Je suis allé au fond, j'ai ouvert un frigo à bières, et pris une cannette différente pour chacun d'entre eux. « De la PBR pour toi parce que t'es fringué comme un hipster noir et que tu parles comme un péquenaud, ai-je dit en lançant la bière à Jake. Une Coors Original pour toi parce que – je l'ai donnée à Ellen – tu es aussi blanche que les montagnes Rocheuses sur la cannette sauf que tu changes probablement de couleur quand tu prends le soleil.

– C'est vrai, a-t-elle dit, tournant la cannette crème dans sa main.

– De la Bud Light pour toi, ai-je dit en la lançant à Brian. Parce que t'es un poids léger. » Il a froncé les sourcils, déçu.

« Et le meilleur pour la fin, ai-je dit à Rose avec un grand sourire. Toi, petite, tu as droit à une Busch Light.

– Une Busch Light ! a-t-elle crié. C'est du fond de tonneau, ça a un goût de pisse.

– Allons, allons, Rose, ne fais pas la fine bouche. Tu étais d'accord pour faire tout ce que je veux. Pas de réclamation. »

J'ai payé les bières et on est sortis. « Attendez ici, ai-je demandé à Chauncey qui était garé devant le magasin.

– Bien, monsieur.

– Bon, ai-je dit, face au groupe. Suivez-moi.

– On devrait pas au moins mettre les cannettes dans des sacs en papier ? a demandé Brian, la voix tremblante de peur.

– Non.

– On va se faire arrêter, a dit Jake.

– Non.

– Mais on s'approche du commissariat, a ajouté Brian.

– Exactement. La leçon de ce soir porte sur le ton de voix, la confiance en soi et la façon de s'exprimer. Vous allez prendre à droite, là, ai-je dit, montrant la 21ᵉ Rue. Ouvrez vos cannettes de bière, dirigez-vous vers le groupe de flics devant l'entrée et passez devant eux. L'un après l'autre.

– Merde, monsieur Buck, a dit Jake, clignant des yeux. Je suis en liberté conditionnelle. Je peux pas faire ça.

– Écoute. Tu m'as assuré que tu voulais apprendre à faire ce que je fais. À vendre. Et que tu ferais tout ce que je te dis. Personne ne va se faire arrêter. L'une des premières règles de la vente, c'est que ce n'est pas ce qu'on dit qui compte, mais la façon de le dire. Alors quand les flics vous demanderont ce que vous foutez, vous boirez lentement votre bière devant eux, et vous direz, en bombant le torse, d'une voix forte et tête droite : "On boit juste de la bière, monsieur l'agent."

– T'es malade ou quoi ? a fait Rose. Il faut l'être pour croire qu'ils ne vont pas arrêter une bande de Noirs qui paradent devant le commissariat en buvant de la bière. Ils tirent sur les Noirs pour moins que ça.

– Ouvrez vos bières », ai-je ordonné.

Ils se sont regardés, hésitants. Les mains de Brian tremblaient, mais deux *pschitt !* ont retenti derrière lui : Rose et Ellen.

« Oh et puis merde », a dit Rose, buvant une gorgée de sa bière à l'arôme de pisse.

Ellen a trinqué avec Rose, impassible. « Attrape-moi si tu peux. »

Brian et Jake ont fait de même, tirant nerveusement sur leur languette d'aluminium, faisant gicler des jets de mousse avant de s'envoyer une lampée.

« En file indienne », ai-je commandé. Les passants qui nous observaient ont accéléré le pas.

« Allez-y. »

Le groupe, mené par Rose, a démarré sur la 3e Avenue et a pris à droite dans la 32e Rue. Des policiers attroupés devant le commissariat fumaient et riaient.

« En avant », ai-je lancé, regardant leurs corps trembler de peur en cette nuit glaciale de fin d'hiver.

« T'es sûr que c'est une bonne idée ? a demandé Brian, se retournant pour me lancer un dernier regard.

– Non. »

Une fois arrivés à hauteur des flics, chacun a bu une gorgée de sa bière. Je me suis approché pour être aux premières loges.

« Eh, a dit un petit flic noir à moustache en se détournant de ses copains pour s'adresser à Rose et aux autres, c'est pas de la bière, hein ? »

Ils se sont arrêtés tous les quatre, sous le regard d'une bonne vingtaine de flics. Et là, cet idiot de Brian a dit : « On boit juste… on boit juste – *BITE !* – de la bière, monsieur l'agent. »

Le flic a regardé ses collègues, qui se sont marrés, puis a mis la main sur son taser.

« Barrez-vous ! » ai-je crié, rebroussant chemin et fonçant dans la 21ᵉ Rue.

Jake, avec ses jambes élastiques, m'a doublé ; Brian, qui était asthmatique, sifflait dans mon dos ; Ellen a rattrapé Jake ; Rose zigzaguait au milieu de la chaussée comme si elle évitait des balles.

Chauncey nous a vus courir vers la Tesla, a démarré, et quatre d'entre nous ont réussi à sauter à bord avant qu'il file.

« Brian ! a crié Rose, montrant une silhouette au coin de la rue, mains sur les genoux.

– Ouvre la portière ! » ai-je gueulé.

On l'a agrippé et tiré avant que les flics rappliquent, puis on a claqué la portière. Chauncey a fait un demi-tour interdit et a roulé dans la 3ᵉ en direction de Union Square. On a tous soufflé un bon coup en s'apercevant que les flics ne s'étaient pas lancés à notre poursuite. On a trinqué avec les cannettes. On a ri.

« Youhou ! a crié Rose, la tête à la fenêtre comme un chien dans le vent.

– Merde, c'était sauvage, a dit Jake, se mordant le poing.

– J'ai cru que j'étais foutu », a fait Brian, traumatisé.

Ellen regardait défiler le paysage, imperturbable.

On est rentrés chez moi où je leur ai exposé au tableau blanc les rudiments théoriques de la vente pendant quelques heures. Croyez-le ou pas, Jake et Ellen étaient aussi doués que Rose. Il y avait encore des choses à travailler – Jake n'articulait pas assez, Ellen devait être moins raide – mais c'était du solide. Même Brian appliquait avec subtilité ce qu'il apprenait.

Finalement, ils ont tous piqué du nez, alors je les ai accompagnés jusqu'à la Tesla. Je suis monté avec eux pour m'assurer qu'ils ne profiteraient pas de la gentillesse de Chauncey en lui demandant de s'arrêter n'importe quand, devant des fast-foods ou je ne sais quoi.

Après avoir déposé Brian et Ellen dans l'East Village et Jake à Williamsburg, il n'en restait plus qu'une.

« À quelle adresse, mademoiselle ? » a demandé Chauncey à Rose. Elle s'était endormie contre mon épaule sur la banquette arrière.

Je l'ai réveillée, elle s'est redressée d'un coup, mains en l'air. « Du calme, ai-je dit. Chauncey veut juste savoir où te déposer. »

Elle s'est frotté les yeux, a regardé l'habitacle plongé dans l'obscurité tandis que nous traversions le pont de Williamsburg en direction de Manhattan. « Oh, vous pouvez me déposer au bout du pont, merci.

– Mais où est-ce que tu habites ? lui ai-je demandé.

– Pas loin d'ici. À… – elle a marqué un temps – FiDi.

– FiDi ? Pourquoi tu veux qu'on te dépose dans le Lower East Side, alors ? On s'en occupe, détends-toi.

– Non ! a-t-elle crié en se redressant. Enfin, je veux dire… non merci. Je peux marcher. Vraiment. Tu as assez fait comme ça en passant tout ce temps avec nous. »

Je l'ai regardée, tâchant de comprendre quel était le problème, pourquoi elle était si méfiante, mais j'ai laissé tomber. « Très bien, comme tu voudras. »

Elle est descendue au bout du pont, et on a pris la 1re Avenue.

« Longue soirée, hein, Chauncey ? ai-je demandé, m'allongeant sur la banquette arrière.

– Oui, monsieur, a-t-il répondu, ses yeux se fermant quelques secondes, avant de se rouvrir en papillotant. Mais elle n'est toujours pas terminée, du moins pour moi. Une fois rentré, je réveillerai ma fille pour lui souhaiter un bon anniversaire.

– Ah, quel jour fête-t-elle son anniversaire ? » J'ai regardé mon téléphone : il était minuit passé.

« Hier, monsieur.

– Vous voulez dire il y a quelques minutes quand il n'était pas encore minuit, ou le jour précédent ? »

Il a ri, montrant ses dents ivoire dans le rétroviseur. « Il y a quelques minutes. »

Tout ce que j'avais pu manger un peu plus tôt s'est solidifié comme du béton dans mon ventre. Je me le suis tenu à deux mains et j'ai passé la tête à l'avant, me tournant vers Chauncey. « Pourquoi vous ne me l'avez pas dit ? Je ne vous aurais pas demandé de conduire toute la soirée si j'avais su que c'était l'anniversaire de votre fille. »

Sans quitter la route des yeux, il a serré le volant, sans se départir de son sourire. « Ça ne fait rien, monsieur. Je travaille pour vous ; elle comprend.

– Quel âge a-t-elle ?

– Elle vient d'avoir sept ans.

– Comment s'appelle-t-elle ?

– Amina. Cela signifie "digne de confiance". Ma femme et moi espérons qu'elle sera avocate ou directrice comme vous, monsieur, a-t-il dit dans un éclat de rire en se tournant vers moi.

– Votre femme ? Vous êtes marié, Chauncey ?

– Oui, monsieur. Depuis dix ans. Je les ai fait venir, elle et Amina, il y a plus de quatre ans.

– D'où ?

– Du Sénégal, monsieur. C'est mon pays d'origine. »

Je me suis renversé en arrière et j'ai posé la tête contre le dossier de la banquette, le souffle coupé par le fait que Chauncey était mon chauffeur depuis six mois, sans que je sache rien de lui. Je n'avais jamais pris la peine de lui poser de questions. « Arrêtez-vous.

– Pardon ? Nous sommes presque arrivés.

– Arrêtez-vous, ai-je répété. S'il vous plaît. »

Il a dépassé la 14e et s'est rangé sur le côté dans l'avenue déserte. « Et maintenant, descendez.

– Je vous demande pardon ?

– Descendez », lui ai-je ordonné.

Il a lentement ouvert la portière et a attendu à côté de la voiture. Je suis sorti, j'ai pris sa casquette de chauffeur et me suis assis au volant. « Montez à l'arrière », ai-je dit avec un geste.

Le blanc de ses yeux a grandi dans la froide lumière orange de la nuit, comme s'il avait vu un fantôme. « Non, monsieur. Je ne peux pas. Ça ne se fait pas. S'il vous plaît, monsieur, sortez. »

Sans un mot, j'ai fermé ma portière, tendu le bras pour ouvrir celle de derrière, et j'ai ajusté mon siège. Chauncey faisait quelques centimètres de plus que moi.

Il a posé la main sur la poignée de la portière à contrecœur, a jeté un œil dans la rue, est monté en vitesse, refermant derrière lui.

« À quelle adresse, Chauncey ? ai-je demandé, observant son visage tendu dans le rétroviseur.

– S'il vous plaît, monsieur, vous ne pouvez pas…

– À quelle adresse ? »

Il s'est penché en avant, tenant le col de sa chemise sans bouger, avant de dénouer sa cravate et de s'adosser contre la banquette. « Harlem, monsieur. Au coin de la 104e Rue et du boulevard Malcolm X. »

J'ai conduit au rythme d'un escargot jusqu'à Harlem. Chauncey m'a parlé de sa vie au Sénégal, des personnes célèbres de son pays, comme le père du cinéma africain, Ousmane Sembène, et du *ceebu jën*, également connu sous le nom de *thiéboudiène*, leur version de la paëlla. Avant de partir pour l'Amérique, Chauncey avait décroché un doctorat en énergies renouvelables, mais une fois ici, aucune université ne lui a proposé de poste de professeur, il est donc devenu chauffeur grâce à son cousin.

Une demi-heure plus tard, nous y étions. Je lui ai donné les clés. Il a embrassé sa main et l'a levée au ciel. *Merde, je conduis si mal que ça ?*

« Dites à Amina que je lui souhaite un joyeux anniversaire et que je regrette de vous avoir tenu éloigné d'elle.

– Je le ferai, monsieur, mais il n'y a pas de quoi vous excuser. »

Je me suis éloigné dans la rue, sans savoir si je trouverais un taxi aussi loin du centre.

« Monsieur ? m'a-t-il dit en tenant la porte de la Tesla ouverte.

– Oui ?

– Je ne sais pas ce que vous faites avec tous ces nouveaux, mais quoi qu'il en soit, je sais que c'est bien. Vous êtes un chic type, monsieur. »

Je l'ai salué en silence, et j'ai repris ma marche. Je savais déjà ce que je faisais avec « tous ces nouveaux ». Grâce à l'un d'eux, Barry me lâcherait enfin les baskets. Après quoi, sensei Buck se débarrasserait des autres.

25

« Où est Rose ? » ai-je demandé, la cherchant dans le hall du Time Warner Center. Il était 19 heures. « J'avais dit 18 h 45, non ? »

Un peu plus tôt, j'avais rencontré Barry, qui m'avait enfin expliqué pourquoi il était si important de trouver ce SDV. Il m'avait dit que le PDG de la société de financement de hip-hop, X-Ploit, était le fils d'un riche Arabe qui pourrait utiliser son réseau pour lui permettre de prendre une participation minoritaire au capital des Giants. C'était totalement stupide, mais Barry était le genre de personne qu'il valait mieux ne pas avoir comme ennemi, alors j'avais dit aux soldats de me retrouver au Time Warner Center le soir même.

« Oui », m'a répondu Brian.

Jake a montré les portes vitrées où Rose venait d'entrer. « Par ici.

– Pourquoi es-tu en retard ? » lui ai-je demandé, tandis qu'elle s'approchait tranquillement vêtue de cuir noir de la tête aux pieds.

Elle m'a tapoté l'épaule avec détachement. « Parce que je suis en retard. Est-ce qu'il y a quoi que ce soit que je puisse dire pour que tu te sentes mieux ?

– Non.

– Exactement. Alors, c'est quoi le plan ? »

J'ai examiné ma drôle de bande. « Ce soir, nous fêtons le dur labeur que vous avez effectué ces derniers jours. Je voulais vous remercier d'avoir rendu cette semaine intéressante et de m'avoir fait confiance pour vous montrer la voie.

– Ce n'est que le début, monsieur Buck, a dit Jake, me tapant sur l'épaule de sa main XXL.

– Oui, donc nous allons monter au quatrième pour profiter d'un délicieux et onéreux dîner chez Per Se, ai-je dit. Mais avant, je veux que vous me donniez vos portefeuilles.

– Pour quoi faire ? a demandé Rose, mettant une main hésitante à sa poche revolver.

– Parce que sensei Buck le dit, voilà pourquoi. »

Ils ont tous jeté leurs portefeuilles aussi épais qu'un penny dans mon sac et nous avons pris l'ascenseur. Quatre étages plus haut, nous sommes arrivés devant une double porte en bois bleu roi. Aucun des quatre n'était en tenue un tant soit peu adaptée au décorum, et tous sont restés plantés devant la porte sans dire un mot, m'obligeant à les pousser à l'intérieur.

Une rangée de tables occupées longeait les fenêtres donnant sur Columbus Circle, Central Park et la silhouette des gratte-ciel. Un feu probablement dangereux crépitait dans une cheminée tape-à-l'œil derrière une vitre. Six ou sept tables à nappe blanche et éclairées à la bougie étaient surélevées. Non sans réticence, quelqu'un a fini par nous guider vers l'une d'elles.

« Où sont les prix de chaque plat ? a demandé Brian qui se grattait la joue en examinant le menu.

– Il n'y a que le prix du menu complet, ai-je dit.

– En bas. » Ellen a montré le bas du menu à Brian. « Tu vois ? C'est écrit trois cent quarante par personne. Service compris.

– Merde, a dit Jake en me regardant. Vous êtes sûr que vous voulez payer pour tout ça ?

– Bien sûr, ça me fait plaisir. »

Après avoir commandé une des bouteilles de champagne les plus chères, leur avoir expliqué le sens de « prix fixe », avoir montré à Brian comment déplier sa serviette sur son genou au lieu de l'enfoncer sous son col, et leur avoir dit de ne pas faire attention à tous les riches Blancs qui nous dévisageaient, tout le monde s'est réjoui.

« Alors, qu'est-ce qu'on va faire de nos nouveaux superpouvoirs de vendeurs ? a demandé Jake, reniflant son champagne avant d'en boire une gorgée.

– Qu'est-ce que vous voulez en faire ?

– Gagner plein d'argent, évidemment, a dit Rose, hochant la tête en direction des autres pour avoir leur confirmation.

– Ça, c'est un plan », a dit Jake.

Brian a acquiescé en silence.

Ellen s'est essuyé la bouche et a dit : « Bien sûr, de l'argent. Mais aussi réussir dans la vie et en aider d'autres à faire pareil. »

Le reste du groupe a murmuré son approbation et j'ai tapé dans mes mains. « Parfait, c'est exactement ce que je voulais entendre. Parce qu'une occasion se présente. Mais seulement pour l'un d'entre vous.

– Qui ? a fait Rose.

– La logique voudrait que ce soit Brian puisqu'il est là depuis le début.

– Y en aura d'autres ? a demandé Ellen, me transperçant de son regard impassible.

– Peut-être, ai-je dit. On verra. Mais quoi qu'il arrive, vous aurez tous appris quelque chose, non ? »

Bien sûr, Barry n'avait besoin que d'un seul SDV, mais ce n'était pas de ma faute. À mes yeux, si les autres voulaient mener une vie meilleure, ils étaient désormais mieux équipés. Je ne devais rien à personne.

Lecteur : On appelle ça l'asymétrie d'informations, autrement dit une personne dispose de plus d'informations qu'une autre, ce qui lui donne un avantage. C'était plus courant dans la vente avant que les acheteurs potentiels puissent tout vérifier sur Google, mais ça existe encore, et les vendeurs les plus minables l'exploitent à la moindre occasion. Ne devenez pas ce style de vendeur.

Tout le monde a fait oui de la tête, dans une atmosphère chargée de déception.

Brian a regardé les autres, honteux, puis a demandé : « C'est quoi cette occasion ?

– Un entretien d'embauche. Lundi à 9 heures. Tu es partant ? »

Il a bu une gorgée d'eau et hoché la tête. Ils se sont tous relayés pour l'ébouriffer, lui tirer l'oreille, lui secouer les épaules.

« Ça va marcher, mec ! lui a dit Jake. Je voudrais aussi vous remercier, monsieur Buck, de nous avoir tous acceptés comme des membres de votre famille.

– Y a pas de quoi, c'est normal.

– Sans vouloir être sentimental, ça n'a jamais été facile pour moi de me faire des amis et de les garder, puisque j'ai passé presque toutes mes années d'ado en maison de correction pour avoir fait toutes les conneries possibles, alors je vous en suis reconnaissant », a dit Jake en me regardant. Puis aux autres : « Je vous suis reconnaissant à tous.

– Pareil pour moi, a dit Ellen. J'ai bourlingué toute ma vie, vécu des trucs horribles, et parfois j'oublie qui je suis vraiment, mais je me sens à ma place avec vous. À Buck. » Elle a levé sa coupe de champagne.

« À Buck ! » ont-ils tous répété.

Une fois qu'on a dévoré et bu tout ce qui était à portée de vue, le serveur est apparu. « Prendrez-vous autre chose ? a-t-il demandé, resservant tout le monde en eau.

– L'addition, s'il vous plaît », ai-je répondu.

Il s'est incliné, avant de s'éloigner.

« L'addition va tout péter », a crié Jake, visiblement soûl, éméché, ou je ne sais comment on dit dans le Kentucky.

J'ai éclaté de rire, plié en deux. « C'est vrai. » Je me tenais le ventre de douleur.

« Qu'est-ce qu'il y a de si drôle ? a demandé Rose.

– Vous ne pensiez tout de même pas que ce serait si facile que ça, hein ? Un repas offert et, un, deux, trois – j'ai claqué trois fois des doigts –, vous avez réussi l'exam ?

– Qu'est-ce que vous voulez dire ? a demandé Jake, qui a dégrisé d'un coup.

– Pour votre dernière épreuve – je leur ai demandé de se mettre en cercle autour de moi comme quand un *quarterback* annonce une combinaison –, vous allez devoir convaincre le serveur que nous ne paierons pas. »

Brian, qui était aussi noir que l'asphalte, a blanchi de quelques tons.

« T'es sadique, a dit Rose, sifflant le reste de champagne au goulot.

– Peu importe ce que je suis, aucun de vous n'a son portefeuille, l'addition va dépasser le montant de votre loyer, et je peux vous assurer que ce n'est pas moi qui paierai, alors…

– Alors on n'a pas le choix », a dit Ellen. Elle est devenue toute rouge et les larmes lui sont montées aux yeux.

Jake l'a entourée de son bras. « Merde, Ellen, c'est pas grave.

– Je pleure pas pour de vrai, a-t-elle murmuré. C'est pour la galerie.

– L'un des éléments les plus importants de la vente, c'est la capacité de réaction à l'objection. Vous devez faire tout ce qui est en votre pouvoir pour surmonter les obstacles qui se dressent devant vous. »

Le serveur est revenu avec l'addition, s'est tenu dans mon dos tandis que j'examinais le détail des 2 830 dollars et 75 *cents*, et il est resté planté là, attendant que nous réglions. J'ai donné l'addition à Ellen, qui l'a donnée à Brian qui, de ses mains tremblantes, l'a donnée à Jake qui, comme un enfant qui joue à la patate chaude, l'a lancée à Rose.

Elle a regardé l'addition, puis le serveur, et a dit, imperturbable : « Nous ne paierons pas. »

Le serveur a laissé échapper un hoquet sonore et théâtral comme tout spectateur à la fin d'un film policier quand on découvre que c'est le majordome qui a tué la reine. « Y a-t-il un problème ? a-t-il demandé.

– Le repas n'était pas bon, a dit Rose, soutenant son regard.

– Mais, madame, vous l'avez mangé. Jusqu'à la dernière bouchée. Et vous avez bu tout le champagne. Comment pourriez-vous ne pas payer ?

– C'était… – *BITE !* –, a crié Brian, sans même tenter de se couvrir la bouche. C'était pas bon. Mon amie a fait une intoxication », a-t-il dit en montrant Ellen.

Ellen, qui pleurait désormais sans retenue, a porté sa serviette à la bouche, hochant la tête.

« Et la déco est raciste, ici, a ajouté Jake, appuyé contre le dossier de sa chaise en montrant les portraits de divers hommes et femmes blancs accrochés au mur. Y sont où, les Noirs ? »

Le serveur, voyant que j'étais le mieux habillé du groupe, m'a lancé un regard de désespoir terrifié et suppliant. J'ai haussé les épaules.

« Je vois. » Il a lissé sa chemise avant de reprendre l'addition. « Si vous refusez de payer, je vais appeler le responsable. »

Le serveur s'est élancé vers le responsable, qui a tourné la tête vers nous, découvrant des dents jaunies par le tabac. Le rouge lui est monté au visage, et il a murmuré quelques mots dans une oreillette.

Trois malabars en costume se sont dirigés vers la table, nous coupant toute retraite un peu plus chaque seconde.

« Qu'est-ce qu'on fait, qu'est-ce qu'on fait, qu'est-ce qu'on fait ? a demandé Brian, qui était en nage.

– Les ascenseurs ! » a crié Rose.

Nous sommes tous partis en courant dans une direction différente, obligeant les vigiles à se déployer. Jake en a frappé un, et deux femmes au visage pâle poudré comme un donut ont hurlé quand il s'est écrasé sur leur table, envoyant valser leur truite en l'air comme si elle bondissait de joie.

Rose, avec ses chaussures sales, sautait de table en table comme sur les rochers d'une rivière. Ellen s'est fondue dans la masse, faisant mine de parler avec divers clients de la même couleur de peau qu'elle, sortant discrètement par les portes coulissantes sans se faire repérer.

Je les ai tous rejoints dans l'ascenseur où Rose a frappé du poing le bouton de fermeture des portes. Comme dans un film d'action, les portes se sont fermées juste au moment où les trois armoires à glace rappliquaient.

« Voilà ce que c'est ! » a crié Jake, nous entourant de ses longs bras. Ce n'est qu'en sortant de l'ascenseur que nous nous sommes aperçus qu'il manquait quelqu'un. Brian.

« Je croyais qu'il était juste derrière nous, ai-je dit, voyant les autres ascenseurs revenir sans Brian.

– Merde, a dit Jake. Qu'est-ce qu'on fait ? »

J'ai pris une grande inspiration et j'ai soufflé. *C'était pas censé se passer comme ça.* « Rentrez tous chez vous. Je vais l'attendre ici et je parlerai aux flics. Tout va bien se passer. »

Je leur ai rendu leurs portefeuilles et ils sont tous partis à l'exception de Rose. « Tu ferais mieux de t'en aller, ai-je dit, me retournant vers les ascenseurs, pris d'angoisse. Je peux te payer un taxi.

– Pas la peine.

– Où est-ce que tu habites, alors ?

– Ici et là, m'a-t-elle répondu, évitant de croiser mon regard.

– "Ici et là" ? Arrête, Rose. Tu entres de force dans ma vie, je l'accepte, et c'est tout ce que tu as à me dire ? "Ici et là" ? »

Elle s'est baissée et s'est mise à tripoter ses lacets. « Pourquoi t'es si curieux, putain ?

– Parce que je te consacre du temps alors qu'on ne se connaît même pas. »

Elle s'est marrée et m'a regardé, ses yeux brillant comme des bulles au soleil. « Ton temps si précieux, a-t-elle craché. Je suis SDF, putain. C'est ça que tu veux entendre ? Que je passe mes nuits dans un abri, d'autres chez des amis, que je joue une longue partie de chaises musicales dans la ville en espérant pouvoir toujours retomber sur mes pieds ? »

Mais putain ? J'ignorais si c'était une blague, une autre façon de me provoquer. Mais si c'en était une, elle était passablement cruelle. Je me suis agenouillé à côté d'elle. « Je savais pas.

– Bien sûr que non. Personne ne le sait, et c'est très bien comme ça. Je veux pas faire pitié. Être la pauvre petite Noire de service qu'il faut sauver. »

C'était dingue de la voir faire cette tête, accroupie dans le hall du Time Warner Center, les doigts pris dans ses lacets crasseux, le regard triste. Elle avait perdu son air de dure à cuire.

« Viens. » Je lui ai tendu la main. « Tu vas dormir chez moi ce soir.

– Comme j'ai dit, je veux pas de ta pitié.

– C'est pas de la pitié ; juste un point de chute. Dès que t'auras du boulot, t'auras assez de fric pour prendre un appart.

– Et Brian ?

– Il s'en sortira, ai-je dit, sans être sûr. Il a sans doute trouvé une autre sortie. Je l'appellerai demain, et s'il s'est fait pincer, j'arrangerai ça. Promis.

– Non, je pars pas sans Brian. »

J'avais toujours la main tendue. « Rose, tout ira bien pour lui. Fais-moi confiance. Brian est bien plus solide que tu crois. »

Elle a regardé ma main quelques secondes et a fini par la prendre. « D'accord. T'as peut-être raison. »

On est sortis et on a pris un taxi. Rose a posé la tête contre la vitre, les lumières de New York défilant comme des projecteurs à l'éclat voilé. Je me suis tourné vers elle et lui ai demandé : « Qu'est-ce que tu attends de la vie ? En dehors de l'argent ?

– Une famille, a-t-elle dit, emplissant le taxi de tout l'air de ses poumons. Et toi ? Dominer le monde ? Devenir le meilleur vendeur sur terre ? Avoir une belle femme qui te taille une pipe tous les soirs ? »

J'ai secoué la tête. « Non, je veux juste que ma mère soit fière de moi.

– Je m'y attendais pas, à celle-là. » Elle s'est enfin tournée vers moi. « Elle est dure avec toi ?

– Oui, ai-je murmuré, regardant par la vitre les gratte-ciel se fondre dans le paysage chaotique de la ville. Elle l'était. »

Héberger Rose m'a donné l'impression de vivre avec une petite sœur bordélique et grande gueule – qui vidait le frigo, faisait traîner ses vêtements sales partout, et passait des heures devant Netflix, HBO et, bizarrement, la chaîne Histoire jusqu'à 5 heures du mat'. Elle était agaçante comme pas permis, mais à dire vrai, c'était chouette d'avoir une présence féminine à la maison, au sens platonique.

« On est presque à court de Cap'n Crunch, a annoncé Rose le dimanche matin, assise en tailleur sur la canapé, son regard d'une fixité de zombie rivé à l'écran de télé.

– Tu veux dire que toi, tu es presque à court de Cap'n Crunch, ai-je répondu, lui faisant signe de se pousser pour m'asseoir sur *mon* canapé, dans *mon* appartement, et regarder *ma* télé.

– C'est pas toi qui m'as dit : "Ce qui m'appartient t'appartient, Rose, fais comme chez toi" ? »

Je l'ai dévisagée, impressionné par son indéfectible sens de la repartie. Mais sans me laisser le temps de lui répondre, mon téléphone a sonné.

« Allô ?

– Allô, a dit une voix robotique. Cet appel sera enregistré. Ceci est un appel en PCV de – j'ai entendu la voix tremblante et paniquée de Brian dire "Brian Grimes" – détenu de l'établissement pénitentiaire du comté de New York. Cet appel fait l'objet d'un enregistrement et d'une surveillance. Pour accepter de payer, tapez 1. »

« C'est qui ? m'a demandé Rose sans quitter la télé des yeux.

– Personne. » J'ai tapé 1 et me suis levé d'un bond du canapé.

À sa façon de tourner la tête et de me regarder – les yeux plissés, le visage grimaçant – j'ai vu qu'elle savait que je lui avais menti. « C'est Brian ? Il va bien ? »

« Merci d'utiliser T-Netix, a dit la voix robotique. Vous pouvez commencer la conversation.

– Allô, Buck ?

– Brian, t'es où ? On était morts d'inquiétude et le restaurant a refusé de me dire ce qui s'était passé et où tu étais. Ça fait presque deux jours.

– J'ai peur, Buck.

– Peur ? On est partis sans payer, Brian, c'est tout. T'en fais pas, c'est pas comme si on avait tué quelqu'un. Je vais te faire sortir de là et régler l'amende, quel que soit son montant. »

Il y a eu un silence. J'imaginais Brian en combinaison orange avec l'inscription DÉTENU en lettres noires sur le cœur, tremblant devant le téléphone public de la prison. « C'est pas si simple, Buck. Je suis au centre de détention de Manhattan, et ils croient vraiment que j'ai tué quelqu'un.

– Ferme-la, ai-je dit. Arrête de déconner. Où est-ce que t'es ? Je viens te chercher.

– Je déconne pas – *VAGIN !* – Pardon. Je suis sérieux. Je suis sorti par l'escalier de service du Per Se et les flics m'attendaient. Ils m'ont chopé, m'ont lu mes droits et m'ont dit que j'étais en état d'arrestation pour le meurtre d'un type dont j'ai jamais entendu parler. Ils m'ont déposé ici et ont fini par m'autoriser à passer un appel, alors je t'appelle. Je sais pas quoi faire, Buck. Dis-moi ce que je dois faire. J'ai l'impression d'être comme Wolverine quand on l'enferme dans *Arme X.* »

Que je lui dise ce qu'il doit faire ? J'en avais aucune idée, putain. Pour qui me prenait-il, Johnnie Cochran ? « Brian, calme-toi. Tout ira bien. C'est pas toi le coupable, alors ils ne peuvent pas te retenir. Attendons encore vingt-quatre heures, et si tu n'es toujours pas sorti, j'en parlerai à quelqu'un, peut-être Barry, et on te prendra un avocat. Tu peux faire ça ? Tu peux attendre un jour de plus ? »

Je l'ai entendu prendre une grande inspiration et souffler. « Oui, Buck. D'accord. Ça ressemble à un plan. Merci. » *Clic.*

« Qu'est-ce qui se passe, putain ? » Rose était derrière moi dans ma chambre, mains sur les hanches.

« Brian est en prison quelque part à Manhattan, ai-je répondu. Ils disent qu'il a tué quelqu'un, mais ça va aller. S'il n'est pas sorti demain, je lui trouverai un avocat. Ils ne peuvent pas le garder : il est innocent. »

Rose a secoué la tête. « Quoi, tu penses qu'on vit dans un monde où ça n'arrive jamais à des Noirs de passer cinq, vingt, ou trente ans en prison avant d'être libérés avec des excuses ? Réveille-toi, Buckaroo.

– Bon, bon, bon », ai-je marmonné, faisant les cent pas dans l'appartement, passant en revue tous les scénarios possibles. Brian relâché. Brian détenu à tort. Brian se suicidant parce qu'il ne supportait pas son emprisonnement. Brian se faisant poignarder pour un morceau de viande.

« Qu'est-ce que tu vas faire ? a demandé Rose. C'est toi l'homme qui pense à tout, non ? »

Mon téléphone a vibré. C'était Barry. 9 h demain matin. Y a intérêt à ce que ce soit une star. Genre méga superstar. Pas une de ces stars au rabais. Va falloir mettre le feu ! Le feu !

Je m'occuperais plus tard de Brian. Il n'irait nulle part de toute façon. C'était Barry, la priorité. « Le plan, c'est que tu as un entretien d'embauche, ai-je dit à Rose. Demain matin, à 9 heures. Et t'as pas intérêt à le foirer. »

Elle a ouvert un soda, en a bu la moitié, a lâché un rot et souri. « Je me demandais quand t'allais te décider. »

26

On a passé tout le dimanche à revoir le discours et les questions de l'entretien, le jeu de rôle et la stratégie pour s'assurer qu'on lui ferait une offre et qu'elle obtiendrait un salaire que n'importe quel homme à sa place, non, n'importe quel homme *blanc*, recevrait.

Le lundi, elle était prête, sauf qu'elle n'avait rien d'autre à mettre que ses chaussures sales, son jean déchiré, son sweat à capuche plein de trous et ses t-shirts imprimés de noms de groupes de heavy metal. Aucune boutique de fringues n'ouvrirait avant mon arrivée à 7 heures chez Sumwun pour la réunion, alors j'ai appelé la seule personne que je connaissais qui faisait à peu près la même taille que Rose et ne poserait pas trop de questions : Marissa.

« Un dernier conseil ? » m'a demandé Rose, penchée à la fenêtre de la Tesla juste après que Chauncey lui eut ouvert la porte devant le Flatiron. Je n'aurais jamais cru qu'elle puisse avoir l'air effaré d'un lapin pris dans les phares d'une voiture. C'était une bonne chose qu'elle ait deux heures à tuer avant le début de l'entretien.

« Il ne faut jamais regarder un babouin dans les yeux, lui a dit Marissa à l'autre bout de la banquette arrière. Ils croient qu'on veut se mesurer à eux et ils attaquent. »

Rose et moi avons échangé un regard de perplexité. « Autre chose ? » m'a-t-elle demandé.

Je lui ai pris la main. « Sois toujours meilleure.

– Meilleure que qui ?

– Tu sais bien. »

On s'est regardés un moment, puis elle a reculé, s'est redressée et elle est entrée dans l'immeuble.

À midi, j'ai reçu un appel. C'était Rose. « Comment ça s'est passé ? ai-je demandé.

– Je sais pas trop. La vice-présidente des ventes, une nana venue de Californie, m'a posé des tonnes de questions. Le PDG s'est pointé et a été ultra-agressif, mais j'ai soutenu son regard jusqu'à ce qu'il baisse les yeux. J'ai rencontré quelques-uns de leurs CC, dont des jumeaux qui ressemblaient à des figurants d'*Entourage*.

– Mais ils t'ont fait une offre ? ai-je demandé, sur le point de m'évanouir. Ils ont abordé la question du salaire ?

– Non, a-t-elle répondu. Ça veut dire qu'ils ne m'ont pas prise ? »

PUTAIN ! Barry allait me massacrer. Tout ce que j'avais, ma situation pépère, le pouvoir, la liberté… envolé. Si on ne lui avait pas fait d'offre tout de suite, c'est qu'elle n'avait pas fait forte impression, autrement dit qu'elle avait échoué.

« Je ne sais pas, ai-je répondu, toussant, tâchant de faire bonne figure. Tout est possible. Mais tant que tu as fait de ton mieux, je ne peux rien demander de plus.

– On dirait un Mr Rogers noir. T'as des nouvelles de Brian ?

– Non, pas encore. » J'étais sur le point de vomir. Entre son échec à l'entretien et Brian toujours sous les verrous, c'en était trop pour moi. « Faut que je file, Rose. On se voit à la maison. »

Quelques heures plus tard, après avoir rempli la cuvette des chiottes de vomi, j'ai reçu un appel de Barry.

« Salut, Barry, ai-je murmuré, craintif.

– Buck, mon pote. Quoi de neuf ?

– Rien, je suis chez Sumwun. Tu sais, quoi.

– Oui, putain, c'est pour ça que je t'aime. Toujours au boulot. Écoute…

– Écoute, Barry, ai-je dit, l'interrompant. Avant que tu me tombes dessus. Il y a eu méprise. J'étais censé t'envoyer quelqu'un d'autre, mais il s'est fait arrêter, et je sais qu'elle n'était pas prête, mais c'était la seule autre que je pouvais t'envoyer. J'ai cru qu'elle assurerait mais…

– De quoi tu parles, putain ? Je savais pas que tu envoyais une fille, mais elle les a mis sur le cul !

– Quoi ? ai-je fait, serrant le téléphone de ma main moite. T'es sérieux ?

– Sérieux comme un pape, mon pote. Le PDG était si heureux qu'il s'est senti obligé d'appeler le conseil d'administration avant de lui faire une offre pour être sûr qu'elle n'était pas au-dessus de leurs moyens. Il m'a dit qu'ils étaient tous deux des fans de metal et qu'il avait eu peur de la regarder dans les yeux. Comme pour un babouin. Il ne faut jamais regarder un babouin dans les yeux, mon pote, tu savais ça ? Ils croient qu'on veut se mesurer à eux et ils attaquent.

– Oui, ai-je fait, soulagé. Je l'ai entendu dire. Alors elle est engagée ?

– Aussi engagée qu'une escort de luxe dont un politicard achète le silence. Aussi engagée qu'un Mexicain sur le bord de la route à la recherche de…

– J'ai compris, Barry. Ça fait plaisir à entendre. Je vais l'appeler pour lui apprendre la bonne nouvelle. Merci de m'avoir mis au courant.

– Non, a-t-il commencé, dans un cliquètement métallique, comme s'il ouvrait la boucle de sa ceinture. Merci à toi, Buck. Le PDG a déjà parlé de moi à son père, alors j'ai franchi un pas de plus dans l'acquisition des Giants. Tu as d'autres SDV ? Je sais qu'il lui en faut plus. Merde, on pourrait les répartir dans toutes nos sociétés s'ils sont aussi bons que cette fille. »

J'ai ri. « Je peux arranger ça. Je te tiens au jus. »

Une fois rentré, Rose et moi avons ouvert une bouteille de vin pour fêter ça devant une émission de la chaîne Histoire consacrée à tous les présidents américains qui ont fait des petits mulâtres avec leur « jeune femme noire ». Au milieu de tout ça, j'ai reçu un appel en PCV. De Brian.

« Yo, ai-je dit, éméché et fatigué.

– Buck, Dieu merci, a-t-il soufflé d'une voix pressée. Je sors demain. Ils ont organisé une séance d'identification pour un témoin de la scène de meurtre, et je me suis retrouvé avec cinq autres mecs qui ne se ressemblaient pas du tout à ceci près qu'ils étaient noirs et avaient une méchante acné. Ils m'ont dit que je sortirais demain une fois qu'ils se seraient occupés de la paperasse. »

J'ai bondi du canapé, renversant par terre un sachet entier de Doritos Nacho Cheese. « OUI ! » ai-je crié, brandissant le poing façon Black Power.

« Qu'est-ce qu'il y a ? a demandé Rose, le visage barbouillé de fromage orange, les yeux aussi rouges que les couilles de Lucifer. Il est libre ? »

J'ai fait oui de la tête, et elle s'est lancée dans une étrange danse tout droit sortie d'un concert de musique country.

« Brian, je demanderai à Chauncey de passer te prendre demain et de te déposer directement chez moi. Il a un double, ai-je dit, souriant si fort que j'en avais mal aux muscles du visage.

– Merci, Buck. Pour tout. Je sais pas ce que je ferais sans toi, mon frère.

– De rien, Brian. À bientôt. »

En rentrant du boulot le mardi, j'ai vu Brian se balancer d'avant en arrière en position fœtale sur le canapé, comme en transe.

« Yo, ai-je dit en le prenant par l'épaule.

– Putain ! » a-t-il crié, me dévisageant avec une expression de terreur, comme s'il venait de s'apercevoir que j'étais là.

Je me suis agenouillé à côté de lui. « Brian, ça va ? C'est fini, vieux. T'es pas devenu un voyou en quelques jours, hein ? »

Il s'est détourné de moi, serrant plus fort son coussin. « Non, mais j'ai jamais eu – *MERDE !* – Pardon. J'ai jamais eu aussi peur de ma vie, Buck. Ça crie toute la nuit, on n'a rien d'autre à bouffer que des sandwiches rances au beurre de cacahuète et à la confiture, et j'avais l'impression que… chais pas – *BITE !* – que l'administration se foutait de ce qui m'arrivait.

– C'est ça le système judiciaire américain, Brian. Mais t'es sorti d'affaire, vieux. Je regrette que ce soit arrivé.

– T'inquiète, a-t-il dit, reniflant dans un coussin, c'était pas de ta faute. »

Je me suis gratté la nuque et j'ai balayé la pièce du regard. « Enfin, ça l'était quand même un peu, mais je ferai tout pour que ça n'arrive plus jamais. Promis.

– Je sais, Buck. Je sais. »

C'était un peu ringard, mais je ne savais pas trop quoi faire d'autre, alors je me suis assis sur le canapé et l'ai pris dans mes bras pendant un moment, conscient que mes actes avaient eu des conséquences et qu'il fallait que je sois plus prudent.

Lecteur : Ce qu'on dit et ce qu'on fait sur cette terre, en tant que vendeur ou simple particulier, compte. Comme compte tout ce qu'on ne dit pas ou qu'on ne fait pas. Pour devenir vendeur, il faut être persuadé qu'on est maître de son destin, chose qu'il ne faut jamais prendre à la légère.

Rose était censée rentrer plus tard que moi puisqu'elle devait signer sa promesse d'embauche. On a invité Ellen et Jake à venir pour fêter le premier contrat de la bande et la sortie de prison de Brian, et pour parler du prochain entretien d'embauche et régler d'autres questions logistiques.

On a sonné à l'interphone.

« Allô ?

– Buckaroo, c'est Rose. Les documents sont officiellement et formellement signés.

– Rose ? Pourquoi tu sonnes ?

– Descends, a-t-elle dit. Je veux te montrer quelque chose. »

Brian et moi avons enfilé nos manteaux, et avons pris l'ascenseur. Une fois dehors, il n'y avait personne.

« Par ici ! » a crié quelqu'un depuis le Stuyvesant Square Park. J'ai regardé et vu un groupe d'une quinzaine de personnes rassemblées à côté des parterres de fleurs au centre du parc.

Je me suis tourné vers Brian. « Tu sais ce qui se passe ?

– Non. Comment veux-tu que je le sache ? »

On a traversé la rue et on est entrés dans le parc glacial et mal éclairé. En m'approchant du groupe, j'ai reconnu les silhouettes de Rose, Ellen et Jake à côté des autres, en doudounes, bonnets et écharpes.

« Bon, ai-je dit. Qu'est-ce qui se passe ? »

Les trois ont échangé un sourire.

J'ai donné un coup de menton en direction du petit attroupement derrière eux. « Vous êtes avec eux ? » J'ai regardé de plus près et constaté que tous ces gens qui portaient un bonnet et une écharpe avaient une chose en commun : tous avaient la peau noire ou sombre.

« Oui, a dit Rose en s'avançant. Et toi aussi.

– Qu'est-ce que tu racontes, putain ? Ça gèle. Arrêtez vos conneries et rentrons. Il faut fêter ça.

– Qui reçoit une instruction doit la transmettre, mon frère, a dit Jake, s'avançant à hauteur de Rose.

– Pourquoi j'ai l'impression d'être tombé dans un traquenard ?

– Ce que tu as fait, a dit Rose alors que les larmes lui montaient aux yeux sous la lueur orange de l'éclairage du parc, ça a changé ma vie.

– Tu nous as offert un véritable cadeau, a dit Ellen, rejoignant Jake et Rose.

– Aucun de vous en dehors de Rose n'a de travail. » J'ai fait demi-tour et me suis dirigé vers l'appartement. « Alors laissez tomber et suivez-moi.

– Ces gens, a dit Rose en désignant les personnes derrière eux qui nous observaient, ils veulent apprendre de toi, exactement comme nous. Ils veulent apprendre comment vendre.

– Tu as promis que tu n'inviterais personne d'autre.

– Je n'ai invité personne. Enfin, pas vraiment. Après avoir signé ma promesse d'embauche, j'ai posté un message sur Facebook qui disait : "J'ai trouvé du boulot ! Je suis enchantée." Mes amis, qui sont pour la plupart des gens comme moi, intelligents mais démunis, ont commencé à me demander en quoi consistait mon travail et comment je l'avais décroché. Je ne pensais pas mal faire, alors je leur ai parlé de mon "sensei" et j'ai peut-être écrit par inadvertance qu'on était quelques-uns à se retrouver ce soir. »

J'ai regardé tous ces gens, qui nous dévisageaient toujours. Puis, m'adressant aux quatre : « Vous. Chez moi. Tout de suite. »

Une fois arrivés au salon, j'ai déversé ma colère sur eux. « Vous profitez de moi ! ai-je crié. Tous autant que vous êtes. Je ne suis pas une œuvre de bienfaisance. C'est pas le séminaire des ventes de Buck pour les opprimés. Pour qui vous me prenez ? Dis-leur, Brian ; dis-leur que c'est du grand n'importe quoi.

– Mouais… » Il a haussé les épaules. « Pourquoi pas, non ?

– Comment ça, pourquoi pas ? » Je me suis précipité sur lui et l'ai secoué comme un prunier. « Pourquoi pas ? Parce que j'ai d'autres responsabilités. J'ai Sumwun, tout ce que je fais avec Barry, ma vie sociale, mes…

– Quoi ? a fait Rose. Les femmes, la drogue et la célébrité ? Arrête, Buckaroo, on sait tous que ces conneries ne t'apportent rien. La semaine dernière, tu t'es éclaté comme jamais, et tu ne veux même pas l'admettre.

– On est tous là avec vous pour une bonne raison, monsieur Buck, a dit Jake. Ça, nous, vous, c'est pas une coïncidence.

– Je suis d'accord, a ajouté Ellen. Tu as la possibilité de changer des vies.

– De rendre ta maman fière de toi », a complété Rose en se levant. Mon cœur s'est serré à ces mots.

« Viens par là », a-t-elle dit en regardant par la fenêtre.

Je me suis lentement approché. « Qu'est-ce que tu vois ? » m'a-t-elle demandé.

J'ai regardé dehors et vu plus d'une dizaine de personnes blotties les unes contre les autres, levant les yeux vers nous, vers moi. « Je vois des gens.

– Des gens qui te ressemblent. Et tu as une responsabilité, Buckaroo. Que tu en sois conscient ou pas. »

À cet instant, j'ai repensé à ce que je refoulais depuis des mois : la lettre de Maman.

J'ai regardé par la fenêtre, fermé les yeux et entendu la voix de Maman. *Il est du devoir de chaque homme et femme qui a réussi dans la vie de transmettre sa réussite, parce que, après notre mort, ce qui compte le plus n'est pas ce que l'on a accompli, mais ceux que nous avons aidés.*

Elle avait raison. Et j'imagine que Rose, Ellen, Brian et Jake aussi.

« On a besoin de règles, ai-je dit, les regardant en face. Personne ne doit savoir que je suis impliqué.

– Marché conclu », a lancé Jake. Les autres ont fait oui de la tête.

« Comment ça s'appellera ? a demandé Brian.

– Pourquoi pas la "Société africaine des vendeurs" ? » a proposé Jake en nous regardant pour savoir ce qu'on en pensait.

Rose a enfoui son visage dans ses mains et secoué la tête. « Ça fait SAV, comme "service après-vente", crétin.

– Dans ce cas, les Vendeurs noirs, a suggéré Ellen, VN ne signifie rien.

– C'est nul », ai-je dit.

Brian a tapé dans ses mains. On l'a tous regardé. « Rose, qu'est-ce que tu as écrit sur ta page Facebook ? Que tu étais quoi ?

– Enchantée.

– Oui, voilà. Pourquoi on ne s'appellerait pas les Enchantés ? C'est rigolo, et si quelqu'un vend la mèche par accident, personne ne se doutera de qui on est.

– Bon, ai-je dit. On pourra changer le nom si nécessaire.

– Et c'est seulement pour les Noirs, hein ? a demandé Jake.

– Les gens de couleur », ai-je corrigé. J'ai repensé à Sumwun et à toutes les équipes de vente des start-up de la tech. Ça ne manquait pas seulement de Noirs, mais de tous les gens de couleur.

« Parfait, a dit Rose. Maintenant que c'est réglé, je crois qu'il est temps d'inviter tous ces Enchantés à nous rejoindre, parce qu'ils se les gèlent. »

Quand on est retournés au parc, ils m'ont tous regardé comme des réfugiés affamés. « Règle numéro un, ai-je crié en les mettant tous au garde-à-vous. Seuls les amis sont admis, et tous doivent être des gens de couleur. On n'est pas contre les Blancs, mais on les ignore. Ils ont déjà plusieurs longueurs d'avance, alors qu'on est encore sur la ligne de départ.

« Règle numéro deux : vous m'avez peut-être vu aux infos ou ailleurs, mais personne d'autre ne doit savoir que je suis impliqué. Dire aux gens de l'extérieur que je suis derrière tout ça ne fera qu'attirer une attention indésirable.

« Règle numéro trois : vous utiliserez ce que je vous apprendrai pour faire le bien et avancer dans la vie. Pas à des fins de manipulation, ou pour faire du tort à autrui mentalement, émotionnellement, financièrement ou socialement.

« Et règle numéro trois et demi, parce que, comme l'a dit Jeffrey Gitomer, il faut toujours donner un petit extra : si c'est votre première soirée avec les Enchantés, vous devez faire un jeu de rôle, ce qui est notre version à nous de la boxe à mains nues. La principale différence, c'est que les blessures qu'on subit ne guérissent pas aussi vite.

« Si vous dérogez à l'une de ces règles, quelle qu'elle soit, non seulement vous cesserez d'être un Enchanté, mais le groupe tout entier sera dissous, ai-je dit, m'essuyant les mains. Compris ? »

Ils ont tous fait oui d'un signe de tête.

« Je veux vous entendre dire que vous comprenez.

– Oui, ont dit un certain nombre d'entre eux, bientôt rejoints par tous les autres.

– Des questions ?

– Non, ont-ils répondu, grelottant plus que jamais, la faim leur tenaillant visiblement les yeux et les os.

– Bon, ai-je dit, en faisant craquer mes doigts. Qui est prêt à apprendre comment vendre ? »

27

Samedi, vingt Enchantés sont venus à Bed-Stuy installer notre QG, qui n'était autre que le 84 Vernon Avenue, l'immeuble de pierre brune où j'avais grandi. Je n'y étais plus allé depuis le jour où j'avais conclu ce marché avec Barry Dee, ayant emménagé tout de suite chez Rhett avant de trouver mon appart dans la 17e Rue.

« Merde, qu'est-ce qui s'est passé, ici ? » a demandé Jake. Il y avait du verre brisé partout dans la cuisine et le salon, des morceaux de papier jauni sur la table renversée, des chaises cassées, des trous en forme de poing dans les murs, et une épaisse couche de poussière recouvrant toutes les surfaces.

« Ouvrons les fenêtres », a dit Rose. Les nouvelles recrues se sont exécutées.

Je suis allé à la cuisine et j'ai ramassé les feuilles que j'avais jetées six mois plus tôt – la lettre de Maman et l'acte de vente non signé. Comme Maman ne l'avait jamais signé, et moi encore moins, la maison nous appartenait encore ; tout ce que j'avais à faire, c'était payer la taxe foncière dont l'augmentation semblait blanchir un peu plus le quartier chaque jour. Jusqu'à ce que les taxes nous séparent.

« Les tableaux blancs, là-bas, a ordonné Rose, montrant le mur face au vieux canapé. Que quelqu'un balaie le verre et jette tout ce qui est cassé – les tasses, les assiettes, la table et les chaises. »

J'ai replié les feuilles dans leur enveloppe. J'ai senti une main sur mon épaule. « Mmh ? ai-je fait, voyant que Rose me regardait avec perplexité.

– Je t'ai demandé si on pouvait jeter tous ces trucs. On va commencer à décharger le camion. Tout va bien ?

– Oui. C'est juste que je n'étais pas revenu depuis la mort de ma mère, alors…

– C'est pas facile. Mais je m'occupe de tout. Va faire ce que tu dois faire. On gère.

– Merci », ai-je dit. Je me suis souvenu que j'avais deux choses bien précises à faire.

En bas des marches. Au coin de la rue. J'ai regardé l'épicerie de M. Aziz et vu le flot nourri des clients du samedi matin entrer les mains vides et ressortir avec des sandwiches aux œufs, du thé glacé Arizona, et des cigarettes.

Seule une gargouille était de sortie : Wally Cat.

« Quoi de neuf, Wally Cat ? ai-je fait, mes nerfs vibrant comme des clochettes dans le vent.

– C'est toi, Darren ? Ça fait quoi, un an que je t'ai pas vu ? Comment vas-tu ?

– Bien. » J'aurais voulu qu'il y ait une caisse libre pour moi. Comme avant. « Et vous ? Qu'est-ce qui se passe, par ici ? »

Il a craché un jet de salive dans la rue et a regardé par-dessus son épaule. « Que dalle, tu sais. Comme d'hab. De plus en plus de Blancs, de moins en moins de Noirs. C'est ça, le cercle de vie, ici. »

Il fallait que je fasse quelque chose, que je dise quelque chose, pour lui signifier que je regrettais. Tout ce que j'avais fait. J'ai posé mon cul sur le trottoir et l'ai regardé dans les yeux. « Yo, Wally Cat, je…

– T'avise pas de dire que tu regrettes. On fait tous des choix, tu le sais. Et il faut que tu vives avec les tiens, surtout après ce que t'as fait à Percy. Tu sais que tu t'es mal conduit, hein ? »

M. Rawlings. Je ne le voyais plus que dans mes cauchemars.

J'ai tenté de cracher pour m'éclaircir la gorge, mais elle était trop sèche. « Oui, ai-je murmuré, détournant le regard. Je sais.

– Tant mieux, parce que chacun de nos actes provoque une réaction égale et symétrique. Alors tu ferais bien de prier pour qu'il aille bien, si tu veux éviter le retour de bâton. Mais… – il a posé une main ferme sur mon épaule – je t'ai vu à la télé et dans le journal. On dirait que tu t'es fait une place dans le WWW. Alors je suis fier de toi. Ta maman le serait aussi. »

Je vais pas mentir, ça m'a fait du bien d'entendre ça, mais ce sentiment n'a pas duré. Wally Cat était un ancien, et avoir son respect était important, mais il fallait quand même que je reconstruise les ponts. Et il n'allait pas le faire à ma place.

« Merci, Wally Cat. Ça me touche plus que vous n'imaginez. » Je me suis levé et me suis épousseté le cul. « Où est Jason ? Il est toujours au coin de la rue ? »

Il a donné un coup de menton en direction du coin. « À ton avis ?

– Où est-ce qu'il est ?

– Chez McDo, a-t-il dit, avec un grand sourire. Il cherche plus à jouer les gangsters, il veut devenir un homme.

– Et Soraya ? ai-je demandé, l'air de rien. Vous l'avez vue, récemment ? »

Wally Cat a tchipé et s'est adossé à sa caisse, hochant la tête en direction de l'épicerie. « Elle est là, pauvre crétin.

– Merci, Wally Cat. » J'ai tendu le poing pour le saluer, mais il m'a tiré contre lui et m'a serré dans ses bras, plus longtemps que jamais.

« T'es pas allé baiser des p'tites Blanches, hein ? » Il me serrait fort, et sa voix était chargée d'inquiétude.

« Non », je me suis dépêché de répondre.

Il a ri. « Bon. Sept ans de malheur, n'oublie pas. Tu vas rester un peu dans le quartier ?

– Y a des chances », ai-je crié en traversant la rue, choisissant de commencer par la plus facile de mes deux missions.

Il y avait deux McDonald's à peu près à la même distance de chez nous – un sur Broadway et l'autre sur Fulton – et je savais que Jason n'irait jamais bosser dans celui de Fulton parce qu'il m'avait raconté avoir trouvé un jour une tête de poulet frit dans sa boîte de six McNuggets. Mais bon, je n'aurais jamais pu imaginer qu'il bosse un jour chez McDo, alors qu'est-ce que j'en savais ?

J'ai couru jusqu'à celui de Broadway, regardé par la vitre, et l'ai vu derrière le comptoir en chemisette bleue, casquette noire marquée d'un grand M sur le devant, et une tête qui signifiait « Achevez-moi tout de suite, par pitié ! » devant la file de familles noires et basanées qui attendaient leur saucisse McGriddles et leur café bouilli.

« Yo », ai-je fait. Il a levé les yeux, sa surprise vite remplacée par de la colère.

« Qu'est-c'que tu fous là ? Tu veux acheter un McFlurry ?

– Qu'est-ce que toi, tu fous là !?

– À ton avis ? Je gagne ma vie honnêtement. Tu peux sans doute pas en dire autant. »

Il avait toujours la même tête, mais paraissait un peu plus vieux. Il se tenait plus droit et bougeait avec plus d'assurance.

« Bref. Écoute, j'ai une proposition à te faire. Pour t'aider. »

Il a tendu le cou par-dessus la caisse pour regarder la file d'attente qui zigzaguait jusque sur le trottoir. « J'ai pas besoin de ton aide. Si tu veux rien acheter, sors de la file. Tu bloques le passage.

– C'est vrai ! a dit un mastard entre deux âges derrière moi. On n'est pas chez le coiffeur, ici. Bougez-vous au lieu de bavasser. J'ai faim, putain, et je suis diabétique.

– Qu'est-ce que vous foutez au McDo, alors ? ai-je dit, lui clouant le bec. Bref, ce que j'ai à te proposer te rapportera plus que les huit et quelques dollars de l'heure que tu gagnes et permettra à ta mère de quitter sa barre d'immeuble fissa. Si t'es partant, viens chez moi sur Vernon, dans deux heures. Soraya sera là.

– Bouge de là », a gueulé le mastard derrière moi, grommelant des trucs sur les jeunes de nos jours, le fait qu'y a plus de respect, et son taux de sucre.

Je suis retourné au coin de la rue en courant et me suis appuyé sur Wally Cat, pour reprendre mon souffle. « Un sur deux, ai-je dit, en nage. Plus qu'un.

– Merde ! a crié Wally Cat. Tu transpires plus qu'une mule devant des douaniers. Essuie-toi et va faire ton truc avant d'attraper la mort. »

Je me suis épongé la figure, j'ai lissé mes vêtements, et je me suis dirigé vers l'épicerie.

Les clochettes ont sonné à l'ouverture de la porte. Soraya était derrière la vitrine des bonbons et cigarettes, elle ne m'a pas vu. Elle était penchée sur le comptoir, et souriait en tripotant la barbe d'un grand type à la peau claire, presque blanc, mais pas tout à fait. Ne sachant pas comment interrompre autrement ce qui se passait, je suis ressorti, puis rentré, poussant la porte plus fort pour que les clochettes fassent plus de bruit.

« Darren ? a dit Soraya, les yeux écarquillés, retirant ses doigts de la barbe du type. Tu vas bien ?

– Oui, salut », ai-je dit en m'approchant. Elle portait un pull moutarde imprimé des lettres cursives blanches ZNH.

« Salut, a fait le gars en me regardant avant de se tourner vers Soraya.

– Jalal – elle s'est détournée de moi –, je te présente Darren, enfin, Buck. Un vieil ami. Buck, je te présente Jalal, mon…

– Petit ami », a-t-il dit, me tendant une main beige. Je l'ai serrée, puis me suis tourné vers Soraya.

« Qu'est-ce qui s'est passé avec l'école d'infirmières ?

– Je ne sais pas. » Elle s'est frotté la nuque. « Je crois que ce n'était pas pour moi. Je ne pourrais sans doute pas être une vraie infirmière.

– Pourquoi ?

– Parce que j'ai des responsabilités, les magasins et… d'autres choses. Et puis je suis bien placée pour savoir ce qui arrive quand on réalise son rêve. »

Un frisson m'a parcouru l'échine, et j'ai dû faire un effort surhumain pour soutenir son regard perçant, qui m'a pétrifié comme du verre.

« Elle est toujours débordée, a lancé Jalal. Débordée, débordée, débordée. C'est pour ça que je l'aime, mais je ne sais toujours pas pourquoi elle m'aime. »

Il a dit ça sur le ton de la menace.

« Tu peux passer chez moi ? Dans deux heures ? Jason sera là et je veux vous montrer quelque chose. En amis, ai-je dit, un peu plus fort pour que Jalal me lâche.

– Qui te dit qu'on est amis ? » a-t-elle fait, le visage dur comme la pierre.

J'ai dégluti. « Non, je dis juste…

– Tu dis juste quoi ? Qu'est-ce que tu fais là, de toute façon ?

– Oui, a dit Jalal, se mettant entre moi et le comptoir. Je crois que tu ferais mieux de partir. »

Je l'ai regardé de la tête aux pieds, et j'ai ri. « Je crois que tu sais pas à qui tu parles, halal. Et maintenant recule, putain, avant que je te montre. »

Il m'a regardé une seconde, puis s'est tourné vers Soraya.

« Attends-moi dehors un instant, mon chéri, a-t-elle dit en lui caressant le bras. Il ne me fera pas de mal, je t'assure.

– Comme tu voudras. » Il m'a heurté l'épaule en passant devant moi, et les clochettes ont sonné à sa sortie.

Elle a fait le tour du comptoir et s'est plantée devant moi, sa tête à hauteur de mes épaules, me dévisageant comme si elle faisait deux mètres. « C'est quoi ces conneries ? m'a-t-elle dit. Tu crois que tu peux te pointer et faire comme si t'étais chez toi ?

– Non, je...

– Non, t'as raison, Darren, Buck, ou je ne sais comment tu veux te faire appeler aujourd'hui. T'as dix secondes avant que j'attrape mon balai et que je me débarrasse de toi avec. Je t'écoute. »

J'ai respiré, comprenant que ce serait plus dur que j'avais cru. « Écoute, j'essaie juste de me racheter, Soraya. Je sais que je t'ai fait des coups tordus, et je suis pas là pour foutre la merde, mais passe ce soir, juste pour que je te montre ce que je fais. Si ça t'intéresse pas et que tu me détestes encore, je ne viendrai plus jamais te parler. Mais je suis toujours le même que celui que tu as connu. »

Elle m'a tourné le dos et elle est repartie derrière le comptoir. « Non, je ne crois pas.

– S'il te plaît, Soraya. Accorde-moi dix minutes, c'est tout. Je te promets que ça vaut le coup. »

Elle a serré les dents et m'a dévisagé comme pour tenter de trouver une trace de celui que j'étais avant. Puis elle a fermé les yeux et secoué la tête. « Je ne crois pas que ce soit une bonne idée, mais Jason sera là, tu dis ?

– Oui, il sera là, ai-je répondu, sans être sûr qu'il passerait.

– Bon. S'il vient, alors peut-être que je viendrai avec lui. Si tu joues les jolis cœurs, je m'en vais et on ne se parlera plus jamais. Compris ? »

J'ai poussé un soupir de soulagement. « Compris. »

Deux heures après, la maison n'était pas d'une propreté irréprochable, mais il y avait de nouvelles tables, des chaises, des tableaux blancs, quelques téléphones et même un canapé.

« Bon, a dit Rose, debout dans l'ancien salon de M. Rawlings. Le rez-de-chaussée servira aux cours de théorie élémentaire, le premier étage aura une pièce pour s'entraîner à passer les appels, et une autre pour dormir si on est fatigué. Au deuxième étage, on fera surtout des jeux de rôle, on prendra les repas à la cuisine, et le salon servira de salle de réu. Au dernier, on n'a pas touché à ta chambre, mais on en a fait une espèce de bureau pour toi. »

J'ai regardé la pièce, désormais vide à l'exception d'un tas de rebuts.

« C'est qui ? a demandé Rose, me glissant dans la main une photo à moitié déchirée. Toi, ta mère, et ton grand-père ? »

J'ai jeté la photo sur le tas de rebuts. « Non, c'est sans doute une connaissance du précédent locataire, ai-je dit. Mais le QG commence à avoir de la gueule. Tu es sûre que ça va marcher ?

– Ça marchera si c'est ce que tu veux.

– Et le jardin ? Qu'est-ce qu'on va en faire ?

– On n'y touche pas. On peut s'en servir comme d'une petite ferme, le genre de rêve qui fait mouiller les hipsters. »

Quand on est montés, certains s'exerçaient déjà aux jeux de rôle. Une demi-douzaine d'appels étaient en cours – « dring, dring ! » – et Brian, Jake et Ellen criaient : « *Clic !* Non ! Recommence ! » avec ravissement.

« C'est quoi tout ça ? » a dit une voix à la porte d'entrée.

Soraya et Jason étaient sur le seuil, et tendaient le cou pour voir à l'intérieur.

« C'est un truc à la Black Panther ? » a demandé Jason, entrant et jetant des coups d'œil partout dans la pièce. Il portait encore son uniforme et puait la frite.

« Si on veut, a dit Rose, qui s'est avancée vers lui. Et toi t'es qui, le Ronald McDonald noir ?

– Doucement, ai-je dit. Ce sont de vieux amis.

– Pas vraiment, a dit Jason.

– Alors barrez-vous, a fait Rose du tac-au-tac, fusillant Jason du regard.

– Laisse-nous une minute, Rose. » Elle a levé les yeux vers moi, inquiète. « S'il te plaît. »

Elle a fait demi-tour, tapant dans ses mains à l'intention des nouvelles recrues. « Allez, allez, allez. Vous voulez être fauchés toute votre vie ? Mettez un peu plus d'énergie dans ces jeux de rôle. Du bagou !

– Ta nouvelle copine ? a demandé Soraya, hochant la tête en direction de Rose.

– Non, plutôt une petite sœur.

– OK. Chais pas pourquoi tu nous as fait venir, ou ce qui se passe ici, a commencé Jason en agitant les mains. Mais si tu t'expliques pas très vite, on se casse. »

J'ai soufflé lentement. « Bon. D'abord, je vous ai demandé de venir pour vous présenter mes excuses.

– Pour quoi ? a demandé Soraya.

– Pour m'être conduit comme un con. Avoir cru que je valais mieux que vous. Avoir oublié d'où je viens. Et…

– M'avoir tabassé comme une petite merde, a ajouté Jason.

– T'avoir tabassé comme une petite merde, ai-je murmuré. »

Soraya m'a lentement applaudi. Toutes les personnes présentes ont cessé de faire ce qu'elles faisaient et nous ont dévisagés. « Qui eût cru que ce jour viendrait ? Le tout-puissant Darren Vender, je veux dire Buck, admet s'être trompé. Il a sans doute des ennuis », a-t-elle dit en se tournant vers Jason.

Il a souri. « Sans doute.

– Non. La deuxième raison pour laquelle je vous ai fait venir, c'est que je voulais savoir si ça vous intéressait de nous rejoindre.

– Qui ça, nous ? a demandé Jason.

– Les Enchantés, ai-je dit en montrant la pièce.

– Les quoi ? Mec, chuis déjà enchanté de mes journées. J'ai pas besoin de l'être encore plus.

– Ce n'est qu'un nom, ai-je dit. On peut le changer.

– Et qu'est-ce qu'ils font, ces Enchantés ? a demandé Soraya.

– Ils vendent. Je leur apprends à faire ce que je fais pour décrocher de meilleurs jobs, gagner de l'argent, et réussir dans la vie. Pour réparer les choses. »

Jason a secoué la tête et éclaté de rire. « Et c'est quoi le piège ? Qu'on devienne des esclaves du XXIe siècle pour les Blancs de Wall Street ?

– Y a pas de piège. Tout ce que je ferai, ai-je assuré en me retournant vers Rose, Jake, Ellen et Brian, enfin, tout ce qu'on fera, c'est vous transmettre un enseignement et vous offrir des opportunités. Si l'une d'elles vous convient, saisissez-la et transmettez à votre tour cet enseignement à d'autres.

– Qu'est-ce qui te dit que je veux apprendre à faire ce que tu fais ? m'a demandé Soraya, qui avait l'air d'être sur le point de m'en coller une. Qu'on veuille appartenir au monde qui a fait de toi un connard ?

– Parce qu'aucun de vous deux ne veut passer sa vie ici. Jason, tu veux vendre des Chicken McNuggets pour le restant de tes jours ? Ou retourner dealer de la coke ? »

Il a serré les dents et m'a répondu : « Bien sûr que non. Je veux faire sortir ma mère de la cité dès que possible. Je veux pas me retrouver coincé ici comme tous ces Noirs qui en sont jamais sortis.

– Exactement. Et toi, Soraya, tu vas me dire que tu veux vraiment gérer les épiceries de M. Aziz jusqu'à tes quarante ans ? Je comprends que tu ne veuilles pas devenir infirmière, mais ce qu'on t'apprendra te permettra de faire tout ce que tu veux. Il ne s'agit pas de bosser éternellement dans une start-up de Manhattan. Une fois qu'on a appris à vendre, à vendre vraiment, tout est possible. »

Lecteur : Retenez bien cette dernière phrase.

J'ai baissé les yeux. Ma chemise était trempée de sueur. Mon cœur battait comme une grosse caisse. « Je ne peux pas remonter le temps, ai-je murmuré. Mais je peux contribuer à améliorer votre avenir. »

Ils ont échangé un long regard. Jason lui a murmuré quelque chose, et elle lui a répondu. Ils ont fait demi-tour et se sont dirigés vers la porte.

Je me suis assis par terre, épuisé. J'avais tout fait. Je comprenais pourquoi ils ne me faisaient pas confiance, pourquoi ils ne voulaient rien avoir à faire avec moi.

« D'acc ! » a dit Jason.

Quand j'ai levé la tête, ils étaient tous les deux sur le seuil, souriants.

« Ça marche, a dit Soraya. Mais à condition que tu sois toujours franc avec nous. À la minute où ça part en couille, on arrête. Compris ?

– Oui, compris », ai-je dit, finissant par saisir de qui parlait Maman quand elle disait qu'elle voulait que je sois celui que j'étais destiné à être.

– Et j'ai un petit ami. Alors ne va pas t'imaginer qu'il y aura quoi que ce soit entre nous.

– Ça aussi, c'est compris.

– Alors on commence par quoi, putain ? a demandé Jason en retirant sa casquette McDo et la jetant à la poubelle. Je vais tenter de devenir aussi riche que Daddy Warbucks. »

VENDRE

La seule chose qui sépare un bon joueur d'un grand joueur,
c'est la prédisposition au sacrifice.

Kareem Abdul-Jabbar

6 MOIS PLUS TARD

28

Je sais. Les péripéties de cette histoire sont absurdes, à couper le souffle et complètement dingues. Je vous assure pourtant que chaque phrase est vraie. Je vous ai appris pendant des heures à aller de l'avant, à vous libérer des chaînes du XXIe siècle, et ma mission est presque accomplie. Avant de se quitter, vous devez vous demander comment j'ai fait pour me retrouver là – à vous écrire depuis cet appartement-terrasse d'une valeur de plusieurs millions de dollars, dans un gratte-ciel plus que centenaire avec vue sur Central Park.

Il faut croire que toutes les bonnes choses ont une fin, y compris le tableau que je vous ai dépeint quand on a fait connaissance. Parce que, tandis que j'écris ces mémoires instructifs au dernier étage de mon gratte-ciel, la pièce où je suis assis fait deux mètres sur trois. Et s'il faut vous faire un dessin, ça veut dire que je suis en prison au centre de détention Lincoln. Détenu numéro 8121988, enchanté. Et maintenant, je suis sûr que vous avez autant de questions à me poser qu'un môme atteint de trouble du déficit de l'attention qui regarde du porno pour la première fois, au moment de vous expliquer comment j'ai rejoint les deux tiers d'hommes noirs qui finissent en taule. Tout est parti d'un soir.

Après avoir lancé les Enchantés, ce qui s'est fait très vite grâce à l'aide de Rose, Brian, Ellen et Jake, nous avons recruté vingt nouvelles personnes par semaine. Tout ça alors qu'on bossait dessus à mi-temps. Rose faisait en sorte que tout se passe bien. Ellen élaborait les « devoirs » à faire, ce qui consistait en des missions dangereuses et presque mortelles pour les nouvelles recrues. Brian était notre conseiller, s'assurant que tout le monde trouvait du boulot. Jake s'occupait de notre dispositif financier et juridique.

Et moi, qu'est-ce que je faisais ? J'étais notre intrépide meneur, le chef d'équipe, et mon boulot consistait à faire en sorte que tout le monde fasse corps derrière notre mission, à avoir le dernier mot en cas de désaccord, et à veiller à ce qu'on se propage plus vite que la syphilis dans les années 60.

Non seulement j'envoyais des Enchantés directement chez Sumwun, mais je les recommandais à Barry et aux sociétés dans lesquelles il investissait. Après avoir survécu à notre camp d'entraînement de premier ordre, les SDV, bien sûr, faisaient des étincelles lors de l'entretien d'embauche et décrochaient le poste. Une fois embauchés, ils recommandaient un ou deux autres Enchantés à leur société, où ils devenaient à leur tour les meilleurs SDV sur lesquels les responsables de la société aient jamais posé leurs beaux yeux bleus ou verts.

Dans les start-up, il y a ce truc ridicule qu'on appelle la commission d'embauche. Si je recommande un ami pour un poste au sein de ma société et qu'il est embauché, je touche quelques milliers de dollars, parfois plus. Les Enchantés avaient coutume de verser la moitié de leur premier mois de salaire à l'organisation, ainsi qu'au moins 25 % des commissions d'embauche qu'ils pouvaient percevoir. Et si le SDV moyen touchait un salaire de base de quarante mille dollars par an, une commission d'embauche rapportait en moyenne cinq mille dollars, et nous avions plus de deux cent cinquante Enchantés, alors…

Je me perds en détails techniques. Sachez simplement qu'en l'espace de six mois nous avions près d'un demi-million de dollars sur notre compte, une dizaine de branches dans chaque hub de la tech américaine – New York, Boston, Austin, San Francisco, Raleigh, Seattle – et qu'on se développait à l'international dans des villes comme Dublin, Londres, Tel-Aviv, tout en restant anonymes. Vous savez quoi ? Je la ferme et vous montre simplement comment ça marchait.

Imaginez deux personnes, Mary et Denmark. Mary est une SDV confirmée, peut-être même directrice, dans une start-up bidon de San Francisco, où Denmark vient de s'installer en provenance de, mettons, Harlem. Ils ne se connaissent pas, mais grâce au réseau,

Mary a entendu dire qu'il y avait un frère en approche. Denmark entre en contact avec la start-up, et comme Mary est l'une des rares Noires à y bosser, sinon la seule, un cadre sup à pigmentation déficitaire suggère de façon micro-agressive qu'elle rencontre Denmark, pour « tu vois, le mettre suffisamment à l'aise pour qu'il te montre sa vraie personnalité ».

Mary est assise à son bureau. Denmark entre. Et maintenant, regardez bien. Mary, souriante, élégante, et confiante comme toute personne haut placée, lui dit : « Comment allez-vous aujourd'hui ? »

Denmark, qui soupire de soulagement quand il entend le signal, répond quelque chose comme : « Je suis enchanté, merci. Et vous ? »

Mary, qui comprend alors qu'elle est en famille, dit : « Enchantée, moi aussi », et tend à Denmark son poing droit. Pour sceller l'accord et s'assurer pleinement de l'identité de Denmark, ce dernier lui tend le poing et chacun porte ensuite son poing contre sa poitrine – côté gauche, sur le cœur – à deux reprises. Ils rient, discutent de leurs connaissances communes, et Mary fait à Denmark le topo de la start-up bidon – quel est le salaire de départ recommandé, qui flatter lors de l'entretien d'embauche, de quels responsables se méfier, et tout ce qu'il faut savoir pour se repérer dans cette version de la Forêt des rêves bleus. *Zoum ! Pan ! Pouf !* Une nouvelle jeune personne de couleur est en route vers le chemin de la réussite professionnelle. Et le cycle se reproduit.

« Mais… c'est injuste ! pourrait s'offusquer quelqu'un, du sang bleu affluant dans les veines gonflées de son cou à peau blanche. C'est pire que de la discrimination positive ! » s'écrierait-il, se demandant comment on a pu en arriver là, comment de braves Blancs comme eux ont pu laisser un groupe de vendeurs d'élite issus des minorités se glisser dans la brèche. À cela je répondrais : voyez-y une réparation due de longue date. Sauf qu'au lieu d'attendre que l'État nous l'octroie, nous l'avons prise. Mais ne vous en faites pas, on s'est vite retrouvés sous le feu ennemi, et c'est là que je reprends le fil de notre histoire. Nous étions six mois après la création des Enchantés, en septembre, toujours aux prises avec l'été humide et marécageux de New York.

C'était un samedi matin, autrement dit l'heure du Havre de Paix : la réunion hebdomadaire où tous les Enchantés du monde se retrouvaient pour prendre connaissance des dernières actualités et doléances, accueillir les nouvelles recrues, fêter les victoires et, bien sûr, me soumettre au feu nourri d'une séance de questions-réponses.

J'étais dans mon ancienne chambre – qui, grâce à Rose la bricoleuse, était désormais mon bureau –, passant en revue nouvelles et problèmes, et tâchant de retenir le nom de tous les membres, quand on a frappé à la porte.

« Entrez, ai-je dit, sans faire l'effort de lever les yeux.

– Darren », a dit Soraya, qui est entrée d'un pas lent et tentait visiblement de se maîtriser, les joues baignées de larmes.

J'ai bondi et me suis précipité vers elle, veillant à ne pas la toucher. C'était une des règles qu'on avait établies à son arrivée. « Qu'est-ce qui se passe ? »

Une semaine après s'être jointe aux Enchantés, Soraya avait décroché un boulot dans une start-up touchant aux métiers de la santé et gagnait plus que la plupart des gens qu'on avait déjà placés. J'avais même présenté mes excuses à M. Aziz, qui les avait acceptées, je n'avais donc aucune idée de ce qui n'allait pas.

« Je viens de rompre avec Jalal », m'a-t-elle dit, s'affalant sur mon lit, que Rose avait gardé au cas où je passerais la nuit sur place.

Je ne vais pas mentir, voir Soraya assise sur mon lit et l'entendre dire qu'elle venait de larguer ce clown m'a fait sourire, mais je me suis vite repris. « Pourquoi ? Je croyais que tout allait bien entre vous ?

– Moi aussi. Mais il n'a pas supporté. Le nouveau job, les nouveaux amis, le nouveau salaire. Ça faisait beaucoup pour lui, il s'est mis à complexer et à vouloir tout contrôler. »

J'ai ri. « Ça me rappelle quelque chose.

– La ferme, a-t-elle rétorqué, me donnant un coup de poing sur l'épaule. Non, vraiment, je suis triste parce que je croyais que c'était le bon, cette fois. J'essaie d'être forte, mais j'ai l'impression qu'un jour, je vais me réveiller à cinquante ans, seule, dans un appartement plein de chats. »

Sans réfléchir, j'ai posé la main sur son épaule. « Tu es l'une des personnes les plus fortes que je connaisse, Soraya. S'il était dépassé par la situation, c'est qu'il n'était pas la bonne personne pour toi. Les gens vous tirent soit vers le haut, soit vers le bas, et si c'est vers le bas, alors faut qu'ils dégagent. Même si c'est dur. Mais… – j'ai levé son menton – ne t'en fais pas. Tu trouveras la bonne personne. Tu es jeune, belle, incroyablement intelligente, et juste un peu chiante.

– Connard. » Elle m'a cogné le bras.

Quelqu'un a frappé à la porte. « Oui ? »

La porte s'est lentement ouverte, et un jeune métis aux lunettes deux fois trop grandes a passé la tête. « Euh, s-s-sensei Buck, pardon de vous emb-b-bêter, mais…

– Entre, Trey. Combien de fois je t'ai dit de ne pas prendre cet air accablé ? Voilà comment on finit par devenir mon assistant au lieu de trouver un vrai travail.

– Oui, a-t-il dit, les yeux baissés sur ses pieds. Mais ça me plaît d'être votre assistant. Ça me plaît de soutenir le m-m-mouv…

– Mouvement, a dit Soraya, souriant et tapotant le lit à côté d'elle. Ne t'en fais pas, Trey. Tu sais qu'il ne ferait pas de mal à une mouche. »

Treyborn Percival Evans, serrant un carnet de notes contre sa poitrine, s'est assis et a souri à Soraya. Le môme bégayait plus qu'un CD rayé et ne pensait jamais à mal.

Après nous avoir entendu faire du raffut un jour, il avait sonné à l'entrée pour demander si tout allait bien. Rose, se revoyant dans ce gamin aux vêtements déchirés et aux baskets sales, l'avait fait monter, lui avait servi un repas et me l'avait présenté.

« Comment tu t'appelles ?

– Tr-tr-treyborn Percival Evans, monsieur, avait-il dit, le regard fuyant.

– Bon, Trey. Enchanté. Qu'est-ce que je peux faire pour toi ? »

Les yeux rivés à ses chaussures. « Je sais p-p-pas, monsieur. Mais je cherche du b-b-b-bou…

– Du boulot ? Tu cherches du boulot ? »

Il avait fait oui de la tête.

« Je peux sans doute faire quelque chose pour toi, Trey. Mais dans ce cas, il va falloir que tu lèves la tête. On ne travaille pas avec des gens qui baissent la tête, compris ? »

Il a levé la tête et m'a regardé dans les yeux même si ça lui demandait visiblement un effort.

« Bon. Tu apprends vite. »

Je lui ai parlé des Enchantés, et il a dit qu'il adorerait en faire partie. Mais au bout d'un mois de formation, on s'est aperçus qu'il était une des rares personnes que nous avions rencontrées à ne pas être douées pour la vente, alors je lui ai demandé d'être mon assistant, et il était mon bras droit et ami depuis ce jour.

« Qu'est-ce qu'il y a, Trey ?

– C'est l-l-l-l'heure du Hav-v-v-vre de Paix, sensei Buck. Tout le m-m-monde vous attend.

– Dans ce cas, ne les faisons pas attendre plus longtemps. Dis-leur que j'arrive tout de suite.

– Oui », a-t-il dit, se ruant hors de la pièce.

« Le Grand Méchant Buck, a dit Soraya, agitant les doigts vers moi. Tu fais tellement peur. Qui l'eût cru ? »

J'ai ri. « Oui, hein ? » Elle s'est levée pour sortir, mais je l'ai attrapée par le poignet. « Ça va aller, toi ?

– Oui. Ça ira. Merci d'être là. »

On s'est regardés un moment, un courant électrique passant entre nous. J'ai cru qu'on allait dépasser les limites, mais elle s'est dépêchée de sortir. Son odeur de cannelle et de beurre de cacao est restée dans l'air – tel un nuage épousant la forme de son corps.

Le salon et la cuisine étaient pleins à craquer. Des Enchantés de presque toutes les couleurs, religions, orientations sexuelles et de tous les genres étaient assis sur les tables, les chaises, la paillasse, le rebord des fenêtres et le sol, formant un cercle. En plus des visages de nos branches internationales qui apparaissaient par écrans interposés, les Enchantés des autres étages du 84 Vernon étaient aussi en visioconférence. Sans dec, quand on entrait et qu'on voyait des Ougandais, Mexicains, Jamaïcains, Chinois, Boliviens, Indiens, Iraniens et autres jeunes hommes et femmes assis dans une seule pièce, on se croyait à une simulation de l'ONU.

J'ai mis mes nouvelles lunettes, me suis posté derrière un pupitre en acajou au milieu du cercle, et j'ai dit : « Comment allez-vous ?

– On est enchantés ! ont-ils crié.

– Enchantés de quoi ? ai-je demandé, souriant d'une oreille à l'autre en me balançant derrière le pupitre comme un prêcheur du Sud qui gagne trop, mange trop, baise trop.

– D'être là ! ont-ils répondu en tapant du poing contre leur poitrine à deux reprises.

– Voilà ce que j'aime entendre, ai-je dit, jetant un œil aux journaux devant moi. Ça a été une semaine passionnante. Avec le développement de notre branche londonienne, nous sommes désormais plus de trois cents Enchantés à travers le monde. Des applaudissements pour Joe Knight, Jimmy Sommerset et Mary Prince qui ont mené le combat de l'autre côté de l'océan. »

Trois têtes ont souri sur les nombreux écrans accrochés aux murs sous un tonnerre d'applaudissements.

« Bon, ai-je continué. On se développe à un rythme de dingue, ce qui est excellent. Presque toutes les nouvelles recrues trouvent du boulot moins d'un mois après nous avoir rejoints. Et à en juger par ce que je vois, nos efforts pour défendre la diversité, menés par Rose, sont payants, alors saluons-la. »

Rose a embrassé Dolores, une Mexicaine de Californie, sur la bouche, s'est levée et s'est inclinée sous les applaudissements avant de se rasseoir.

« J'ai une question. » Une grande Chinoise s'est levée, écartant les boucles de cheveux noirs qui lui cachaient le visage.

« Wu Zhao ?

– La vidéo sortie récemment ? a-t-elle demandé. Je suis presque sûre que notre développement nous a aussi attiré l'hostilité des autres.

– Tu veux dire des Blancs ? » a dit Kujoe, un Ghanéen bien en chair, depuis la paillasse de la cuisine derrière moi.

Je me suis tourné vers Trey. « De quoi ils parlent ?

– C'est r-r-rien, sensei B-b-buck. Vraiment, a-t-il dit, faisant les gros yeux en direction de Wu Zhao.

– C'est loin d'être rien, a dit quelqu'un sur un écran.

– Voilà pourquoi il faut accepter les Blancs ! a crié Diego, un Noir colombien assis par terre. C'est le XXIe siècle. Je sais qu'on dit toujours qu'ils ont pris de l'avance, que…

– Qu'ils ont créé les règles du jeu, comme les frères Parker et le Monopoly, pendant que nous, les minorités, ai-je dit en m'écartant du pupitre pour m'avancer vers lui, on fabriquait les pièces, même si on n'avait pas le droit d'y jouer. Quand on en a eu le droit, on a compris que le jeu était truqué par toutes sortes de règles qui ont été créées pour nous désavantager, pour qu'on ne puisse jamais gagner.

« Mais on a quand même transmis un certain savoir aux gens qui ont travaillé de leurs mains et contribué à l'élaboration du jeu depuis le début, comme nos parents, leurs parents, et les parents de leurs parents, jusqu'à nos origines. Et maintenant, il nous revient de corriger les règles et d'aider les autres, comme toi, Diego, à apprendre à faire la même chose et à réussir. Alors, qu'est-ce que tu veux dire ?

– Seulement que cette vidéo, peut-être, tu vois, que ce groupe existe parce que nous, on n'a pas accepté de Blancs. »

Je suis revenu vers le pupitre et j'ai fait un signe de tête à Trey. « Montre. »

Sur les écrans sont apparus une dizaine de Blancs et de Blanches presque identiques, assis sur des trônes miniatures, jambes croisées, en veste de velours rouge, regard face caméra.

« L'Amérique est attaquée, beuglait une voix off. Pour être plus précis, c'est l'Amérique blanche qui est attaquée. » Les mecs en cravate et les nanas en jupe semblant appartenir à quelque fraternité d'une université de l'Ivy-League regardaient droit devant. « Aujourd'hui, c'est un crime d'être blanc. Un crime d'être riche. Un crime d'être hétéro. Un crime d'être chrétien et tout ce sur quoi notre beau pays a été fondé il y a deux cent trente-sept ans. »

« C'est quoi ces conneries ? » ai-je demandé en regardant les autres qui fixaient les écrans.

29

À vrai dire, il n'a pas fallu longtemps avant la première attaque de BOUSE. Et si vous voulez savoir pourquoi quelques Enchantés, comme Trey, connaissaient l'existence de BOUSE alors que moi et les autres responsables n'étions au courant de rien, c'est parce qu'on était trop occupés par nos propres affaires et qu'ils avaient trop peur de nous le dire.

Le mardi suivant, tous les grands journaux, chaînes et blogs parlaient d'eux, ce qui explique, j'imagine, que Rhett m'ait convoqué séance tenante dans son bureau ce matin-là.

« Assieds-toi. » Il a pris une queue de billard, et je me suis dit qu'il allait soit me l'enfoncer dans l'œil, soit me l'écraser sur le crâne.

« Tu as vu ça ? » m'a-t-il demandé avec un signe de tête vers la vidéo YouTube sur son écran. Elle était en ligne depuis la veille.

« Vu quoi ? »

Il a appuyé sur « lecture ». On voyait un large groupe, principalement composé de touristes, rassemblé autour d'une estrade. Derrière, des joggeurs et des cyclistes le long d'East River. On apercevait des yachts amarrés, le pont de Brooklyn, un ciel dégagé et ensoleillé.

Filmé n'importe quel autre jour, cela n'aurait rien d'alarmant. Mais ce n'était pas n'importe quel jour, parce que sur l'estrade se trouvait un grand échalas, la peau brunie par le soleil, les bras fins comme des brindilles, et une barbe poivre et sel qu'il ne pouvait s'empêcher de gratter. Une dizaine de personnes de toutes tailles et teintes de peau étaient debout à ses côtés, attendant leur tour. Sur scène, il était accompagné par Clyde lui-même, en costume trois pièces, monocle, haut-de-forme, montre de gousset et canne de bois brillant.

« Ce que vous voyez là, a-t-il crié, pointant sa canne en direction de la foule souriante, c'est la crème de New York. Cet homme-là – il lui a murmuré quelque chose – John Casor, vient de la jungle rurale du comté de Northampton, en Virginie. Et plutôt que de vivre aux crochets des touristes, John veut travailler pour subvenir à ses besoins. Il sait comment récurer et fera tout ce qu'il faut en échange du gîte et du couvert. Commençons l'enchère à vingt-cinq dollars. Qui dit vingt-cinq ? »

Les touristes se regardaient, perplexes, se demandant s'il s'agissait d'un de ces spectacles new-yorkais excentriques dont ils avaient entendu parler. Quelques-uns levaient la main.

« Trente, je vois trente ? » a dit Clyde. Un Asiatique un peu louche a emporté l'enchère pour soixante-quinze dollars en échange des services de John pendant un mois. Clyde a tapé dans ses mains. « Vendu à Bruce Lee au fond ! »

Le spectacle durait vingt minutes, des SDF, hommes et femmes – appartenant tous à une minorité ethnique – étaient vendus aux enchères pour trois fois rien. Puis Clyde est apparu à l'image avec nulle autre que Bonnie Sauren, qui lui a collé le micro sous le nez. « Alors, monsieur Moore, pouvez-vous nous expliquer de quoi il s'agit ?

– Bien sûr, a-t-il dit, se saisissant du micro. Mais s'il vous plaît, appelez-moi Clyde. Les Blancs pour l'Organisation unifiée des Services et des Échanges et moi avons ratissé Manhattan pour demander à des SDF si, au lieu de passer leur temps à feignasser, telles des moules accrochées au grand navire de l'Amérique, ils étaient prêts à travailler si on leur en donnait la possibilité. De façon étonnante, la plupart ont dit oui, alors nous avons décidé de les aider en mettant leurs services aux enchères. En échange, ils disposeront d'un lieu où dormir, de repas chauds et, surtout, ils n'embaumeront plus nos couloirs de métro et nos rues. Tout le monde en sort gagnant.

– Génial, s'est extasiée Bonnie, fixant les yeux bleus de Clyde comme si elle n'avait jamais rencontré d'homme aussi novateur. Du génie à l'état pur. Cela aurait-il un rapport avec le groupe des Enchantés dont vous parliez dans votre vidéo de la semaine dernière ?

– Tout à fait, a-t-il dit face caméra. Sincèrement, ils ne sont pas si différents des SDF que vous venez de voir sur scène. Ils sont même pires, parce qu'on ne les connaît pas et qu'on ne sait pas à quel point ils peuvent être dangereux. Mais nous sentons tout aussi bien leur odeur nauséabonde, alors mon organisation et moi voulons découvrir qui se cache derrière eux pour démontrer qu'il s'agit d'une organisation raciste, de terroristes anti-Blancs.

– Nous suivrons cela avec intérêt, Clyde. Comptez sur nous. À vous, Chet. »

Lecteur : Il n'y a pas plus haineux qu'un Blanc qui se fait rejeter. Surtout dans le monde des affaires. Si vous faites quoi que ce soit qui les irrite, préparez-vous à ce qu'ils se vengent tôt ou tard.

Rhett s'est tourné vers moi. « Qu'est-ce que je t'avais dit ? »

Qu'est-ce qu'il m'avait dit ? Il m'avait dit un tas de trucs, presque trop pour que je me souvienne de tout. J'ai haussé les épaules.

« Je te l'avais dit », a-t-il ajouté, la queue de billard en équilibre sur sa nuque comme un paysan qui porte deux seaux d'eau, « que Clyde avait un bon réseau et qu'il était en pétard, qu'il pouvait faire quelque chose de très bien ou de très mauvais. Et voilà qu'il se transforme en une espèce d'Hitler de la vente. Qui sait de quoi il est capable.

– Tu as raison. Mais quel rapport avec moi ? »

Il s'est arrêté, a posé la queue de billard et m'a dévisagé. « Bonne question, Buck. Quel rapport avec toi, en effet ? »

Mon cœur battait plus fort qu'un flic raciste du Kentucky. J'ai tout fait pour ne pas étouffer, transpirer, ou m'agiter. « Assez joué, Rhett, ai-je répondu, me forçant à parler d'une voix posée. Qu'est-ce que tu veux savoir ? »

Il a fait le tour de la table basse devant le canapé et s'est penché jusqu'à ce que ses yeux soient à hauteur des miens. « Je veux savoir si tu as quoi que ce soit à voir avec ces Enchantés.

Je veux que tu me regardes droit dans les yeux et que tu me dises que tu n'es pas derrière tout ça. Parce que, si c'est le cas, tu compromets tout ce que nous avons bâti ici en y mêlant les questions de race. Au cas où tu ne l'aurais pas remarqué, la question raciale n'est pas le sujet le plus apprécié ces jours-ci, surtout au sein des start-up. »

C'est marrant. La question raciale était appréciée quand il m'a emmené à Rise and Shine, America *pour le « visuel »*. J'ai agrippé le cuir du canapé, soutenu son regard et dit : « Je n'ai rien à voir avec les Enchantés. J'ai assez à faire comme ça entre toi et Barry. Tu crois que j'ai le temps de jouer les Huey Newton ? Voyons, Rhett. »

Il ne me quittait pas des yeux, en quête d'un signe. Puis il a souri et s'est approché de la fenêtre. « Bon, c'est tout ce que je voulais entendre. Surtout que je vais avoir besoin de toi plus que jamais.

– Qu'est-ce qui se passe ?

– Les affaires marchent bien, on se développe et on conclut un nombre record de marchés, mais ça sent le vieux, a-t-il dit, observant l'East River. On n'est plus innovants, Buck. Le conseil est content de notre croissance, mais ce n'est pas ça qui va nous permettre de passer à la vitesse supérieure.

– Quoi, alors ? »

Il s'est retourné avec un grand sourire. « Une conférence. Tous les acteurs majeurs en ont une. HubSpot, Salesforce, tous.

– Super, ai-je dit, heureux qu'il pense à autre chose qu'à moi et aux Enchantés. C'est pour quand ?

– La fin du mois. Vendredi 27 septembre. On va inviter des intervenants de premier plan, organiser un concert, et asseoir notre place de leader dans le domaine de la thérapie en ligne.

– Ça semble coûteux. Et deux semaines de préparation, ça fait pas long. »

Il a ri. « Tu as raison, voilà pourquoi depuis trois mois le service marketing s'en occupe discrètement. Et tout ce que j'attends de toi, c'est que tu sois présent, que tu expliques l'importance de la diversité et que tout le monde tombe amoureux de toi. »

J'ai remué sur le canapé, mal à l'aise. « Je ne comprends pas. Tu viens de dire que la question raciale n'est pas appréciée. Pourquoi veux-tu que j'aborde la question de la diversité ? »

Il est revenu vers moi et m'a posé une main sur l'épaule. « C'est la race qui n'est pas appréciée. C'est un gros mot. Mais "diversité", ça ce n'est pas un gros mot. Tout le monde en parle. Et plus on en parle, plus cela attire l'attention sur ceux qui mènent le combat. Et comme tu as engagé plus d'une poignée de… personnes de couleur, qui de mieux placé que toi pour en parler ? »

Il commençait à me faire pitié. Il était si intelligent et avait vécu tant de choses, mais restait prisonnier de l'étroitesse de sa vision du monde. Mais ce n'était pas mon problème.

« Bon, ai-je répondu. J'ai compris. Excellente idée. J'ai hâte.

– Voilà le Buck que je connais. »

Une semaine plus tard, les Cinq Talents, surnom que tout le monde donnait aux responsables des Enchantés – Rose, Brian, Ellen, Jake et moi – se sont réunis pour discuter de la meilleure façon de combattre BOUSE. Les idées étaient soit trop modérées, comme l'écriture de posts de blogs et leur envoi aux principaux médias, soit trop extrêmes, comme une virée à leur QG. On a donc opté pour un entre-deux.

Quand nous avons présenté notre projet aux autres Enchantés, ils furent aussi partagés que des ados blancs après la lecture de *Twilight*. Mais au lieu de #TeamJacob et #TeamEdward, on a eu #TeamTropMou et #TeamJusteMilieu. Jason, porte-parole de #TeamTropMou, s'est levé après qu'on eut exposé notre plan, et a dit : « Vous êtes tous des mauviettes, j'vous jure, les mecs.

– T'as aucune raison de dire ça, bro, lui a répondu Jake, s'avançant vers lui.

– Nan, vous vous conduisez tous comme un tas d'Oncles Tom et de nounous. Faut qu'on fasse comme Nat Turner avec ces esclavagistes et qu'on se les paie. Sinon, ça fera qu'empirer. Vous verrez.

– P-p-pas d'accord, a dit Trey, membre de #TeamJusteMilieu, s'avançant entre Jake et Jason. C'est un b-b-bon premier plan pour savoir ce qui nous attend. Et voir comment le p-public réagit. »

Jason a baissé les yeux et Trey a ri. « Yo, Buck, dis à ton p'tit mec de reculer avant que je le fourre dans une poubelle. »

Trey, même si Jason faisait une tête de plus que lui, ne s'est pas dégonflé. Il avait beau avoir généralement l'air d'un enfant qui a perdu sa maman au supermarché, quand il fallait me défendre moi et mes idées, je pouvais compter sur lui. Je n'aurais pu avoir meilleur collaborateur.

« Bon, tout le monde se calme. La bonne nouvelle, c'est qu'on se fiche de ce que vous pensez, ai-je dit. C'est décidé. Et c'est pour demain soir. Si vous êtes partants, venez. Sinon, partez. »

J'ai regardé Jason et ses suiveurs qui l'avaient mauvaise dans leur coin. Même si c'était une forte tête, Jason s'en sortait bien. Contrairement à la plupart des Enchantés, il avait trouvé du boulot dans l'une des rares start-up de New York fondées par des Noirs – quelque chose comme Ancetres.com, société spécialisée dans la généalogie noire.

Le lendemain soir, un certain nombre d'entre nous se sont retrouvés au salon. Un de nos membres les plus anciens, Kujoe, tapait sur son ordinateur portable, et ce qu'il écrivait apparaissait simultanément sur tous les écrans. Le plan consistait à pirater le site et les pages de réseaux sociaux de BOUSE, remplacer leur logo par des croix gammées, poster un tas d'articles racistes d'extrême droite, de journaux néonazis, et, du moins l'espérait-on, trouver des emails compromettants au contenu extrémiste, de Clyde ou d'autres responsables de BOUSE.

Kujoe avait décroché un doctorat en sciences informatiques au Ghana et avait piraté des politiciens véreux dès l'âge de douze ans. C'était aussi un SDV talentueux qui travaillait avec moi à Sumwun.

« Bon, a-t-il dit, faisant craquer ses doigts. C'est parti. »

Boîtes de pop-corn, sachets Haribo et paquets de M&M's tournaient parmi les autres.

Kujoe décrivait allègrement ce qu'il faisait tout en tapant. « Donc, hier soir, je l'ai pénétré avec un cheval de Troie.

– Merde, a fait Jason. Je savais que t'étais homo, mais tu te tapes aussi des Blancs ? Dis-moi que c'est pas vrai. »

Kujoe n'a pas quitté son écran des yeux. « Mais non, espèce d'idiot. C'est un logiciel malveillant. J'ai envoyé à Clyde un email en faisant comme si ça m'intéressait de devenir membre de BOUSE. L'email contenait un lien et l'*oburoni* a été assez bête pour cliquer dessus, me donnant accès à son ordinateur. »

Ses doigts volaient sur le clavier comme s'ils dansaient.

« Donc il ne se doute de rien ? » a demandé quelqu'un.

Kujoe a souri. « Non. On va les avoir, ces enfoirés. Là, je cherche des ports ouverts sur son ordi, et… – il s'est dandiné sur son fauteuil – je viens d'en trouver un. Je t'ai eu, *kwasia*. C'est bon, on est entrés ! »

Tout le monde a applaudi, tapant dans la main du voisin, observant la page de bureau de l'ordinateur de Clyde sur les écrans. Sa photo de fond de page était un portrait de Ronald Reagan.

« Bon, a dit Kujoe avec un clin d'œil à Jason. Par où on commence ? »

Trey s'est levé, montrant l'écran. « C'est q-q-quoi ce dossier ? "D-d-dissolution de ces imp-p-posteurs d'Enchantés" ?

– Oh, qu'ils aillent se faire foutre ! a crié Rose. Kujoe, ouvre-moi ce truc et réduis-le en miettes.

– Vos désirs sont des ordres, Majesté. » Kujoe a pivoté, fait craquer sa nuque et ouvert le fichier.

Deux secondes après, une photo grotesque s'est affichée sur l'écran, accompagnée de rires dignes d'un méchant de cartoon, HA ! HA ! HA ! HA !

« C'est quoi ce bordel ? » a fait Jason. Il a pris un des écrans et l'a presque envoyé dinguer contre un mur.

Une photo noir et blanc de six Noirs pendus à des arbres sous les yeux d'une foule d'hommes, de femmes et d'enfants blancs jubilant comme s'ils étaient au cirque. Les rires passèrent en boucle, puis les écrans s'éteignirent.

« Non ! » a crié Kujoe. Quelques secondes plus tard, l'écran de son portable était tout noir. Il martelait son clavier, sans résultat.

« Qu'est-ce qui se passe ? ai-je demandé, regardant par-dessus son épaule.

– Un leurre, a-t-il murmuré, secouant la tête. Ce dossier était un piège. Ils viennent de griller mon ordi.

– Qu'est-ce que tu veux dire ? Pour nous tendre un piège, il aurait fallu qu'ils…

– … soient au courant de ce qu'on préparait », a-t-il complété.

Rose s'est approchée, mains sur les hanches, regard enflammé. « Donc Clyde a cliqué sur ce lien, le cheval de Troie, volontairement ? Et on est tombés dans un traquenard ? »

Kujoe a hoché la tête et fermé son portable.

« Mais comment il pouvait être au courant ? » a demandé Brian. Des rides de perplexité se mêlaient à la sueur de son front.

« Peu importe, a fait Jason, debout au milieu de la pièce, bras écartés. Qu'est-ce que je vous avais dit, putain ? Ici, on joue pas à ces conneries de cyberguerre. Faut la jouer physique. Faut passer en mode Malcolm X et arrêter ces fromages blancs par tous les moyens.

– Non, ai-je dit. C'est ce qu'ils espèrent. Une fois que ça devient physique, on s'expose. Si on s'expose, ils peuvent attaquer tout ce qu'on a construit. Et je ne permettrai pas ça.

– Alors qu'est-ce qu'on va faire ? » a demandé Rose.

J'ai réfléchi une seconde, tâchant de savoir comment atteindre Clyde là où ça faisait mal, mais sans succès. « Écoute, ai-je dit à Jason. Je sais que tu veux réagir par la violence, mais aussi ringard que ça paraisse, la violence n'est pas la réponse. Je suis sûr qu'à vous deux – je les ai regardés, Rose et lui – vous pouvez découvrir des trucs compromettants à propos de Clyde. Alors faites preuve d'imagination et on arrêtera notre prochain plan en fonction de ce que vous trouverez.

– OK. » Jason a fait un signe de tête en direction de Rose. « On s'en occupe. »

30

« Bon, ai-je dit, à la fin de la réunion de vente du lundi. Autre chose ? »

Des centaines d'yeux m'ont dévisagé, trop pour les compter. Parmi eux, Brian, Kujoe et près de quinze autres Enchantés que j'avais embauchés au cours des six mois précédents. Et malgré ce que pouvaient en penser les ségrégationnistes, tout allait comme sur des roulettes. Du moins c'est ce que je croyais.

« Oui », est intervenue Tiffany, la blonde et sadique ancienne SDV en chef – désormais CC d'entreprise – au fond du Coran. Elle portait un chemisier blanc et un pantalon bordeaux taille haute.

« La salle est à vous, madame », ai-je dit depuis le bout de table. Rhett n'assistait plus à ces réunions du lundi, j'étais donc le grand boss de l'équipe de vente.

« Je sais que tous les neuneus vont se sentir offensés, a-t-elle déclaré en se levant, mais je vous signale qu'un tas de nouveaux SDV nous passent des dossiers impossibles à conclure.

– Vraiment ? ai-je fait, surpris.

– Oui, vraiment. Et comme aucun des CC ne veut en parler, je le fais à leur place. C'est les nouveaux issus de minorités qui nous refilent de la merde. »

Oulah, oulah. « Attends, Tiff...

– C'est drôle, a dit Kujoe, qui s'est aussi levé. Tous les SDV issus de minorités comme moi ont l'impression que les CC *oburoni* examinent nos dossiers avec beaucoup plus d'intransigeance que ceux des autres SDV *oburoni*.

– *Oburoni ?* a fait Tim, un nouveau SDV blanc, en venant se coller tout près du visage de Kujoe. On est en Amérique, pas au Mali ou je ne sais quel trou à rat d'où tu viens. On parle anglais, ici.

– Je viens du Ghana ! » a crié Kujoe en repoussant Tim.

D'autres CC blancs sont venus défier les SDV issus des minorités, bientôt entourés d'un groupe de SDV blancs, chacun choisissant son camp en fonction de sa couleur de peau. Brian m'a regardé, tendu, et je n'avais aucune idée de ce qui se passait ni de comment on avait pu en arriver là. Mais j'ai su qu'il fallait y mettre un terme avant que n'éclate une émeute raciale.

« Arrêtez, putain ! » ai-je crié. Tout le monde s'est figé. « Et asseyez-vous, putain, ai-je ordonné, promenant mon regard sur la pièce. Tout de suite ! »

Tout le monde s'est assis, mais la pièce était désormais partagée en deux clans avec les minorités d'un côté, contre la paroi de verre qui donnait sur le couloir, et les vendeurs blancs de l'autre, contre les fenêtres avec vue sur Park Avenue.

« Qu'est-ce qui se passe ? ai-je demandé à Tiffany.

– Ce qui se passe, c'est qu'on se bat enfin pour nos droits, comme Clyde l'aurait fait s'il était encore là. Depuis que tu as pris sa place, on voit bien que tu favorises les SDV noirs et que tu leur consacres tout ton temps. La vie des Blancs aussi compte.

– Bon, ai-je dit, écartant les mains en signe de capitulation. Je regrette que certains d'entre vous aient eu l'impression d'avoir été négligés ou que d'autres – j'ai regardé les SDV issus des minorités – cherchent à vous coincer. Mais nous formons une équipe, et la société est plus prospère que jamais, alors il ne faut pas se tirer dans les pattes. Par pitié, allez manger un morceau, et prenons la semaine par le bon bout. »

Je me suis assis et me suis pris la tête à deux mains pendant que tout le monde sortait par les lourdes portes de bois. Puis j'ai senti une grosse patte se poser sur mon épaule.

« Oui ? » ai-je dit, tâchant de sourire devant l'expression inquiète de Frodo. Il était toujours SDV, plafonnait depuis déjà plusieurs mois. Il avait néanmoins amélioré sa garde-robe, passant des maillots de foot à des polos pastel à col relevé. *Il y a des cas désespérés.*

Il a pris une chaise et s'est assis à côté de moi. « Buck, ça va aller ?

– Oui, ai-je dit, lui tapotant le dos. Occupe-toi seulement de ta future promotion. Ne te laisse pas déstabiliser par ces histoires. »

Il a hoché la tête. « D'accord, mais j'entends des trucs, Buck.

– Des trucs ? Tu veux dire, des voix ?

– Oui, enfin, pas dans ma tête. C'est juste, euh… – il a regardé vers la fenêtre – des gens qui se mettent à parler de race, tout ça. Depuis la vidéo de Clyde et son groupe. Je crois qu'il a des fidèles, ici. »

Clyde. Il revenait sans cesse à la charge, comme les hémorroïdes.

« Bon, Frodo, ai-je commencé, l'aidant à se lever. J'ai besoin que tu sois mes yeux et mes oreilles. Si tu entends quelque chose, dis-le-moi. Je ne veux pas me faire surprendre pantalon baissé, tu comprends ?

– Comment ça, Buck ? Tu as besoin d'une ceinture ? »

Je l'ai regardé un moment, sachant qu'il était plein de bonnes intentions mais toujours aussi bête comme ses pieds. « Oui, ai-je dit en riant. Ce sera toi, ma ceinture. »

Tu parles d'une ceinture. Le mardi matin, le ciel nous est tombé sur la tête. J'étais à Sumwun où je passais en revue les pipelines de vente des CC quand Rose m'a envoyé un texto.

Washington Square Park. L'arche. Tout de suite !

« Désolé, ai-je dit, quittant la table du Coran. J'ai une urgence. Eddie, prends la suite. »

À mon arrivée au Washington Square Park, il y avait foule devant l'arche. Je me suis assis sur un banc à côté de la fontaine, assez près pour voir ce qui se passait mais assez loin pour que personne ne me reconnaisse, surtout avec le sweat à capuche trop grand et les lunettes de soleil que j'avais achetés.

De là où j'étais, je voyais des ballons, des ados souriants, et des touristes qui mangeaient cupcakes, cookies et tartes. Rose se tenait à l'écart, et enrageait. Un camion de PSST News était garé derrière l'arche, ce qui ne pouvait vouloir dire qu'une seule chose.

Je suis là, ai-je écrit à Rose. Capuche noire. À gauche de la fontaine près de l'arche.

Elle a levé les yeux et s'est approchée de moi.

« Assieds-toi », ai-je dit, tâchant de ne pas attirer l'attention.

Elle a posé les mains sur les hanches, secoué la tête. « Non, putain, non. Tu sais ce qui se passe, là-bas ?

– S'il te plaît, Rose. Il faut qu'on soit discrets. Assieds-toi. »

Elle a regardé la foule, et s'est assise. « Va voir sur PSST News. Ils font un direct. Cette garce de Bonnie Sauren avec ses airs de Missy Anne est au milieu, elle interviewe Clyde. »

J'ai mis le direct sur mon téléphone. On y voyait une table pliante en plastique couverte de nourriture. Derrière, des membres de BOUSE, tout sourire, encaissant du liquide et servant des cookies et des donuts. J'ai constaté que certains d'entre eux étaient des salariés de Sumwun qui s'étaient fait porter pâle et ne prenaient même pas la peine de rester hors champ pour cacher leur allégeance à Clyde.

« Merde, ai-je dit. Je vois des gens de chez Sumwun, mais ça ressemble à une vente de gâteaux comme une autre. »

Rose a plissé le visage de dégoût, comme si elle avait marché sur une crotte. « Attends, regarde. »

« Alors, Clyde, disait Bonnie, en veste et jupe blanches moulantes assorties à ses cheveux plus blonds que blonds. Pour ceux qui viennent de nous rejoindre, expliquez-nous ce qui se passe.

– Avec plaisir, a-t-il répondu, souriant face caméra. Nous organisons une vente de gâteaux. Mais pas n'importe laquelle. Non, la nôtre comporte un élément de modernité. Pour bien refléter notre époque. Vous voyez, le prix de nos gâteaux dépend de l'acheteur. Si vous regardez par ici, vous verrez notre liste de prix. »

La caméra a montré une feuille de papier posée sur la table.

> Donuts : 50 *cents* pièce pour les Noirs, 75 *cents* pour les Hispaniques, 1,5 $ pour les Asiatiques, 2,5 $ pour les Blancs.
> Cookies : 10 *cents* pièce pour les Noirs, 25 *cents* pour les Hispaniques, 75 *cents* pour les Asiatiques, 1 $ pour les Blancs.
> Tarte : 1 $ la part pour les Noirs, 1,5 $ pour les Hispaniques, 2 $ pour les Asiatiques, 3,5 $ pour les Blancs.
> Café : Gratuit pour les Noirs, et seulement pour les Noirs.

« C'est pas possible, putain, ai-je soufflé en serrant le téléphone si fort que ça faisait mal. »

« On s'est dit que comme la discrimination positive est un sujet brûlant – puisque c'est presque devenu un instrument au service du racisme inversé pour remplir les institutions d'élite de jeunes qui n'y ont pas leur place – on allait présenter la situation de façon plus concrète pour que les gens comprennent le mal que la discrimination inversée inflige à ceux qui ne sont pas responsables des actes de leurs ancêtres. »

Bonnie hochait la tête, hypnotisée. « Et quelles réactions suscitez-vous ? elle lui a demandé, prenant un cookie à la vanille.

– Très positive. Les gens soutiennent ce que nous faisons, ce qui met un terme à toutes ces absurdités sur la couleur de peau. Nous sommes tous américains et nous devons tous fournir notre part d'effort pour réussir. Aucun traitement de faveur, pour personne. Et s'il y a des gens comme ces terroristes d'Enchantés qui croient qu'ils méritent un traitement de faveur, le réveil va être douloureux. »

J'ai levé les yeux du téléphone. Rose avait disparu. Elle était déjà au milieu du public. J'ai crié dans sa direction.

Elle s'est retournée, m'a fait signe, se frayant un passage dans la foule. Quelques secondes plus tard, les pâtisseries et le café ont valdingué comme s'ils rebondissaient sur un trampoline, puis des cris ont retenti. J'ai voulu y aller pour la récupérer, mais c'était impossible. Si Clyde me voyait, il saurait que j'étais impliqué, ce qui détruirait tout.

Un des soldats de Clyde, large torse et coupe à ras, a immobilisé Rose pour ne la libérer qu'à l'arrivée de la police. PSST n'en a pas raté une miette.

Ce soir-là, Jake a envoyé Trey la chercher, et à son retour au QG, tout le monde l'a applaudie et ovationnée, un vrai retour de vétéran.

Mon cul. « La ferme ! » ai-je crié. La célébration s'est mise en veilleuse.

« Du calme, Darren », a dit Soraya, me prenant le bras.

Je l'ai repoussée. « Non. On n'a aucune raison de faire la fête, putain. » J'ai parcouru la pièce du regard et me suis arrêté sur Rose. « Ce que tu as fait aujourd'hui… Tu aurais pu foutre en l'air tout ce pour quoi on a travaillé. Et pour quel résultat ? Renverser une table ?

– Pour se dresser face à ces sales Blancs, a dit Jason à côté de Rose.

– C'est plus que tout ce que tu as pu faire », a-t-elle ajouté.

La pièce entière s'est figée comme si le temps s'était arrêté. « J'essaie juste de faire en sorte qu'on survive à ça, ai-je dit, baissant la voix.

– C'est quoi l'intérêt de survivre, Buckaroo ? C'est ce qu'on fait depuis qu'on a été traînés de force dans ce pays. Moi ? a déclaré Rose, se tournant vers le groupe. J'en ai assez de survivre. Je veux m'épanouir. »

Derrière Jason et Rose se tenaient cinquante Enchantés dont l'expression reflétait le même désir féroce de passer à l'action. J'ai compris ce qui se jouait. C'était pas une putain de mutinerie, c'était un coup d'État.

« Réfléchissez, ai-je dit, les appelant désespérément à la raison. Si on fait quoi que ce soit d'irréversible, tout ça partira en fumée.

– Peut-être, a dit Jason. Mais je préfère mourir libre dans un immeuble en feu qu'être vivant et enchaîné dans une cave. » Des visages fatigués et furieux acquiescèrent.

« Tout le monde dehors ! ai-je hurlé, et me tournant vers Jason et Rose : Sauf vous deux.

– Nous aussi ? a demandé Brian avec un signe de tête en direction d'Ellen, Jake et Soraya.

– Vous aussi », ai-je dit sans quitter des yeux Jason et Rose.

Une fois la pièce vide, Jason s'est vautré sur le canapé et Rose s'est pris une bière.

« Vous essayez de tout foutre en l'air ? ai-je demandé en regardant Rose s'affaler à côté de Jason.

– On essaie de se sauver », a dit Jason.

Rose m'a souri. « On n'essaie pas, Buckaroo. On le fait, a-t-elle dit en me tendant un téléphone.

– Qu'est-ce que c'est ? » J'ai vu la photo d'un Blanc ruisselant de sueur qui embrassait un Noir dans une espèce de boîte de nuit miteuse.

« Regarde d'un peu plus près », m'a dit Rose, accentuant la luminosité de son écran.

Ça m'a pris une seconde, mais je l'ai vu. Le Blanc en sueur était Clyde, mais je ne connaissais pas le Noir.

« C'est quoi, ça, putain ? »

Jason et Rose se sont regardés et ont éclaté de rire. « Tu nous as dit de faire preuve d'imagination. Mais très franchement, c'était un coup de bol, parce que c'est tombé du ciel. J'étais au Cubbyhole avec Dolores, tu sais, on passait la soirée dehors, quand on a entendu un mec, le Noir de la photo, se lamenter auprès de son ami à propos de son "amant", a dit Rose en faisant le signe des guillemets.

« Alors je me suis approchée et j'ai décroché le scoop. Clyde et ce type ont une relation secrète depuis des années, mais avec cette histoire de BOUSE, ils sont à couteaux tirés. Alors je lui ai piqué son portable, j'ai trouvé une poignée de photos d'eux, me les suis envoyées, j'ai effacé les messages, et j'ai remis le téléphone où je l'avais trouvé comme si de rien n'était. Il n'est même pas au courant. Maintenant, on peut envoyer ça aux médias et faire exploser cet homo refoulé et raciste comme un ballon de baudruche.

– C'est génial, a dit Jason, en se redressant. Tu parles d'une veine. On balance ça demain matin, ça va pleuvoir pire qu'au Viêt Nam. »

J'ai regardé le téléphone, passé en revue les photos de Clyde et son petit ami : dans un jacuzzi, souriants, une coupe de champagne à la main ; se serrant l'un contre l'autre dans une chambre d'hôtel avec vue sur l'Hudson ; devant de grosses parts de cheesecake, prêts à planter leur fourchette. C'était ce qu'on attendait, ce qu'il nous fallait pour reprendre la main, mais ce n'était pas bien.

« Non, ai-je dit, effaçant les photos, vidant sa corbeille et rendant le portable à Rose.

– Comment ça "non" ? » a-t-elle crié, cherchant frénétiquement les photos manquantes. Elle s'est tournée vers Jason, les yeux pleins de rage et la bouche mi-ouverte. « Il vient d'effacer nos photos ! »

Jason a bondi du canapé et m'a regardé droit dans les yeux, prêt à me massacrer. « Mais, putain, je croyais que t'étais pour. De quel côté tu es ?

– C'est pas correct, ai-je dit. Révéler l'homosexualité de Clyde pour lui faire honte ? On vaut mieux que ça. »

Rose a soupiré et levé les yeux vers moi. « C'est la guerre, Buckaroo. Tous les moyens sont bons. L'objectif c'est de gagner, et tu viens de nous rapprocher de la défaite. Pourquoi t'as fait ça ? »

Je me suis tourné vers elle, me demandant ce qu'était devenue la fille qui n'avait nulle part où aller six mois plus tôt, celle qui m'avait dit désirer une famille par-dessus tout. Il faut croire qu'elle avait ce qu'elle voulait, et qu'elle ferait tout pour le protéger.

« Il faut qu'on garde un minimum d'intégrité, Rose. C'est pas un jeu, on parle de la vie d'une personne. »

Jason a tchipé. « Pas un jeu ? T'as que ce mot à la bouche. Il faut "changer les règles du jeu", "le jeu est truqué, il faut rétablir l'équilibre", "il faut faire le maximum pour gagner". Et maintenant tu nous sors ces conneries de conscience et d'intégrité ? Tu peux courir. Si tu fais pas ce qu'il faut pour les arrêter, a-t-il dit en regardant Rose, nous on le fera. »

Lecteur : Dans la vie comme dans la vente, nous avons souvent l'occasion de mal nous conduire pour réussir ce qu'on entreprend. Mais qu'on saisisse ces occasions ou pas, cela ne se fait jamais sans conséquences. Et elles ne nous sont pas toujours favorables.

31

Malgré la folie du début de semaine, la paix a régné tout mercredi et tout jeudi. Je respirais un peu mieux.

J'avais promis à Eddie, Marissa et Frodo de déjeuner avec eux le vendredi, pour prendre des nouvelles, mais alors que je m'apprêtais à quitter Sumwun pour les rejoindre, Rhett a ouvert les portes de verre dépoli, m'a pris par le bras et m'a poussé dans son bureau.

« Qu'est-ce qu'il y a, putain ? lui ai-je fait une fois qu'on était à l'intérieur.

– C'est ce que je me demande, Buck », a-t-il dit, me fourrant une feuille de papier dans la main.

J'ai regardé et vu une cinquantaine de signatures sous un intitulé en gros caractères : PÉTITION POUR LE REMPLACEMENT DE BUCK.

« Quoi ? » J'ai passé en revue la liste des noms, à commencer par ceux de Tiffany et de salariés à divers niveaux de responsabilité de l'équipe de vente.

« Ils sont au moins cinquante, m'a dit Rhett, tapant sur la feuille, à vouloir que tu dégages. Ils disent que tu es incapable de diriger l'équipe. Comment as-tu pu laisser les choses en arriver là ?

– Je n'ai rien à voir là-dedans, Rhett, me suis-je justifié, secouant la tête d'incrédulité. C'est Clyde ! Il a infiltré le groupe avec ses conneries de suprémacisme blanc.

– Ses conneries de suprémacisme blanc ? Buck, j'ai plus que jamais besoin que tu sois sincère avec moi. Tu te souviens de notre promesse, hein ?

– Oui, bien sûr.

– Et tu sais que je t'aime comme un frère, hein ?

– Oui, Rhett, ai-je dit, mes mains faisant trembler la feuille. Qu'est-ce qui se passe ? Dis-moi.

– Est-ce que tu fais partie des Enchantés ? Je ne peux pas imaginer que tu sois impliqué dans un truc pareil, mais j'ai besoin d'en être sûr. »

Quelque chose me disait d'avouer une bonne fois pour toutes, mais j'ignorais quelles en seraient les conséquences. Et il y avait toujours une part de moi, malgré tout, qui ne voulait pas le décevoir. Il avait changé ma vie, à bien des égards.

« Je te l'ai déjà dit, Rhett. Je ne fais pas partie des Enchantés et n'ai aucun lien avec eux. La dernière chose que je voudrais, c'est mêler Sumwun à ces histoires de race. »

Il a poussé un soupir de soulagement et s'est assis, m'invitant à faire de même. « Bon. Je sais que tu es trop intelligent pour ça, mais il fallait que je sois sûr. La meilleure solution, à mon avis, serait que tu prennes position contre les Enchantés devant toute l'équipe de vente, pour que tout le monde sache de quel côté tu es. »

J'avais la bouche sèche. « Qu'est-ce que tu veux dire par "de quel côté", Rhett ? Si je prends position contre les Enchantés, ça ne donnera pas l'impression qu'on soutient Clyde ? »

Il s'est gratté le front. « Peut-être, mais il y a cinquante personnes sur cette liste qui sont prêtes à démissionner si tu ne les convaincs pas. Et on ne peut pas se permettre d'attirer l'attention des médias, pas après tout ce qui s'est passé. Il en va de notre survie, Buck.

– La survie de qui ? Beaucoup de Sumwunneurs de couleur me respectent, et si je prends position contre les Enchantés, je vais passer pour un Oncle Tom. Je ne peux pas faire ça. »

Il m'a arraché la pétition des mains et s'est levé. « Ce n'est pas une question de race, Buck ! Ne sois pas si simpliste. Je te parle de la société. Tout le monde se fiche de la couleur de ta peau. Franchement, tu es narcissique, là. »

J'ai repensé à mon premier jour chez Sumwun et me suis revu couvert de peinture blanche, le seau suspendu au-dessus de ma tête sous les rires. J'en avais fait du chemin, depuis, j'avais conquis le monde, l'avais perdu, et j'étais revenu sur le bon chemin – pour

Maman, pour moi-même et la future génération ; je ne pouvais donc faire machine arrière.

« Comme tu voudras, ai-je dit, me dirigeant vers la porte. Je ne ferai pas ce que tu me demandes, mais je trouverai un moyen d'arranger ça.

– Y a intérêt. »

« De quoi vous avez parlé ? » m'a demandé Eddie quand je me suis approché de leur table au Shake Shack de Madison Square Park.

« D'une pétition, ai-je dit en m'asseyant. Vous étiez au courant ? »

Eddie a regardé Marissa, qui a regardé Frodo, qui s'est tourné vers moi, la frayeur se lisant sur son visage. « Euh, oui, je savais, Buck, mais je pensais que ce n'était pas important, alors je ne t'en ai pas parlé. » Il a nerveusement enfourné la moitié d'un ShackBurger.

« Tu parles d'une ceinture. »

Marissa a tendu le bras pour poser sa main sur mon épaule. « Ne t'inquiète pas pour ça, Buck. La moitié de ces gens sont en colère à cause des contrats, ou de quelque chose d'autre sans aucun rapport avec toi.

– Ça a un rapport direct avec moi. Ils veulent que je dégage. »

Eddie a éclaté de rire, m'a lancé une frite. « C'est pas demain la veille, alors arrête de faire la gueule. Et Clyde, alors, hein ? Il déraille complètement.

– Oui, a murmuré Frodo. Il va beaucoup trop loin. Va savoir ce qu'il nous réserve après ça.

– Mais ces Enchantés sortent un peu de nulle part, aussi, non ? a fait Eddie.

– Oui, a rebondi Marissa. On dirait une espèce de société secrète. Je me demande s'ils font des sacrifices humains. »

Eddie a mis une frite à la bouche. « C'est les illuminati. J'en suis sûr. »

J'ai ri, tâchant de me détendre. « Vous connaissez les paroles de Kendrick sur les hommes noirs et les illuminati ? »

Silence et yeux écarquillés.

« Laissez tomber. » J'ai secoué la tête. « Non vraiment, vous les prenez pour des complotistes ? C'est juste une bande de vendeurs noirs qui ont fondé un club pour se sentir importants. »

Eddie a plissé les yeux de l'autre côté de la table, décapitant une frite. « Mmh, à croire que tu as des informations de première main. Tu as une révélation à nous faire, Buck ? »

J'ai respiré un bon coup, et j'ai ri. « Moi ? Ils doivent croire que je fais partie du système, parce que je n'ai jamais reçu d'invitation.

– Comme avec ma lettre de Poudlard, a marmonné Frodo.

– Il se trouve que moi, j'en connais un, d'Enchanté, a annoncé Eddie.

– Arrête de mentir, a rétorqué Frodo. Comment tu pourrais connaître un Enchanté ?

– Je ne dirai pas où on s'est rencontrés, mais on sort ensemble depuis peu, a-t-il déclaré, se penchant en avant, parlant à voix basse. Quand je lui fais boire quelques verres pour le détendre, il devient très loquace. Il m'a juré qu'il me dirait qui est derrière tout ça si je le laisse entrer par-derrière. »

Frodo a fait de grands yeux. « Laisser entrer qui, Eddie ? Si tu le laisses entrer chez nous, je l'étrangle.

– Ne t'en fais pas, a répondu Eddie, caressant la main de Frodo. Mais oui, il dit que c'est tendu là-bas, très tendu. Genre ils sont en pleine guerre civile contre Clyde et ses potes. C'est très croustillant. »

L'enfoiré ! Je me tordais les mains sous la table. *Celui qui parle avec Eddie est sans doute le même qui a rencardé Clyde sur notre plan d'attaque.* J'ai passé en revue tous les homos, les bi, et tous les incertains du groupe. Mais ça en faisait, du monde.

« Qui est l'heureux élu ? » ai-je demandé, avalant une gorgée de mon milk-shake, tâchant de rester décontracté.

Eddie m'a pincé la joue, un sourire en coin. « Tu sais que je ne parle pas de ma vie privée, Buck. Mais je dirais qu'il est incroyablement intelligent, qu'il a un don avec les ordinateurs, et… – il a écarté les mains comme un magicien – qu'il est africain. »

Kujoe. Cet enfoiré de mouchard. Sous mon propre toit, à Sumwun, sous mon nez. Comment j'ai fait pour ne pas le voir ? Il avait dû avertir Clyde de notre piratage et lui parler de nous dès le début.

Avant même que je puisse tenter de soutirer d'autres infos, mon téléphone a sonné. C'était Jason.

« Je reviens, ai-je dit en me levant, desserrant le poing.

« Allô ?

– Yo, viens au QG.

– Pour quoi faire ? »

Il a ri. « J'ai une surprise pour toi. »

Une surprise ? Je ne voulais pas qu'on me fasse de surprise, surtout lui. « Quelle surprise ?

– Mec, a-t-il fait en tchipant si fort que mon oreille en a vibré. Si je te le disais, ça serait plus une surprise, non ? Arrête de jouer et rapplique.

– D'accord. »

Je suis retourné à la table et leur ai dit qu'il fallait que j'y aille.

« Allez, m'a supplié Frodo, les lèvres aussi luisantes qu'un parquet ciré. On fait plus rien ensemble.

– Désolé. Mais c'était chouette. Remettons ça le mois prochain.

– Salut, Buck, a dit Marissa, plaquant ses lèvres pleines de graisse sur ma joue.

– Paix, Eddie, ai-je fait, me penchant pour le serrer dans mes bras. Bonne chance avec ton mec. Comment il s'appelle, déjà ? Prince Akeem ? »

Il a scellé ses lèvres avec les doigts, les a fait tourner et a jeté la clé par-dessus son épaule. « Bien essayé. »

J'étais en bas des marches et j'ai vu que la lumière était allumée au deuxième étage.

« Yo », ai-je dit, jetant un œil au premier, dans la salle des téléphones restée vide. Il y avait du monde en général, mais on était vendredi. J'imagine que Rose les avait tous autorisés à partir plus tôt.

En montant l'escalier, j'ai vu une silhouette sombre sur le palier du deuxième.

« C'est qui, putain ?

– Monsieur Buck ? C'est Jake. Merde, Jason a perdu la tête, je vous jure. Il se passe quelque chose là-dedans, mais il ne laisse entrer personne. Il est seul avec Rose, et ils ont dit à tout le monde de partir. Quand il se passe quelque chose, je dois le savoir, c'est mon boulot. »

Je l'ai écarté et j'ai frappé à la porte.

« Qui c'est ? Je vous ai dit de tous vous casser.

– Jason, c'est moi.

– Pas trop tôt. »

Il a entrouvert la porte et regardé aux alentours. « Rien que toi, a-t-il précisé, gardant l'œil sur Jake. Et ne parle pas trop fort. »

La cuisine et le salon étaient vides en dehors de Rose et d'une personne attachée à une épaisse planche de bois posée sur deux tréteaux. Elle avait un sac en tissu noir sur la tête, et il y avait un gros seau vide dessous.

« Qu'est-ce que vous avez foutu ? » Je suis passé devant Jason et me suis posté devant le mec. « C'est qui ? »

Rose a éclaté de rire. « Justin Bieber », a-t-elle dit, frappant si fort la tête du type que ça a fait un bruit d'eau qui s'écrase sur le trottoir.

L'homme se tordait et criait, sa voix étouffée comme s'il était sous l'eau.

« On l'a bâillonné avec des chaussettes qu'on a trouvés sous le canapé et on lui a bouché les oreilles avec des boules Quies pour qu'il entende rien, a fièrement dit Jason. Mais ne parle pas trop fort. Je suis pas sûr de la qualité des boules Quies. C'est sans doute de la merde de contrefaçon.

– Non, je crois que c'est de la marque, a dit Rose.

– C'est quoi ce bordel ? ai-je murmuré, les regardant chacun à tour de rôle.

– Qu'est-ce que t'en dis, Buckaroo ? On riposte. Ton piratage a foiré. Et comme tu as mis ton veto à notre projet de faire chanter Clyde et son Noir, il est temps de passer à l'action. »

J'ai regardé Jason, qui était bras croisés, souriant comme s'il s'apprêtait à faire la bombe dans une piscine pour asperger tout le monde.

« Ce n'est pas la personne à qui je pense, rassurez-moi ?

– C'est exactement la personne à qui tu penses.

– Voilà, a dit Jason, les yeux exorbités comme Malcolm McDowell dans *Orange mécanique.* Et on va la jouer Guantánamo avec lui.

– Inquisition, l'a corrigé Rose. Il me semble que c'étaient eux, les premiers à le faire.

– Vous êtes devenus dingues ? ai-je crié. C'est grave, putain. Si on se fait choper, non seulement on est foutus, mais en plus on va en taule direct.

– Depuis quand tu fais ta mauviette, mec ? J'veux voir le gars qui m'a défoncé la gueule l'an dernier. C'était un coup de pute, mais au moins c'était quelque chose. Merde. En plus – il m'a posé une main sur l'épaule – c'est plus vraiment toi le maître du jeu, frérot. »

Rose a passé la main sous la cagoule noire et retiré la chaussette sale de la bouche de Clyde et les boules Quies de ses oreilles. Il a aspiré une énorme quantité d'air. « Vous allez tous crever pour ce que vous faites, a-t-il dit en toussant. Vous croyez que vous pouvez enlever qui vous voulez ? Je suis Clyde Reynolds Moore, Troisième du nom. Troisième du nom, putain ! Vous savez ce que ça veut dire ?

– Pas vraiment », a répondu Rose. Elle a retroussé la cagoule en bas de son nez et l'a bâillonné. « Mais je suis sûre que ça veut dire que le papa de ton papa de ton papa possédait sans doute quelques esclaves. Et que la terre que le papa de ton papa de ton papa possédait a été transmise au fil des générations, accroissant votre richesse et te remplissant les poches de l'argent gagné grâce au coton ramassé par ces mêmes esclaves qu'ils possédaient. »

Elle est allée prendre au frigo un bidon de cinq litres d'eau minérale. « C'est ce que tu allais dire ?

– Qu'est-ce que vous voulez ? a demandé Clyde, tournant la tête dans tous les sens. De l'argent ? Je peux vous en donner.

– Pas besoin, a dit Jason.

– Quoi, alors ? Je ferai tout. »

Je ne vais pas mentir, le voir ainsi, désespéré et vulnérable, m'a fait plaisir malgré tout ce qui allait nous retomber dessus.

« Pour commencer, a dit Rose, ouvrant le bidon, tu peux mettre un terme aux conneries de suprémacisme blanc que tu dégueules depuis des semaines. »

J'ai ouvert la bouche, mais Jason a plaqué sa main dessus. Il a secoué la tête. J'ai compris. Clyde connaissait ma voix. S'il m'identifiait, on aurait des soucis. Jason a mis du jazz ; un gémissement de saxophone a empli la pièce.

Rose a versé de l'eau sur le bâillon de Clyde, le faisant trembler comme s'il subissait un électrochoc. « Je suis sûre que tu es plus habitué à boire de l'Évian, mais j'espère que tu n'as rien contre la Poland Spring.

– Pitié ! a-t-il crié. Pitié, arrêtez.

– C'est ce qu'on veut que tu fasses », a dit Rose. Elle a versé encore un peu d'eau sur sa tête pendant dix à vingt secondes.

« Ce que tu es en train d'expérimenter, a-t-elle crié par-dessus la musique, relevant le bidon quand Clyde s'étouffait, puis reprenant, c'est la sensation de la noyade. »

Il jetait la tête dans tous les sens, ses mains et ses pieds convulsant comme s'il était possédé. Cela avait d'abord été amusant, voire excitant, mais ce n'était désormais plus que de la torture en bonne et due forme. Mon cœur battait de plus en plus vite.

« Tu vois, l'eau imbibe le bâillon, a repris Rose, qui colle à ton visage, et t'empêche de respirer. L'eau entre dans ta bouche, coule dans ta gorge et tes narines, et te donne l'impression de te…

– Noyer ! a crié Clyde après qu'elle eut vidé le bidon et retiré le bâillon. Je peux plus ! Je peux plus respirer, a-t-il dit en crachant de l'eau partout sur le sol de la cuisine.

– Tu vas arrêter avec tes conneries de nazi ? » lui a demandé Jason, s'agenouillant à côté du corps détrempé de Clyde.

Clyde a remué et tiré sur la planche mouillée avant de faire oui de la tête.

« Tu vas dissoudre les Blancs pour l'Organisation unifiée des Services et des Échanges ? »

Un couinement est sorti de sa bouche – le son d'un animal maltraité.

« Qu'est-ce que t'as dit ? a fait Rose. Plus fort.

– Oui, a murmuré Clyde.

– Plus fort ! a dit Jason, sortant son téléphone, enregistrant la scène. Dis, je m'appelle Clyde Reynolds Moore, troisième du nom, et j'ai eu tort de faire ce que j'ai fait. Les Blancs pour l'Organisation unifiée des Services et des Échanges est une association raciste, sectaire et nocive.

– Je m'appelle, a commencé Clyde, s'étouffant avec sa propre salive.

– Gueule-le jusqu'au ciel ! lui a ordonné Rose. Si fort que ton précieux Dieu blanc et ton Jésus blond aux yeux bleus t'entendront !

– Je m'appelle, a-t-il dit, plus fort cette fois, Clyde Reynolds Moore, troisième du nom, et j'ai eu tort. Les Blancs pour l'Organisation unifiée des Services et des Échanges est une association raciste, sectaire... – il s'est interrompu, Jason lui a pincé les jambes – et nocive. »

Jason et Rose se sont tapé le poing. J'étais bouche bée. Je suis allé au frigo, j'ai pris une bière, et l'ai bue d'une traite – je voulais avoir un goût dans la bouche, n'importe lequel.

« Si on entend encore une seule fois parler de toi, l'a menacé Jason, rabaissant la cagoule sur la bouche de Clyde, on te prendra comme aujourd'hui. Mais tu vivras pas un jour de plus pour en parler.

– J'ai compris, a-t il dit, tremblant de peur. Et m-m-maintenant ?

– Tu vas dormir un moment et tu te réveilleras comme s'il ne s'était rien passé, a déclaré Rose.

– Hein ? »

Elle lui a donné un coup de pied en pleine tête, le mettant K-O.

« Va démarrer le combi, lui a dit Jason. Nous, on le porte jusqu'en bas. »

Dans l'escalier – je l'avais pris par les jambes et Jason sous les bras – Jason sifflotait comme si de rien n'était. On a fermé les portes du combi qu'Ellen utilisait généralement pour faire monter les nouvelles recrues, et Jason s'est mis au volant. Rose a pris place à l'avant.

« T'inquiète, a dit Rose, on s'en occupe. »

Jason a souri. « Ouais, Superman. Rentre chez toi et va dormir. Tu peux enfin te reposer maintenant que tout est fini. Je t'avais dit qu'y avait pas d'autre solution. »

Ils se sont engagés dans la rue. J'ai marché dans l'humidité pénétrante d'une soirée d'été, vers le métro, pour qu'il m'emmène le plus loin possible de ce qui venait de se passer. On avait atteint un point de non-retour, surtout avec quelqu'un comme Clyde.

Avant de trouver le sommeil, j'ai appelé Kujoe, qui a nié être le mouchard, mais a reconnu avoir parlé des Enchantés avec Eddie. Ai-je vraiment cru que ce n'était pas lui ? Non, pas du tout. On ne pouvait pas faire confiance à quelqu'un qui avait enfreint notre règle numéro un : ne jamais parler des Enchantés. Alors je lui ai dit qu'il était banni du QG jusqu'à nouvel ordre, et qu'il devait se tenir à carreau chez Sumwun sous peine de se faire virer.

Après ça, je me suis préparé mentalement à ce qui nous attendait, même si je n'aurais jamais pu imaginer jusqu'où irait Clyde pour gagner. Mais le sommeil m'entraînait dans l'abîme, et j'ai dû me résoudre à capituler, pour une nuit en tout cas.

32

Quelques jours après, le QG était en effervescence. Comme les sadiques de Guantánamo et Abou Ghraïb, Jason et Rose ne faisaient rien pour cacher ce qu'ils avaient fait. La vidéo de la confession de Clyde passait en boucle sur les écrans, et les Enchantés fêtaient ça comme si nous avions vraiment gagné.

« Votre attention, s'il vous plaît, a dit Jake, levant une bière. Je sais que ces dernières semaines ont été dures et qu'on s'est un peu divisés, mais trinquons à la fin de tout ça.

– Et à Jason et Rose pour avoir fait le nécessaire et nous avoir mis à l'abri, a ajouté Ellen.

– Et aussi à sensei B-b-buck, a embrayé Trey en me faisant un clin d'œil. Pour être resté notre c-c-courageux chef.

– À Jason, Rose et Buck ! » ont-ils tous crié, trinquant à coups de cannettes, sifflant des flûtes de champagne bon marché, et faisant tourner des joints comme s'ils étaient à Burning Man, à Woodstock, ou un autre de ces événements au cours desquels les Blancs font fi de la loi et se défoncent sans modération.

Je n'avais pas envie de fêter ça – pas encore. Ça me semblait trop tôt. J'allais monter quand quelqu'un m'a pris par la main.

« Eh, a dit Soraya, sans me lâcher. T'es pas d'humeur à faire la fête ?

– Non, pas vraiment. Je suis crevé. Je vais me pieuter, mais amuse-toi bien.

– Si tu le dis. » Elle avait l'air déçue.

Quelques heures plus tard, tandis que je commençais enfin à trouver le sommeil, mon portable m'a réveillé. J'ai décroché sans regarder l'écran, jurant que c'était Kujoe qui appelait pour me supplier de le laisser revenir.

« Allô ?

– Buck ? »

C'était une voix de femme. Familière, mais que je n'arrivais pas à remettre. « Qui est-ce ?

– Sandra Stork. Je vous appelle parce que vous avez des ennuis.

– Des ennuis ? ai-je demandé, allumant la lumière. Quel genre d'ennuis ?

– Buck. » Elle a marqué un temps. « Tout le monde est au courant. Les médias sont tous en train de rédiger leurs papiers pour une publication demain matin.

– Au courant de quoi ?

– Écoutez, vous pouvez me faire marcher ou jouer franc-jeu avec moi. Une source anonyme a contacté les médias il y a une heure pour dire que vous êtes derrière les Enchantés. Elle a envoyé une vidéo où vous vous adressez à une large assemblée de personnes et discutez d'un plan pour combattre ce groupe de vendeurs nazis. Il y a aussi d'autres extraits. »

Kujoe, cet enfoiré. Il avait dû filmer les Havres de Paix.

« Même si c'était vrai, ai-je dit, fermant les yeux, pourquoi m'appelez-vous ? »

Elle a ri. « Parce que je ne supporte pas de voir un jeune Noir intelligent servir de bouc émissaire. Alors je veux vous donner une chance de prendre les devants. Venez à *Rise and Shine, America* demain pour vous expliquer avant qu'il soit trop tard. Je ne vous ferai pas de cadeaux… parce que je ne peux pas me le permettre, mais au moins vous aurez votre mot à dire sur la situation. »

Je savais que la guerre n'était pas finie ; c'était impossible. Les gens comme Clyde – riches, blancs et puissants – ne succombent pas à la menace physique, pas plus qu'ils ne l'infligent. Le nerf de la guerre, chez eux, est institutionnel, psychologique et stratégique. Aux échecs, on ne bat pas son adversaire en le frappant en pleine mâchoire, on l'accule dans un coin jusqu'à ce qu'il n'ait plus nulle part où aller.

« Merci, mais non, ai-je dit, serrant un oreiller pour m'empêcher de casser quelque chose.

– Vous êtes sûr, Buck ? C'est peut-être votre dernière chance avant que la situation vous échappe. »

J'ai pris une grande inspiration et me suis mentalement repassé la semaine écoulée : les vidéos de Clyde, la vente de gâteaux, notre tentative avortée de piratage, les émeutes raciales chez Sumwun, l'enlèvement de Clyde ; tout m'échappait déjà, et la seule chose que je pouvais faire, c'était d'affronter la situation au lieu de chercher à tout prix à la maîtriser.

« Oui, ai-je répondu en expirant. J'en suis sûr. Mais merci d'avoir appelé, Sandra. Je vous en suis reconnaissant.

– De rien, Buck. Bonne chance. »

Après ça, impossible de m'endormir. Je suis descendu au premier, où des gens comataient dans tous les coins, tels des cadavres sur un champ de bataille. Tous sauf une. Soraya buvait un verre de vin à la cuisine.

« Salut, ai-je dit. T'en as un pour moi ? »

Elle m'a souri et servi un verre de vin rouge. On a trinqué. Mais il y avait assez de chagrin dans ses yeux pour que je comprenne que c'était un sourire de façade.

« Qu'est-ce qui ne va pas ?

– Je pensais à ta mère, c'est tout. Il y a à peine un peu plus d'un an, toi, moi, elle, Jason et M. Rawlings, on mangeait des pizzas ici même dans la bonne humeur. Et aujourd'hui – elle a agité son verre – tout, vraiment tout a changé. Cette pièce, cette maison, toi, moi, nous. Parfois je me dis : *C'est incroyable, j'aurais jamais cru pouvoir vivre ça un jour*, et puis je me souviens du passé, de ta mère, et ça me manque beaucoup. »

J'ai posé mon verre pour prendre son visage entre mes mains, lui essuyant autant de larmes que possible. « Je sais ce que c'est, *habibti*. Crois-moi. »

Elle a porté ma main à ses lèvres et a levé les yeux vers moi. « Qu'est devenu M. Rawlings ? Tu as tenté de le retrouver ? De l'aider ? »

J'ai essayé de parler, mais j'avais une boule dans la gorge. Depuis que je l'avais chassé, je n'arrêtais pas de penser à lui.

Je l'ai regardée et j'ai secoué la tête. Les larmes me brouillaient la vue.

« Il ne méritait pas ça, a-t-elle dit, posant la tête contre ma poitrine. Rien de tout ça.

– Je sais. » J'ai passé mes bras autour d'elle, tâchant de ne plus penser au passé. « Je sais. »

Tout s'est déroulé exactement comme l'avait prévu Sandra. Le lendemain, la nouvelle s'était répandue partout sur Internet. Ma tête était à la une des principaux journaux, certains me traitant même de terroriste. L'abondance de textos et d'emails a fait surchauffer mon portable, au point que j'ai dû l'éteindre.

« Bonjour, Chauncey, ai-je dit en montant à l'arrière. Chez Sumwun. »

Il a dégluti et m'a regardé dans le rétroviseur. C'est seulement après avoir traversé le pont de Williamsburg et nous être engagés dans la 1re Avenue qu'il a pris la parole : « J'ai lu le journal, Buck. Vous allez bien ? »

J'ai regardé dehors des nounous noires promener des petits Blancs dans leur poussette, des propriétaires de camions restaurants empiler des gobelets bleus en carton, des chiens faire leurs besoins sur le trottoir sans se poser de question. « Non, mais ça va aller. » J'ai fermé les yeux. « Rien n'est éternel, pas vrai ?

– Oui, c'est vrai. » Chauncey m'a souri. « Mais vous êtes une des personnes les plus fortes que je connaisse, Buck, et la force est éternelle.

– Merci, Chauncey. Je l'espère. »

J'ai poussé la porte tambour et regardé à l'intérieur du Starbucks. Tout était comme un an plus tôt sauf que je ne connaissais plus aucun employé. Ils se criaient dessus et renversaient du café, tâchant de ne pas se laisser déborder par le coup de feu. *Merde, tout fout le camp.*

Je suis sorti de l'ascenseur, me suis arrêté devant les portes en verre dépoli, et j'ai respiré un grand coup avant de les ouvrir. La salle était plongée dans le chaos – des balles volaient en tous sens, des gens criaient, raccrochaient violemment, des chiens sprintaient, des vendeurs zigzaguaient entre les bureaux – une impressionnante cacophonie, vu de l'extérieur.

Mais à mon arrivée, tout s'est arrêté. Le silence s'est si brusquement abattu sur la salle que j'entendais le tic-tac des horloges murales réglées sur une dizaine de fuseaux horaires différents. *On a vendu la mèche. Au moins, je n'ai plus besoin de prendre position contre les Enchantés.*

La porte du bureau de Rhett s'est ouverte, et il en est sorti. « Mais qu'est-ce qui se… » En me voyant, il s'est arrêté, puis a dit : « Que tout le monde se remette au travail. » Mais personne ne l'a écouté. Tous les regards m'ont suivi tandis que je me dirigeais vers Rhett, quelques « traître » montant des bureaux devant lesquels je passais. Ce n'est qu'après avoir refermé la porte derrière moi que le brouhaha a repris.

C'était un mercredi après-midi, mais il régnait dans le bureau de Rhett la même atmosphère que lors de ma première Semaine des marchés, quand il était à bout de nerfs, sûr de la débâcle de Sumwun. Il s'est assis sur son canapé en cuir, un verre de gin à la main, les glaçons cliquetant comme des chaînes de fer.

« Salut », ai-je dit, debout devant lui, sans savoir si je devais m'asseoir. Sa chemise était toute froissée, ce qui était mauvais signe.

Il a hoché la tête sans un mot, le regard plongé dans son verre comme s'il tentait d'y trouver une réponse. Le voir comme ça, abattu, a balayé d'un coup toute ma confiance en moi.

« Rhett, ai-je tenté, m'asseyant finalement à côté de lui. Regarde-moi. S'il te plaît. »

Mais il ne m'a pas regardé. Il a bu une gorgée et s'est tourné vers la fenêtre, plissant les yeux dans la lumière vive de septembre.

« Qu'est-ce que j'ai fait de mal ? » a-t-il fini par me demander. Il s'est levé et s'est approché des fenêtres.

« Comment ça ?

– Je veux dire, qu'est-ce que je t'ai fait, Buck ? Qu'est-ce que j'ai fait de travers ? »

Je me suis levé et l'ai rejoint, regardant les bateaux naviguer sur l'East River et le sommet des gratte-ciel briller sous le soleil comme des diamants. « Je ne comprends pas, Rhett. »

Il a secoué la tête et vidé son verre d'une traite. « Moi non plus. Je t'ai tout donné, Buck. Toutes les chances que je n'ai jamais eues à ton âge. Le soleil, la lune et les étoiles. Et regarde-toi. » Il s'est enfin tourné face à moi.

« “Ce n'est pas un ennemi qui m'outrage, je le supporterais. Ce n'est pas mon adversaire qui s'élève contre moi, je me cacherais devant lui. C'est toi, que j'estimais mon égal, toi mon confident et ami.” Psaumes 55, Buck. Versets 12 et 13. » Il a pris sa bouteille de gin et en a bu une longue gorgée au goulot. « Tu sais ce que ça signifie ?

– Rhett, je…

– Va-t'en, m'a-t-il dit en se détournant de moi, la voix étreinte par la douleur. Va-t'en, Buck. Je ne veux plus te voir d'ici la conférence. Et après, tu es libre de partir, je sais que c'est ce que tu veux. Alors va-t'en, s'il te plaît. »

Je me sentais comme une merde. Rhett m'avait donné la chance de ma vie, mais cela m'avait coûté ma liberté. Et c'est là, en sortant de son bureau sous le regard de centaines de vendeurs riant de la déchéance de leur courageux chef, que j'ai compris que c'était la liberté qui m'avait motivé depuis le tout début. Pas l'argent, pas le pouvoir, pas le besoin de me prouver des choses, ni même de rendre Maman fière de moi, mais la liberté de respirer où je veux, quand je veux, comme je veux, et avec qui je veux dans ma belle peau noire.

Lecteur : À ce stade, vous devriez savoir que rien n'est gratuit dans la vie, surtout pas la liberté.

33

« Buckaroo ! Putain, Buckaroo ! »

J'ai ouvert les yeux. Rose était dans ma chambre. La lumière perçait derrière les rideaux tirés.

« Mais merde, pourquoi tu réponds pas au téléphone ? a-t-elle demandé, me lançant un t-shirt et un pantalon. Habille-toi, a-t-elle crié. Grouille !

– Quoi ? Quelle heure il est ?

– On est jeudi après-midi, et quelqu'un a foutu le feu au QG, putain. Chauncey est en bas. Debout, grouille ! »

Je me suis habillé et j'ai sauté si vite dans l'ascenseur que Rose a dû me jeter une paire de chaussures.

« Qu'est-ce qui se passe ? » Mon cœur cognait comme une boule de flipper dans ma cage thoracique.

« T'es sourd ou quoi, putain ? J'ai dit le QG est en feu. C'est forcément ces enfoirés de BOUSE. Où t'étais passé ? »

On a sauté dans la Tesla et Chauncey a démarré en trombe avant même qu'on ait fermé les portières. « Je n'arrive pas à y croire, a-t-il crié en accélérant sur la 2e Avenue. Ce sont eux, les vrais voyous !

– Où t'étais passé ? a répété Rose, mâchant frénétiquement un chewing-gum. On t'a tous attendu hier soir. On avait des ballons, des confettis, tout, putain, pour fêter la révélation aux yeux du monde que tu es notre leader, mais tu n'es jamais venu.

– Je suis rentré chez moi. Au cas où tu l'aurais pas remarqué, j'ai des emmerdes. Je suis un terroriste, désormais, tu savais pas ?

– Tu peux pas faire ça, Buckaroo. Tu peux pas juste nous abandonner quand on a besoin de toi.

– Vous abandonner ? Je croyais que Jason et toi vous occupiez de tout. »

Elle a baissé la vitre et craché son chewing-gum sur un piéton qui ne s'y attendait pas. « T'es malade ? Nous on est les muscles. Toi, a-t-elle dit en me montrant du doigt, tu es le cœur. »

Nous avons vu la fumée noire après avoir franchi le pont de Williamsburg. Chauncey a mis les gaz, grillant autant de feux rouges que possible sans provoquer d'accident. Mais quand nous sommes passés devant l'aire de jeu Marcy et qu'on est arrivés aux quatre coins – ceux de Wally Cat, M. Aziz, et les deux anciens coins de Jason –, des voitures de flics, des camions de pompiers et des ambulances bloquaient la rue.

On a jailli de la Tesla et on a couru en direction du croisement, mais deux flics massifs nous ont bloqué le passage. « Reculez ! a crié un des deux, qui agrippait l'étui de son arme de poing.

– C'est chez moi ! ai-je crié en lui passant devant.

– Non, arrête-toi, a dit l'autre en m'attrapant. Y a un million de jeunes qui nous disent que c'est chez eux. C'est chez qui, putain ?

– Chez nous ! » a dit Rose, qui a donné au flic un coup de pied dans les couilles, ce qui l'a forcé à me lâcher. L'autre a retenu Rose. J'ai couru vers la maison et me suis baissé sous les barrières de police en bois bleu et le ruban jaune qui s'étirait le long de la rue comme sur la ligne d'arrivée d'un 100 mètres.

Une foule s'était amassée sur le trottoir d'en face : les Enchantés.

« Buck, a dit Brian, qui m'a rejoint en courant. On sait pas comment c'est arrivé – *SALOPE !* – C'est sans doute Clyde et les autres. C'est un coup à la Magnéto, ça, je le sais. »

Des flammes orange vif sortaient de chaque fenêtre. Les murs s'écroulaient, le verre éclatait, et la fumée noire était si épaisse qu'on aurait dit de la barbe à papa brûlée.

« Y a quelqu'un à l'intérieur ? » ai-je demandé, regardant ma maison, la maison de ma mère et de mon père, s'effondrer sous mes yeux.

Brian m'a regardé, sa poitrine montant et descendant, et a fait oui de la tête.

« Qui ça ? » ai-je crié, la panique explosant dans mon ventre.

Quelqu'un m'a posé la main sur l'épaule. C'était Jason. « Trey, Superman. Le p'tit Noir est entré pour sauver ce qu'il pouvait et il est jamais ressorti. »

J'ai foncé vers la maison et grimpé les marches deux à deux, criant son nom. Je suis monté à l'étage, mais la fumée était si épaisse qu'elle m'a brûlé les yeux, m'a aveuglé. J'ai continué de l'appeler, mais j'ai avalé de la fumée noire et me suis étouffé quand elle m'a empli les poumons.

Je me suis effondré. J'avais l'impression que des charbons ardents me brûlaient tout le corps. La chaleur m'a pénétré, je n'arrivais pas à m'en débarrasser. Mais avant de respirer une dernière fois, j'ai entendu quelque chose en provenance de la cuisine. Un rire familier, que je n'avais pas entendu depuis longtemps mais n'aurais jamais pu oublier.

« Maman ? »

« Merde, il est dans le coma ?

– C'est marrant, la dernière fois, c'était moi qui étais à l'hosto. On dirait que la chance a tourné. Mais il est fort, Superman. Il va s'en tirer.

– Allez, Buckaroo. Arrête de nous faire marcher et réveille-toi. On a besoin de toi. Je le jure devant Dieu, si tu meurs, je te ressuscite rien que pour te tuer.

– Il va s'en sortir. Buck est comme moi, rien ne peut l'arrêter.

– Dring dring, Darren. On est tous là pour toi, *habibi*. Ouvre les yeux si tu nous entends.

– *BITE !* – Euh, pardon. Sois fort, Buck. Faut croire que le feu est ta kryptonite. »

Je sentais des tuyaux dans mon nez, que j'ai tenté d'arracher. Les bips, les bruits de pas, et la sensation de brûlure dans les poumons me donnaient l'impression d'être au purgatoire. Mais quand j'ai ouvert les yeux, les Cinq Talents, plus Soraya et Jason, me dévisageaient.

« Bonjour, Darren », a dit Soraya, me prenant les mains pour me faire lâcher les tuyaux. J'étais si faible qu'il lui a suffi de les soulever et les reposer comme des plombs sur mes jambes. « Ne fais pas ça, ça t'aide à respirer.

– Enfin, te voilà, Buckaroo, a dit Rose, mettant sa main froide sur mon front.

– J'ai cru… ai-je fait, essayant de m'asseoir, toussant comme si je venais de fumer un vieux paquet de clopes. J'ai cru t'entendre dire que tu comptais me tuer si je mourais. Je pouvais pas te laisser faire. »

Tout le monde a éclaté de rire. Une grande famille dysfonctionnelle. Ma famille. « Quel jour on est ?

– Vendredi, a répondu Brian, en me mettant une paille à la bouche. Bois ça. » Boire de l'eau ne m'avait jamais fait autant de bien.

« Qu'est-ce qui s'est passé ? » Je cherchais la réponse sur leurs visages souriants.

« T'as joué les Super Noirs, a dit Jason. T'as couru là-dedans comme si t'étais invincible, comme si la baraque était pas en train de brûler.

– Oui, monsieur Buck, a dit Jake, posant sa grosse main sur mon pied. Les pompiers ont dit qu'ils vous avaient trouvé par terre juste avant que ça s'écroule et que… – il a baissé les yeux – que vous appeliez votre maman. »

Maman. Je me suis rappelé l'avoir entendue rire dans la cuisine, comme quand elle faisait avant d'aller au travail, préparant le café, attendant de me dire bonjour.

« Où est Trey ? ai-je demandé. Leurs sourires ont disparu.

« Il… » Rose a respiré un bon coup, plissant les yeux. « Il ne s'en est pas sorti.

– Comment ça, il s'en est pas sorti ? Où est-ce qu'il est ? »

Soraya m'a pris la main et l'a caressée. « La maison s'est écroulée. Et quand les pompiers l'ont retrouvé, son corps était… » Elle a porté le dos de sa main à sa bouche. « On a seulement pu l'identifier par des restes de ses baskets. »

Non. C'était pas possible. Mes poumons se sont remis à me brûler. J'ai arraché les tubes de mon nez, arraché l'aiguille qui m'avait été scotchée à la main, et tâché de me lever, mais Jason m'a retenu.

« Arrête, a-t-il dit. Arrête, mec. On peut plus rien y faire, faut passer à autre chose.

– Passer à autre chose ? Comment tu veux qu'on passe à autre chose ? Qu'est-ce qu'il foutait là-dedans ? Pourquoi personne n'a tenté de le retenir ?

– Après le départ du feu, a commencé Brian, s'entourant de ses bras, il était dehors, là où tu nous as vus. Et puis il a dit qu'il avait un truc à récupérer et il a couru à l'intérieur. Quelques secondes après, l'incendie s'est propagé et on nous a empêchés d'entrer.

– Qu'est-ce qu'il est allé chercher ? »

Ils se sont tous regardés. Le feu en moi redoublait de force. « Vous avez intérêt à répondre sinon je vous fous tous dehors », ai-je menacé, pris d'une quinte de toux.

Jason a hoché la tête en direction de Rose. Elle a sorti quelque chose de sa poche, un petit morceau de papier brûlé, et me l'a donné. Les bords étaient carbonisés et s'émiettèrent sur mon lit, mais le reste était intact. Quand je l'ai retourné, j'ai vu ce que c'était. Une photo.

« Il cherchait sans doute autre chose, mais les pompiers ont trouvé ça dans le jardin », m'a dit Rose.

C'était une photo de Trey et moi, prise un mois après son arrivée, le jour où je lui avais demandé d'être mon assistant. Il avait eu peur qu'on le vire des Enchantés parce qu'il bégayait trop pour démarcher par téléphone. Quand je lui avais dit que j'avais quand même un poste à lui proposer, il m'avait pris dans ses bras, et personne ne m'avait jamais serré aussi fort de ma vie. Peu après, on avait pris la photo que je tenais dans les mains : il souriait comme quelqu'un qui vient de décrocher son bac, et moi, tel un grand frère, je l'entoure de mon bras.

Des larmes amères ont ravivé les brûlures de mes joues. Toute la colère qui était en moi, tout le désir de destruction que je voulais infliger à Clyde se sont évanouis comme la vapeur qui monte d'une tasse de café.

« Qu'est-ce que tu veux faire ? m'a demandé Jason, l'instinct de vengeance s'enflammant déjà dans ses yeux.

– Il n'y a qu'une seule chose à faire, a répondu Rose. Combattre le feu par le feu.

– Non, ai-je tranché, fixant la photo dans mes mains. C'est fini.

– Mais, Buck, a dit Brian. Ils ne peuvent pas s'en tirer comme ça. C'est comme quand… »

J'ai soulevé la tête et les ai regardés. « Plus de violence. Ça suffit. On s'est trop occupés des autres au lieu de se concentrer sur les raisons qui nous ont poussés à fonder les Enchantés. »

Ils m'ont regardé comme si je plaisantais, comme si la mort de Trey ne pouvait qu'en entraîner d'autres. Mais nous n'étions pas un gang, et nous n'étions pas des tueurs.

Lecteur : Un bon vendeur sait ce qu'il est, mais ce n'est qu'une donnée du problème. Un vendeur d'exception sait ce qu'il est, mais aussi ce qu'il n'est pas. C'est cucul mais c'est vrai.

« Jake, combien il nous reste ? ai-je demandé, reprenant lentement des forces.

– À peu près quatre cent mille.

– Bon. » Je me suis redressé. « Trouvez un nouveau local. Et publiez un communiqué de presse pour dire que la guerre est finie, que nous ne voulons pas débusquer les coupables ni nous venger. Qu'on se concentre sur le développement de notre organisation pour aider le plus grand nombre.

– C'est comme si c'était fait, a-t-il dit.

– Ellen. Fini les travaux pratiques dingues et illégaux. Trouve d'autres façons d'enseigner aux nouvelles recrues. Ça nous attire trop d'ennuis et on ne peut pas se permettre de finir en taule.

– Oui, Buck. Compris.

– Jason et Rose. Si vous faites quoi que ce soit, et ça vaut pour tout le monde – j'ai balayé la chambre du regard –, vous dégagez. Sans exception. C'est compris ?

– D'accord, a dit Jason en regardant Rose.

– Très bien, Buckaroo. Si c'est ce que tu veux, c'est ce qu'on fera.

– Merci. Et maintenant si tout le monde veut bien sortir, j'ai besoin de repos. » J'ai laissé retomber ma tête sur l'oreiller et fermé les paupières, tâchant de comprendre ce qui s'était passé, et pourquoi Trey était retourné dans la maison.

« Pas toi, ai-je dit à Soraya. Tu veux bien rester, s'il te plaît ?

– Bien sûr. »

Elle a baissé les yeux. « Il faut qu'on appelle une infirmière pour remettre tous ces tuyaux en place. On ne va pas te laisser mourir ici.

– D'accord. Mais un instant. J'ai quelque chose à te dire.

– Quoi ?

– Ce dont Jake a parlé tout à l'heure, moi qui appelle ma mère. C'est parce que je l'ai entendue rire dans la cuisine, comme si elle était assise, pour de vrai, comme si c'était un jour ordinaire et qu'elle se préparait à aller au travail. Tu crois que je suis fou ? »

Elle s'est assise sur le lit et a pris ma main dans les siennes. « Non, tu n'es pas fou. Elle y était peut-être vraiment, pour te protéger. »

J'ai regardé ses yeux noirs, me rappelant qu'elle avait toujours été là pour moi quand je pensais ne pas pouvoir y arriver, que je ne croyais pas en moi, que j'avais besoin de quelqu'un pour me montrer la voie.

« Je t'aime, Soraya. Et je regrette tout ce qui s'est passé. D'avoir cru que ta présence coulait de source. De ne pas avoir été là quand tu en avais le plus besoin. D'être devenu un…

– Un gros con ? » a-t-elle poursuivi, passant les doigts sur les entailles que j'avais sur la joue. J'ai inspiré, et même avec les poumons brûlés, je sentais la cannelle et le beurre de cacao sur sa peau.

« Voilà, ai-je répondu dans un petit rire.

– Moi aussi, je t'aime. Et même si tu t'es un peu perdu en route, j'aime celui que tu es en ce moment, celui que tu es devenu. Ta mère serait fière de toi.

– Alors embrasse-moi », ai-je dit, la douleur pulsant dans mes lèvres gercées et fissurées.

Elle s'est penchée. Je me suis redressé, mon âme entière pliant sous le feu du désir. Mais juste avant que nos lèvres se touchent, elle m'a enfoncé un doigt dans la poitrine et a ri comme une hyène.

« Hein ? » J'ai ouvert les yeux.

Elle me faisait un grand sourire. « T'embrasser ? T'es malade. J'ai dit que je t'aimais, mais ça n'efface pas tout ce qui s'est passé entre nous. Si tu me veux, il va falloir me mériter, petit à petit. Et même si ça arrive, je ne t'embrasserai pas avant que tu aies passé un test de toutes les MST possibles et imaginables pour être sûre que tu n'as rien chopé avec toutes les filles autour desquelles tu as tourné. Marché conclu ?

– Merde. D'accord », ai-je dit, m'adossant contre l'oreiller, vaincu. Mais après j'ai souri, me souvenant, malgré tout ce qui s'était passé, qu'elle était encore là. « Même équipe, même rêve ? ai-je demandé.

– Toujours. »

34

Je suis sorti quelques jours plus tard, et les funérailles de Trey ont eu lieu dans la même église que celles de Maman ; seuls les Enchantés y ont assisté. Nous avons cherché sa famille partout, mais n'avons trouvé personne. Entre Facebook et les Pages blanches, il y avait des dizaines de milliers de personnes à travers le pays qui portaient le même nom de famille que lui, Evans. Autant chercher un coquillage dans l'océan. Nous avons annoncé sa mort sur les réseaux sociaux et avons même publié un avis de décès dans le *Daily News*, mais personne ne s'est manifesté ou n'a réclamé son corps – c'est comme s'il n'avait jamais existé avant d'entrer dans notre QG.

Rhett savait ce qui s'était passé, mais je lui ai assuré que je serai là le vendredi. Le plan consistait toujours à prendre la parole à la conférence, puis à démissionner de Sumwun pour me consacrer aux Enchantés. Étonnamment, une fois que les médias ont révélé que j'étais leur leader, des centaines de personnes nous ont demandé si elles pouvaient nous rejoindre ou fonder leur propre branche dans des pays comme l'Afrique du Sud, l'Italie ou le Brésil. Après avoir annoncé aux Cinq Talents que j'allais travailler à temps plein pour les Enchantés, ils ont voulu faire pareil, et ont décidé de quitter leur boulot fin septembre.

Avec tout ça, je m'étais promis de réduire la voilure. Je n'avais pas besoin d'un appartement de luxe, de vêtements de marque, et autres signes extérieurs de richesse. On adopterait un mode de vie qui servirait de modèle au vendeur du XXIe siècle – on n'allait pas vivre comme des moines, reniant toute possession matérielle, mais pas non plus comme des rock stars qui ne vivaient que pour elles-mêmes. On animerait des ateliers et on sillonnerait le monde pour poser les fondations de nos branches à l'étranger. Merde, le plan était parfait. Vraiment. Tout ce qu'il me restait à faire, c'était prendre la parole à Sumwun, et je serais libre. Même Barry m'avait envoyé un texto après la révélation de la nouvelle pour me dire qu'il était fier de moi ou, pour citer ses propres mots : J'adore le délire Black Panther ! Continue de rameuter des SDV et tout ira bien. Une fois qu'on devient un Panther, on revient pas en arrière !

« À quelle adresse, Buck ? m'a demandé Chauncey, dans un costume de lin vert clair que je lui avais récemment offert pour le remercier de son dur labeur. Je sais que c'est un grand soir.

– C'est vrai, Chauncey. Après ce soir, je serai un homme libre. Et vous aussi, si vous le désirez. »

Il m'a jeté un bref regard dans le rétro, le front plissé. « Que voulez-vous dire ? »

J'ai éclaté de rire. « Je veux dire que, si vous le désirez, vous pouvez cesser d'être mon chauffeur pour venir travailler chez les Enchantés. »

Il s'est de nouveau concentré sur la route et a hoché la tête. « Pour y faire quoi ? »

J'ai baissé la vitre et inspiré New York à pleins poumons : les arbres bourgeonnants de la fin de l'été, l'air du début de l'automne ; l'odeur nauséabonde de poubelles et de cigarette ; le bruit du métro crissant sous terre.

« Ce que vous voulez. On pourra discuter plus tard de logistique. Diriger la sécurité, cuisiner vos délicieux plats sénégalais ou, merde, je peux même vous initier à la vente. »

Il s'est balancé sur son siège avant de me faire son sourire habituel. « Ah ! Buck. Vous êtes gentil avec moi. J'en discuterai avec Fatou ce soir. Ça me plairait peut-être d'être vendeur. Quand j'étais petit, j'allais à la pêche avec mon père sur l'océan, et je revendais le poisson sur le marché, alors je suis peut-être doué ?

– Je parie que oui, ai-je dit, tâchant de contrôler les battements de mon cœur, excité et effrayé à l'idée d'être libre de vivre en toute indépendance sans Rhett ni personne d'autre pour me donner des ordres. Le premier arrêt sera à la conférence, au Madison Square Garden. Après quoi, on rentrera fêter ça au QG. »

Une fois arrivés, Chauncey a jeté un œil et dit : « Bah, ça n'a franchement rien d'un événement, Buck. »

Il avait raison. Le Madison Square Garden n'était pas différent de ce qu'il est chaque jour. Les gens entraient et sortaient de Penn Station ; les taxis faisaient la queue, attendant ceux qui étaient encore assez vieux jeu pour les prendre ; des vapeurs sucrées-salées s'échappaient en colonne des stands de nourriture ; et bien sûr, on entendait les traditionnels klaxons mêlés de « J't'emmerde ! » des New-Yorkais.

Contrairement à ce que je croyais, il n'y avait pas de gang de reporters rôdant sur le trottoir, prêts à passer à l'attaque, ni même d'écriteau géant portant le logo de Sumwun. Seuls Frodo et quelques nouveaux SDV indiquaient le chemin à suivre aux arrivants.

Je me suis dirigé vers Frodo et les SDV qui, en m'apercevant, se sont mis à chuchoter. Ils se sont arrêtés une fois que j'étais à portée d'oreille.

« Salut Frodo », ai-je dit, tendant la main, nerveux.

Il l'a regardée, puis a levé les yeux vers moi, m'a attiré contre lui et m'a serré fort. « Ben mon vieux, Buck. Ben mon vieux.

– Je sais. T'en fais pas, Frodo. Tout ira bien. C'est promis. »

Frodo ne me lâchait pas, et mon épaule commençait à transpirer. « Quoi qu'il arrive, Buck, je veux que tu saches… » Il m'a serré encore plus fort et a pleurniché comme le gros bébé qu'il était.

Je lui ai tapoté le dos, espérant qu'il ne me régurgite pas dessus. « C'est pas grave, tout va bien.

– Les gens disent des horreurs sur toi, Buck. Que tu es une espèce d'Oussama Ben Laden noir. Que tu hais les Blancs. Et que tu hais l'Amérique. Et plein de trucs encore pires. J'en peux plus. »

Je me suis libéré de son étreinte et l'ai tenu face à moi. Il avait les yeux rouges, le nez qui coulait, et des mèches de ses cheveux fraîchement coupés lui couvraient le visage ; il s'était fait faire une Hi-Top, le même style que moi. Mais surtout, j'ai compris que Frodo, aussi bêtasse et ridicule qu'il soit, était un véritable ami.

« Je tiens à te remercier, Frodo.

– De quoi ? m'a-t-il demandé, s'essuyant les yeux de son bras poilu. C'est toi qui as fait beaucoup pour moi, pour nous tous. La société n'existerait plus, sans toi. Je ne serais plus là, sans toi.

– Peut-être, mais je tiens à te remercier d'être un ami fidèle. Et de m'avoir toujours accepté pour ce que j'étais, et pas pour ce que tu voulais que je sois.

– Tu n'imagines pas comme ça me fait plaisir, Buck. Est-ce que… est-ce que ça veut dire que je peux faire partie des Enchantés ?

– Non, Frodo. »

Je suis entré. Il n'y avait pas de file d'attente à l'extérieur. C'était désert, et il a fallu que je me pince pour être sûr de ne pas être en train de faire un horrible cauchemar. J'avais peur de me réveiller et de devoir repartir de zéro.

« Buck, m'a appelé Marissa, sautillant vers moi dans le hall comme si on était dans un festival hippie. Tout le monde t'attend. Magic Johnson vient de finir le discours d'ouverture, et ça sera bientôt à toi ! Tu es motivé ?

– Magic Johnson ? ai-je demandé, éberlué.

– Oui ! C'est dingue, non ? a-t-elle lancé, plus gonflée à bloc qu'Arnold Schwarzenegger sous stéroïdes. Il a dit que Sumwun était l'incarnation de tout ce qu'il est. Tu sais, surmonter les obstacles les plus dingues de l'existence, arriver tout en haut, comme la crème, et gagner assez d'argent pour que même une maladie extrêmement mortelle ne vous tue pas.

– Mmh, intéressant. Alors, je vais où ?

– Suis-moi ! »

On a traversé un long couloir vide. Elle m'a indiqué une salle d'attente en coulisses. « Dix minutes, Buck. Bonne chance ! » Elle m'a passé le bras autour du cou et m'a collé une bise.

J'ai ouvert la porte et suis entré dans une pièce très quelconque, pourvue de fenêtres, meublée de quelques chaises et d'une télévision éteinte suspendue au plafond. La seule chose qui m'ait frappé, c'est que Rhett était là, assis face aux fenêtres.

« Salut », ai-je dit en m'approchant de lui.

Il n'a pas bougé. Il est resté assis les yeux fermés. Une minute après, il m'a regardé. « Salut, tu es prêt ?

– Si tu veux dire, est-ce que j'ai préparé quelque chose ? Non, je ne suis pas prêt.

– Désolé de ne pas t'avoir rendu visite à l'hôpital. Et toutes mes condoléances pour ton ami. »

Trey. Merde. Le simple fait d'entendre Rhett me présenter ses condoléances m'a tout fait revivre. L'existence qui m'attendait après ce jour ne serait pas seulement pour moi, Maman, ou les personnes que nous avions aidées. Elle serait aussi pour le môme qui m'avait toujours soutenu et me regardait comme si je ne pouvais faire de mal à personne. Pour Trey.

« Merci », ai-je dit, m'asseyant à côté de lui.

Encore un silence. Puis il m'a demandé : « Est-ce que tu quittes Sumwun ? »

J'ai fait oui de la tête sans le regarder.

« C'est sans doute ce qu'il y a de mieux à faire.

– Je regrette, mais je ne peux pas être celui que tu veux que je sois, Rhett. Je ne peux pas, tout simplement.

– La seule chose que j'ai toujours voulu que tu sois, c'est d'être aussi brillant que je t'en savais capable. Mais aujourd'hui – il s'est levé – tu es devenu quelqu'un d'autre. Quelqu'un que je ne reconnais plus.

– Alors qu'est-ce qui va se passer entre nous ? » ai-je demandé. Le nœud que j'avais au ventre s'est mis à grossir. « Je ne suis plus ton frère ? »

Il a évité de me regarder. « Tu as renié ta promesse, Buck. Tu as dit que tu ne me mentirais jamais, et pourtant tu m'as menti. Alors je ne peux plus te protéger quoi qu'il se passe.

– Et qu'est-ce qui va se passer ? » ai-je demandé, debout devant lui, incapable de retenir mes larmes. Je savais que tout ce que je décidais était juste, mais choisir les Enchantés au détriment de Rhett me faisait quand même souffrir.

Pour lui, Sumwun était plus important que tout le reste. Il avait choisi de voir en moi un homme ou un Noir selon ce qui l'arrangeait. S'il m'avait choisi moi plutôt que Clyde, c'est sans doute parce que cette décision était meilleure pour le business. Mais je l'aimais quand même de tout mon cœur. Il m'avait fait le plus beau cadeau qui soit, un cadeau que je pouvais désormais faire à d'autres : une chance de réussir. Et rien, y compris ce qui était sur le point d'arriver, n'effacerait cela.

Il a baissé la tête. « Il faut qu'on prenne nos distances avec toi, Buck. Tu es empoisonné.

– Qu'est-ce que tu veux dire ? ai-je demandé, le prenant par les épaules.

– C'est le seul moyen. »

Un homme très mince équipé d'un casque est entré. « Prêt ? Suivez-moi, s'il vous plaît. »

En sortant de la salle d'attente, je me suis retourné, croisant enfin le regard de Rhett. « Je regrette, Buck. Mais tu ne peux t'en prendre qu'à toi-même.

– Par ici », a dit l'homme, m'indiquant une petite volée de marches menant sur scène.

Je montais l'escalier quand deux choses m'ont cloué sur place. La première fut la vue de la salle pleine à craquer. Il y avait bien cinq mille spectateurs, ordinateur portable sur les genoux, téléphone à la main, totalement silencieux, les yeux rivés sur la scène où se tenait la seconde surprise : Bonnie Sauren.

Elle était assise dans l'un des deux fauteuils bleus, buvait à une bouteille d'eau, et a souri en lisant la stupéfaction sur mon visage. Sur l'écran géant derrière elle, l'intitulé de notre intervention : LES RATÉS DE LA DIVERSITÉ : BUCK VENDER EN CONVERSATION AVEC BONNIE SAUREN.

« Regardez qui voilà, a dit Bonnie, exhibant ses dents blanches à la foule comme les diamants de sang. La vedette du jour, Buck Vender. Faites à Buck l'accueil qu'il mérite. »

Ç'a commencé par le balcon – un vague bourdonnement. Puis c'est descendu vers moi, tel un tsunami et son tourbillon d'écume blanche et mortelle, et la vague des huées m'a écrasé avec une impitoyable férocité.

Putain. C'est un traquenard.

Les huées s'intensifiaient à mesure que je m'approchais de Bonnie, la haine pure dont elles étaient chargées me donnant l'impression d'être un organisme vivant, respirant, dangereux. Je les sentais jusque dans mes os, comme on sent des vibrations de basses jusque dans le cœur, en concert. J'ai fermé les yeux et attendu. Mais quand les huées se sont calmées, cinq mille personnes se sont mises à scander : « RACISTE ! RACISTE ! RACISTE ! TERRORISTE ! TERRORISTE ! TERRORISTE ! » Bonnie, satisfaite, était comme un rat blanc devant son fromage.

Après quelques minutes de ce régime, qui m'ont donné l'impression de durer des jours, elle a pris le micro, a souri et dit : « Je vous soutiens complètement. Mais nous sommes là pour mener une conversation, si vous le permettez. »

Une conversation ? Ça ressemblait plus à un lynchage des temps modernes. Quand j'ai regardé le public, je n'ai vu qu'un océan d'hommes et de femmes au visage rougi, réclamant du sang de Noir, le mien.

« Vous savez, a dit Bonnie en se tournant vers moi avec sur le visage un sourire aussi faux que sa peau plastique. On ne se connaît pas. Mais je connais votre ami Jason, je crois. Ce type cagoulé qui m'a dit que vous voliez des marchands de glaces ambulants. »

« VOYOU ! » a crié un spectateur assis dans les premiers rangs.

« Mais, a continué Bonnie, vous et moi n'avions jamais eu le plaisir de nous rencontrer. On vous a déjà dit que vous ressembliez à Drake ? Moi, c'est Bonnie. » Elle m'a tendu la main.

« Buck. » Je lui ai serré la main. Elle l'a essuyée sur sa jupe.

« Buuuuuck, a-t-elle fait, étirant la voyelle. Quel prénom intéressant. Si nous commencions par là, hmm ? D'où vient-il ?

– On me l'a donné à mes débuts chez Sumwun.

– Et qui vous l'a donné ? »

Je me suis souvenu de mon premier jour au Coran. « Un vieux collègue », ai-je dit en me redressant.

Bonnie a hoché la tête. « Vieux, vraiment ? J'ai entendu dire qu'il s'agissait de Clyde Moore, troisième du nom, président des Blancs pour l'Organisation unifiée des Services et des Échanges. C'est vrai ? »

J'ai pris ma bouteille d'eau sur la table basse entre nous et hoché la tête.

« Parce que vous aviez travaillé chez Starbucks pendant quatre ans ? »

J'ai de nouveau acquiescé.

« Ça alors, les critères de recrutement ne sont plus ce qu'ils étaient depuis quelques années », a-t-elle déclaré, se tournant vers le public. Les rires se sont propagés dans les travées de la salle plus vite que la sextape de Paris Hilton.

« Bon, vous avez donc travaillé chez Starbucks. Clyde Moore vous a embauché…

– Rhett Daniels, ai-je corrigé, la voix chevrotante, me forçant à boire une nouvelle gorgée d'eau. C'est lui qui m'a embauché.

– Ce n'est pas ce qu'il dit. Il dit que c'est Clyde qui a eu l'idée de vous donner une chance, qu'il a simplement tenté de vous prendre sous son aile. Et voilà comment vous l'avez remercié. En dissimulant votre racisme et en fondant une organisation terroriste.

– Ce n'est pas une…

– Ce qui nous amène au sujet de la conversation d'aujourd'hui. Les ratés de la diversité. Quand le pouvoir se retrouve entre les mains des mauvaises personnes et qu'elles en abusent, comme vous avez abusé du vôtre. Alors, dites-nous, pourquoi haïssez-vous les Blancs, Buck ? »

Tout a ralenti, je n'entendais plus que les battements de mon cœur, tel le tic-tac d'une bombe. Ils pulsaient dans mon oreille, et dans les veines de ma tête, de mes bras, de mes mains, de mes jambes et de mes pieds.

Je me suis tourné vers le public. Il y avait tant de colère sur ces visages – une colère noire, féroce, terrifiante. Je ne comprenais vraiment pas. Je ne comprenais pas pourquoi tous avaient l'air de vouloir me tuer sans même me connaître. Et s'ils ne me connaissaient pas et me haïssaient déjà, je n'avais rien à perdre, alors j'ai pris ma bouteille d'eau, j'en ai bu la moitié, et j'ai respiré un bon coup.

« Je ne les hais pas, ai-je dit. Mais je voudrais vous poser une question, Bonnie. Combien de Noirs sont employés chez LinkedIn, Facebook, Instagram, YouTube, Google, Twitter et Tumblr ? »

Elle a levé les yeux au ciel, a regardé le public et a ri. « Oh, arrêtez. Vous n'allez pas jouer la carte du racisme. C'est dépassé, Buck.

– C'est vous qui l'avez jouée quand vous m'avez demandé pourquoi je haïssais les Blancs, ce qui n'est pas vrai, alors faites-moi plaisir. Combien de salariés, disons sur cent, sont noirs au sein de ces sociétés ?

– Je dirais trente, peut-être quarante, a-t-elle répondu, agacée.

– Deux. Dans chacune de ces sociétés, seuls deux salariés sur cent sont noirs. Dans la plupart d'entre elles, seuls quatre salariés sur cent sont latinos.

– Bou-hou, s'est-elle moquée, faisant mine de se frotter les yeux. Vous savez pourquoi il n'y en a pas plus ? Parce qu'ils ne sont pas qualifiés, mon ami. S'il y avait plus de Noirs et de Latinos compétents pour occuper ces postes, ils y seraient. Regardez les Asiatiques. Ils ne pleurnichent pas et ne reprochent pas aux Blancs leur manque de réussite. Non, ils se bougent, travaillent bien à l'école, et vivent le rêve américain.

– OUAIS ! » a beuglé un type en se levant de son siège pour applaudir. Le reste du public s'est joint à lui.

« Je ne suis pas là pour vous convertir, ai-je dit, les regardant. Et je ne suis pas là pour, comme vous dites, jouer la carte du racisme. Je ne veux pas vous faire perdre votre temps. Alors prêtez-vous au jeu une seconde et fermez les yeux.

– De quoi s'agit-il ? a demandé Bonnie. Vous venez de dire que vous n'étiez pas là pour nous convertir.

– C'est vrai, promis. Et je suis fatigué de débattre, de me défendre, et de tout ce cirque. Vous avez gagné. » Puis vers le public : « Vous avez tous gagné. Mais avant que je m'en aille, fermez les yeux. Je n'en aurai que pour une seconde. »

Je me suis tourné vers les coulisses où se trouvait le type au casque. « Baissez les lumières, s'il vous plaît. »

Quand la salle s'est retrouvée plongée dans la pénombre, j'ai fermé les yeux et approché le micro de ma bouche. « Je veux que chacun de vous repense au passé, votre passé, quand vous étiez petit. Repensez à l'endroit où vous habitiez, où vos parents vous ont élevé. Repensez à votre école, votre premier béguin, à ce que vous aimiez faire le samedi matin, à votre goûter préféré.

« Repensez à ce que vous vouliez devenir quand vous étiez petit. Peut-être pompier, infirmière, acteur, policier, médecin, avocat… peut-être même président, carrément. Essayez de vous souvenir de ce sentiment, quand vous pensiez vraiment que vous pouviez réaliser tous vos rêves. Quand il n'y avait aucune limite. Et maintenant, gardez ce sentiment en vous. Sentez-le dans votre cœur – sentez sa chaleur, sa façon de vous soulever comme le faisaient votre mère ou votre père quand ils vous portaient sur leurs épaules.

« Et maintenant, je veux que vous repensiez au moment où vous avez compris que vous ne réaliseriez pas votre rêve. Peut-être parce que vous n'avez jamais vu quelqu'un de votre milieu réaliser son rêve. Peut-être parce qu'un prof, votre père ou votre mère vous ont dit d'être réaliste. Merde, peut-être pour la simple raison qu'un ami vous a ri au nez quand vous lui avez raconté votre rêve, et ce petit rire, cette graine de doute, vous a écrasé. Vous vous êtes senti comme un moins que rien, comme si vous ne méritiez pas d'avoir plus, de devenir meilleur. Comme si celui que vous étiez n'était pas assez bon.

« Voilà pourquoi nous avons créé les Enchantés. Pas pour être catalogués terroristes, racistes, ni tout ce que les médias se plaisent à dire de nous, mais parce que nous voulons aider les autres à avancer – ceux qui, peut-être comme vous l'avez dit, Bonnie, n'ont pas les compétences pour occuper ces postes-là. Parce que nous savons que lorsqu'on soutient quelqu'un, sans considération de couleur de peau, on devient plus fort. Et je souhaite aux Enchantés ce que je vous souhaite à vous tous ici présents. De ne jamais, absolument jamais, avoir l'impression d'être un moins que rien. »

J'ai ouvert les yeux et j'ai vu les hommes et les femmes du public ouvrir les leurs. Quand j'ai observé leurs visages, tout ce qui s'y trouvait juste avant – la colère noire, la violence électrique, et une haine aveugle – était toujours là, mais atténué. Comme s'ils se souvenaient de l'enfant qu'ils avaient été, des rêves qu'ils avaient faits, et du moment où ils s'étaient perdus en route.

Je me suis tourné vers Bonnie. Son visage tremblait comme si elle livrait bataille en son for intérieur. Elle a lentement levé le micro, et a dit : « Je voulais être actrice, mais… ma mère disait que j'étais trop grosse, que Hollywood ne prendrait jamais quelqu'un d'aussi gros et pataud dans un film. »

Elle s'est tue. Une larme noire de mascara a roulé sur sa joue, tachant son éternelle robe blanche. À cet instant, je me fichais pas mal de savoir si Bonnie Sauren était une horrible Blanche suprémaciste qui regrettait probablement que le Sud ait perdu la guerre civile. Je me suis levé et j'ai fait ce que j'aurais fait en présence de n'importe qui : je l'ai prise dans mes bras.

La foule n'a pas applaudi, mais elle n'a pas non plus hué. Bonnie, désormais sans défense, a sangloté sur mon torse devant cinq mille personnes qui me haïssaient sans doute encore mais qui, je l'espérais, voyaient aussi mon humanité, ce qui était une victoire. Les guerres que j'avais menées pour en arriver là étaient finies, et maintenant, quoi qu'il arrive, j'étais enfin, vraiment, complètement libre. *Zoum ! Pan ! Pouf !* À chaque jour son marché, bébé. À chaque jour son marché.

Lecteur : Il n'y a rien de tel qu'un Noir en mission. Non, il n'y a rien de tel qu'un vendeur noir en mission. Vous n'avez pas intérêt à l'oublier.

35

« Comment ça s'est passé, Buck ? » m'a demandé Chauncey.

J'ai ri. « Aussi bien que possible, j'imagine. Je suis toujours en un seul morceau et personne ne m'a passé la corde au cou.

– Évidemment, vous êtes toujours en un seul morceau. Je vous l'ai dit, la force est éternelle. Alors si vous êtes libre ce soir, peut-être vous joindrez-vous à nous, Fatou, Amina et moi, pour dîner à la maison ?

– Ça me va. Est-ce que Fatou va préparer… » Mon téléphone a vibré. « Un instant. »

C'était Kujoe. « Kujoe, ai-je dit, le ventre bouillonnant de colère.

– Buck, je sais que tu m'as dit de ne plus t'appeler, mais…

– Mais quoi, Kujoe ? Ma journée était parfaite, ne viens pas la gâcher. Surtout avec toutes les conneries que tu as faites. Trey est mort, putain, et c'est sans doute à cause de toi.

– Mais, Buck, j'appelle au sujet de…

– Tu appelles pour me provoquer, Kujoe. Écoute, c'est fini pour toi. Le QG est détruit et il faut qu'on reparte de zéro. Ça me coûte de te l'annoncer parce que je t'aimais bien, mais tu ne feras plus partie de l'aventure. On n'a qu'une chance dans la vie, Kujoe, et ton expérience avec les Enchantés est terminée, ai-je débité avant de raccrocher.

« Comme je vous le disais, Chauncey, j'espère vraiment que Fatou va cuisiner ce plat, là, comment ça s'appelle, déjà ? Avec du poulet, des légumes et du riz dans de la sauce à la cacahuète ? »

Chauncey a ri, tapant sur le volant. « Du *mafé*, Buck. Vous devenez un véritable Africain ! Je crois que ma mission est terminée. »

J'ai ri à mon tour, l'eau déjà à la bouche à l'idée du délicieux repas que nous allions partager. « Peut-être bien, oui. » Mon téléphone a vibré. J'ai aussitôt décroché.

« Qu'est-ce que je viens de te dire, putain, Kujoe ? Ne m'appelle plus jamais, putain, ou…

– Darren ? » C'était Soraya. « Qu'est-ce que tu racontes ? Qu'est-ce que Kujoe a fait ?

– Oh, ai-je dit, m'enfonçant contre le dossier de la banquette, plus décontracté. Pardon. Rien, c'est juste que… C'est rien. Qu'est-ce qui ne va pas ?

– Tu mens, a-t-elle répondu. Bref. Jason est à l'hôpital.

– À l'hôpital ? Qu'est-ce qui s'est passé ? »

J'ai tapoté Chauncey sur l'épaule. « Faites demi-tour, Chauncey.

– Très bien, Buck. Que se passe-t-il ? »

« Il va bien, a dit Soraya, mais il a une jambe cassée et quelques bleus. Il est à Beth Israel. J'y suis passée puis je suis rentrée chez toi pour me reposer. Il va bien, vraiment, crois-moi, simplement il veut te voir. Tu peux aller lui rendre visite ?

– Oui, bien sûr. Je te retrouve juste après. Mais qu'est-ce qui s'est passé ?

– Il m'a seulement dit qu'il s'était fait attaquer à Chelsea.

– Qu'est-ce qu'il foutait à Chelsea ?

– Il n'a pas voulu me le dire, peut-être qu'avec toi il sera plus bavard. À plus tard. Je t'aime. »

Mon cœur a bondi. Il se passerait peut-être longtemps avant qu'elle me redise ces mots-là, peut-être même ne me les dirait-elle plus jamais, ou aurais-je chaque fois l'impression qu'elle me les dit pour la première fois. Toujours est-il que ça faisait du bien. Beaucoup de bien.

« Bon, a-t-elle poursuivi, un sourire dans la voix. J'attends.

– Moi aussi, je t'aime, *habibti*.

– C'est bien ce que je pensais », a-t-elle conclu, avant de raccrocher.

J'ai demandé à Chauncey de m'attendre dehors une fois qu'on y serait. Si Jason n'était pas trop amoché, je me contenterais de vérifier que tout allait bien et passerais prendre Soraya pour l'emmener à Harlem goûter à ce fameux *mafé*. Ce n'était qu'un petit contretemps.

Une infirmière m'a indiqué sa chambre, et quand je l'ai vu sur son lit, téléphone à la main, je lui ai dit : « Merde, mon pote. Visiblement, tu montes en gamme à l'hosto depuis que je t'ai envoyé à Woodhull.

– Tu te crois drôle ? Surtout pour quelqu'un à qui je viens de rendre visite à l'hôpital. »

Je me suis assis à côté de lui et j'ai examiné sa jambe, qui était déjà dans le plâtre et hissée par une suspension accrochée au plafond. Il avait quelques bleus au visage et des égratignures sur le bras, mais ça avait l'air d'aller.

« Qu'est-ce qui s'est passé ?

– Ces enfoirés sont sortis de nulle part. Ils étaient quatre, et portaient des masques flippants de bébé qui pleure. Un m'a frappé à la tête, et j'ai réussi à en mettre deux K-O, mais y en a un, le plus petit, qui a sorti une batte et m'a frappé à la jambe. Le toubib a dit que j'avais une fracture du tibia, alors ils m'ont mis une tige de métal dans la jambe, et voilà comment je me retrouve ici, à parler avec toi.

– Je vois, ai-je dit, tâchant de comprendre ce qui s'était passé. Tu dis que quatre mecs te sont tombés dessus… à Chelsea… sous les yeux des passants ?

– Ouais. Tu me traites de menteur, ou quoi ? C'est pas le moment.

– Non, mais c'est bizarre, voilà tout. Ce genre de trucs n'arrive jamais à Chelsea. Qu'est-ce que tu fabriquais là-bas ? »

Il a pris son téléphone et s'est remis à faire défiler les pages.

« Yo. » Je lui ai pris le téléphone des mains. « Qu'est-ce que tu fabriquais là-bas, tu allais chez SoulCycle ou quoi ? Pourquoi t'as ton air suspect ? »

Il m'a arraché le téléphone. « Très drôle, ha-ha-ha. J'étais allé acheter du vin et du fromage haut de gamme. J'essaie de m'élever, mec.

– Tu viens de choisir les trucs les plus blancs qui soient pour me mentir ?

– En gros, oui, a-t-il lâché en riant. Bon, d'accord, je vais te dire la vérité, parce que t'es mon pote et que j'ai besoin de ton aide. Mais promets de pas péter un câble, OK ?

– OK.

– Je vendais de la coke. »

J'ai bondi de ma chaise, faisant appel à toute la force que je n'avais pas pour l'étrangler. « Quoi ? J'espère que tu te fous de ma gueule, Batman. Vraiment. »

Il a haussé les épaules.

« Pourquoi ? » J'ai levé les yeux au plafond et fait les cent pas. « Pourquoi, après avoir rejoint les Enchantés, trouvé du boulot, et fait tout ce que tu as fait, tu irais vendre de la drogue ? »

Il a posé son téléphone et m'a regardé. « C'est pas si simple, merde. J'ai un salaire correct, mais ma mère doit un paquet de fric à des affreux. Ça fait… quoi… quelques mois que je bosse ? Je sais que le fric dont j'ai besoin finira par tomber, mais j'ai eu l'occasion de gagner gros, j'allais pas laisser passer ça.

– Donc tu dealais à Chelsea ? Et tu fais ça depuis combien de temps ? T'as combien de clients ? »

Jason s'est redressé, il a ri. « Je croyais que tu voulais nous apprendre à poser une seule question à la fois, et regarde-toi. »

J'ai serré la mâchoire.

« OK. » Il a inspiré à pleins poumons. « J'avais qu'un seul client. Un rupin qui me contactait une fois tous les quinze jours pour une grosse quantité de coke. De quoi fournir tout le sud de Manhattan, à moins qu'il l'ait coupée et revendue tout seul. Mais ça fait à peine un mois que je fais ça. En réalité, j'avais fini. C'est Trey qui m'a dit qu'il connaissait quelqu'un qui en voulait, et quand il m'a appris combien, et je parle de dix mille dollars, là, j'ai dit : "Un peu que j'm'en occupe." Alors chuis allé voir Malcolm, il m'a filé la coke, et je me suis fait du fric facile.

– Pourquoi t'as pas arrêté, alors ? Dix mille dollars, ça devait suffire à rembourser la dette de ta mère.

– Non, c'était une grosse dette, et pas le genre que tu dois rembourser à l'État, tu piges ? Donc quand mon pote m'a appelé pour le deal, j'ai dit : "Ça marche. C'est la dernière fois que je le fais. Après ça, avec mes économies, sa dette sera remboursée, et on sera quittes." Alors quand ces mecs me sont tombés dessus, j'ai envoyé un texto au gars pour lui dire que je ferais la livraison dans quelques jours, mais lui m'a dit qu'il pouvait pas attendre, que c'était maintenant ou jamais. Et je veux pas d'emmerdes avec Malcolm pour dix mille dollars, faut que je livre ce gars ce soir. »

Il a tendu la main sur le côté du lit, a pris un sac à dos noir et me l'a lancé.

« T'es le seul à qui je fais confiance, m'a-t-il dit. Le mec est réglo. Promis. Tout ce que t'as à faire, c'est sonner, prendre l'ascenseur, poser le colis par terre, prendre l'argent sur une petite table, compter, et partir. Tu ne le verras pas. Il ne te verra pas. Je sais même pas à quoi il ressemble. »

Putain ! Je savais que la soirée se présentait trop bien. Je voulais dire non, mais je l'ai pas fait parce que, si on inversait les rôles, Jason le ferait pour moi sans hésiter. En plus, il avait pas l'air de se tracasser, alors moi non plus. *Ça sera vite fait bien fait.*

« Envoie-moi l'adresse par texto », ai-je dit.

« Si je ne suis pas revenu dans un quart d'heure, Chauncey, ai-je dit, mettant le sac à l'épaule en me penchant à sa vitre, partez et ne revenez pas. Entendu ? »

Il a ri. « Qu'est-ce que vous racontez, Buck ? » Il a agité son index dans ma direction. « Vous essayez de vous défiler pour le dîner ? On peut toujours remettre ça à une autre fois.

– Non. Je donnerais tout pour un repas cuisiné par Fatou, mais je suis sérieux, si je ne suis pas revenu dans un quart d'heure, partez. D'accord ? »

Son visage s'est rembruni. Il s'est mordu la lèvre inférieure et a secoué la tête. « Je ne comprends pas, Buck. »

J'ai tendu la main à l'intérieur de la voiture. « Promettez-le-moi, Chauncey. Promettez-moi que vous partirez. »

Il a regardé ma main un instant, comme s'il ne savait pas quoi faire, puis l'a serrée. « C'est promis, Buck. »

L'immeuble, au coin de la 23e et de la 10e, était comme tous ceux du quartier : tout en hauteur, en brique, avec vue sur des arbres protégés par de petites grilles noires sur lesquelles les chiens adoraient pisser. J'ai sonné au 818 et la porte s'est ouverte.

Je suis entré dans l'ascenseur et j'ai tapé le numéro sur un écran high-tech. L'ascenseur est monté et les portes se sont ouvertes directement sur l'entrée de l'appartement, comme chez moi. Il n'y avait personne, et j'ai vu la petite table dont m'avait parlé Jason, sur laquelle était posée une enveloppe blanche. Je l'ai prise, j'ai compté l'argent, et j'ai posé le sac.

Jusqu'ici tout va bien. J'avais le front en nage. Je suis aussitôt retourné vers l'ascenseur et j'ai appuyé sur le bouton, me demandant si le type était chez lui ou s'il m'épiait grâce à une caméra de surveillance. La sonnerie a retenti, les portes de l'ascenseur se sont ouvertes et, au moment d'entrer, j'ai senti quelque chose de lourd s'écraser sur mon crâne.

« Putain », ai-je murmuré.

Tout est devenu noir.

Quand je suis revenu à moi, j'étais dans ce qui ressemblait à un salon, attaché à une chaise, du sang séché sur le crâne, les mains, les vêtements.

« Yo ! ai-je crié, tirant sur les liens que j'avais aux poignets et aux chevilles. Mais, putain, c'est quoi, ça ?

– Du calme, a ordonné une voix dans mon dos.

– Vous êtes qui, putain ? » J'ai essayé de me retourner. « Qu'est-ce que vous voulez ?

– Bonne question, a dit la voix. Qu'est-ce que tu as à m'offrir ?

– De l'argent, vous voulez de l'argent ? »

Il a ri et m'a frappé sur la nuque. Mes poignets et mes chevilles étaient en feu à cause du frottement des liens. Le type m'a mis un sac plastique sur la tête. Comme je toussais, le sac a tellement rétréci qu'il s'est plaqué contre ma bouche. Pas d'air. J'ai été pris de panique. J'étais sûr que j'allais mourir.

Au moment où je pensais ça, le type a retiré le sac, et j'ai haleté comme si on venait de me ramener à la vie. La voix s'est mise à rire, encore et encore.

« S'il vous plaît, ai-je dit, la gorge aussi brûlante que si on m'avait fait avaler du gravier bouillant. S'il vous plaît, arrêtez. » Je haïssais le ton de désespoir de ma voix, cette façon de supplier, mais je n'avais pas le choix. Je ne savais même pas où j'étais. Tout ce que je voyais, c'était un banal parquet sous mes pieds et un mur blanc devant moi.

« Très bien, a dit la voix. Comme tu veux. » Une main blanche a agité un couteau sous mes yeux.

« PUTAIN ! ai-je crié, remuant sur ma chaise, tâchant de me libérer.

– Du calme, a prononcé la voix, pointant le couteau dans ma direction. Ou je te l'enfonce dans l'œil si vite que tu n'auras même pas le temps de dire Harriet Tubman. »

Il a approché le couteau de mes chevilles et a coupé les liens. Puis aux poignets. Même si j'étais désormais libre, ou du moins le croyais-je, je suis resté collé à ma chaise, effrayé à l'idée de ce que le type allait faire.

« Vas-y, m'a-t-il dit. Lève-toi et retourne-toi. »

Tout tremblant, je me suis lentement levé, sans quitter des yeux le mur face à moi, puis me suis retourné d'un coup.

« Salut, Buck, a dit Clyde, souriant jusqu'aux oreilles. Bienvenue chez moi. »

« Toi ? » ai-je dit, me demandant comment Clyde avait pu devenir le client de Jason sans qu'il le sache, comment tout cela était possible. *Jason m'a piégé ?*

« Eh oui, moi, il m'a répondu, se dirigeant vers la cuisine. Je te sers un verre ?

– Non, merci. Qu'est-ce que tu fous ? Tu dépasses les bornes, et pour quoi ? Ces conneries d'organisation unifiée ? Merde, Clyde. »

Il a pris une bouteille de vin blanc au frigo et s'est servi un verre, l'a humé lentement, porté à ses lèvres, en a pris une gorgée avant de pousser un soupir de satisfaction et de s'asseoir à table. « T'es sûr de ne pas en vouloir ? Il est cher. »

Je suis resté où j'étais, me demandant à quel moment j'allais lui casser la gueule, voire pire. Il avait laissé le couteau au salon, je pouvais donc aller le chercher et le forcer à me laisser partir.

« Très bien. » Il a haussé les épaules. « Comme tu voudras. Pour ce qui est de dépasser les bornes, je crois que toi et tes amis, vous êtes allés trop loin avec votre petit simulacre de noyade. Mais ce n'est que mon avis.

– Je vois pas de quoi tu parles. »

Il s'est rempli un autre verre. « Ah bon ? Allez, Buck. Cette gouine de Rose et ton pote dealer Jason ? Votre petit numéro, quand vous avez essayé de me pirater. Je dois dire que vous êtes pleins d'imagination, mais pas très malins. »

Kujoe. C'était forcément lui. Comment Clyde pouvait-il connaître tous ces détails, sinon ?

« Je sais pas ce que tu as promis à Kujoe, ai-je dit, m'approchant de lui. Mais il a dû en tirer un sacré bénéfice pour nous trahir. Espèce d'enfoiré. »

Clyde a levé les yeux, surpris. « Je ne connais aucun Kujoe, mais si tu te demandes comment tu as atterri ici, je le laisserai te le dire lui-même.

– "Lui-même" ? »

Clyde s'est tourné vers le couloir. « Tu peux venir. »

Je n'en ai pas cru mes yeux. J'ai reculé, trébuché sur une chaise, me suis étalé par terre, et j'ai levé la tête. Il était dans la cuisine, et me dévisageait de ses yeux étincelants.

« Trey ?

– En chair et en os, a-t-il confirmé.

– Mais tu es…

– M-m-mort ? a-t-il complété en riant. On dirait bien que je suis vivant, Buck. »

Il s'est approché, m'a tendu la main pour m'aider à me relever, mais quand je l'ai prise, il m'a frappé de l'autre main en plein visage avec une canne.

« Mais putain, Trey !

– Ça fait du bien, pas vrai ? » a dit Clyde, levant le nez de son vin.

Trey s'est tourné vers Clyde. « Tu sais quoi ? Oui. Ça fait un bien fou. »

Trey. Clyde. Ils se connaissaient. Et la vérité a commencé à m'apparaître. Ce n'était pas Kujoe, le mouchard, c'était Trey. Depuis le début. Mais pourquoi ?

Trey se tenait debout devant moi, et riait encore. « T'as l'air paumé, Buck, alors je vais te rendre service. Tu vois, c'est toi qui t'es fait tout ça. Quand j'ai rejoint les Enchantés, la seule chose dont tu parlais, c'était de "Clyde, cette mauviette en déficit de pigmentation", comme tu disais. Oui. Alors je me suis dit que si tu le haïssais autant, c'est qu'on allait s'entendre, lui et moi. Quand on a fait connaissance, il est devenu évident qu'on partageait le même but, alors on a projeté de te mettre sur le cul, si on peut dire, a-t-il fait, me montrant de la main.

– Mais, Trey, tu es mort. On a retrouvé ton corps. Des morceaux de tes chaussures.

– Les marchands de cadavres, a dit Clyde, donnant un verre à Trey. Tu serais surpris de savoir à quel point il est facile d'acheter un cadavre, surtout de Noir. »

Trey s'est assis à la table de Clyde et a croisé les jambes. « Voilà pourquoi je suis retourné dans la maison en courant. Pour y déposer le corps et les chaussures. Je suis ressorti par le jardin où j'ai même laissé la photo, pour mettre la touche finale, bien avant que la maison ne s'effondre. »

Je ne comprenais toujours pas. « Pourquoi tu m'as fait ça, Trey ? Après tout ce que j'ai fait pour toi, tout ce que les Enchantés ont fait pour toi ?

– Parce que tu es l'incarnation de tout ce qui ne tourne pas rond dans ce monde, Buck, a-t-il dit en faisant taper sa canne par terre. Quelqu'un qui vit comme s'il pouvait tout se permettre sans se soucier des conséquences. Considère ça comme la conséquence des péchés que tu as commis.

– Trey. » Je me suis levé et me suis approché de lui. « Qu'est-ce que tu racontes ? »

Il restait imperturbable. « Comment je m'appelle ?

– Trey.

– Non. » Il a secoué la tête. « Mon nom complet.

– Treyborn Percival Evans. Pourquoi ? » J'ai posé une main sur son épaule, mais il l'a repoussée. « C'est moi, Trey, c'est Buck. Qu'est-ce qui se passe, putain ?

– Mon nom ne te rappelle rien ? Une partie de mon nom ? »

J'ai fermé les yeux, tâchant de réfléchir, mais je ne voyais pas. « Non. »

Il m'a regardé bien en face. « Quand j'étais petit, on m'appelait Percy. » Il a marqué un temps. « Comme mon grand-père.

– Et quel rapport avec… » Je me suis tu, le sang de mes veines s'est changé en plomb. J'avais connu un Percy, autrefois. M. Percy Rawlings. *Du palissandre, bien sûr.* J'ai reconnu la canne.

Trey a souri. « Maintenant tu me remets, hein ? Tu as expulsé mon grand-père de la maison où il avait vécu pendant des décennies, espèce de merde. Tu sais ce qu'il est devenu après son départ ? Où il est allé ? »

Tout ce que je pouvais faire, c'était secouer la tête.

« Il s'est retrouvé dans une maison de retraite. Lui et ma mère ne se parlaient plus, mais quand une infirmière a appelé à la maison, j'ai décroché et j'ai dit que j'irais le voir. Même si ma mère nous avait interdit de lui rendre visite, je me souvenais de lui et je l'aimais. C'est l'homme le plus gentil que j'aie connu. Pas une once, a-t-il crié, pas une seule once de méchanceté chez cet homme.

« Mais quand je suis allé le voir, la seule chose dont il m'a parlé, c'est toi. Le garçon à qui il avait fait du tort en lui refusant une chance de parler avec sa mère une dernière fois. Il disait ton nom dans son sommeil et le répétait à longueur de journée, à sa fenêtre, son visage ridé baigné de larmes. Quelques semaines après ma première visite, il a fait une attaque. Les infirmières m'ont dit que c'était à cause du stress. Que son corps ne pouvait plus le supporter.

« Alors je suis allé là où il avait vécu, pour te parler face à face, mais quand j'ai vu ce que vous faisiez tous, je me suis dit que je pouvais rendre ma vengeance encore plus belle – et que j'allais te faire souffrir non seulement toi mais aussi tous ceux que tu aimais.

– Et quand il est venu me voir, est intervenu Clyde, je n'ai pas hésité. C'est Trey qui a eu l'idée de lancer BOUSE, et il a toujours fait en sorte que je garde un coup d'avance sur toi… sauf quand tes amis ont joué à *L'Enlèvement* avec moi.

– C'est le seul truc que j'ai raté, a dit Trey. Mais c'était pas grave. Jason n'arrêtait pas de bavasser sur son passé de dealer. Alors, sachant qu'il serait incapable de laisser passer l'occasion de se faire du fric rapidement, je l'ai convaincu de dealer à Clyde à son insu. Il venait toujours ici, déposait le sac, prenait l'enveloppe, et repartait sans avoir vu Clyde.

« C'est nous qui avons demandé aux membres de BOUSE de lui tomber dessus et qui lui avons dit de livrer la coke aujourd'hui, sinon tout était fini, a dit Trey, qui me regardait d'un air satisfait. C'était une partie d'échecs, Buck, pas de dames. Tu n'as jamais su à quoi tu jouais, mais tu as quand même fini par te retrouver ici. C'est tout ce qui compte.

– C'est vrai, a dit Clyde, faisant le tour de la table et s'approchant si près de moi que j'ai senti l'odeur de raisin fermenté de son haleine. Tu m'as pris Rhett ! a-t-il crié, me postillonnant dessus. Le seul frère que j'aie jamais eu. T'es qu'une ordure, voilà pourquoi je t'ai baptisé Buck. Parce que j'ai su que tu ne vaudrais jamais plus que ça. »

Je les ai regardés, me demandant ce qu'ils allaient me faire, s'il y avait un escalier par lequel je pouvais m'enfuir, voire une fenêtre par laquelle je pouvais sauter et survivre à la chute par miracle. J'avais besoin de temps pour réfléchir. « Et maintenant ? »

Clyde a desserré la mâchoire, s'est rassis, et s'est servi un autre verre. « Tu viens de me livrer deux cent cinquante grammes de coke. À ton avis ?

– Non, a dit Trey, ouvrant un placard, sortant d'autres paquets. Il a livré quelques kilos, en fait. Tout est là.

– Vous êtes fous, tous les deux. J'ai jamais fait ça.

– Ah non ? a dit Clyde. On a les images de toi qui entres chez moi, pose le sac par terre et prends l'argent. Quand on a dit au pote de mon père qui bosse aux stups qu'on connaissait un baron de la drogue qui jouait au grand défenseur des droits civiques, il a sauté sur l'occasion. »

Clyde a sorti son téléphone et l'a mis à l'oreille. « Vous pouvez monter. »

Je me suis tourné vers l'ascenseur, où j'ai vu l'indicateur des étages grimper lentement, et j'ai couru à la fenêtre. J'ai passé la tête dehors et aperçu de minuscules silhouettes immobiles sur le trottoir pendant qu'arrivaient d'autres véhicules de police, toutes sirènes hurlantes. C'était sacrément haut, je n'avais aucune chance de m'en tirer. Et même si j'y arrivais, ils seraient là pour me cueillir. J'ai regardé de nouveau vers l'ascenseur – les nombres continuaient de grimper.

« Trey, ai-je dit en courant dans sa direction. Je regrette. Je regrette pour M. Rawlings. Je regrette pour tout.

– Je suis sûr que tu as des regrets, a-t-il asséné en plongeant son regard dans le mien. J'en aurais moi aussi, à ta place, si j'allais croupir en prison pendant très, très longtemps.

– Clyde, l'ai-je interpellé faisant le tour de la table.

– Non, Buck, a-t-il dit en riant. C'est trop tard pour... »

Je lui ai envoyé mon poing dans la gueule, brisant la mâchoire, le nez et quelques os plus petits de sa tête blonde aux yeux plus bleus que le bleu.

À cet instant, quand les portes de l'ascenseur se sont ouvertes, je n'avais qu'une seule chose en tête. Une question.

Est-ce que ça en valait la peine ?

Lecteur : À vous de me le dire.

ÉPILOGUE

Le 8 mai 1973, le gouverneur de New York Nelson Rockefeller a signé ce que nous connaissons désormais sous le nom de Loi Rockefeller sur les stupéfiants. Toute personne se faisant arrêter en flagrant délit de vente d'au moins cinquante grammes de stupéfiants, ou pour possession d'au moins cent grammes, serait condamnée à une peine pouvant aller de quinze à vingt-cinq ans de prison. Vous avez bien lu, quinze ans de vie pour cinquante grammes d'herbe. La population carcérale de New York a triplé, et 90 % des condamnés au nom de la Loi Rockefeller étaient des Noirs ou des Latinos.

En 2004, le gouverneur George Pataki a signé la promulgation d'une réforme de la loi sur les stupéfiants, qui réduisit la durée de condamnation minimale à huit ans de prison. Un Noir ou un Latino passait donc seulement huit ans de sa vie en prison pour vente ou possession de drogue, qui était pour eux la seule activité pouvant les tirer de la misère.

En 2009, un autre gouverneur, David Paterson, a annulé la durée minimale de condamnation, laissant à la discrétion du juge la durée des peines infligées pour possession ou vente de stupéfiants.

Et moi, dans tout ça ? Grâce à la vidéo de Clyde où je déposais le sac à dos et prenais l'argent – et pour m'avoir piégé avec le kilo livré par Jason – j'encourais la peine la plus lourde.

Mon avocate a tout essayé, y compris l'incitation à commettre un crime et tout un tas d'autres trucs, mais rien n'a marché. Et comme j'ai refusé de dénoncer Jason, j'ai été déclaré coupable par un jury. Malgré mon casier vierge, j'ai été condamné à huit bonnes années de prison sans possibilité de remise de peine. Le fait que le juge et l'avocat général jouent au squash avec le père de Clyde n'a rien arrangé, j'imagine. Ou que je sois un jeune Noir qui avait réussi à secouer un système pensé pour les maintenir au pouvoir et asservir les minorités. Mais ce n'est qu'une déduction.

Le reste des Cinq Talents avec Jason et Soraya, a organisé des manifs. Des gens du monde entier ont diffusé des affiches LIBERTÉ POUR BUCK. D'autres ont fait pression sur le Congrès. Mais j'ai fini par leur demander d'arrêter. Les Enchantés étaient plus importants que moi, et ils prospéreraient sans moi, prouvant que j'avais agi pour la bonne cause.

Cela fait désormais deux ans que je suis enfermé, et mon avocate continue à se battre pour moi. Mais à vrai dire, c'est pas si terrible. Après la tornade que j'ai vécue, les deux dernières années m'ont donné le temps de réfléchir, analyser, et digérer tout ce qui m'est arrivé : la mort de Maman, celle de M. Rawlings, Sumwun, Rhett, Barry, les Enchantés, et tous les autres événements qui ressemblent à un rêve arrivé trop vite pour quelqu'un d'aussi jeune.

Et puis je reçois une centaine de lettres chaque semaine des Enchantés et autres admirateurs des quatre coins du monde, je passe donc mon temps à leur répondre, à intervenir par téléphone dans des talk-shows, et à recevoir une dizaine de visites par semaine, d'amis ou d'inconnus. Le mois dernier, Frodo est passé avec Marissa pour m'annoncer qu'ils allaient avoir un enfant. Merde, la vie est bizarre. J'aurais jamais cru que Frodo sache à quoi ressemblait un vagin. Même Brian a une copine – la Française qu'il avait accostée au bar pendant sa formation à la vente.

Quant aux autres, Jason a remboursé la dette de sa mère et habite toujours avec elle à Bed-Stuy, mais dans un appartement bien plus grand et confortable dont il est propriétaire. Rhett s'en sort toujours très bien à Sumwun, et Barry continue de grimper dans la liste des plus grosses fortunes de Forbes, Bonnie Sauren a publié un livre qui s'est retrouvé parmi les best-sellers du *New York Times*, *Délit de faciès blanc : Pourquoi il faut être fier d'être blanc*, et le reste des Cinq Talents s'occupe de milliers d'Enchantés à travers le monde. Trey, malheureusement, ne s'est jamais manifesté, et j'ignore ce qu'il fait désormais. J'espère qu'il s'en sort.

Au début de ce livre, je vous ai dit que mon but était de vous initier aux techniques de vente pour changer les règles du jeu, et comprendre que la vie se réduit à une poignée de négociations clés et qu'une vente se résume à quelqu'un qui nous répond « Banco » ou « Pas question ». Si je vous ai transmis quelque chose, un savoir qui vous permettra d'avancer, j'espère que vous en tirerez le meilleur profit et partagerez ce livre avec ceux qui en ont besoin. Ne leur donnez pas votre exemplaire ; je veux que vous l'usiez, relisiez vos passages préférés, et compreniez les stratégies qui ont fonctionné et les choix qui ont échoué. Offrez à votre ami un nouvel exemplaire, ouvrez-le à la première page, et écrivez ce que vous lui souhaitez. De mon côté, ce que je vous souhaite par-dessus tout, c'est d'être libre.

Quant à moi, je suis heureux. Je suis enfermé dans une cage, mais n'ai jamais été aussi libre. Je vous présente également mes excuses si je vous ai induit en erreur ; vous n'auriez sans doute pas accepté de lire des centaines de pages si vous aviez su qu'elles étaient écrites par un détenu qui souhaite vous apprendre à être libre.

Mais je finirai sur une note positive, et j'espère que nous nous reverrons. Le meilleur moment de ma semaine depuis que je suis là, c'est le dimanche. Un gardien – dont la nièce, je le précise, est membre des Enchantés – m'annonce que j'ai une visite. Il ouvre ma cellule, on se serre la main, et il m'emmène au parloir. Quand je m'assieds, la première chose que je remarque, c'est l'odeur : cannelle et beurre de cacao.

On ne se dit jamais rien pendant une minute ou deux. On se regarde, on se dévisage, assis face à face, la table entre nous. Puis ma visiteuse imite un téléphone avec la main – pouce levé, petit doigt baissé, index, majeur et annulaire repliés sur la paume – et la porte à l'oreille. Cela signifie que je dois faire de même.

Quand je mets la main à l'oreille, elle sourit, sauf que certains jours je n'ai pas envie de sourire – je reste assis le plus longtemps possible, je la regarde dans sa blouse d'infirmière, me dis qu'elle fait de moi un homme meilleur, qu'elle est mon roc, mon assise, mon tout, même si je ne la mérite pas après toutes les conneries que j'ai faites. Mais les jours où je suis de bonne humeur, où on se parle main à l'oreille, vous savez ce qu'elle dit ? Vous savez comment elle démarre la conversation ?

Elle prononce les deux mots synonymes d'occasion à saisir, quand s'offre à nous la possibilité d'une vie meilleure, et qu'il faut décrocher avant qu'il soit trop tard. Deux mots qui, comme le chant du coq, le lever du soleil, ou la préparation du café, signalent le début d'un nouveau jour.

Deux mots qui, si on est à l'écoute, peuvent ouvrir des portes grâce auxquelles on n'aura plus jamais l'impression d'être un moins que rien.

Dring Dring.

Remerciements

Yo ! On y est arrivé ! Comme l'a dit J. Cole dans « Note to Self » que je paraphrase pour des raisons de droits (t'as vu ça, Cole !?) : *Les remerciements, c'est comme les génériques de film. Si t'as pas envie de les lire jusqu'au bout, lève-toi et quitte la salle !* C'est vrai. Il faut prendre ces remerciements comme un exercice de free-style – un simple flux de conscience. Si vous lisez ces lignes, vous êtes un vrai de vrai et je tiens d'abord à vous remercier d'avoir acheté mon livre, de l'avoir consommé et de prendre le temps de le digérer. Mais qu'il vous ait filé la pêche ou une indigestion, je n'en suis pas responsable !

À part toi, lecteur, la première personne que je veux remercier c'est mon agente, Tina Pohlman. Tina, on l'a fait ! Ouf. J'ai l'impression que notre première rencontre remonte à hier. J'ai su dès notre première conversation que tu étais l'élue. Sérieux. Quand tu m'as dit : « On dirait un manuel de vente », ça m'a mis sur le cul que quelqu'un d'autre que moi comprenne ce que je faisais. Merci d'être ma confidente, ma psy et d'être une vraie partenaire sur qui je peux toujours compter.

Pilar Garcia-Brown. Pilar ! T'appeler depuis ma chambre d'hôtel miteuse quand j'ai raté mon vol pour San Francisco fut l'une des meilleures décisions de ma vie. Ce livre ne serait pas ce qu'il est sans toi et je te suis reconnaissant pour ton calme, ta patience, et pour m'avoir permis de devenir un meilleur écrivain et citoyen. Merci, Pilar.

Aux personnes de chez Houghton Mifflin Harcourt sur qui j'ai pu compter – Taryn Roeder, Lori Glazer, Michael Dudding, Matt Schweitzer, Jenny Freilach et à tous ceux qui ont fait lire *Buck & moi* au plus grand nombre – merci, merci, merci. Toute ma reconnaissance également à l'équipe marketing. C'est un honneur et un privilège de publier mon premier roman chez HMH.

Toute ma gratitude à David Hough, pour ses corrections incroyables ! David, que tu le saches ou pas, tu m'as permis de devenir un meilleur écrivain grâce à ta relecture et tes encouragements. Vraiment.

Pat Mulcahy et Matt Sharpe, deux de mes premiers lecteurs dont les remarques ont permis à ce livre de bomber le torse et de prendre du volume, je vous remercie. De même pour Julio Saenz et Gow Mosby, deux amis proches qui ont lu mes premiers jets et m'ont dit que j'étais sur la bonne voie, merci.

Toujours dans un flux de conscience, permettez-moi d'exprimer mon amour profond et sans limites à ma famille. Les mots ne vous rendront jamais justice. Maman, Sonia Askaripour, je t'aime tellement. J'ai les larmes aux yeux en écrivant ces lignes. Tu as toujours cru en moi, même quand j'étais paumé et je ne serais pas là sans toi. Papa, Aziz Askaripour, même chose pour toi. Tu m'as appris à travailler dur et à ne jamais baisser les bras, quels que soient les obstacles et je ne pourrai jamais assez te remercier. *Doostet daram, baba.*

Mes frères – Darius, Dave, Khalik et Andrew – vous avez été mes meilleurs professeurs, mes plus grands soutiens et amis. Je sais que même s'il ne restait personne d'autre, vous seriez toujours là pour moi et je serais toujours là pour vous. Parfois j'ai l'impression que la terre est à nos pieds quand on est ensemble et je vous en suis reconnaissant. Quand on est côte à côte, rien ne peut nous arrêter. Je vous aime de tout mon être.

À mes tantes, oncles et cousins – des États-Unis à la Jamaïque, d'Iran au Canada, en passant par le Royaume-Uni et tous les endroits du monde où nous sommes – merci. Je ressens votre amour et vous envoie le mien. Oncle Dicky et Tante Sheri, reposez en paix.

Grand-mère Clarine Emily Case et Grand-père William Rochester Case, je suis fier que votre sang coule dans mes veines. Du sang d'esclaves, oui, et bien plus encore. Du sang de professeurs, de politiciens, de membres dévoués de la communauté qui ont contribué à améliorer tant d'existences. Merci de m'avoir appris à lire,

Grand-mère. Merci de m'avoir appris à être un meneur, Grand-père. J'espère que vous êtes fiers de moi.

Johania Dinora Ramos. Mon premier amour. Ma Soraya. Ma première lectrice. Merci de m'avoir permis de te lire de nouveaux chapitres chaque soir, et de m'avoir dit avec franchise ce qui te plaisait et ne te plaisait pas. Merci pour notre histoire. Merci de faire toujours partie de ma vie. J'espère que ça en valait la peine.

Quemuel Arroyo. Yo ! On l'a fait, Q. ! Merde. Je comprends vraiment les limites du langage quand j'essaie d'exprimer ce que je ressens pour toi. Tu m'as soutenu depuis le premier jour. Merci de m'avoir fait découvrir le Moët et la glace de chez Trader Joe's, de m'avoir laissé squatter indéfiniment chez toi, d'avoir simplement été là dans les hauts et les bas, yo, je t'aime, mon vieux. Je n'ai pas besoin de beaucoup de personnes dans ce monde, mais j'ai besoin de toi. Merci de m'avoir toujours ouvert ta porte… sauf la première fois.

Geetanjali Toronto et Adam Vinson : deux potes qui ont été là pour moi et ont soutenu ce livre depuis le début. Merci. Pareil pour Michael Esposito. Un vrai de vrai.

Merci à Delaney Poon et à tout le gang des Poon pour votre soutien quand tout – trouver un agent, signer un contrat, vendre les droits d'adaptation – partait en sucette. Le temps qu'on a passé ensemble a beaucoup compté pour moi et je suis ravi de vous avoir rencontré au bon moment.

Grovo. Grovo. Grovo. Je sais, c'est dingue, tout ça. J'ai hâte de savoir ce que vous pensez du livre. Je ne sais pas quoi vous dire. Travailler avec vous reste l'un des meilleurs souvenirs de ma vie. L'un des plus fous, aussi. Merci de m'avoir permis d'être un meneur et de m'avoir pardonné, parfois, mon incapacité à l'être – moi aussi, j'essayais de me débrouiller comme je pouvais. Dédicace spéciale à Nick Narodny qui a été là pour moi après mon départ et qui est resté un véritable ami ; à Jeb Pierce qui s'est évertué à garder contact avec moi lorsque je ne l'ai pas fait avec tant d'autres ; à Ben Contillo, oui, toi, Ben Contillo qui a toujours dit que j'étais ton choix numéro un à la draft ; à Dan Levine qui m'a aidé à relire et à corriger un manuscrit qui ne verra jamais le jour et qui l'a fait avec franchise et enthousiasme ; aux SDV, les autres fondateurs qui m'ont donné ma chance ; et à tous ceux qui ont fait de Grovo « l'un des lieux où il fait bon travailler dans le milieu de la tech à New York. »

Respect à l'équipe de MACRO. Non seulement c'est un plaisir de bosser avec eux, mais ils s'engagent à créer des œuvres faites par et pour les gens de couleur – merci à tous pour votre dur labeur. Et merci, Anna DeRoy, mon agente pour les droits audiovisuels ! *Buck & moi* ne pourrait rêver meilleure guide à Hollywood. Toute ma reconnaissance à Jay Ellis, qui est devenu un véritable ami et une inspiration. Merci d'être entré dans ma vie, mon frère.

En parlant de ceux qui sont entrés dans ma vie, yo, le plus grand des mercis à la Rhode Island Writers Colony. Je peux le dire sans l'ombre d'un doute : la route vers la publication aurait été bien plus solitaire et difficile sans vous. Vous avez été la famille d'écriture dont j'avais besoin sans le savoir. Jason Reynolds, mon frère, merci pour tout le savoir que tu m'as transmis et continues de me transmettre. Miss Dianne, je t'aime tant. John et Mary, merci d'avoir toujours fait de Warren un lieu si accueillant. Mon groupe de 2018 – Lena, Carla, Qurratulayn –, je suis si heureux de vous connaître. À toute la famille de RIWC, surtout ceux qui m'ont permis de me défouler, Candice Iloh et Irvin Weathersby, merci. Repose en paix, Brook Stephenson. Ton esprit nous accompagne, mon frère.

Merci à quelques membres du monde littéraire qui m'ont aidé quand je n'avais aucune idée de ce que je faisais, soit en me rencontrant, soit en partageant des infos, ou simplement pour leurs mots d'encouragement : Jess Mowry, Danya Kukafka, Viet Thanh Nguyen, Kris Jansma, et Arvin Ahmadi. Merci à Morgan Jenkins, aussi, pour m'avoir donné la chance de publier un premier essai, le premier d'une longue série. Merci à Joe Keohane, de *Medium*, qui m'a généreusement aidé même quand rien ne l'y obligeait. Et toute ma reconnaissance à Corinne Segal, de *LitHub*, avec qui j'ai publié plusieurs de mes essais préférés.

À Jake Dunlap, de chez Skaled, pour m'avoir évité d'être un artiste sans le sou pendant que j'écrivais ce livre – merci, vieux.

Devenir conseiller en création start-up fut un cadeau tombé du ciel. Merci à Tanya Fadlallah et à Rahman Berrada qui ont corrigé mon arabe. *Choukran jazeelan* ! Et merci à Thomas Mailey, de la maison d'arrêt Lincoln qui a depuis, Dieu merci, fermé ses portes, pour avoir répondu à certaines de mes questions. De même qu'à Sally Wofford-Girand, qui s'occupe des cessions internationales de *Buck & moi* au moment même où j'écris ces lignes – merci Sally !

On arrive au bout. Si vous lisez toujours, je vous aime. Vraiment. Je veux étendre l'expression de ma reconnaissance à certaines de mes plus grandes sources d'inspiration, dont beaucoup ne sont plus de ce monde : Nina Simone, Malcolm X, Gordon Parks, Jean-Michel Basquiat, Fred Hampton, Frederick Douglass, Miles Davis, John Coltrane, Richard Pryor, Maya Angelou, Dave Chappelle, Oprah Winfrey, Nat Turner. Je regardais votre photo chaque jour avant d'écrire *Buck & moi*. Merci pour la vie que vous avez menée, et que vous menez encore (c'est à vous que je m'adresse, Mme Winfrey et M. Chappelle).

Certains savent que je regardais deux ou trois heures de clips vidéo ou de bandes-annonces chaque jour avant d'écrire *Buck et moi*, et même si je ne peux dresser la liste exhaustive des artistes dont j'ai regardé les clips, en voici certains qui me sont restés : Nipsey Hussle (Repose en paix, King), Boogie, Buddy, Kendrick Lamar, J. Cole, Aminé, Jessie Reyez, Joey Bada$$, Teyana Taylor, Kanye West, Tai Cheeba, Chance the Rapper, Towkio, Kid Cudi, Dave, Stormzy, KOTA the Friend, Sinéad Harnett, ScHoolboy Q. Childish Gambino, Tyler, the Creator, Jay Rock, Kyle, Russ, Drake, YBN Cordae, Megan Thee Stallion, Nas, Wu-Tang Clan, Capital STEEZ, Radamiz, Snoh Aalegra, Dot Demo, Anderson. Paak, Meek Hill, Pusha T, Black Thought, slowthai, Vince Staples, Big Sean, Mac Miller, Duckwrth, The Game, Mereba et ODIE.

Merde, je pourrais continuer à l'infini. Je n'ai même pas parlé des compositeurs, des séries télé, des films et d'autres auteurs (mais lisez quand même John A. Williams, Toni Morrison, Chester Himes, Iceberg Slim, Percival Everett, Paul Beatty, Colson Whitehead, Chimamanda Ngozie Adichie, Nafissa Thompson-Spires, Brit Bennett et Mitchell S. Jackson). Je voulais simplement rendre hommage à un petit nombre de personnes qui m'ont aidé à écrire ce livre. J'étais seul dans une pièce, vous savez. Pas de coach dans mon dos pour me dire : « Écris ça, petit ! Oui, oui, continue ! » Alors ce sont ces personnes et leurs incroyables talents, mais aussi mes frères, mes parents et mes amis proches, qui ont tenu le rôle de coach. Mais un écrivain écrit seul – il n'y a personne pour taper à notre place ou tenir le stylo, à moins de croire en une force spirituelle, ce qui est souvent mon cas. Mais il faut trouver l'inspiration par tous les moyens possibles et j'ai trouvé la mienne auprès des personnes ci-dessus.

Toute ma reconnaissance à certains profs du lycée Bellport qui ont vu en moi un être humain et non un fardeau, et nous ont aidé, moi et d'autres, à nous construire au lieu de nous démolir : M. Boes, Mme Budd, et Mme Basova.

C'est tout. Le prochain livre que je publierai n'aura rien à voir avec celui-là et j'espère que vous continuerez de me soutenir. Mais au cas où l'on ne se reverrait pas : « Bonjour, bonsoir, et bonne nuit ! »

COMPOSITION ET MISE EN PAGES
NORD COMPO À VILLENEUVE-D'ASCQ

ACHEVÉ D'IMPRIMER PAR CPI
EN FÉVRIER 2022

N° d'impression : 166611
Dépôt légal : mars 2022
Imprimé en France